KB187733

익사, 사랑에 빠져

익사, 사랑에 빠져

초판 1쇄 찍은 날 | 2015년 1월 12일
초판 1쇄 펴낸 날 | 2015년 1월 19일

지은이 | 비다
펴낸이 | 서경석

편 집 장 | 권태완
편집책임 | 나정희
편   집 | 최고은
디 자 인 | 신현아

펴낸곳 | 도서출판 청어람
등록번호 | 제387-1999-000006호
등록일자 | 1999. 5. 31
어람번호 | 제5-0397호

주소 | 경기도 부천시 원미구 부일로 483번길 40 서경B/D 3F (우) 420-822
전화 | 032-656-4452 팩스 | 032-656-4453
http://www.chungeoram.com
E-mail | chungeorambook@daum.net

ⓒ 비다, 2015

ISBN 979-11-04-90051-8 03810

※ 파본은 구입하신 서점에서 교환하여 드립니다.
※ 저자와 협의하여 인지를 붙이지 않습니다.
※ 이 책은 도서출판 청어람과 저작자의 계약에 의해 출판된 것이므로,
　무단 전재 및 유포·공유를 금합니다.

익사, 사랑에 빠져

Chungeoram romance novel

비다 장편 소설

청어람

목차

＊一 : 하나, 한 번을 살아도 그의 품에서 살고 싶었다.

＊二 : 둘, 두 번째 주어진 삶은 달랐다.

＊卅 : 셋, 다시 사는 생의 수.

＊卅 : 넷, 네 번의 삶을 돌려 다시 살아났다.

프롤로그

얇은 문풍지를 뚫을 기세로 찬바람이 들어와 지단은 방을 같이 쓰는 다른 여종의 온기를 찾아 몸을 굴려보았다. 몸을 웅크리다가 휑한 등이 서늘하여 지단의 눈이 번쩍 떠졌다. 웃풍이 센 방의 기운 때문인지, 기억도 나지 않는 뒤숭숭하던 꿈자리 때문인지, 지난밤 늦게까지 풀을 쑤고 누운 피곤한 삭신이 순식간에 정신이 들 만큼 묘한 기분에 잠에서 깼다. 옆에 누운 삼삼이를 보니 춥지도 않은지 벗은 발이 이불 밖으로 나와 있다.

"제대로 덮지도 않을 이불은 왜 다 끌고 가서 자고 있대."

투덜거리면서도 이불을 끌어당겨 바람이 들지 않도록 덮어주고는 자리에서 일어났다.

"아웅, 뭔 잠을 이리도 설치고…… 오늘도 할 일이 태산이구먼."

방 안에서의 불평도 밖의 칼날 같은 바람을 맞자 호강에 겨운 것을 알고는 몸을 덜덜 떨었다. 마님께서 쓰시던 낡은 누빔 버선을 물려받아 그 감을 뜯어 등에 대고 만든 작은 조끼 앞섶을 여몄다. 겨울로 들어서는 날씨를 피할 방법이라고는 이 작은 천 조각에 몸을 바짝 움츠리는 일뿐이었다.

  이런 날씨에는 이 집에서 가장 따뜻한 곳을 찾아 걸음을 빨리 떼는 수밖에 없었다. 부엌에 가까이 갈수록 이제 몸을 녹일 수 있다는 생각에 차가운 입김을 불어가며 피식 웃었다. 낮에도 밤에도 불씨를 꺼뜨리지 않는 것이 지단이 하는 중요한 역할이었기에 따듯한 온기를 쬐는 일도 마음껏 허락되었다.

  넓은 마당을 가로지르려는데 동이 트려는 거무스름한 하늘 아래 검은 물체가 미동도 없이 서 있는 것이 보였다. 누군가 절구통을 마당 한복판에 둔 것인가? 팔짱을 끼고 가까이 다가가니 낯익은 모습이 눈에 들어왔다.

  "오메, 아씨! 이 추운 날 어디를 이리 나와 계신다요? 오메, 오메, 큰일 나것소."

  어린 아씨의 몸은 식은땀으로 젖어 있는지 옷감이 살에 엉켜 흐트러진 모습이었다. 여운 아씨가 멍한 눈으로 중얼대었다.

  "내가 왜…… 여기에 있지?"

  "야? 무신?"

  지단은 정신이 나가 있는 것 같은 여운 아씨를 보고 병이 다시 도진 건가 싶었다.

  "아씨, 어서 여기 부엌간이라도 드셔라. 아이고, 이게 무슨 일이라요. 또 꿈이라도 꾸셨는가?"

지단은 여운 아씨의 차가운 몸을 감싸 안고 온기가 맴도는 부엌으로 모시고 들어갔다. 여운은 잠이 덜 깬 것인지 멍한 표정이었다. 부엌의 모습이 생소하다는 듯이 주변을 두리번거리다가 혼란스러운 눈빛으로 지단을 바라보았다.

"아가씨, 정신이 드셔라? 잠에서 덜 깨셨나 본디, 왜 무서운 꿈이라도 꾸셨소?"

"지…… 단아."

여운 아씨는 심하게 손을 떨고 있었다.

아씨가 새벽녘에 마당을 돌아다니는 모습을 본 하인이 여럿이 되었다. 마님은 아씨가 이상하다고 수군대는 하인들의 입단속을 시키셨다. 속이 상한 마님께서는 집에서 믿을 사람은 지단뿐이라 하시며, 다시 아씨가 이상한 모습을 보이면 누가 보기 전에 바로 마님께 알리라 명하셨다.

"아이고, 우리 아씨 워쩐대. 이리 몸이 차가워져서는. 무슨 병이 생겨 이 고생이실까나."

몇 달 전에 앓은 열병과 관련이 있을지도 모른다. 의원도 알 수 없는 일을 지단이 알 길이 없지만, 심하게 열이 오른 후부터 아가씨 몸이 많이 상했다 여겼다.

지단이 솥뚜껑을 열자 하얀 증기가 올라와 부엌 안을 덮었다. 뜨거운 수증기로 부엌은 더욱 훈훈해졌다. 지단은 손 부채질로 따듯한 온기를 아가씨 쪽으로 밀어낸 후 사발을 들어 뜨거운 물을 한 그릇 퍼 담았다. 차가운 물을 타고 꿀 한 수저를 크게 떠 물에 쓸어 휘휘 저었다.

"요거 드시고 앉아 계셔라. 얼른 나가서 마님을 불러올 것이니께요. 아셨지라?"

꿀물을 받아 든 여운 아씨가 그릇을 멍하니 보는 모습을 보고는 지단이 얼른 부엌을 나갔다.

사발에 담긴 연한 갈색의 물이 요동치다가 여운의 손에서 떨어지며 그릇이 바닥에 부딪혀 산산조각이 났다. 여운은 떨며 자신의 손을 바라보았다. 사발을 두 손으로도 다 쥘 수 없는 작은 손을 보고 부들부들 떨었다.

"아, 아악!"

머리가 깨질 듯한 두통에 작은 손으로 머리를 감쌌다. 숨을 쉴 수도 없는 극심한 통증이 밀려와 눈앞의 사물이 흔들리더니 빙글빙글 돌았다. 눈앞에 보이는 부엌의 모습이 뿌옇게 걷히고 검은 통로로 빨려 들어가는 듯한 환영에 검은 눈동자가 뒤집어져 흰자위가 파르르 떨렸다.

검은 통로의 끝에는 강물에 떠 있는 배 위에 앉아 손에 물을 적시는 여유로운 모습의 여운이 있었다. 부드러운 웃음소리. 완연한 여인의 모습을 한 여운은 수줍게 고개를 들어 누군가를 향해 웃었다. 손을 들어 그의 얼굴을 만지려는 순간, 여운의 손에 잡힌 것은 이끼가 낀 우물의 뚜껑이었다. 뚜껑을 밀고 짙은 우물을 내려다본다.

우물이 벌린 검은 입이 통로가 되어 다시 여운이 빨려 들어갔다. 물속에 잠겨 허우적대는 손이 부르르 떨린다. 물에 떠오르다 잠기기를 반복하던 손을 물 위로 뻗어 올려 뭔가를 잡아 쥔다. 자신의 것이던 손이 서서히 작아진다. 작은 손에 잡힌 것은 그넷줄이었다. 움직이는 그네에 오르자 세상이 흔들거려 어지러움을 느낀다.

'다시 시작된다.'

그네를 잡은 손이 부들부들 떨리다가, 그네에서 떨어졌다. 두려움이 인다.

다시 여운을 빨아들이는 통로에 들어섰다. 영혼의 이동 같은, 시간이 거꾸로 흐르는 듯한 환영 속에 갇혀 여운은 정신을 차리지 못하였다.

부엌에 앉아 있는 여운의 감은 눈꺼풀이 떨리며 기억 속에 저장되었던 시간이 거꾸로 흐른다. 스물넷, 열아홉, 열셋, 일곱 그리고 여섯. 여섯의 나이에 여운이 눈을 뜬다.

"안 돼. 안 된다."

여운은 자신의 작아진 손을 바라보며 벌벌 떨었다.

그 일이 반복되고 있다. 내가 다시 살았다.

지단이 마님이 계시는 안채로 가 인기척을 하니 금세 방 안에 불이 켜지고 방 문이 열렸다. 이 집의 안주인 김씨는 요즘 여운이 때문에 깊은 잠에 들지 못하고 있었다.

"마님, 아씨께서 또 잠을 설치고 밖에 나와 계셨어라. 이상한 소리를 하고, 부서워 죽겠당께요."

"어허, 소란 피우지 말거라."

방 문 사이로 마님이 옷을 마저 챙겨 입는 모습이 보였다. 마음이 급해 자리에서 일어나면서 옷을 여미고 계셨다.

"너는 먼저 가서 여운이를 돌보거라. 내 곧 따라가마."

지단이 황급히 걸음을 뗄 부엌으로 돌아갔다.

"에고, 이게 뭔일이다냐. 아씨께서 빨리 나아야제. 마님 속이 말이 아니실 텐디. 휴."

지단의 한숨이 꺼지기도 전, 부엌문을 열다가 안의 광경에 놀라 입이 벌어졌다. 너무 놀라 목구멍에 막혀 있던 비명이 늦게야 터져 나왔다. 짧은 비명을 지르다가 누가 들을까 봐 손으로 입을 막았다. 얼른 부엌 안으로 들어가 문을 닫았다.

"아씨, 무슨 짓이어라. 그거 어여 내려놓으쇼."

여운 아씨의 작은 손에 들린 날이 선 부엌칼을 바라보았다. 여운의 손이 떨리고 있어 칼끝이 흔들렸다.

"끝내야 한다. 이렇게 다시 살 순 없다."

지단은 다시 놀랐다. 위험한 행동을 하는 어린 아기씨의 모습 때문이 아니라, 아씨의 말을 듣고 몸에 소름이 돋았다.

아니, 귀신이라도 들렸는가. 아씨의 입에서 나오는 목소리는 어린 아씨 같지 않았다. 뭐에 홀리기라도 한 사람처럼 성숙한 말투로 다른 사람이 된 것처럼 말하고 있었다.

"아씨, 아씨, 우리 아기씨, 지발 정신 차리쇼. 나요 나, 지단이요. 나를 보고 정신을 좀 차려보소."

아씨의 눈에서 눈물이 떨어졌다.

"지단아, 나는 너무 무섭다. 이렇게는, 더는 살 수가 없어."

여운은 부엌칼 하나 들기도 버거운 자신의 작은 손을 보았다. 스물넷의 여운이 여섯 살 아이의 몸에 갇혔다. 시간을 돌려 살아 보려 했으나 그 끝은 언제나 이런 모습이었다.

"다시 살 자신이 없다."

"아악, 아씨. 하지 마쇼. 아씨!"

여운이 손목을 그으려 칼을 들었다. 지단이 손쓸 새도 없이 아 씨가 든 칼날이 손목을 향하였다. 오른쪽 손목을 가르고 상처가 났다. 여운 아씨의 손에 쥐어졌던 칼이 금속 소리를 내며 부엌 바 닥에 떨어져 나뒹굴었다.

"아씨!"

지단을 놀라 멈추게 한 것은 아씨의 손목을 타고 흐르는 피였 다. 그러나 그 상처는 아씨가 낸 것이 아니었다. 믿을 수 없는 광 경을 목격한 지단은 두려움에 떨며 아씨를 바라보았다. 여운의 오 른쪽 손목에 살을 가르고 상처가 저절로 그어졌다.

지단은 분명 보았다. 칼이 닿기도 전에 살을 가르고 난 상처에 붉은 피가 품어져 나왔다. 지단은 놀라 그 자리에 잠시 굳어 서 있 었다.

"아씨! 아씨!"

지단이 정신을 차리며 여운에게로 다가가 피를 흘리고 있는 팔 목을 잡자 지단의 손에도 핏물이 배어 나왔다. 입고 있던 앞치마 를 풀어 여운 아씨의 손목을 동여맸다. 손목을 타고 솟아오르는 핏물을 막아보려고 쥐어 든 하얀 천이 온통 붉게 물들어가고 있다.

"으, 으으으으."

여운 아씨가 고통에 몸을 떨고 있었다.

"악! 여운아!"

그때 부엌문을 열고 들어온 어머니 김씨가 놀라 피로 범벅이 된 아이의 손과 바닥에 떨어진 칼을 보았다. 김씨가 달려와 아이의 팔을 잡았다. 초점 없는 딸아이의 눈이 금방이라도 정신을 잃을 것 같았다. 여운을 부둥켜안으면서 몸을 흔들어 정신을 차리도록 하였다.

"이게 무슨 일이냐? 이 아이가 왜 이런 것이냐?"

지단이 우지직 자신의 치맛단을 찢어 아씨의 팔을 칭칭 감아 멈추지 않는 피를 막았다.

"아씨, 정신 차리셔라. 정신을 잃으면 큰일 납니다요."

여운은 자신의 팔에서 흐르는 붉은 피를 보았다.

그 일이 다시 일어나고 있다. 시간을 거슬러 산다. 다시 살아났다. 다시 살아났다는 증거로 손목을 가르는 상처를 입었다.

몇 번의 생을 더 살아야 내 사랑을 찾을 수 있단 말인가?

소리를 지르는 지단의 음성도 멀어지고 물속에 갇힌 것처럼 귀가 멍해졌다. 여운 자신의 숨소리만 느리게 귓가에 울렸다. 죽음의 법칙이 된 상처에서 품어져 나오는 붉은 피에도 동요하지 않고 슬픈 눈으로 손바닥을 펴 두 손을 바라보았다. 왼쪽 손목에 남겨졌던 네 번을 다시 살아야 했던 죽음의 흔적(丼)은 사라지고 없었다. 대신 오른쪽 손목을 가르고 새로운 상처가 일자(一)로 그어졌다.

몸에 피가 빠져나가 정신이 혼미해졌다.

죽고 싶을 만큼 고통스러운 삶이었는데, 죽을 수도 없다.

몸이 축 늘어졌다. 마지막 눈을 감기 전 흐린 시야에 어머니의 얼굴이 보였다. 어머니에게 머리를 기대고 눈을 감았다.

이대로 끝이 났으면. 슬픔에 잠식된 마음은 다시 살고 싶지 않아 눈을 감았다.

"여운아, 여운아, 정신 차리거라."

어머니의 음성이 점점 멀어져 갔다. 여운은 정신을 잃고 맥없이 쓰러졌다.

一

사랑에 빠지다

"아씨, 같이 가셔라. 우째 저리 걸음이 빠르실까."

여운이 치맛단이 퍼지도록 빙그르르 돌아 몸종 지단을 보고는 웃었다.

"사당패가 왔는데도 그리 굼뜬 네가 더 이상한 것이야."

"같이…… 같이 좀 가장께요, 아씨."

지단의 사정일랑 봐주지도 않고 여운은 전날 비가 온 후라 아직 곳곳이 진 땅인 곳을 피해 치마를 잡고 걸음을 떼고 있었다. 그러느라 얼굴을 덮고 있던 장옷은 흘러내려 어깨에 간신히 걸쳐 있었다.

"아씨, 이러시다 마님께서 또 경을 치신당께요."

지단이 어느새 여운을 따라잡았다. 아씨의 장옷을 들어 여운의 머리끝부터 감싸고 그 자리에 멈춰 서게 하였다.

"이렇게 호기심도 많고 보고 싶은 것도 많은 우리 아씨를 위째."

여운이 장옷을 깊게 덮어쓰고 눈만 빠끔히 내놓으며 눈을 반달로 만들어 보였다.

"웃지 마셔라. 마님 오시기 전에 돌아가야 하니 사당패 얼굴이나 대충 훑고 와야 한당께요."

"알았어. 알았다니까."

여운의 뒷모습이 살랑살랑 아씨의 마음처럼 흔들리고 있었다. 지단도 피식 웃으며 여운의 뒤를 쫓아갔다.

여운이 서두른 덕분에 늦지 않게 도착해 사당패 놀이를 볼 수 있었다. 탈을 쓰고 어기적거리며 양반 흉내를 내는 모습을 보고 지단도 인상을 펴고 웃게 되었다.

놀이가 끝나고 여사당 우바이가 탈바가지를 뒤집어 관객들 사이를 살랑살랑 걸어 다녔다. 우바이가 미소를 흘리며 관객의 바지춤을 덥석 잡고는 그 안 좀 털어보라고 농을 하고 있다. 바지춤을 잡힌 사내는 여사당의 미소에 녹아났는지 실실 웃으며 바지주머니를 뒤졌다. 이내 그 안에 숨겨두었던 엽전이 나와 우바이 손에 쥐어졌다. 우바이는 손에 넣은 엽전을 공중에 던져 한 바퀴 돌아 머리 위로 치켜든 탈바가지 안에 돈을 거두고는 유유히 구경꾼 틈을 누볐다.

옆에서 들리는 찰랑거리는 소리에 지단이 아씨를 보았다. 여운은 우바이의 탈바가지 안을 두둑이 채워주려는지 주머니를 손바닥에 쏟아 엽전을 세고 있었다.

"아씨, 이러시면 안 되지라."

세상 물정 모르는 아씨가 나 돈 많으니 어서 채가시오, 주머니를 흔들고 있는 모습에 기가 찼다. 아씨의 돈주머니를 잡아채 자신의 품 안에 밀어 넣었다.

"왜 그러느냐? 좋은 구경을 하였으면 값은 치러야지."

지단이 아씨의 손에 엽전 한 닢을 떨어뜨렸다.

"이거면 저이들 서넛 밥 한 끼는 해결되니 됐어라. 주머니를 이래이래 흔들고 다니면 도둑놈들 밥을 자처하는 거니 이건 지가 챙길라요."

"이리 일거수일투족을 감시하러 온 줄 알았으면 너를 따돌리고 혼자 오는 것인데."

지단이 다음 말을 할 수 없게 여사당이 돈을 쥔 관객 앞에 섰다. 여운은 지단에게 보내던 쌀쌀맞은 표정을 거두고 웃으며 우바이가 든 각시탈 안에 엽전을 떨어뜨렸다.

우바이가 인사를 넙죽 하며 맘씨 좋아 보이는 아씨가 미색도 눈에 띄어 좀 찬찬히 바라보았다. 검은 눈망울이 촉촉하게 빛나고, 부드러운 콧날에서 입술까지 떨어지는 선이 아름답다. 조선 팔도를 돌아다니며 사내깨나 꾀어본 우바이의 관심을 끌 만큼 흔하지 않은 미인상이었다. 미인의 기준이라는 붉은 앵두 같은 입술보다 창백한 입술 때문인지 만지면 깨질 것 같은 연약한 모습이 묘한 느낌이다. 이런 아름다움도 있구나. 우바이는 잠시 시선을 빼앗겼다.

우바이가 탈바가지 안에 모은 엽전을 안주머니에 털어 넣더니 여운에게 각시탈을 내밀었다. 여운이 놀라 우바이가 내민 각시탈을 내려다보았다. 호기심에 눈을 반짝이며 손을 내밀어 각시탈을 잡으려 하였다. 그러나 각시탈을 손에 쥐기 전 주춤 당황한 기색을 보이며 황급히 소매를 잡아 내리더니 등을 돌려 버렸다.

"가자!"

아까의 웃는 모습을 지우고 당황한 모습으로 자리를 뜨는 아씨를 보며 지단은 한숨을 내쉬었다. 아씨는 얼굴은 드러내어도 저 팔목에 난 흉터를 드러내는 일은 싫어하신다. 아씨의 오른쪽 손목에는 길게 일자(一)의 절상을 입은 흉터가 남아있다. 자해를 한 듯 보이는 이 상처를 언제나 감추려 하셨다. 아가씨를 어릴 적부터 모셔온 자신이 보아도 흉한 모습인데, 다른 사람이 본다면 눈살을 찌푸릴 것이리라.

혹여나 양반 댁 규수의 몸에 저리 흉한 자국이 있는 것이 소문이라도 날까 봐 아씨의 옷을 지을 때는 항상 손을 다 덮을 정도로 소매를 길게 만들었다.

"늦었다. 어머니께서 기다리시겠어."

장옷을 덮고 가는 아가씨의 뒷모습이 경직되어 있는 것을 알았다. 오른손을 쓰다 보면 팔목을 가로질러 나 있는 흉터를 보이게 될까 봐 말을 잘 듣지 않는 왼손을 쓰는 연습까지 한 아가씨였다.

집으로 돌아가니 어머니의 가마가 마당에 서 있었다. 자신이 어머니보다 늦게 집에 든 것이라 조마조마한 마음으로 안채로 향했는데, 방에 누가 든 것인지 못 보던 신이 놓여 있었다. 무슨 일이냐는 눈으로 지단에게 물어도 아가씨와 함께 외출해 지금 들어온 지단도 알 수 없는 일이었다.

"그래, 그럼 이번에는 틀림없는 것이겠지. 어서 서둘러 함이라도 들여야 다른 말이 없을는지. 이런 경우는 들어본 적도 없는 것이 아닌가?"

매파가 또 든 것이다. 어머니 김씨가 하는 말이 들려 방에 든 손님이 누군지 확인하고는 들어가지도 자리를 뜨지도 못하였다. 여운은 습관처럼 소매를 끌어 내려 손에 꼭 쥐었다.

"이번에는 틀림없습니다요. 이 혼사야 누가 깰 수 있는 것도 아니고, 그저 일이 잘 맞아들어 가지 못하다 보니 그런 것을요."

저쪽 집에서 돈을 두둑이 챙겨 받고 움직이는지 항상 편을 드는 모습이 마음에 들지 않았다.

"손님이 든 것 같으니 나중에 다시 와야겠다."

지단이 아가씨를 따라 나오면서도 혹여 다른 말이 새어 나오지는 않는지 귀를 쫑긋거렸다.

"아씨, 이번에는 참말로 시집가시는 건가 본디요. 아따, 우리 아씨, 이리 곱게 자라시니 서방님께서 이제는 더 못 참고 데리고 가시는구면."

시집을 간다. 이날을 기다린 것이 십이 년이다. 일곱의 어린 나이에 이미 정혼자가 있다는 말을 들었다. 가문 간의 화합이니 그리 알라는 아버님의 딱딱한 설명이었다. 혼기가 꽉 차도록 자신을 데리고 가지 않는 야속한 임이었지만, 여운은 도련님을 원망하지 않으려 하였다. 그를 처음 보았을 때 그러할 수 없음을 알았다.

육 년 전이었지. 단옷날 동무들이 그네를 띄운다 하여 따라나섰지만, 여운은 높이 매단 그네에 오르기가 겁이 났다. 순서만 기다리다가 몰래 그 자리를 빠져나왔다.

지단의 눈을 피해 물소리가 나는 계곡으로 내려왔다. 지단이 자신을 발견하면 작년처럼 또 억지로 그네에 올려놓을 것이 분명하였다. 지단이 자신의 앞에 서서 그 튼튼한 다리를 힘차게 굴러 그네를 높이 띄울 것을 알기에 어딘가 잠시 몸을 숨길 곳을 찾고 있었다. 그때, 계곡의 물소리를 가르고 대금 소리가 들려왔다.

공기를 가른 그 소리가 여운의 가슴을 울렸다. 여느 대금 연주와 다른 무언가가 여운을 끌었다. 선율이 날카롭게 여운의 가슴을 후벼 파 아픔까지 일었다. 악기 연주에 처음으로 이리 동요하는 것임에도 그 소리가 또 익숙한 것은 무슨 일일까? 음악을 듣자니 가슴이 설레었다. 음악의 선율이 여운을 이끌었다. 순식간에 음악과 사랑에 빠져버렸다.

여운은 그러면 안 될 것을 알면서도 소리를 따라 움직였다. 더 가까이는 안 된다 하면서도 숨을 끊으며 연주 소리가 멈추는 듯하자 더 걸음을 빨리하였다. 큰 바위도 짚어가며 아래로 향하였다.

다행히 숨을 모아 쉰 연주자는 더 깊은 소리를 내며 대금 관을 진동시켜 청명한 소리를 내어주었다. 바위 뒤에 숨어 대금을 연주하는 푸른 도포를 입은 선비의 모습을 훔쳐보았다. 대금을 연주하는 섬세한 손의 움직임을 멍하니 바라보았다. 검은 갓과 대비되는 하얀 피부의 선비 얼굴에서 눈을 뗄 수 없었다. 음악에 빠져 있는 감은 눈이 떠지면 그 안에 든 눈빛은 부드러울 것 같았다. 대금 소리만큼이나 선비의 모습도 아름답다는 생각이 들었다.

"이보게, 정우. 다른 곡도 부탁하네. 술맛을 돋우는 데는 기생 영월이의 가야금보다 자네의 대금이 제격이니 말일세."

"어허, 산정의 연주를 기생에 비유하다니 가당키나 한가? 비유를 한다 하면 산정의 모습을 꼽아봐야겠지. 기생이 제아무리 미색을 뽐내도 저리 기품이 넘치는 선비의 기백만 할까?"

대금을 다시 입에 댄 입술이 살짝 움직이는 모습을 보았다 여겼다.

정우……. 산정 김정우 도련님.

멋모를 어린 나이에 맺어진 인연이라 하나, 그 이름을 마음에 새기며 여인으로 자랄 날만을 기다렸다.

'정우 도련님.'

머리를 빗어 넘기는 손짓 하나, 댕기를 묶는 것 하나 저를 위해 한 것이 없었다. 미래의 서방님을 위해 자신을 가꾸어야 한다 가르침을 받았다. 혼처가 정해진 처자가 바깥출입을 하다 흉이 잡힐 수 있다 하여 집에서 규방내훈만 익히며 지냈다.

자신의 지아비가 될 이가 저 앞에 있다는 생각을 하니 가슴이 떨려왔다. 왠지 자신의 모습이 부끄러워 소매를 끌어당겨 손에 쥐고 바위 뒤에 더 깊숙이 몸을 숨겼다.

따듯하게 달궈진 바위에 몸을 기댔다. 대금 소리가 바위 안에 갇혀 울리는 소리가 되어 여운의 가슴에 파고들었다. 들킬까 봐 불안하던 마음을 편안하게 만드는 그런 소리에 눈을 감았다. 도련님이 들려주는 연주에 가슴이 떨렸다.

첨벙!

물속에 큰 돌을 던진 것 같은 큰 소리에 향유를 즐기던 세 명의 유생이 일제히 소리가 난 곳으로 고개를 돌렸다. 대금 소리가 멈추고, 대금의 주인은 이미 자리에서 일어나 소란을 일으킨 곳을 바라보고 있었다. 아무도 없다 여긴 곳에서 인기척이 들린 것도 이상하였는데, 커다란 바위 뒤로 흐르는 물살을 따라 살랑살랑 움직이는 붉은 천을 보니 더 이상한 생각이 들었다.

여운은 바위에서 미끄러져 물 위에 털썩 주저앉게 되었다. 치마가 물줄기에 감겨 물에 푼 미역처럼 흐느적거리는 것도, 물이 스며들어 속곳까지 적시는 것도 문제가 아니었다. 머리를 내밀어 살펴보지 않아도 이곳을 보고 있을 도련님의 시선이, 그의 시선이 바위를 뚫고 자신에게 향하고 있을 것 같아 그것이 두려웠다.

'가만히 바위 뒤에 숨어 있으면 모르실 거야.'

"낭자, 괜찮으십니까?"

고개를 들지 말아야 했는데 그를 올려다보고야 말았다.

"괜찮으십니까?"

말도 뗄 수 없었는데 볼을 타고 눈물이 주룩 흘러내렸다. 그 모습을 보던 정우는 당황하여 여운을 잠시 바라보다가 휙 몸을 돌려 자리를 떠났다.

한심하다. 한심하다. 낭군님께 가장 아름다운 모습을 보여 드리고 싶었는데, 그런 마음으로 이제껏 가꾸었는데, 기껏 이런 모습을 보이려고 했던 건가.

제 마음대로 물살에 움직이며 점점 무거워지는 치마를 손으로 말아 쥐고 자리에서 일어나니 주르륵 물이 떨어져 내렸다. 울고 싶은 마음뿐이었다.

젖어 무거운 치마를 감싸 쥐고 황급히 그곳을 도망쳤다.

"뭔가? 그 뒤에 무슨 일 있나?"

정우가 구경거리라도 난 양 소란을 떠는 벗들에게로 돌아와 이들을 말렸다.

"아무것도 아니니 일어날 것 없네. 돌이 굴러와 떨어진 모양이야."

정우는 벗들을 제자리에 앉히고 슬그머니 뒤돌아 바위 뒤로 붉은 치마가 보이지 않는 것을 확인하였다.

"지단아, 나 어떠니? 얼굴이 좀 많이 변했지? 예전보다 말이다.

한 육 년 전쯤에 비해 어떠니?"

"글쎄요. 지가 딱 아가씨 옆에만 붙어 있으니 뭐가 변했는지 알 수가 없어서라."

"넌 정말…… 도움이 안 되는구나."

지단이 토라져 앞장서 걷는 아씨를 따라잡았다.

"오메, 우리 아씨한테 이런 면이 있는 줄 이제야 알았소. 외모가 그리 신경이 쓰이신다요? 이뻐졌지라. 하모요. 몰라보게 이뻐졌으니 이제 걱정 붙들어 매셔라. 시집간다 생각하니 그리 신경 쓰이는갑네."

그런 걱정이 아니었다. 설마 도련님께서 나를 알아보시지는 않겠지. 오래전 일이고 잠시 스친 것이니. 아니, 그건 스친 정도는 아니었지. 어느 이상한 여인을 봤다 하셨겠지. 기억에서 지워지진 않겠지. 나도 그런데 말이야.

"지단아, 방물 어멈을 불러 이것저것 좀 사야겠다."

"야, 야. 시집가는 날이 잡혔으니 이제 본격적으로다가 꾸며봐야지라."

"달라 보이게 해줘. 지금과는 아주 달라 보이게 말이야."

"야, 그라지요."

❋

병조판서 정 대감 댁에 초대받아 문턱을 넘는 손님들의 행렬이 이어졌다. 솟을대문을 넘는 발길이 잠시 멈추어 여느 집보다

더 높이 선 지붕을 바라보기도 하였다. 담 너머로 보이는 행랑
채만 서른 칸이 넘는다고 들었는데, 대문도 이리 높게 세운 것
을 보면 이 집 주인의 재력뿐 아니라 권력의 크기도 알 수 있었
다.

백 명이 넘는 손님에 일하느라 분주히 돌아다니는 하인들까지
치면 혼잡해야만 할 마당은 그 크기가 워낙 넓어 여유가 있었다.
대례상을 중심으로 손님들이 자리를 잡고도 공간이 남았다. 대문
밖에서 구경할 기회나 생길까 줄까지 서 기다리고 있는 이들에게
도 대문턱을 넘을 기회가 생겼다. 잔치는 원래 북적북적한 것이
제맛이라 많은 사람을 들였지만, 소문을 듣고 몰려든 각설이 떼에
게는 미리 준비해 둔 동냥 주머니를 쥐어주고는 달래서 돌려보냈
다.

맨 뒷줄에 서서 사람들에 가려 대례상 뒤로 들인 병풍 끝자락이
나 겨우 볼 수 있는 이들은 속이 탔다. 그래도 앞줄에 선 구경꾼들
의 흥분하는 소리로 신부가 방에서 나왔다는 사실은 알 수 있었
다. 신부의 등장에 구경꾼들이 까치발을 들고 신부 얼굴이라도 한
번 보려고 소란이었다.

여운은 수모들이 하라는 대로 자리를 잡고 대례상 앞에 고개를
숙이고 섰다. 이렇게 많은 사람 앞에서 혼례식을 치르는 것이 정
신을 차릴 수 없는 일이라 손이 제멋대로 떨려와 주먹을 꼭 쥐었
다. 사실 얼굴도 본 적이 없는 손님들이야 바닥만 보고 있자면 신
경 쓰지 않을 수 있다. 지금 여운의 몸이 사시나무 떨듯 떨리는 이
유는 자신의 앞에 서 있는 사모를 쓰고 푸른 단령포를 입고 있는

도련님 때문이었다.

"신부 얼굴 붉어진 것 좀 보소."

"연지곤지와 같은 색이 된 것을 보니 딱 새색시 맞지 않수."

얼굴이 붉어져 터질 것 같은 것을 여운 자신도 알고 있다. 숨이 차올라 어지럼증도 생겨 빨리 이 자리가 끝이 났으면 하는 바람뿐이다. 꼭두각시 인형처럼 수모들의 손에 끌려 절을 하였다. 하라는 대로 움직이다 보니 영영 끝나지 않을 것 같은 혼례식도 마지막 순서에 닿아 합근례를 앞에 두고 있었다.

먼저 신랑이 표주박을 받아 술을 한 모금 마신 후 술잔이 신부에게로 돌아왔다. 입술을 축일 정도만 입을 대고 눈을 들다 자신을 바라보는 신랑의 눈과 마주쳤다. 자신을 바라보는 눈빛에 소란스러운 주변은 사라지고 그와 마주한 자신만이 의식되었다.

"코가 보이게 고개를 들지 마오."

몇 번을 들은 수모가 하는 말에 정신을 차리고 다시 고개를 숙였지만, 두근대는 가슴을 진정시킬 수 없었다. 정말 시집을 가는 것이다. 그렇게 기다리던 서방님이 자신을 데리러 오셨다.

낮부터 소란스럽던 잔칫집은 밤이 깊어지도록 떠나는 객도 없이 북적이고 있었다. 낮에는 점심상으로 국수를 대접받고, 저녁에는 술까지 대접받은 객들은 만족스러운 표정으로 기꺼이 자리에 남아 잔칫집 분위기를 살려주고 있었다.

신방 앞에 모여 낄낄거리는 능청스러운 여인들은 필히 아이 둘은 낮은 여인들일 것이다. 신방 안에 나소곳이 앉아 시방님을 기다리는 새색시를 놀리고 싶은 마음에 부끄러운 줄도 모르고 농익은 농담도 서슴지 않고 있었다.

문밖에서 소란스러운 소리가 들릴 때마다 방 안에 앉아 있는 여운은 깜짝 놀라 방 문을 바라보았다. 혹시나 서방님이 방에 드는 모습에 구경꾼들이 소란을 떠는 것인가 싶어서였다. 밤이 깊도록 떠나지 않는 손님들을 보니 서방님도 늦게야 드실 것이지만 긴장을 늦출 수 없었다.

촛농이 떨어져 촛대에 노곤하게 쌓이는 것을 보고 있자니 이러다 저 초가 다 녹을 때까지 오시지 않는 것은 아니겠지, 애먼 걱정도 들었다. 기다리는 것이 힘든 것이 아니라, 언제 열릴지 모르는 저 문에 신경을 곤두서고 있는 것이 힘든 일이었다.

다시 밖에 모인 아낙들이 흥분해 떠드는 소리가 들렸다. 자동으로 고개를 돌려 방 문을 바라보는데, 이번에는 방 문이 삐꺽 소리를 내며 열리는 것이었다. 하얀 버선발이 방 안으로 들어서고 이어 다른 쪽도 방 안으로 자리를 정하고 들어왔다. 자신 앞으로 걸어오는 발을 보고 활옷 소매에 감춘 두 손을 꼭 잡았다. 사각거리는 단령포 자락 소리에 예민해진 귀가 반응을 하였다.

자신과 거리를 두고 자리하고 앉았다는 것을 알 수 있었다. 그런데 한참이 지나도 정적만 흐르는 방 안 공기가 불편하여 입술을 축이며 시선을 살짝 들었다. 아까 본 버선코가 들려 까딱이고 있다. 고개를 들어 지금 앞에 있는 모습이 무얼까 살펴보려 해도 나란히 모여 있는 다리 때문에 다리 주인의 얼굴을 볼 수 없었다.

지금 내가 보고 있는 이 광경이 무엇일까? 서방님이 정말 잠이 들어 저리 누워 계신 것이 맞나?

주기적으로 움직이는 가슴을 흘끗 보고는 다시 방바닥으로 시선을 거두었다. 저절로 한숨이 새어 나왔다. 신방에 들기 전 식사를 하신다 하였는데, 반주를 과하게 드신 모양이다.

가끔 그런 일이 벌어지기도 한다고 다과를 함께하는 동무들에게 들은 적은 있지만 그저 농담으로 여겼는데. 서방님이 저리 누워 계시면 족두리는 누가 내려주고 활옷은 누가 벗겨준단 말인가?

어찌할 바를 모르고 마냥 앉아 있다가 밖에서 킥킥거리는 소리를 들은 듯하여 정신을 차렸다. 얼른 자리에서 일어나 촛불을 껐다. 신방을 훔쳐보려 문풍지를 뚫는 과감한 손가락은 없어도 내내 저리 지키고 서 있었으니 이 방 안에서 무슨 일이 벌어지는지 이미 눈치챘을 것이다.

불을 끄니 이제 재밌는 구경도 끝났다는 신호로 알고 구경꾼들이 하나둘 자리를 뜨는 소리가 들렸다. 여운도 긴장을 풀고 바닥에 손을 짚으며 잠이 든 서방님의 곁으로 다가가 보았다. 저리 의복을 다 갖춰 입고 주무시면 불편하실 텐데.

생각한 대로 손을 움직여 보려 하다 옷고름에 손이 닿기 전 주춤하였다. 혹시나 하는 마음에 손을 위로 뻗어 코언저리에 두었다. 들숨 날숨이 번갈아 손에 닿는 것이 곤히 잠이 드신 것이다.

겉옷이라도 벗겨 드려야지. 행여 잠이 깨실까 봐 조심스러운 손놀림으로 단령포를 벗기고 서방님을 살피다가 버선도 벗겨 드렸다. 단령포 안에 입는 하얀 저고리가 눈에 들어올 만큼 달빛이 들어와 사물을 구별할 수 있을 정도로 방 안을 밝혀주었다. 저고리만큼 하얀 얼굴이어서인지 어두워진 방 안에서도 달빛을 받아 굴곡이 또렷이 보였다.

여운은 그 얼굴에서 시선을 뗄 수 없었다. 구름에 달빛이 가려져 얼굴에 그림자를 드리우면 다시 보고 싶어 미간에 주름을 잡고 기다리기를 반복하였다. 그도 성에 차지 않아 좀 더 자세히 얼굴을 보고 싶어졌다. 정우에게 다가가 섬세한 코 선을 눈으로 훑었다. 그저 자신의 기억 속의 모습이 맞는지 확인하고 싶은 것이다.

자세히 살피기 위해 고개를 숙이다 머리 위에 얹힌 족두리가 그만 툭 떨어졌다. 심장이 오그라들 듯 놀랐다. 방바닥에 나뒹구는 족두리를 보고 서방님의 얼굴을 보았다. 다행히 족두리가 서방님의 가슴 쪽으로 가볍게 떨어져 잠을 깨울 정도는 아니었던 모양이다.

아무리 단둘이 있다 해도 자는 사람 얼굴을 이렇게 계속 쳐다보는 것은 예가 아닐진대 혼자 깨어 있는 밤이라 다른 할 일을 찾을 수도 없는 걸 어쩌나. 그냥 서방님의 옆에 앉아 새어 나오는 웃음을 참으며 그의 모습을 지켜보았다.

정우는 닭이 우는 소리에 눈을 뜨고 천장을 바라보다 낯선 방의 모습에 자리에서 벌떡 일어났다. 머리가 깨질 듯이 아파왔다. 어젯밤에 마신 것이 곡주라 숙취를 남겼다. 아픈 머리를 뒤로 젖히다가 눈앞에 동그란 형체가 있는 것을 보고는 다시 인상을 썼다. 활옷을 입은 채로 잠든 부인이라는 여인의 모습을 보니 속이 답답해졌다.

"음……."

여인이 잠에서 깨려는지 움직이는 모습을 보고 정우가 자리에서 일어나 한 곁에 놓인 의복을 찾아 입고 밖으로 나왔다.

신랑이 방을 비우고 나갔으므로 여운이 잠에서 깨 눈을 떴을 때는 다시 혼자가 되었다. 눈을 비비며 방 안을 다시 살펴보아도 혼자 남겨져 있는 것이 맞았다.

'먼저 기침하시어 내가 자는 몰골을 보셨을 텐데.'

그 걱정밖에 들지 않았다.

'구겨진 활옷에 아직도 얼굴에 붙어 있는 연지곤지까지…… 다 보셨을 텐데.'

"아씨, 기침하셨어라?"

지단의 목소리다. 여운이 힘없이 대답하는 소리에 지단이 냉큼 방으로 들어왔다.

"서방님께서는 벌써 일어나셨어라."

"안다."

지단이 얼른 이부자리를 정리하는 사이 여운은 옷을 갈아입었다.

"새신랑이 꼭두새벽같이 일어나 정원을 거닐고 계시는디, 이상해서 지가 든 깃이이라. 마님이 방해히지 말아라, 신방 근처는 얼씬도 하지 말라고 하셨지만서두."

방해할 일이 무엇이 있다고. 여운은 전날 밤 일을 지단에게 말하고 걱정스러운 표정으로 물었다.

"아니지라. 아씨께서 잘못하신 게 뭐가 있다요. 첫날밤 신부를 이리 혼자 재운 서방님 잘못이지라. 이래노니 합방례 전에 신랑이 술상 받는 거, 지는 딱 싫어라."

"그렇지? 술을 과하게 드신 게지?"

"그렇지 않고야 이리 고운 신부를 홀로 두는 신랑이 어딨겠어라? 웬, 괜한 힘을 다른 데 쓴대."

"지단아."

"씻을 물을 들일 것이니 여기 계셔라."

"서방님은?"

"술이 아직 덜 깨셨는지 불편해하셔서 사랑채에 자리 봐드리라고 했어라."

"응, 잘했다."

지단이 나가고 반듯이 개어 있는 요를 보며 손으로 쓸어보았다. 고운 비단 감이 손에 감겼다가 손을 떼자 더 은은한 광을 내었다.

'어젯밤 이 위에서 서방님이 주무신 것이 맞지?'

여운의 입에서 웃음이 새어 나왔다.

가마에 올라타 서방님이 탄 말의 뒤를 따라 신행을 나섰다. 이 마을에서 가장 큰 잔치가 벌어진 것이어서 신행 행렬에도 많은 사람이 뒤따르며 구경을 하였다. 화려한 가마가 이 댁 아가씨가 얼마나 좋은 대우를 받으며 시집을 가는지를 보여주었다.

재력과 세력을 모두 지닌 병조판서 댁과 가문이 출중한 한성부 판윤 댁이 인연을 맺었으니 이보다 더한 구경이 없었다. 한성부와 병조가 만나면 이 나라 사법권과 군수권을 쥐는 일이니 두 가문의 결합을 좋게 보지 않는 이도 많았다. 남의 집 혼사에 관해 토론을 벌일 만큼 이 혼사는 세간의 관심을 받았다.

여운은 가마를 뒤따르는 사람들의 북적임이 싫지 않았다. 많은 사람들에게 축하를 받으며 혼례를 올리는 일. 그것이 꿈에도 그리던 일이라 오늘만을 기다리며 살지 않았던가. 비록 혼례 후 바로 시집으로 들어가는 일이라 해도 그동안 그리 지겹도록 집에 갇혀 지냈으니 나쁘지 않다 여겼다.

한참을 흔들리던 가마가 멈추고 작게 난 창문 너머로 지단이 시댁에 도착했다 귀띔해 주었다. 이제 시작이다. 새로운 삶을 사는 것이다.

새색시를 맞는 방은 온통 새로운 것으로 채워져 있었다. 혼수로 들인 화려한 장이 여운의 취향은 아니지만 제일 좋은 것으로 해야 한다는 어머니의 고집에 따른 것이다. 네 칸의 창이 나 있어 빛이 환하게 드는 것이 이 방에서 가장 마음에 드는 것이다. 창문에 맞춘 듯 여덟 칸 문갑 서랍이 낮은 키로 적당히 들어맞아 있다.

벽면을 채운 붉은 채색이 된 모란도가 자연 빛을 감상하는 것을 방해하여 위치를 바꿀까 하다가 자신을 위해 이 방을 꾸며주셨을 시어머니를 생각하여 그냥 두었다. 이제 막 집에 든 새 식구가 바로 방을 다시 꾸미는 일은 좋은 생각이 아니었다.

"아씨, 요깃거리를 좀 가지고 왔습니다."

새집 살림에 긴장하였는지 지단의 말투도 공손한 것이 마음에 들었다.

"들거라."

이에 맞춰 여운도 목소리에 힘을 주어 명하였다. 낯선 시댁 생활에 지단이 함께 따라나서 다행이었다.

"서방님은?"

"친척분들께 인사를 드리고 계셔요. 친척분이 어찌 이리 많은지요. 아씨는 이제 큰일 났습니다요. 폐백을 끝내려면 식사도 거르고 밤까지 절을 하셔야 할 겁니다요."

여운이 피식 웃었다.

"그런데 네 말투는 왜 그런 것이냐? 어찌 그리 예의가 바르냐?"

"말도 마셔라. 아니, 흠흠, 보는 눈도 있는데, 천박한 말투는 아니 되지요."

이 댁 하인들은 전부 한양 토박이들인지 간들거리는 말투에 기생 모양으로 생글거리며 엉덩이도 씰룩대며 걸어 다녔다.

"그래, 이제야 상전을 좀 제대로 모실 수 있겠구나."

"그럼요. 지대로 모셔보겠습니다요."

"고맙다."

간단히 요기를 하고 폐백을 올리기 위해 활옷을 다시 갖춰 입었다. 바깥채로 들어서니 마당에 돗자리가 깔렸고 하얀 천막이 쳐져 있다. 친척이 많다 하더니 바깥에서 기다리며 절을 받을 만큼이라니. 새색시는 더욱 긴장되었다. 그때, 방 문을 열고 나오는 정우를 보았다. 어젯밤 어둠 속에서 몰래 훔쳐보던 얼굴을 밝은 빛 아래에서 똑똑히 볼 수 있었다. 정우가 다가와 고개를 숙여 여운에게 인사를 하고는 나란히 옆에 섰다.

순서표가 있는지 혼례식 때도 본 적이 있는 청지기가 차례로 친척 어른들 명부를 봐가며 확인하고 있었다. 서방님이 대청마루로 걸음을 옮기는 것을 보고 여운도 그 뒤를 따라 방 안으로 들었다.

신랑의 옆에 나란히 서서 시부모님께 절을 올렸다. 그러고는 어른들이 덕담과 함께 밤, 대추를 던져 주시는 것을 받아 들었다.

"그리 복 있게 담는 것을 보니 자자손손 번성하겠구나."

대추만 골라 담는 것을 보고 시어머님이 하시는 말씀이다. 무서워 보이던 시어머니께서 웃으며 말씀하시니 이제야 마음이 놓였다. 시부모님께 예를 갖추고 처음 뵙는 큰댁 어른께 절을 올렸다. 그 후에도 분명 혼례식에 오셨을 텐데 여운은 기억하지 못하는 친척분들에게도 예를 갖추었다. 천막까지 쳐져 있으니 이렇게 몇 십 번은 더 절을 해야 할 것이다.

요즘 폐백을 간소화하는 댁이 많았으나, 원칙을 중요시하는 김 대감은 멀리 지방에서까지 올라오신 친척 어른들에게 숙소를 제

공하며 혼례식보다도 폐백에 더 신경을 쓰라 하였다. 시댁으로 돌아오는 신행을 앞당긴 것도 오랜 시간 한양에서 머무를 수 없는 어르신들을 위한 일이었다.

폐백이 끝나고 옷을 갈아입기 위해 방에 든 여운이 방바닥에 털썩 주저앉자 지단이 얼른 다가와 아씨의 다리를 주무르기 시작했다.

"친척 많은 집 폐백이 새색시 잡는다는 말이 참말이었구먼요. 간단히 요기라도 안 했으면 어쩔 뻔했어라."

"말투가 돌아왔구나."

지단이 주무르는 다리가 시원하여 몸을 뒤로 젖히고 앉아 지단이 하는 대로 옷을 벗기도록 두었다.

"아니지. 활옷은 그냥 두어야 할까 본디요. 첫날밤 끈 하나 댕겨지지 못하고 제 손으로 벗긴 것을, 힘들게 지은 옷이 아까워서라도 그냥 두고 새신랑을 기다려야 한당께요."

"쉿, 누가 들으면 어쩌려고. 입조심한다던 말이 하루를 가지 못하는구나."

늦은 시각까지 손님을 대접하고 마당을 밝히던 초롱불이 꺼졌다. 여운도 방으로 돌아올 수 있었다. 방 안에는 이미 주인이 들어 큰 창문에 비친 벽에 걸린 도포의 그림자가 여운을 기다리고 있었다. 머리를 한 번 만지고 옷고름을 가지런히 한 후 하얀 손을 들어 문고리를 잡았다. 등을 보이며 뒷걸음질로 방에 들어 얌전히 문을 닫았다.

'또…….'

이미 하인이 들어 잠자리를 봐드렸는지 서방님은 이마에 손을 올리고 누워 계셨다. 많이 피곤하셨겠지. 그래도 자신을 위해 불을 밝혀두신 것이리라.

이미 잠자리 준비로 몸을 정갈히 하고 든 것이라 옷만 벗어두고 자리에 누우면 되는 것인데, 제 옷고름을 푸는 손이 왜 이리 어색한 것인지 모르겠다. 서방님이 혹여 눈을 뜨지는 않으실지 살펴보고는 호롱불을 불어 불을 껐다. 어둠이 깔리자 그제야 옷고름을 잡아당겨 풀고 저고리를 얌전히 개어두었다. 벗은 치마에서 나는 소리를 손으로 눌러 그것도 접어 구석에 두었다.

먼저 자리에 든 주인이 따뜻하게 데워둔 이부자리를 들고 들어가는데, 목구멍에서 꿀꺽 큰 소리가 나 움직임을 멈추었다. 정적이 감도는 방 안에서는 이런 작은 소리도 여운의 귀에는 크게 울려 깜짝 놀라서였다. 서방님이 깰까 봐 조심스럽게 이불 안으로 들어갔다.

초가을 날씨라 해도 밤에 드는 바람에 고뿔이 걸릴 수도 있다 하여 명주솜을 톰톰이 짜 넣어 어머니께서 이부자리를 지어주셨다. 어머니의 정성이 담겨 이불 안은 따뜻하였다. 이불을 잡아 목까지 올려 덮는데 서방님이 몸을 뒤척였다. 그의 팔이 얇은 속저고리 안의 살을 스치고 지나갔다.

잠깐이었지만 스친 따뜻한 체온에 여운의 몸이 굳고 입이 벌어졌다. 서방님은 다시 깊이 잠이 드셨는지 움직임이 없었지만, 그가 품은 따뜻한 체온이 전해졌다. 여운은 서방님이 의식되어 눈을 감을 수 없었다. 조금이라도 움직이면 다시 살이 닿을 수 있는 가까이 누운 서방님을 깨울까 봐 작은 미동도 없이 천장만 바라보며 누워 있었다.

온종일 손님 대접을 하며 바삐 움직여 그리 피곤하였는데 잠도 오지 않았다. 그러다가 등을 돌리고 누운 넓은 서방님의 등에 얼굴을 한번 묻어보고 싶다는 생각이 들었다.

'무슨 생각을 한 것이야.'

잠시 든 생각에 고개를 흔들며 속으로 신음하였다. 생각만으로도 부끄러운 일이었다. 온갖 잡생각이 드는 것을 막을 수 없어 뜬 눈으로 새벽녘까지 지샌 후에 겨우 잠이 들었다. 그리고 꿈을 꾸었다.

꿈에서 여운은 그네를 타고 높이 뛰어오르고 있었다. 좀 더 하늘 높이 닿고 싶어 발을 구르고 싶은데 마음대로 움직여지지 않았다. 누군가 등 뒤에서 그네를 밀어 더 높이 오르게 해주었다. 치마가 펄럭이며 하늘을 날았다. 여운은 소리 내어 웃으며 그네를 띄웠다.

❊

"너무 서운해하지 말거라. 알성시가 얼마 남지 않았으니 신혼이라도 성균관으로 돌아가는 것이 옳은 일이다."

"예, 어머니."

그래도 너무 일찍이 아닌지. 시댁에 들어온 지 하루 만에 서방님은 성균관으로 돌아가셨다.

"정우가 숫기가 없어 네게 설명을 제대로 하지 않았을 것 같아 부른 것이다."

말하는 시어머니 윤씨가 서안에 올린 하얗고 마른 손이 미세하게 떨리고 있었다. 윤씨는 예민한 성격답게 마른 체구였다.

여운은 서방님의 하얀 피부가 시어머니에게서 온 거라는 걸 알아보았다. 서방님의 외모는 아버님을 더 닮았는데, 한번은 퇴청하고 돌아오시는 아버님을 빤히 보다가 뒤늦게 인사를 한 적도 있다. 시부모님을 보면 저절로 서방님의 얼굴이 떠오르는 것이 여운을 미소 짓게 하였다.

"너도 집안 살림 익히는 일로 바쁠 것이니 정우 일에 너무 신경 쓰지 말거라."

"예, 어머니."

이번에는 지단도 별말을 하지 않았다. 아씨께서 많이 서운해하실 텐데, 기분이라도 좋게 해드리고 싶었다.

"괜찮다. 그래도 아침 식사를 하며 인사를 해주시고 가셨잖니. 서운하지 않아. 과거가 더 중요하지."

"글지라. 과거만 합격하믄 집에 들어오시는 거니께요."

"응, 그렇지. 그러면 매일 집에 돌아오시지."

이제 여운이 해야 할 일은 서방님께서 과거에 합격하도록 마음을 다해 비는 일이었다. 결심한 일은 바로 행하는 성격의 여운은 그날 밤 직접 작은 상에 물 한 사발을 떠서 들고 안채를 지나 행랑채 사잇문을 넘었다. 뒷마당에 우물이 하나 있는 것을 봐두었다. 더는 사용하지 않는 우물이라 사람도 들지 않는 한적한 것이 제격이어서 낮에 봐둔 것이다.

사용한 지 오래된 우물은 곳곳에 이끼가 껴 달빛을 받아 음산한 기운을 풍기고 있었다. 주변을 둘러보고 혼자 그곳에 있기 무서워 지단이라도 데리고 올 걸 그랬나 생각했다. 그러나 곧 마음을 다잡고 손을 모았다. 지성을 드려도 모자랄 판에 다른 생각을 하다니.

둥근 달을 보며 손을 모아 소원을 빌었다. 서방님께서 수학에만 전념하시어 부디 이번 과거에 급제할 수 있게 해달라 마음으로 빌었다. 밤이 길어 얼마나 그 자리에 서서 소원을 빌었는지 모르지만, 다리가 떨려오도록 절을 한 후에야 우물가를 떠났다.

여운은 손에 든 보자기로 묶은 바구니를 연신 내려다보며 미소를 지었다.

"서방님 만나러 가니 그리 좋으신가?"

"그래, 좋다!"

왜 아니겠는가? 서방님이 성균관에 들어가신 지 보름이 넘도록 집에 들르지 못하고 계시다. 성균관에서 이 주에 한 번씩은 나갈 수 있도록 해주지만, 이번에는 성균관에 남아 과거에만 열중하고 싶다는 통보를 주셨다. 어제저녁 어머님께서 여운을 부르시어 성균관 밥만으로는 몸이 축날 것이니 특식을 만들어 가져다주고 오라 하셨다.

"이렇게라도 뵐 수 있으니 참만 다행은 다행이지라. 생과부가 되는가 하고 조마조마하더만."

"또, 또……."

"또, 또 이노무 입방정."

나이가 자신보다 여덟은 많은 지단이 저리 천진한 것은 아직 시집을 안 가서일 것이다. 평생 아씨를 모시며 살겠다고 시집은 절대 안 간다 해준 지단이 고마우니 저 입이 가끔 얄미워도 봐줘야지.

성균관 동문 앞에 서서 기다리니 한성부 판윤 댁에서 오셨다는 소리에 성균관 서리가 나와 연신 허리를 굽히며 인사를 하였다.

"관서 안으로 직접 드실 수는 없사온데……."

"그래서 부탁을 하는 것이 아닌가? 가마도 없이 먼 거리를 이 무거운 짐을 들고 오신 길이네. 그래서 미리 연통도 넣지 않았는가?"

장옷을 쓰고 뒤로 물러서 계신 아씨를 대신해 지단이 나서 눈을 크게 뜨고 또박또박 말하였다.

"예, 예, 그랬습죠. 연통은 받았습죠. 그런데 요즘 규율 단속이 심해져 기숙사로 드시기는 힘드시고, 식당 칸에 자리를 마련해 두기는 하였는데 괜찮으실지."

"난 상관없네."

장옷 사이로 맑은 목소리가 흘러나왔다.

"자리는 상관없다 하시니 어서 앞장서 주시게. 음식이 다 식으면 먼 길 재촉해 온 것이 무슨 소용인가."

시댁 하인들처럼 한양 토박이 말투를 따라 한다 요란이더니 말주변까지 늘었질 않나. 자신이 하고 싶은 말을 대신 해준 지단이 덕에 오래 기다리지 않고 성균관 안에 들어설 수 있었다.

대부분의 유생이 집으로 돌아가 넓은 마당에 서리를 따라 걷는 여운과 지단만이 있었지만, 여인의 출입이 자유롭지 못한 곳에 든 것에 왠지 위축되어 총총걸음으로 걷게 되었다. 대성전 앞을 지나 옆문을 통해 식당까지 안내되어 대청마루에 올랐다. 노복이 드나드는 곳이라 오붓한 시간을 기대할 수는 없어도 한성부 판윤 댁이나 되니 이런 공간이라도 허락한 것이다. 그래도 유생이 휴가를 얻어 집으로 돌아가고 없으니 노복들도 반촌집으로 돌아가 식당 칸도 한적하기는 하였다.

"아씨, 서방님 드십니다."

'응, 보았다.'

멀리서 문을 넘어 들어오는 정우의 모습에 눈을 떼지 못하고 있었다. 떨리면서도 시선을 거둘 수 없었다.

"오셨습니까."

딱딱한 인사였다. 부부로 지낸 시간이 며칠 되지 않으니 그런 것이겠지. 지단이 눈치껏 자리를 피해주었다.

기껏 주인을 위해 자리를 피해준 것인데 남겨진 여운은 입을 떼어 안부 인사를 하는 것이 뭐가 그리 어려운지 고개만 숙여 인사를 하였다. 정우가 자리를 잡고 앉으니 여운이 서둘러 싸온 바구니를 열고 음식 그릇을 꺼내어 하얀 천을 깐 자리 위에 꺼내놓았다.

"이런 수고는 하지 않는 편이 나을 겁니다."

서방님의 젓가락을 가지런히 하던 손이 잠시 멈추었다.

"성균관에서도 식사는 잘하고 있으니 어머니께 사식은 필요 없다 전해주십시오."

여운이 들었던 젓가락을 숟가락 옆에 내려놓았다. 괜스레 제 욕심에 서방님이 공부할 시간을 빼앗아 미안한 마음이 들었다.

"국이 식었을 텐데."

말을 그렇게 하셔도 서방님은 숟가락을 들어 밥을 먹고 국도 떠서 드셨다. 식사하는 모습을 보며 여운은 엷게 미소를 지었다. 식사에 방해가 될까 다른 말 없이 반찬을 떠 밥 위에 얹어드리기는 하였지만, 이마저도 정우의 숟가락이 멈추는 것을 보고는 손을 무릎에 두고 가만히 앉아 있기만 하였다.

"잘 먹었습니다."

깍듯이 인사를 하는 서방님의 모습에 서운한 마음이 드는 것은 어찌할 수 없었다. 부부 정이 아직 들지 않았으니 시간이 필요했다. 과거 때문에 얼마나 신경을 쓰실지 알 수 있어 웃음기 하나 없는 얼굴에 서운해하면 안 된다 다독였다.

"고맙습니다."

인사를 하고 정우는 돌아서 서재 기숙사로 돌아갔다.

"그래도 여인들은 쉽게 드나들 수 없다는 성균관 구경도 하고 이게 어디어라."

돌아오는 길에 지단이 아씨의 눈치를 보며 빈 그릇이 담긴 보따리를 모두 챙겨 들었다.

"그래."

"다음에는 더 맛난 거 만들어서 오시면 되지라잉."

"응."

불편해하시는 서방님의 모습을 보니 성균관을 드나드는 일은 삼가야겠다는 생각이 들었다. 과거까지 얼마 안 남았으니 수학에만 집중하는 것이 옳았다.

❋

여운은 초조한 마음으로 방 안을 왔다 갔다 하였다. 어머니를 따라 과장에 가서 직접 눈으로 확인할 것을 그랬다 후회해 봐도 소용없었다. 과거 결과를 아침 일찍 방을 붙인다 하던데, 해가 중천에 떠도 소식을 알려주는 이가 없으니 걱정만 되었다. 혹시나 드는 생각에 고개를 저어 날려 버렸다.

부정 타게 무슨 생각을 한 거야? 어젯밤은 새벽닭이 울 때까지 지성을 드렸으니 분명 서방님은 과거 급제하셨을 거야. 하루도 쉬지 않고 시험공부만 하셨으니 당연한 일이지.

"아씨."

지단의 목소리에 바로 방 문을 드르륵 열었다.

"그래, 무슨 소식이 왔느냐?"

"아니어라. 지가 다 궁금해서 못 참겠어라. 지라도 나가 알아보고 오겠어라."

"그러다 길이라도 엇갈리면 어째."

"지가 소식을 전하지 못하면 다른 이가 먼저 오것지라. 이래야 아씨 속이 덜 탈 거 아녀. 지가 얼른 나가 알아보고 오겠어라."

그러는 편이 나을 것 같았다. 지금까지 아무 소식이 없는 것이 이상하였다. 지단이를 보내고 손이라도 바삐 놀리는 편이 나을 것 같아 난초 화분을 들고 나와 마당의 그늘진 곳에 놓았다. 서방님께서 아끼시는 난이라 다른 하인을 시키지 않고 여운이 직접 돌보고 있었다. 마당 구석에 쪼그리고 앉아 마른 수건으로 난 잎을 하나하나 정성스럽게 닦았다.

"아씨."

아침에 어머님을 따라나섰던 장쇠가 돌아왔다. 깜짝 놀라 일어나 두근거리는 가슴으로 장쇠를 보았다.

"그래, 가던 일은 잘 보았느냐?"

"예, 예. 아씨, 장원급제입니다요. 급제하셨다 합니다요."

"정말이냐?"

입가를 가린 여운의 두 손이 떨려왔다.

"급제, 그냥 급제도 아니고 장원이라고요, 아씨."

이리될 줄 알았다. 서방님을 믿고 있었다.

"어른들께서는 어디 계시느냐?"

"아직 돌아오지 않으셨습니다. 아씨께서 기다리실 것이니 먼저

가 소식을 전해 드리라 하셨습니다요."

"응, 고맙다."

기쁜 소식을 전해준 장쇠가 고마웠다. 이제 된 것이다. 그리 바라던 일이 이루어졌으니.

그 길로 부엌으로 갔다. 언제 축하 인사를 하러 손님이 들지 모르니 넉넉히 쌀을 불려두라고 부엌일을 맡아 하는 율이 어멈에게 일러두었다.

장원급제를 하여 임금님께서 내리신 어사화를 복두에 꽂고 들어오시는 모습은 얼마나 멋지실까? 직접 그 모습을 보고 싶어 행렬이 마을 턱에 들어오면 알리라고 장쇠를 다시 내보냈다. 부엌으로 들어와 어제 끊어온 고깃감을 찬물에 담가 핏물을 빼는 일을 시켰다. 좀 더 넉넉히 끊어오라 할 것을 그랬나?

고기에서 서서히 오르는 붉은 피가 물에 희석되어 연해지더니 시간이 지나자 붉은 물이 차올랐다. 여운은 피를 보면 속이 불편해졌다. 습관처럼 오른손을 쥐었다 폈다 하였다. 어릴 적 손목을 다쳤을 때 붉게 뿜어 나오는 피를 보고 혼절을 했다 들었다. 그때 받은 충격에서인지 그에 관한 기억은 사라졌지만, 무의식중에 피를 보면 가슴이 달라붙고 답답해져 흉터가 생긴 오른손이 떨려오는 것이다.

"마님께서 돌아오셨습니다."

시어머니께서 돌아오셨다. 어머니께서 대문으로 들어오셔서 바로 안채로 향하시는 모습을 보았다.

"다녀오셨습니까."

어머니의 안색이 좋지 못한 것이 밖에서 오랜 시간 기다리시느라 그러신 모양이다.

"그래, 소식은 들었느냐?"

"예, 매우 기쁜 일입니다."

"그렇구나. 난 좀 피곤해서 들어가 쉬어야겠다."

몸이 약한 시어머니께 하루 종일의 외출은 너무 힘든 일이었는지 얼굴에 핏기 하나 없는 모습이셨다.

"그러면 손님 맞을 준비를 할까요?"

"아니다. 오늘 손님이 들 것 같지 않구나. 그냥 두거라."

장원급제자 집에 손이 들지 않다니. 이대로 넘어가는 것이 이상한 일이었다. 준비한 고기는 다 어쩐다. 장정 서른은 배불리 먹을 수 있는 양인데.

시아버님까지 집에 드셨는데, 서방님께서는 늦은 저녁까지 돌아오시지 않고 계셨다.

"보통 장원급제자 집으로 손님들이 몰려드는 법인디, 이번에는 다른 댁으로 몰려간 것 같다 혀요. 서방님도 거기 끌려가셨나."

어찌 된 일인지 지단이 집에 돌아와서야 전해 들을 수 있었다. 집에 어른들이 드셨으니 돌아와 예를 먼저 올리는 것이 당연한데. 곧 오시겠지. 기다리는 사람 속만 탔다.

방 안에 앉아 경대를 꺼내어 참빗으로 빗질을 하였다. 창백한 얼굴이 마음에 걸려 입술연지라도 덧발라야겠다 생각했다. 시부모님을 모시고 있어 치장은 과하지 않게 하도록 하였지만 오늘 밤은 붉은 연지를 바르고 싶었다. 붓에 연지를 묻혀 입술에 칠했다. 선명한 연지 색에 하얀 피부가 돋보여 창백해만 보이던 것이 빛이 났다. 그러다 수건으로 입술을 물어 닦아냈다.

"너무 진하겠지."

밖에서 호들갑을 떠는 지단의 소리가 들렸다. 서방님이 돌아오셨다. 경대를 서둘러 닫아 구석에 밀어두고 방을 나와 마당으로 나갔다. 마당에 어둠이 깔렸지만 해가 아주 저문 것은 아니어서 불이 없어도 서방님이 들어오시는 모습을 똑똑히 볼 수 있었다. 그런데 어사화는 구경할 수 없었다. 관복을 입고 복두를 쓰고 계셨지만 어사화를 달고 들어오지 않으셨다.

이럴 줄 알았으면 아침나절에 어머니를 따라나설걸. 임금님께 어사화를 받으시는 모습을 볼 수 있었을 텐데.

빠른 걸음으로 서방님에게로 다가갔다. 마당 안으로 들어오시는 서방님 앞에 거의 다다랐을 즈음, 다리가 저절로 멈춰져 머뭇거리게 되었다. 서방님이 선 뒤로 낯선 여인이 모습을 드러내었다. 여운은 그 자리에 멈추어 섰다. 자신의 모습은 보이지 않는 것인지 서방님은 그 여인을 안내하여 별채로 드셨다.

여운은 그 자리에 서서 지금 이 이상한 광경을 누군가가 설명해주기를 기다렸다.

"아씨, 마님께서 드시라 하십니다."

하인 둥이가 여운을 부르러 왔지만, 그 소리가 귀에 들어오지 않았다. 머리에 이상한 소리가 가득 차 생각이 멈추었다. 불길한 느낌에 지금 상황이 이해가 가지 않는다 되뇌기만 하였다.

"그 아이가 오늘 들지는 몰랐다만 어쩌겠니. 네게 미리 말을 안한 것은 나도 이렇게 될 줄은 몰라서였다."

서방님께 다른 여인이 있다! 지금 어머니께서 그렇게 말씀하고 계시다. 그렇게 기다리던 서방님께 다른 여인이 있다.

"너무 걱정하지 말거라. 오늘은 어쩔 수 없이 일이 이리 되었지만, 내가 다 알아서 할 것이다. 너는 그냥 지아비 마음 다잡을 일에만 신경 쓰거라."

불안정한 표정으로 푸른 힘줄이 솟은 손을 안절부절못하는 시어머니의 모습을 보았다. 여운은 아무 말도 못 하고 안채를 나왔다.

안채에는 두 채의 건물이 있어 시집오며 어머님이 쓰시는 안방 뒤편에 방을 얻었지만 발길을 별채로 향하였다. 서방님이 든 저곳이 자신의 자리인데 홀로 안채에 들 수 없었다. 그러나 별채에 다다랐는데도 사잇문을 바라보고 서 있기만 하였다. 그때 어둠 속에서 손이 나와 여운을 끌어당겼다.

지단의 손에 이끌려 안채의 방으로 들어섰다. 저항할 힘도 없이 끌려와 방에 앉혀졌다.

"거기 가셔서 뭐 하실라고라? 그냥 계셔야 혀요. 지가 무슨 일인지 알아볼 것잉께 그냥 계셔라."

소맷자락을 너무 힘주어 잡아 손이 부들부들 떨리고 있다.

"아이고, 이게 무슨 일이랴. 불쌍한 우리 아씨. 이를 우짜쓰까."

지단이 여운의 손을 꼭 잡아수었다.

알 수 없는 일이다. 서방님께 다른 여인이 있다니. 생각하기도 싫은 일이었다.

새벽이 되어 부엌으로 들어서는데 먼저 부엌문을 열고 들어가는 여인의 등을 보았다. 여인이 든 자리를 염탐이라도 하는 사람처럼 부엌에 들지도 못하고 문 앞에 서서 안에서 나오는 소리를 들었다.

"아주매, 안녕하셨소."

율이 어멈과 아는 사이인지 둘의 대화가 이어졌다.

"어쩌려고 여길 들어와? 어쩌려고?"

"내가 갈 데가 어딨어. 내가 온 게 싫소?"

"이것아, 네가 고생할 것 같아 그러지."

"나 여기 아니면 갈 데 없어. 그러니 그러지 마요."

여운은 더는 그 자리에 있지 못하고 돌아서 나왔다. 모두가 아는 일이었나 보다. 저 여인의 존재를 자신만 모르고 있었던 모양이다.

여인이 집에 든 지 사흘이 지났다. 집에서 마주치는 여인을 피해 다니기만 하였지 정작 서방님의 얼굴은 볼 수 없었다. 이 집에 자기 사람이라고는 없어 도움을 청할 곳도 없었다.

친정어머니께 이 사실을 알려야 하나 고민하다가 생각을 접었다. 시집에 들어오면 이 집 사람이 되는 것이다. 시댁의 일을 알려

봤자 좋을 것이 없다 여겼다. 자신도 영문을 모르는 일로 부모님께 걱정을 끼쳐 드리고 싶지 않았다. 시어머니의 말씀도 있었다. 기다리면 어머니께서 알아서 하실 것이라 하였다.

이제야 그간 차갑게 대하시는 서방님의 태도가 저 여인 때문이었나 생각이 들었다.

여인은 소박한 모습이었다. 호리호리한 몸에 치맛자락을 끈으로 묶고 다니는 것이 높은 신분의 여인은 아닌 것으로 보였다. 혼자 고민해 봐야 알아낼 수 없는 물음뿐이었다.

방에 들었는데 서방님의 난초 화분이 없었다. 화가 났다. 있어야 할 물건이 제자리에 없는 것을 보고 화가 나 하인 율이를 불렀다.

"그건 서방님께서 돌아오셨으니 사랑채로 옮긴 것이라 합니다."

"왜 허락도 없이 옮기는 것이냐? 나한테 물어야 하는 것이 아니냐. 내가 돌보던 것이 아니냐?"

괜한 역정이었다. 화를 낸다고 돌릴 수도 없는 일인데.

며칠이 지나 지단을 통해 그 여인에 대해 전해 들었다. 이 집 사람들과 알고 있는 것 같더니 갓난아이일 적에 집에 들어온 업둥이라 했다. 마님은 머리 검은 짐승은 거두는 것이 아니라며 처음부터 반대하였으나, 대감마님께서 거두라 하여 이제껏 키운 것이라 하였다.

"집안 하인들도 다 고것에 성을 붙였는지 한마디도 열지를 않더랑께요. 갓난이 고것에게 면경 하나 쥐어주고 겨우 입을 열게 한 거여라."

지단의 말을 들으면서도 믿을 수 없는 일이었다. 집에 들인 업둥이를 서방님이 거두신 것이라니. 그 여인은 다은이라는 제대로 된 이름까지 있었다. 대감님이 이름을 붙여주고 성은 청지기 문씨의 성을 따다 붙였다 한다. 집에 들인 아이를 청지기의 양녀로 삼아주고, 여느 하인과는 다른 대우를 받았다 하여 수군대는 이들도 있다고 했다.

"마님께서 문씨를 그리 싫어하셨다 했어라. 그도 그럴 것이, 수상하지 않어라? 계집을 업둥이로 두었으면 집에서 일을 부리려 두는 것일 텐디요. 부엌일은 도왔지만 다른 허드렛일은 시키지도 않았다고 혀요."

이 댁 청지기 문씨는 양인이라 들었다. 다른 댁에서 일하던 이를 수완이 좋아 대감마님께서 직접 부른 것이라 문씨 내자가 항상 자랑을 했다 하였다. 신분도 모르는 아이를 거두어 양인 신분으로 만들어주고, 딸같이 애정을 주었다 하니 누가 봐도 이상한 일이었다.

"마님은 항상 문씨를 의심하였다 혀요. 혹시나 대감마님께서 돌봐야 할 아이가 아니었을까……."

그럴 리가 없질 않은가? 그렇다면 어떻게 서방님께서 첩으로 들이려 하신단 말인가?

제일 먼저 정우와 다은의 사이를 심상치 않다 눈치챈 사람이 이 댁 마님 윤씨였다. 아들이 어릴 적부터 그 아이와 오누이처럼 잘 지낸다는 것을 알았지만, 고 역시 같은 것이 보내는 눈길을 보고 아차 싶었다. 그간 대감을 의심하며 정작 저것이 커가고 있다는 것을 잊은 것이다.

내 이리될 줄 알았다. 저것을 처음부터 거두는 것이 아니었다. 어찌해서든 막았어야 하는 일을 일이 벌어지고서야 손을 쓰다니. 저것을 이 집에서 치워야 한다는 생각만 하였다.

윤씨는 황급히 손을 써 다은을 데리고 갈 자리를 알아보라 사람을 썼다. 다 큰 처녀를 시집보내 버리는 것만큼 좋은 방법이 없다 여겼다. 그런데 정우가 그 사실을 알고 집안을 뒤엎었다. 그 늙은 장사꾼에게 다은이를 보내면 자신은 다은이와 이 집을 나가겠다고 으름장을 놓았다. 혼삿날도 잡힌 아이가 저리 나오자 대감님에게서 불호령이 떨어졌다.

윤씨는 더는 참을 수 없었다. 대감께서 이렇게 자신을 타박할 일이 아니었다. 이 모든 것은 대감에 의해 일어난 일이 아닌가.

"어찌 제게 이러실 수 있으십니까? 그것을 들인 것은 대감이십니다. 그동안 제가 어떤 마음으로 살았을 거라 생각하십니까."

"아니라 하질 않았소. 몇 번을 더 말해야 믿을 것이오."

"그럼 왜 이 지경이 되도록 그 아이를 두둔하시는 겁니까?"

"그 아이는 내가 거둬야 할 아이요."

"우리 정우는요? 저 아이 성격을 아시지 않습니까. 자기가 옳다 여기는 일에 뜻을 굽힌 적이 있답니까. 어떻게 저 아이 마음을 돌리시려고요. 사돈댁에서 이 사실을 알기라도 하면 그때……."

"내가 정우를 타일러 보겠소. 그러니 다른 소리 말고 아랫것들 입단속이나 시키시오. 이 집에서 말이 새어 나가지 않으면 사돈댁에서 알 일은 없을 것이 아니오."

이 혼사에 흠이 가는 일이 있어서는 안 된다. 이 혼사는 갈라진 노론의 세를 다시 모으는 중요한 역할을 하는 것이다. 아들의 출사를 핑계로 혼례를 미루면서 충분히 정치적 타진을 할 시간을 벌었다. 이제야 병조판서 정학임 대감과 손을 잡게 되었다 여겼는데 아들을 믿은 것이 잘못이었다.

김 대감은 아들 정우의 마음을 돌리기 위해 혼례를 올리고 입신한 후 하고 싶은 대로 해도 늦지 않다 타일렀다. 안사람이 다 늙은 상단 행수에게 다은이를 억지로 시집보내려고 하지만 않았어도 충분히 정우를 설득할 길은 많았다. 정우는 다은이는 자신이 돌봐야 한다고 고집하였다. 어머니께서 다른 어떤 일을 벌일지 모른다며 완강하였다.

김 대감은 아들을 위한다고 이제 와 다은이를 버릴 수는 없다. 다은이는 자신이 지키기로 약속한 억울하게 죽은 오랜 벗의 딸이다. 딸처럼 키우겠다 약조하였는데, 정우가 거두는 것도 하나의 방법일 수 있을 것이라는 생각마저 들었다. 그만큼 다은이를 키우며 정을 많이 준 까닭이다.

여운은 아침 일찍 일어나 시부모님께 인사를 올리고 안채를 나와 뒤뜰로 향하였다. 오늘 밤 제사를 지내야 하기에 제기를 닦아두라 일러두었는데, 상에 올리기 전 미리 확인해 두려는 것이다. 상에 올릴 제기를 보관한 뒤뜰 곳간 문이 열려 있는 것을 보니 율이 어멈이 먼저 일을 시작하고 있나 보다. 아직은 살림에 더 익숙한 율이 어멈이 하던 대로 곳간 열쇠를 어머니께 받아 일을 보고 있었다.

"제기들은 어디에 두었는가, 어멈?"

곳간에 들어서는데 문씨가 제기를 담은 소쿠리를 들고 일어서고 있었다.

저 사람이 왜 여기 있는 것인지. 자신을 피하는 것인지 얼른 밖으로 나간 문씨의 뒷모습을 보다가 따라 나왔다.

다은은 퇴청마루에 앉아 마른행주로 제기들을 닦아 옆에 쌓아두고 있었다.

여운도 문씨를 없는 사람처럼 대했으니 인사도 없이 저리 방자하게 구는 것을 뭐라 하려는 것이 아니었다.

'왜 저이가 저것을 닦고 있는 거야?'

"아, 아씨, 나오셨습니까?"

"어멈, 내가 제기를 살펴본다 일러두지 않았는가?"

괜한 화가 율이 어멈에게 돌아갔다. 오늘은 이대로 넘어갈 수 없었다. 제사상에까지 저이가 손을 대는 것이 싫었다. 이 집에 시집왔으니 이 일은 자신이 하는 것이 옳았다.

다은이 제기를 닦던 손을 멈추고 자리에서 일어났다. 다은이 닦다가 만 제기가 퇴청마루에 그대로 놓여 있다. 여운이 바닥에 놓인 제기를 바라보다가 이리로 다가오는 문씨의 얼굴을 보았다. 오늘은 그 얼굴을 똑바로 바라보았다.

"아주매, 육포 불려 놓은 거 어디 있소? 어제 부친 육포전은 제사상에는 올리지 마오."

"응? 그럼 제사상에는 뭘 올리나."

"조상님이라고 그 질긴 걸 씹으실 수 있답니까. 덜 불려서 질긴 걸 어찌 올리오. 육포전은 우리 집에서만 올리는 거라 빠지면 소리를 듣게 될 거요. 빨리 서두르면 상에 올릴 육포전이랑 어른들 상에 올릴 전까지 준비할 수 있을 것 같으니까. 내 전부 다시 부쳐 낼 것이니 헷갈리지 않게 어제 부친 전은 따로 광에 넣어두는 게 좋겠어요."

"그, 그래. 그러자."

문씨는 율이 어멈에게 할 말만 하고는 부엌에서 소쿠리를 챙겨 마당으로 나갔다. 여운은 곁에 서서 아무 말 없이 문씨가 움직이는 모습을 눈으로만 좇다가 입술을 깨물었다.

율이 어멈이 눈치를 보다가 다은이 사라진 것을 보고 여운에게 고개를 숙였다.

"아씨, 명을 어긴 것이 아니고 원체 저 아이가 제사 음식에 손을 많이 써서, 없이 하려고 사람을 사서도 부려봤는데 영 시원치 않아서요."

"그게 지금 하는 소리인가?"

"어찌합니까. 제사는 치러야 하는데 음식만큼은 제가 다 맡을 수는 없는 일입니다."

어머니께 아직 인정을 받지 못해 곳간 열쇠도 받지 못한 것과 같이 새아씨를 인정하지 않는 것은 이 댁에 오랫동안 일해 텃세를 부리는 하인들도 마찬가지였다.

하긴, 주인이 부인을 두고 다른 이를 데려다 앉혔는데 자신에게 체면이란 게 어디 있겠는가? 눈치를 보느라 주인이 데려다 놓은 여인에게 싫은 소리 한마디 못 하는 주제에……. 주인을 무시하는 하인을 꾸지를 힘도 없는 것이다.

"그런가? 그럼 어멈은 내 도움은 필요 없는 것인가 보군."

늙은 하인이 납작 엎드렸다.

"아씨, 이번만 그냥 넘어가시지요. 이번 제사는 김씨 문중 가장 큰 제사입니다. 큰댁이 낙향하시어 제사를 모두 이 댁에서 치르게 되었습니다. 이번은 그냥 넘어가야 합니다. 마님께서도……."

입을 닫는 어멈의 말이 무슨 뜻인지 알았다. 친척이 다 모이는 자리에 버젓하게 제를 치르고 싶으신 게지. 시어머니께서 신접살림에 손이 서투른 며느리에게 중요한 제사를 맡길 수는 없어 모르는 척하신다는 것이다.

"알겠네."

늙은 하인이 그제야 자리를 뜨는 아씨를 본 후 아픈 허리를 두드리며 자리에서 일어났다. 평소 여운에게 잘하던 어멈까지 저런데, 다른 하인들이 은근히 자신을 우습게 본다는 건 여운도 알고 있는 일이었다.

이 집에서 오랫동안 일한 하인들은 모두 다은의 존재를 알았다. 어릴 때부터 대감님의 귀여움을 받은 이 댁 업둥이를 함부로 대하는 이가 없었고, 도련님이 장성하면서 둘의 사이가 보통이 아니라 입방아를 찧는 이들도 있었다. 남매라 소문이 돌던 것이 이때쯤에는 안방 차지하는 거 아니냐며 우스갯소리를 하기도 하였다.

여운은 마당으로 가 일손을 도우러 온 동네 아낙들 사이에 앉아 소매를 걷어붙이고 전을 부쳤다. 제사 며칠 전에 먼저 한양으로 올라오신 친척분도 계시니 집안에 흉이 될 소문이 나지 않도록 당부하신 어머니의 말씀을 기억하였다. 며느리가 들어오고 처음 맞는 제사라 시댁 어른들께 밉보여서는 안 된다 하셨다. 며느리의 역할은 제대로 해야 한다 마음을 다잡았다.

명태전을 다 부쳐 차곡차곡 쌓아놓고 육적에도 손을 대었다. 일을 부리는 동네 아낙이 제가 하겠다 나섰지만, 여운은 전이라도 붙여야 마음을 가라앉힐 수 있을 것 같아 손을 놓지 않았다.

다른 이들은 몰라도 이를 지켜보는 지단은 아씨 속을 잘 알고 있었다. 이 댁에는 마님께서 몸이 약하시어 자주 병석에 눕는 것이 원인인지 종들이 집안일을 거의 도맡아 하고 있었다. 그래서 문씨라는 서방님이 데리고 들어온 여인이 그동안 살림 곳곳을 맡아 하고 있었던 모양이다.

종들이야 자기 손, 다리 편하게 해줄 주인 찾아 모시는 것이지,

새로 들어온 제 앞가림도 못 하는 새아씨 뒤에 서는 이는 없었다.

"아씨, 지가 하겠어라. 아랫것들이 하면 될 일을 아씨께서 왜?"

"그냥 두거라."

육적을 굽는 연기에 눈이 따가워 그런 것인지 아씨의 눈이 붉어져 있다. 지단도 이러지도 저러지도 못 하고 속상하여 옆에 앉아 꿰어놓은 육적을 뒤적이며 일이나 거들자 하였다. 제 눈에서도 눈물이 쏟아질 것 같은데 아씨야 얼마나 속이 쓰리실까.

"지단아, 친정에서 이 사실을 아셔서는 안 된다."

아씨를 도울 사람이 누가 있다고? 아씨가 무르고 착하니 얕보고 이런 취급을 하는데. 뒤를 봐주는 친정이 없으면 어떻게 될지도 모를 일인데. 순진한 아씨, 자신의 처지를 아직 모르는 모양이다.

자시가 되어 밤이 깊어지자 제사를 올렸다. 김씨 집안 남자들이 조상의 신주를 모시기 위해 새로 지은 사당에 먼저 올랐다.

여운은 마당에 서서 사당에서 새어 나오는 밝은 빛을 바라보았다. 시어머니 윤씨가 사당에 오르고 여운이 그 뒤를 따랐다. 사당에 올라 어머니 뒤에 서서 제사 지내는 모습을 바라보았다.

제주가 향을 피우자 사당에 진한 향냄새가 퍼졌다. 분향한 후 제주가 다시 술을 따라 세 번 모사 그릇에 붓고 절을 두 번 하니 뒤에 선 남자들이 재배를 하였다. 제일 뒷줄에 선 부인들은 네 번 절을 하였다.

절을 하면서도 여운의 시선은 한곳을 향하였다. 정우를 향한 시선에 향에서 피어오르는 연기에 눈이 아려와 눈물이 한 방울 떨어졌다. 마지막 절을 올리고는 고개를 숙였다. 다시 서방님의 모습을 보면 눈물을 멈출 수 없을 것 같아서였다. 이렇게라도 서방님을 보고 싶은 마음이란 바보 같은 것이었다.

이렇게 서방님의 처로서 제사를 올리며 조상님께 인사를 드리는 것은 자신인데, 자신은 이 집에서 자리가 없었다. 서방님이 자신을 버리시니 설 자리가 없었다.

제주 왼편에 앉은 축을 맡은 어른의 축문 읽는 소리가 들리자 마음을 진정시키고 여운이 다시 고개를 들었다. 이렇게라도 보지 않으면 언제 또 뵙게 될지 모르는데. 시선을 고정하고 임을 눈에 담았다.

제주가 다시 재배를 올리고 자리에 돌아오자 제를 지내던 친척들이 사당을 내려와 마당에 섰다. 사당을 밝히던 불빛이 낮춰지고 제관들은 침묵하며 자리를 지키고 서 있기만 하였다. 한동안 그렇게 서 있다가 제주가 앞으로 나서니 제를 지내던 사람들이 조용히 다시 사당에 올랐다.

그때 고개를 돌려 뒤로 시선을 주는 정우의 시선과 잠시 마주쳤다 여겼다. 잠깐이었지만 여운이 선 자리를 정확히 알고 있는 시선이 자신을 향하다 뒤돌아섰다. 여운은 가슴이 철렁하였다. 자신을 찾아준 시선에 가슴이 뛰었다. 오늘은 그의 부인으로서 조상님께 인사를 올리는 자리다. 그의 뒤에 설 자격이 있는 것은 자신뿐이었다.

제를 마치고 친척분들 식사를 챙기고 분주히 움직이며 살펴보아도 문씨 모습은 보이지 않았다. 제가 지금은 서방님의 마음을 차지했을지 모르지만, 사람들 앞에서, 친척들 앞에서는 숨어 있어야 하는 몸이다. 여운은 이제 울고만 있지는 않겠다고 마음을 굳게 먹었다. 자신이 선 이 자리를 지킬 것이리라 마음먹었다.

"서방님, 이제 드십니까?"

장쇠가 정우가 집에 들자 대문을 열어주었다. 그 뒤에는 여운이 서서 인사를 하였다. 매일 저녁을 그렇게 하였다. 들어오시는 시간이라도 나가 맞아드렸다. 정우는 여느 때처럼 예를 갖추어 인사를 하고는 사랑채로 들었다.

'홍문관에 드시어 새로운 일에 적응은 잘하고 계시는지요? 관직에 오르는 신참에게 짓궂게 구는 이들도 있다던데, 서방님께서는 괜찮으신 것이지요?'

따뜻한 대화를 주고받고 싶었지만 등을 돌리고 가시는 서방님의 뒤를 따라 조용히 걸었다. 사랑채에는 집안 남자들이 자유롭게 지낼 수 있도록 아녀자는 되도록 들지 않았지만, 여운에게는 자유롭게 드나들도록 허락되었다. 이마저도 못 하면 여운이 제 서방과 함께할 수 있는 시간조차 없다 하여 어머니께서 특별히 허락하셨다.

여운은 서방님의 뒤에 한참은 떨어져 걸으며 서방님이 방에 들자 벗어놓은 신을 가지런히 챙겨놓았다. 주인이 방에 들어 방에 불이 켜지고 움직이는 그림자를 보다가 그곳을 나와 부엌으로 향하였다. 부엌에 들어 쌀쌀한 겨울밤에 야식으로 내놓으면 좋을 식혜를 떠 나무 쟁반 위에 놓고 사랑채로 향하였다. 그런데 다시 든 사랑채에는 조금 선에 놓아 있던 불이 꺼져 있다. 쟁반을 잡은 손에 힘이 빠졌다. 사랑채를 나가셨으면 별채에 드셨을 텐데.

이제는 필요 없게 된 식혜를 내려다보며 터덜터덜 행랑채를 지나 뒷마당으로 향하였다. 달이 이리 밝은 밤에는 생각나는 일이 하나밖에 없었다. 들고 온 식혜를 내려놓고 두 손을 모았다. 처음에는 음산하여 무섭던 우물가가 지금은 여운이 이 집에서 마음을 내려놓을 수 있는 유일한 곳이 되었다.

"비나이다. 비나이다. 부디 우리 서방님 입신하시어 뜻을 이루시고, 부모님 평안하시어 가족에 화평을 주옵시고, 이 한 몸 기대고 싶은 밤 이렇게 달님이 허락하시어 평온을 찾게 해주시고, 비운 마음으로 돌볼 수 있게 하시고……."

그때 구석진 곳에서 신발이 흙 위에 끌리는 소리가 나 여운은 놀라 옷고름을 움켜쥐었다.

"뉘시오?"

몇 번을 다시 보아도 어둠 속에서 나온 얼굴은 자신의 소원이 향하던 그분이었다.

"서방님……."

"이곳에서 뭘 하십니까?"

"저는 그냥 소원을……."

"이곳이 나만의 공간은 아니었군."

성균관으로 떠나 집을 비운 사이 여운이 이 집에 남긴 자취를 애써 외면하려 하였지만 이렇게 또 맞닥뜨려야 했다.

"제가 피해 드리죠."

"아닙니다. 제가, 제가 가겠습니다."

"아닙니다. 이 집에서 이만한 곳을 찾기 힘들 겁니다. 그냥 계십시오."

돌아서려는 서방님을 어떻게든 잡아두고 싶었다.

"제가 이 식혜를 서방님께 드리러 갔었습니다. 그런데 방에 불이 꺼져 있어 이렇게 가지고 나온 것입니다."

정우가 돌아서 여운이 내미는 식혜를 내려다보았다.

"지금 그건 제사로 치면 제사상에 올리던 제수가 아니오. 그리고 난 산 사람이 아니오."

"예? 아!"

잠시였지만 서방님의 웃는 얼굴은 처음이었다. 여운이 얼굴이 붉어져 식혜를 내려다보다가 얼른 손을 내렸다.

"다시 떠오겠습니다. 서방님 방에 계시면……."

"아니오. 되었습니다. 그만 들어가 쉬십시오."

정우가 그대로 돌아서 우물가를 떠났다. 여운은 한숨을 쉬며 바보 같은 자신을 책망할 수밖에 없었다.

식혜 그릇을 들어 우물가를 돌며 식혜를 골고루 뿌렸다. 그래도 달님이 소원은 들어주셨어. 서방님께서 말을 걸어주셨잖아.

정우는 그곳을 돌아서 나오며 굳은 표정이 되었다. 부인 앞에서 자신을 내보이지 않으려 노력하였는데 그만 실수를 하였다. 저 여인이 좀 더 모진 여인이었다면 이런 연민이 들지는 않았을 것이다. 여리게만 보이는 모습으로, 붉어진 눈으로 제사를 올리던 모습을 보고 자신이 조상님들 앞에서 용서받지 못할 죄를 지었다는 것을 깨달았다. 다은이 불쌍하여 그녀를 감싼다는 것이 다른 여인을 아프게 하는 일임을 그날 뼈저리게 깨달았다.

감정을 섞지 않으며 남으로 살면 된다 여겼는데. 조상님들 앞에 선 저 여인은 자신의 부인이었다. 정실을 두고 후실을 두려는 자신은 용서받지 못할 죄를 지은 것이다. 하지만 다은이를 버릴 수 없었다. 어린 모습의 다은이도, 자신의 연인이 된 다은이도 모두 정우가 지켜야 할 자신의 사람이었다. 다은이를 이 험한 세상에 홀로 둘 수가 없었다.

오라비로서 품었던 마음은 얼굴에 검버섯이 낀 주름진 욕심 많은 얼굴을 한 다은이의 정혼자라는 자를 보았을 때, 그녀를 지키기 위해서는 무엇이든 하겠다는 사내의 마음으로 변하였다. 다은이 울며 자신에게 매달리자 그녀를 위해 살아야 한다 결심하였다. 자신이 다은이를 이대로 버리면 어머니께서 그녀를 그냥 두지 않을 것이다. 다은이에게 무슨 일이 일어난다면 자신은 결코 누구와도 행복해질 수 없다는 것을 알았다. 다은이는 자신이 지켜야 했다.

그러니 우물가에 남아 홀로 소원을 빌고 또 빌 저 여인은 무시해야 한다.

정우는 여운이 뭔가 다른 할 말이 있어 입을 여는 것을 보고도 그곳을 빠른 걸음으로 빠져나왔다.

✳

올 겨울은 무척이나 추웠다. 논바닥에 고인 물이 얼어 동네 아이들이 썰매를 타기 좋게 얼음을 얼려주기도 하였지만, 마을에 우물이 전부 얼어 물을 긷는 아낙들을 고생시키는 매서운 날씨가 이어졌다. 이 겨울도 지나기는 하는구나. 여운은 저녁이 되어도 얼어 있지 않는 바닥을 보며 생각했다.

여운은 날이 질 무렵 무료하여 방에서 나와 우물가로 향하였다. 매일 우물가로 발걸음을 향하였다. 여운이 이 집에서 가장 정을 붙인 곳이기도 하였고, 혹시나 우연이라도 다시 서방님을 마주칠 수 있을까 하는 마음에서이기도 하였다. 그러나 서방님께서는 그날 이후 다시는 그곳에 나타나지 않으셨다.

아직 달이 뜨려면 날이 더 기울어야 해서 소원을 빌려는 것은 아니었다. 바깥 날씨는 추웠지만, 이곳은 담으로 둘러싸여 있어서인지 그리 춥지 않았다. 우물 입구를 덮어놓은 나무 뚜껑에 손을 대었다. 우물 주변처럼 나무에도 이끼가 끼어 있었다.

이 우물을 사용하지 않은 지 십여 년은 되었다 하였다. 주인어른들을 빼고 하인들이 모두 배앓이를 한 일이 있었는데, 한 달이나 앓아누워 집에 일할 사람이 없을 정도였다 하였다. 의원도 정확한 원인을 알지 못하고, 먹은 것에 탈이 난 것 같다 하였는데. 여름도 아닌 계절에 식중독이 이리 오래가는 것이 이상하다 여겨졌다.

그러다 물을 의심하게 되었다. 주인댁은 아픈 사람이 없는 것이 이상하여 생각해 보니 주인어른들은 다른 물을 길어 마신 것이다. 성균관 뒤 사발정 약수터에서 기른 물을 마시면 머리가 총명해지고 눈이 맑아져 수학하는 학도에게 좋다 소문이 나던 참이어서 마님께서 도련님을 위해 그 물을 길어다 마시자 하셨기 때문이다.

하인들만 우물물을 마시고 탈이 난 것을 의심해 그 후 이 우물을 사용하지 말라 하여 입구를 돌로 막아 봉하였다. 그러다가 몇 년 전, 괜찮으니 다시 사용하라 하였다 한다. 그러나 하인들도 찜찜하여 아무도 이 물을 마시지 않고 다시 판 우물의 물을 길어 마신다 하였다.

여운이 무거운 뚜껑을 내려놓고 우물 안을 들여다보았다. 깊이가 깊은지 어둠이 내리고 있어서인지 물속이 보이지 않았다. 두레박을 내리니 '첨벙' 하는 큰 소리가 났다. 천천히 줄을 당겨 두레박에 담긴 물을 끌어 올렸다. 두레박에 가득 담긴 물을 바라보았다. 맑은 물색이 병이 들게 하는 물은 아닌 것 같은데.

손을 넣어 담가보다가 놀라서 손을 빼 물기를 털었다. 이렇게 추운 날씨에도 물은 미지근하였다. 차가워야 할 물에 온기가 있는 것이 찜찜하여 퍼 담은 물을 우물에 부어버리고 우물 뚜껑을 덮었다.

집 안에 나쁜 물이 흐른다는 것은 숨기는 것이 좋다 하여 모두 쉬쉬하는 일이었다. 다시 끄집어내서 좋을 것이 없다 생각해서 우물에 대한 관심은 끊기로 하였다.

발길을 사랑채로 향하였다. 사랑채를 돌보는 일이 여운의 마지막 일과였다. 서방님께서 요즘 정무가 바쁘시어 늦게 퇴궐하셨다.

임금님께 자문을 올리는 일을 맡는 홍문관 부수찬의 자리에 오르셨다. 신하들보다 경서와 사적에 능통한 왕을 보필하는 일은 책을 파고드는 일뿐이라 한다. 매일 늦게까지 관서에 불이 밝혀져 있고, 퇴궐을 먼저 하는 순서대로 홍문관에서 쫓겨난다는 말이 있을 정도라 하였다.

집에서만 지내는 여운이 이런 정보를 얻는 곳은 매달 한 번씩 받는 친정아버지의 서찰 덕분이었다. 어릴 적부터 여운은 아버님의 귀애를 받아왔다. 아버님께서 집에 오시면 제일 먼저 여운을 불러 무릎에 앉히고 이런저런 궁궐 얘기를 해주고는 하셨다. 아버님에게서 받는 서찰이 아버님이 들려주시는 얘기 같아 매달 손꼽아 기다렸다.

서방님께서 총명하시어 인정받고 계시다 하며 아버님께서는 자랑스럽다 하셨다. 여운은 아버님께 지금의 사정은 말씀드리지 못했다. 아버님께 걱정을 끼쳐 드리고 싶지 않았다. 여운의 신랑감은 아버님이 꼭 좋은 자리로 정해주실 거라 항상 말씀하셨는데. 이런 모습을 보여 드리고 싶지 않았다.

사랑채 앞까지 다 가서도 걸음을 선뜻 안으로 들이지 못하고 사잇문 뒤에 서서 안을 살펴보았다. 서방님이 쓰시는 사랑방에 불이 꺼진 것을 보고 나서야 안으로 들어 세 칸짜리 계단을 올랐다. 마지막 계단에 오르는데 갑자기 방 문이 열리고 서방님께서 그곳에서 나오셨다.

"어머!"

순간 여운이 놀라 휘청하였다. 정우가 재빨리 마루에서 내려와 손을 뻗으려다가 주춤하였다. 여운은 다행히 넘어지지 않고 계단 위에 넓게 퍼진 치마 위에 주저앉았다. 정우가 내민 손을 거두었다. 여운이 고개를 들어 서방님인 것을 다시 확인하고는 황급히 자리에서 일어났다.

"괜찮으시오?"

"네, 네, 전 괜찮습니다. 죄송합니다. 전 서방님께서 아직 오시지 않은 줄 알고."

여운의 치마가 흙으로 더럽혀진 것이 눈에 들어왔다.

"방으로 들려는 참이었습니다."

별채로 드신다는 말씀이시겠지. 정우가 계단을 내려갈 수 있도록 한 곁으로 비켜서다 용기를 내었다.

"서방님!"

정우가 돌아서 여운을 바라보았다.

"난초 화분을 제가 다시 돌보면 안 되겠습니까?"

정우가 여운을 가만히 바라보았다.

"서방님께서 집을 오래 비우시는데. 다른 하인들은 일손이 바쁘고, 겨울철에 닫힌 방에만 난을 두면 입이 마르고 꽃이 마르거나 무르지요. 또 문을 열어두면 동사할 수도 있으니 자주 사람이 들어 관리해야 하는데. 매일 이곳 담을 보면 그것이 걱정되어……."

"밤에라도 들어 난의 상태를 보니 매일같이 보살펴 준 사람이 있는 듯하여 다행이라 여기고 있었습니다."

여운의 마음이 기뻤다.

"어떤 이가 난을 선물로 받아 이것을 서안 위에 놓아두었지요. 한참 손님을 접대하고 일을 처리하는 동안에는 그 난이 향기로운 줄을 몰랐다가, 밤이 깊어 고요히 앉았노라니 달은 창 앞에 휘영청 밝아, 그 향기가 코를 찌르는 듯하여 맑고 그윽한 향기를 사랑할 만하니 말로써 표현할 수 없음을 느꼈다 하더이다."

정우의 미간이 좁혀졌다.

"서방님께서 드시는 시각이 낮이 아니라 다행입니다. 그 향을 맡으실 수 있는 늦은 밤에 찾으셔서 다행입니다."

'역옹패설'을 인용하고 있는 이 여인에 대해 모르는 것이 많다 생각했다.

"그럼 겨울 한철만이라도 맡아주십시오. 주인이 돌볼 수 없으니 잠시 부탁합니다."

여운의 얼굴에 옅은 미소가 드리웠다.

정우도 한때 난을 키우는 매력에 한껏 빠진 적이 있었다. 바라보고 있노라면 얌전한 것이 돌보는 것을 게을리하면 금세 입이 말라 손길을 기다리며 앙탈을 부리는 성질을 지니고 있었다. 그리 키우는 재미가 있었는데. 그렇게 빠져 있던 것을 잊고 있었다.

"고맙소."

정우가 예의 바르게 인사를 하고는 사랑채를 나갔다. 여운은 예기치 않은 만남에 가슴이 설레 한참을 그 자리에 서 있었다. 닫힌 방 문을 바라보다가 정신을 차리고 정우가 비우고 산 방에 들었다.

※

따뜻한 바람이 불어 얼었던 강물을 녹이더니 이내 푸른 새싹이 돋았다. 새들이 활기차게 지저귀며 열심히 나뭇가지를 물어다 새집을 짓는 계절이 되었다. 봄을 맞아 큰 집 청소를 하느라 보름이나 걸렸다. 이불 홑청을 전부 뜯어 개울가에 나가 이불 빨래도 한다 하였다. 여운도 추운 겨울 동안 집 안에만 있던 것이 답답하여 따라나설까 하였지만, 문씨가 별채 이불을 걷어 들고 나오는 것을 보고 그만두었다. 서방님께서 쓰시는 이불을 직접 빨 모양인지 하인들과 같이 집을 나서고 있었다.

문씨는 서방님의 첩이 되어 집안에서 자신의 위치가 바뀌었는데도 예전처럼 하인들과 지내고 있는 듯하였다. 항상 웃으며 살갑게 대하는 모습을 자주 보았는데, 하인들도 그래서 저이를 더 따르는 것 같았다.

여운도 집 안에서 할 일을 찾아 바삐 움직이다 보니 봄놀이 한 번 나가 보지 못했다. 그래도 새 계절은 찾아왔다.

여인들이 일 년에 하루 마음껏 노닐 수 있는 단오가 되었다. 여운은 그네 타는 것을 무서워하니 창포물에 머리를 감는 정도를 하겠지만. 오랜만에 여인들 틈에 끼어 놓을 듣는 일이 기대

되었다. 이런 자리에는 꼭 동네 아낙 중 입담 좋은 여인이 끼어 재미를 돋우고는 하였다. 여염집 여인이라면 이런 여인들과 윗물 아랫물 나누어 놀아야 한다고 하지만, 여운은 그런 것은 개의치 않았다.

지단이 방에 들어 여운의 준비를 도우며 얼른 서두르자고 성화이다. 여운이 한껏 들뜬 지단을 보고 피식 웃었다.

지단을 따라 산을 올랐다. 지단이 이곳에서는 처음으로 맞는 단오라 하여 간난이에게 미리 좋은 자리 정보를 들어두었다 하였다.

"지단아, 물가는 아래인데 뭐 하러 힘들여 산을 오르니?"

"좋은 데가 있당께요. 아씨, 지만 믿고 따라오셔라."

무릎에 손을 짚어가며 가파른 길을 오르니 평평한 자리가 나 있고, 큰 나무에 그네가 매달려 있다.

"설마 나보고 저 그네를 타라고 여기까지 데리고 온 것이니?"

"아씨, 이곳 풍경 좀 한번 보고 안 하신다 말씀하셔라. 저 위에 오르면 이 산 아래가 지다 내려다보이는디. 그네를 띄우다가 사람들이 모이면 그때 내려가면 되지라."

생각만으로도 아찔하였다. 그네를 묶은 나무 앞으로 절벽이 있다. 평지가 넓긴 해도 높이 그네를 띄우다 잘못해서 떨어지면 저 아래 절벽으로 구를 것 같았다. 높은 곳에 묶인 그네를 구르면 공중에 둥둥 뜨는 느낌이 들 것이 싫었다.

"아씨, 오르셔라. 오르셔야 한당께요."

"싫다, 싫어."

"아씨……."

여운은 그냥 그 자리를 피해 계곡으로 내려왔다. 지단이 툴툴거리며 여러 차례 말려도 소용없었다.

"아씨, 그냥 한 번 눈 딱 감고 타보시랑께요."

"싫다."

여운은 계곡까지 내려와 아직 시간이 일러 아무도 없는 곳을 혼자 지키고 앉았다. 큰 바위를 찾아 앉아 지단이 뭐라 하던 움직이지 않았다.

기다리다 보니 아낙들이 하나둘씩 모이고, 여기저기 옹기종기 모여 앉아 이야기꽃을 피웠다. 오자마자 웃통을 벗어던지고 머리를 감는 이도 있었다.

여운은 낯선 여인들 앞에 앉아 다른 집 규수들이 올 때를 기다렸다. 이조참판 댁 여식과는 소싯적부터 왕래가 있었는데, 그이도 이 근처로 시집을 와 오늘 보자 서찰을 받았다. 시어머니께서 여운이 바깥출입을 하며 사람들을 만나는 것을 싫어하는 눈치셔서 집으로 초대하지 못해 이런 날 보면 좋을 거라 생각했다.

한참을 기다려도 무슨 일이 있는 것인지 한씨의 모습은 보이지 않았다. 실망하였지만, 동네 아낙들의 농을 듣는 것으로도 재미있었다. 한창 분위기가 무르익어 가는데, 저 멀리 붉은 치마가 펄럭이는 모습이 보였다. 아까 오른 곳에서 그네를 타는 담이 센 여인이 있는지 큰 나무에 묶여 있는 그네가 하늘로 오를 때마다 치마 끝자락이 보였다.

"미쳤구먼, 미쳤어. 이런 때도 기어이 나와 그네를 타야 하는 감."

지단이 욕을 하며 툴툴거렸다.

그 모습이 아낙들의 눈길도 끌었는지 수군대는 이들이 있었다.

"저이는 시집갔다 하지 않았는가?"

"아직 안 갔다 하지 않아?"

여운이 이상하여 그네를 띄우는 여인의 모습을 바라보았다.

"무슨 일이니?"

"아씨, 머리나 감으셔요. 참판 댁 아씨는 안 오시는 모양이오."

지단이 황급히 일어나 여운을 재촉하며 위쪽 한적한 곳으로 안내하였다. 그곳에는 여염집 규수들이 모여 머리를 감고 있었다.

여운이 저고리를 벗어 한 켠에 두고 치마를 벗어두었다. 곱게 올린 머리를 내렸다. 여운은 창포를 챙기는 앞에 앉은 지단을 바라보고 있었다. 그때 지단의 어깨 너머로 여운의 시선을 끄는 모습이 있었다. 물 아래로 시선이 향했다. 아랫물에서 놀던 여인들이 소리를 지르고 소란스러웠다.

웬 도포를 입은 선비가 여인을 들쳐 업고 아낙들 사이를 가로질러 달리고 있었다. 목욕하던 여인들이 놀라 난리가 나 있다.

"저건……."

여운이 놀라 자리에서 일어섰다. 서방님이 왜 이런 곳에 계시는지. 수풀 속으로 사라지는 서방님의 모습을 보았다.

속옷 바람으로 밑으로 내려와 사람 흔적이 남긴 흔들리는 풀숲을 바라보았다. 갑자기 나타난 남정네를 향해 욕지거리를 하는 여인들의 소리가 귀에 울려 여운을 더욱 혼란스럽게 하였다.

자신이 두고 온 옷가지를 챙겨 뒤따라온 지단을 향해 뒤돌아섰다.

"이게 무슨 일이냐? 여기 계시던 이가 서방님이 맞느냐?"

"아씨, 아씨, 어서 옷을 챙겨 입고 집으로 돌아가셔라. 가면서 설명할 것이어라."

안절부절못하는 지단을 앞에 두고 여운은 화가 나 떨리는 입술로 물었다.

"그래서 나에게 그 그네를 타라 그리 끌고 간 것이냐?"

"정말 그 문씨가 나타날 줄은 몰랐습니다요. 그 그네는 아씨가 타야 하는 게 맞응께. 한번 굴려보시라고……."

지금 별채에는 그네를 타다 떨어진 문씨를 치료하러 의원이 들어 있었다. 문씨가 타던 그네는 서방님이 달아주신 것이라 하였다. 그네 타기를 좋아하는 문씨를 위해 특별히 다른 이들은 오르지 못하는 선산에 달아주었다 한다. 말 많은 사람들 눈을 피해 마음껏 드나들며 탈 수 있게 한 것이다. 그러나 그네를 타는 치마 끝자락만 보고서도 동네에서 알 만한 사람들은 그 그네를 타는 이가 누구인지 알았다.

"허무맹랑한 소문이 돈다 해서라. 아씨께서도 그네를 타는 모습을 보여주면 좋을 것 같아……."

간난이가 그 그네를 타는 일을 얼마나 문씨가 자랑스러워하는지 속 터지는 소리만 하지 않았어도 이런 일을 꾸미지는 않았을 것이다. 지단은 이 사단을 만든 문씨가 뻔뻔하게 그네를 타러, 그 것도 사람들 눈에 띄게 단옷날 그네를 띄울 것으로는 생각하지 못했다.

"서방님이 항상 그네를 띄워주시는 것이냐?"

서방님이 그 여인을 들쳐 업고 달려가는 모습을 본 것이 계속 떠올랐다. 사람들이 그리 많은 자리에서 그런 모습을 보이셨으니 소문을 걱정해야 하는데, 그 자리에 그 여인을 위해 서 있었을 서방님의 모습을 상상하는 것이 더 괴로웠다.

"아씨……."

"그래서 내가 그 그네에 오르면 서방님께서 나를 봐주실 것 같더냐? 네가 어찌 내게 이럴 수가 있느냐?"

"아씨, 죽을죄를 지었어라. 이 멍청한 것이 아씨 속만 더 태우고, 그런 꼴을 보게 했어라."

문씨는 그날 일로 다리를 심하게 다쳤다고 한다. 몇 달은 걷지 말고 누워만 있어야 한다고 의원이 말하고 갔다 하였다.

서방님은 그날로 하인들을 시켜 선산에 그네를 묶어놓은 나무를 베어버리라 하였다. 서방님께서 그리 하셨다는 소리를 듣고 여운은 우물가로 달려가 얼굴을 묻고 소리 내어 울었다. 이제껏 참고 있던 마음을 더는 누를 수 없어 목 놓아 울었다. 쌓아놓았던 눈물이 한번에 쏟아져 내려 멈추지 않고 계속 흘렀다.

그네에서 떨어져 아래로 굴렀다 하였을 때, 그냥 그 여인이 죽어버렸으면 좋겠다는 마음을 품었다. 여인의 붉은 치마가 펄럭이며 하늘로 오를 때마다 웃어주었을 서방님의 모습을 상상하면 묻어두려 그리 마음을 잡았던 질투심이 밀려와 미칠 것만 같았다. 다른 이를 저주한 적이 없지만, 한번 터져 나온 미움을 숨길 수가 없었다.

그 여인이 미웠다. 서방님을 빼앗아 간 그 여인이 죽도록 미웠다.

단오 고사를 지내기 위해 율이 어멈을 불러 곳간 문을 열게 하여 쌀을 퍼서 소쿠리에 가득 담아주었다.

"취나물은 삶아놓았는가?"

"예, 아씨. 취떡 올릴 거리랑 무침용으로 넉넉히 삶아놓았습니다."

곳간 열쇠를 챙긴 율이 어멈이 나가려 하자 다시 어멈을 불러 세웠다.

"어멈, 곧 제사가 돌아오니 이 궤를 열어 제기들을 말려두게. 그리고 다음에는 제기들을 이곳 말고 뒤채 골방에 따로 두자 어머니께 말씀드려야겠네. 지난 제사에 곰팡이가 핀 제기를 보고 놀랐네. 가을철에 말려둔 옥수수에서 옮겨 그런 것 같으니 말일세."

"예, 아씨. 그럼 마님께 여쭙고."

"내가 말씀드릴 테니 그리 알고 있게."

"예, 아씨."

뒷마당에서 집안의 평안과 오곡의 풍년, 그리고 자손의 번성을 비는 고사를 올렸다. 고사 시간까지 보이지 않던 서방님도 별채에서 나와 자리하셨다. 시아버님이 고사를 올리는 모습을 조용히 지켜보았다. 모든 게 제대로 돌아가고 있었다.

"아가야, 고생했다. 상이 아주 잘 차려졌구나."

"감사합니다, 어머니."

"네가 손이 야무져 이 큰살림을 잘해낼 것 같아 다행이구나. 취떡도 작년보다 훨씬 차지게 물이 잘 맞춰졌다. 사돈 부인께서 음식 솜씨가 좋다 소문이 자자하다 들었는데, 네가 어머니께 물려받은 재주가 있구나."

"과찬이십니다."

그리고 어머니께서 조용히 방으로 부르셨다.

"아가야, 오늘 낮에 일은 신경 쓰지 말거라. 내 동네에 도는 소문도 다 잠재울 것이니 넌 걱정할 것 없다."

"어머니, 걱정하지 마시어요. 그건 그냥 사고였습니다."

"그래, 네가 그렇게 생각해 주니 고맙구나. 내게도 다 생각이 있으니 너는 기다리고 있거라. 조강지처 버리고 잘되는 그런 일은 없다. 정우도 우매한 아이는 아니니 금세 깨닫고 돌아올 것이다."

"예, 어머니."

돌아오시기를 바란다. 자신은 그의 조강지처가 아닌가.

여운의 솜씨가 시어머니 마음에 들었는지 돌아오는 제사도 여운이 맡아 지냈다. 처음 맡는 제사이니 신경을 많이 쓰라 하신 어머니 밀씀대로 제사를 무사히 마치고 친척 이른들께 칭찬도 들었다. 집안에 큰일을 두 번 맡아 치르니 하인들도 여운의 말을 잘 따르게 되었다. 이 집 살림을 누가 굴리는지는 제사를 보면 알 수 있었다.

이제는 어머니도 여운에게 살림을 조금씩 더 맡기어 가을이 되어 추수한 곡물을 탈곡하여 적어놓은 장부도 보여주셨다. 안으로 들일 곡식과 바깥어른들이 맡아 관리한 곡식 목록이 분리된 장부였다. 여운의 집에서는 이 시기 더 두꺼운 장부를 관리하고 있는 것을 보며 자랐다. 큰살림이라고는 해도 여운의 집보다 농작 규모가 작은 시댁의 살림은 그리 어려워 보이지 않았다.

여운은 조용히 자신의 역할을 해내며 시어머님의 약속대로 기다렸다. 달리 서방님의 마음을 차지할 방법을 알지 못해서이기도 하였다. 겉으로나마 서방님의 부인 자리를 지키는 것이 지금 여운이 할 수 있는 전부였다.

저녁상을 치우고 잠시 방에서 쉬다가 시어머니께서 찾으신다 하여 어머니의 방에 들었다. 저녁때까지도 괜찮아 보이셨는데, 어디가 불편하신지 안색이 안 좋아 보였다.

"어머니, 어디 불편한 데라도 있으십니까? 일찍 자리에 드시겠습니까? 자리끼를 들이겠습니다."

"아니다. 그보다도 이리 가까이 앉아보거라."

좋지 못한 일임을 시어머니의 표정에서 알 수 있었다.

"너도 들었을 것이다. 그 소문이 안 퍼진 곳이 없으니. 휴, 사돈

어른 뵐 면목이 없구나."

단옷날 문씨를 둘러업고 간 사내가 이 댁 서방님이라는 소문, 문씨가 작은댁으로 눌러앉았다는 이야기를 이제 누구라도 알고 있을 것이다.

이 소문을 듣고 친정에서 지단을 불러들이셨다. 아무 말도 않는 딸아이가 답답하여 지단에게서 자초지종을 들어야 했을 것이다. 이 일이 시집을 가고 얼마 후에 벌어진 것을 알고 아버지께서 진노하셨다 하였다. 그러나 불려갔던 지단이 돌아오고도 아버지께서는 여운에게 다른 말씀을 하시지 않았다. 여운에게도 화가 많이 나셨겠지. 못난 딸에게 그동안 왕래하던 편지도 보내지 않으시다가 며칠 전에야 편지 한 통을 받았다.

—그 집 귀신이 되어라.

한마디만을 하셨다.

"걱정하지 마세요, 어머니. 부모님께는 제가 잘 설명해 드리도록 하겠습니다."

"아니다. 이제 이대로 덮을 수는 없는 일이다. 암, 이렇게 두어서는 안 되지. 너도 이렇게 가만히 있어서야 어떻게 정우 마음을 돌리겠느냐?"

자신이 부족한 탓이다. 사람들은 그렇게 이 집 안주인을 여길 것이다. 시집오자마자 다른 여인에게 제 주인을 빼앗긴 덕이 부족한 여인.

"그 아이를 이 집에서 내쫓아야 한다. 그래야 더는 흉흉한 소리를 들을 일이 없지 않겠느냐?"

"하지만 어떻게……."

"너도 알아야 할 일일 것 같아 내 너를 이리 부른 것이다. 내가 시키는 대로만 하면 된다. 그럼 다 해결될 것이니라."

여운은 자신의 방으로 건너오는 길에 손이 떨려 두 손을 움켜쥐었다. 어떻게 걸어왔는지도 모르게 정신없이 돌아와 방 문을 열고 안으로 들었다. 이마에 맺힌 것은 밤이 더워 흘리는 땀이 아니라 긴장한 탓에 맺힌 식은땀이었다.

'이런 일을 벌이고도 무사할 수 있을까?'

자신도 가담해야만 이루어지는 일이라 하셨다. 문씨를 이 집에서 내보내는 길은 하나뿐이라 하셨다. 그동안 갖은 방법을 다 써봐도 이 집 남자들을 홀리는 그 계집을 버릴 길이 없었다 하셨다.

'납치!'

사흘 후 어둠을 타고 일을 맡긴 자가 담을 넘을 것이라 하였다. 사흘 후라면 시아버님과 서방님께서 종친 모임에 나가 늦게 오시는 밤이다. 과연 이런 일이 성공할 수 있을지 확신이 서지 않지만, 이미 어머니께서 손을 쓰신 일을 막을 방법은 없었다.

여운이 이 집 안주인이 될 것이기에 가족을 위해 이 정도의 일은 감당해야 한다 하셨다. 어떤 일이 있어도 가문에 먹칠하는 일은 우리 손으로 막아야 한다 하셨다.

─그 집 귀신이 되어라.

아버님의 말씀이 머릿속에 맴돌았다. 여운이 할 수 있는 다른 선택은 없었다. 자신이 이 집에 남을 길은 그 여인이 사라지는 일 뿐이라 생각하였다.

점심이 지나 시아버님을 모실 여를 마당까지 들이도록 준비시 킨 후 서방님께서는 미리 밖에 나가 종자가 끌고 온 말을 살피고 계셨다. 여운은 오늘 온종일 긴장하여 식사도 제대로 못 하고 초 조한 마음이었다.

말을 만지던 서방님이 돌아서 여운을 흘끔 쳐다보았다. 여운은 서방님의 시선을 받고 심장이 멎는 것 같았다. 오늘 어떤 일이 일 어날지 알고 있는 여운은 서방님의 얼굴을 똑바로 볼 수 없었다. 시어머님께서 타고 가실 가마를 살피는 척 돌아섰다.

어제까지는 시어머니께서도 함께 떠나신다는 말이 없으셨는데 어머니까지 외출하신다 하니 여운은 더 걱정이 되었다. 나이 드신 고모할머님께서 도성에 올라오신다 하시니 잠깐이라도 들러 인사 를 드리라는 아버님의 말씀에 급하게 떠나시는 것이다.

어머니께서 가마에 오르기 전 여운을 바라보며 의미심장한 표 정을 지으셨다. 당부를 하시는 것이다. 여느 때와 같이 하면 된다 하셨다. 일이 벌어지기 전에는 집에 돌아올 것이니 걱정할 것은 없다 하셨지만, 여운 혼자 태연한 척 집에 남아 있는 것은 어려운 일이었다.

"나는 얼른 인사만 드리고 직은댁에서 바로 돌아올 거네. 문 집사는 아씨 홀로 집에 계시니 특별히 잘 챙기게."

"예."

청지기 문씨가 마님이 가마에 오르자 가마꾼에게 조심히 모시라는 당부를 하였다.

"가자."

여운은 어른들이 떠나시자 집 안으로 들어 문 집사가 닫은 대문을 잠시 바라보았다.

"아씨, 안색이 좋지 못하십니다. 혹시 마님께서 하신 말씀 때문에 걱정이 되어 그러십니까?"

"음?"

멍하니 다른 생각을 하다가 문 집사를 바라보았다.

"걱정하지 마십시오. 요즘 도성 안이 흉흉하다 사람들이 말하는 것이지 북촌 안에서는 집이 털렸다 하는 댁은 없으니까요. 이 집에 장정이 몇인데 도둑이라도 얼씬하겠습니까?"

"그래, 알겠네. 그래도 어른들이 집을 비우셨으니 신경 써주시게."

"예, 알겠습니다, 작은마님."

돌아서는데 별채 앞에서 서성이다 얼른 안으로 들어가는 문씨의 뒷모습을 보았다. 문씨는 될 수 있으면 여운과 마주치지 않으려고 조심하고 있었다. 다리가 많이 나았지만, 아직은 한쪽 다리를 절고 있어 멀리까지 배웅 나오지 못해 저리 있었나 보다.

여운은 오늘 하루 별채에서는 최대한 멀리 떨어져 있으려 하였다. 그렇게 하지 않으면 버티기 어려울 것 같았다. 저 여인에게 일어날 일을 모르는 척하는 것이다. 오늘만 눈감으면 모든 것이 해결될 것이다.

집을 나간 후 문씨의 거처는 멀리 안전한 곳으로 어머니께서 마련해 두었다 하셨다.

"제가 소문으로 이 집을 뒤흔들어 놓았으니 소문으로 당하는 것이다."

시어머니께서 준비한 일대로 된다면 문씨는 보쌈을 당했다는 오명만으로도 다시는 이 집에 발길을 들일 수 없어 숨어 살아야 할 것이다. 문씨가 여생을 편안히 살 수 있게 해준다 하신 어머니셨지만, 여인이 오명을 쓰고 과연 편히 살 수 있을 것인가.

여운은 고개를 저었다. 집안이 먼저였다.

여운은 여느 때처럼 부엌일을 살피고 안채에 들어 있었다. 그리고 지단을 불러들여 방 안에서 서방님의 버선 만드는 일을 하였다. 바느질에 전념하며 다른 생각은 않기로 하였다.

"마님께서 왜 이리 늦으신다요. 일이 생기셨는가?"

"그렇구나."

밤이 깊어가는 데도 어머니를 태운 가마가 돌아오지 않고 있었다. 어머니께서 안 계시는데 일이 벌어지면 자신은 어찌해야 할지 두려운 마음이 들었다.

"시가 나가 보고 올게리."

"아니다. 그냥 있거라. 나가지 말고 있거라."

지단의 팔을 붙잡는 아씨의 손이 떨리고 있다.

"아씨……."

안색이 창백한 것이 체기가 있어서 그러는 것인가. 지단은 여운 아씨의 손을 잡고 주물렀다.

"아씨, 좀 누우셔라. 아니지. 지가 손이라도 따드려라? 숭늉이라도 떠오면 낫것소?"

"지단아, 그냥 내 옆에 있거라."

아씨가 바느질감을 다시 들고 손을 놀리고 있다. 지단은 잠자코 아씨가 시키는 대로 하던 바느질을 다시 하였다.

"아씨! 아씨! 나와 보십시오! 큰일 났습니다!"

여운이 누워 있던 자리에서 벌떡 일어났다. 옆에서 쪽잠을 자고 있던 지단도 깜짝 놀라 일어나 여운 아씨를 바라보았다. 여운은 겁에 질린 표정으로 자리에 앉아 있기만 하였다. 지단이 일어나 문을 열고 밖으로 나갔다.

"무슨 일이여?"

"큰일 났어요! 큰일이 나! 집에 도둑이 들었어요!"

장쇠의 말에 지단이 화들짝 놀라 마당으로 내려갔다.

"그게 참말이냐? 도둑이 든 것이 참말이야? 그래서 도둑은 잡았다냐?"

"아씨를 모시고 와봐요. 별채가 난리가 났어."

여운이 문을 열고 밖으로 나왔다.

"왜 이리 소란이냐?"

지단이 돌아보니 아씨께서 마당으로 내려오고 있었다.

"아씨, 큰일 났습니다. 별채에 도둑이 들었습니다."

"정말이냐? 도둑은 어찌 되었느냐?"

"그것이…… 별채가 엉망이 되어 있고…… 별채 아씨께서 안 보이십니다."

"그게 무슨 소리냐? 아씨가 안 보이다니?"

"잠들어 계시던 아씨가 사라졌습니다. 도둑이 방을 뒤져 장신 구도 챙겨갔고요."

지단이 놀라 여운을 바라보았다. 여운은 냉정해지려 노력하고 있었다.

"이해할 수가 없구나. 멀쩡히 있던 사람이 사라지다니."

"갑자기 사라지다니! 보쌈을 당하지 않고서야 이대로 사라지셨 을 리가 없을 텐디!"

지단이 큰 목소리로 말하였다.

"어허! 무슨 그런 입에 담지 못할 말을 하는 것이냐?"

"아씨, 그럼 관아에 신고할까요?"

장쇠의 말에 여운은 뜸을 들이다 말하였다.

"아니다. 기다리거라. 아직 어찌 된 정황인지도 모르는데 밖으 로 일을 크게 만들면 안 된다."

"그럼 어찌합니까요?"

"집 안을 더 뒤져서 아씨를 찾아라. 어딘가 계실 것이다."

"아씨, 지도 가서 돕겠어라."

지단이 나섰다. 장쇠를 뒤쫓아 가려는 지단의 팔을 잡았다.

"네가 가버리면 내가 너무 무섭구나."

넋이 나간 사람처럼 서서 사시나무 떨듯 떠는 아씨는 조금 전 침착하게 지시를 하던 아씨의 모습이 아니었다. 아씨께서 많이 놀라신 모양인데 헤아리지 못하다니.

지단은 아씨를 부축하여 초롱불이 모여 있는 마당으로 나왔다. 넓은 집이라 해도, 모든 하인이 나서 별채 아씨를 찾는데도 집 안에서 그 모습을 찾을 수 없었다.

"이게 어찌 된 일이냐?"

시어머니 윤씨가 통금이 시작되는 인정이 되기 전 부랴부랴 집으로 돌아왔다. 마당에는 횃불까지 들고 돌아다니는 하인들로 난리가 난 모양이었다.

"당장 그 횃불을 끄지 못하겠느냐? 집에 불이라도 난 줄 알았지 않느냐?"

"마님, 별채 아씨가 사라졌습니다. 다은이가 없어졌습니다."

양아비인 문 집사가 혼비백산하여 마님께 고하였다. 자초지종을 들은 마님이 집사를 크게 꾸짖었다.

"어디 그런 말을 입에 담는 것인가? 누가 듣기라도 하면 어쩌려고! 이 집에서 어찌 그런 일이 벌어져?"

"달리 그 아이가 없어진 이유를 모르겠습니다. 분명 제 어미가 자리에 드는 것을 보았다고 하였습니다. 그런 아이가 사라졌습니다, 마님.”

여운이 시어머니가 돌아오셨다는 소식에 나오자, 윤씨는 문 집사에게 다시 집 안을 잘 찾아보라 이르고 며느리에게 다가왔다.

“넌 괜찮은 것이냐?”

“예, 괜찮습니다. 관아에 알리자 하는 것을 어머니 오실 때까지 기다리고 있었습니다.”

윤씨가 정신없이 뛰어다니는 하인들을 훑어보며 고개를 끄덕이다가 여운의 등에 손을 얹었다.

“잘했다. 불미스러운 일은 절대 밖으로 새어 나가서는 안 된다. 큰일을 혼자 겪었구나. 내가 집을 비우지 않아야 했는데. 네가 안주인 노릇을 잘했다.”

통금 시간이 넘어 김 판윤 대감과 정우에게는 집에 큰일이 난 것을 알리지 못해 아침이 되어서야 사람을 시켜 소식을 전했다. 소식을 듣자마자 정우가 말을 타고 집으로 돌아왔다.

문밖에서 말 울음소리가 들리더니 정우가 마당으로 뛰어들어 별채로 달려갔다. 다은이 머물던 별채의 방 문을 열고 들어갔다. 들은 소식이 사실인지 어지럽게 물건들이 쏟아져 있고, 문갑장은 모두 문이 열려 도둑이 든 흔적이 남아 있었다.

“다은아……”

정우는 망연자실하여 그 자리에 서서 구겨져 있는 이부자리를 보았다.

‘피!’

검붉은 자국을 손으로 움켜쥐었다. 하얀 이불에 핏방울이 떨어져 있었다. 시간이 오래되어 검어진 자국은 분명 핏자국이었다. 정우는 머릿속이 하얘졌다. 그 길로 마당으로 뛰어나오니 아버지 한성부 판윤 김 대감이 들었다.

"사실이냐? 다은이가 사라진 것이 사실이야?"

"그렇습니다. 다은이가 없습니다, 아버님."

어머니 윤씨가 마당으로 나와 두 사람이 있는 곳으로 다가왔다.

"왜 이제야 오십니까? 이 난리에 여자들만 집에서 얼마나 무서웠는지 모릅니다."

"관에서는 사람이 나왔소?"

대감의 물음에 윤씨는 고개를 저었다.

"아직은 안 됩니다. 무슨 영문인지도 모르는데 소문이라도 돌면 어찌합니까."

"어머니! 지금 사람이 없어졌는데 소문이 중요합니까?"

"중요하지. 지금이 어떤 때인 줄 네가 정녕 모르는 것이냐? 기어이 풍기문란으로 잡혀가 가문에 먹칠이라도 하고 싶은 것이냐?"

"어머니!"

"아니다. 네 어머니 말씀이 옳다. 일이 어찌 되었는지 우리 손으로 먼저 알아봐야 한다."

아버님의 말씀에 정우도 진정하려 하였다. 어느 간 큰 도둑이 사법부 수장 댁의 물건을 훔쳐 간단 말인가. 그것도 보쌈이라니.

"내 은밀히 알아볼 것이니 너는 이번 일엔 나서지 말거라."

"하지만 아버님."

"안다, 알아. 내 맘도 너와 같으니. 내가 해결하마. 이번에는 네 어머님 말씀이 옳다. 네가 나서 네 이름이 사람들 입에 더 오르내리는 것은 막아야 한다."

정우는 아버님 말씀에 따라야 함을 알았다. 정우와 다은이 사람들의 관심사에 오를수록 다은이에게 더 나쁘게 작용할 것이다. 자신이 지켜준다 약속한 아이를 더는 다치게 할 수 없었다. 정우는 다시 별채로 들었다. 작은 흔적이라도 찾아 다은이가 사라진 이유를 알아내야 했다.

다은이 사라진 지 열흘이 넘었는데도 이 일을 저지른 범인을 찾지 못하고 있었다. 김 대감은 한성부를 이용해 은밀히 조사를 벌였다. 근래에 여인을 보쌈한 사건이 발생한 기록이 있어 동일범의 소행일지 수사를 하였다.

보쌈을 하는 범인은 눈에 띄지 않는 산간이나 타지로 숨어들게 마련이어서 빠른 시일 내에 알아내기 어려운 것이 보통의 경우이다. 열흘간 다은이 제 발로 나타나지 않는 것을 보고 어딘가 감금되어 있을 거라 생각했다. 납치라 단정 짓고 용모파기를 지방으로 돌려 아이를 찾아야 하나 김 대감은 고민하였다.

그러다가 이 일이 우발적인 것이 아니라 치밀히 계획되었다는 생각이 들었다. 자신과 정우가 집을 비운 날을 선택해 범행을 저지르다니. 집안 사정을 염탐하고 있던 자가 범인인 것이다. 생각이 이에 미치자 저자에 사람을 풀어 집에 관한 정보를 캐고 다닌 자들이 있는지를 찾아봐야겠다 생각했다.

집을 나서려는데 뭔가가 김 대감의 발걸음을 붙잡았다. 대감은 발길을 돌려 안채로 향하였다.

"지금 그게 무슨 말씀이십니까?"

갑자기 방에 들어 자신을 추궁하는 대감님을 올려다보며 마님 윤씨는 입이 바짝 말라왔다.

"정말 이 사건에 대해 아무것도 모르는 일이오?"

"지금 저를 의심하는 것입니까? 제가 그 아이를 보쌈이라도 했다 생각하시는 것이냐고요."

"아닌지 내 눈을 보고 말하시오. 잊지 마시오, 내가 한성부 판윤이라는 사실을. 범인을 심문하고 잡아내는 일이 내 일이오."

목소리에 서릿발을 세우고 말하는 대감의 기에 눌려 부인은 하마터면 중심을 잃을 뻔하였다. 그러나 그동안 마음고생하며 이 집에서 버틴 세월이 가져다준 윤씨의 내공도 대감 못지않았다. 이렇게 무너질 것이었으면 처음부터 이런 큰일을 계획하지도 않았다.

"네, 네, 제가 벌인 일입니다. 제가 사람을 시켜 그 아이를 이 집에서 치워 버리라 하였습니다. 그렇게 해서라도 남매가 근친하였다는 소문을 묻을 수만 있다면요. 그렇게 해서 제 아들을 구명할 수 있다면 백 번도 그리 하겠습니다. 어디 죄인 다루듯이 더 심문하십시오. 나를 잡아 가두라고요. 제가 죽으면 그만이겠습니다. 그러면 우리 정우가 계집 하나 때문에 망가지는 꼴도 안 보고. 네,

그편이 좋겠습니다."

근친. 그 소문을 김 대감도 알고 있었다. 누구를 탓하겠는가. 이것이 다 자신이 부족하여 생긴 일이다. 진실이 무엇인지 더는 물을 수가 없었다.

"그만하시오. 알았으니 진정하시오."

"아니요. 진정할 수 없습니다. 저는 우리 정우를 위해서라면 무슨 일이든 할 수 있습니다. 대감께서 그 아이를 감싸느라 제 자식을 버리는 것을 이미 보았는데 어떻게 대감을 믿을 수 있겠습니까."

"그만!"

김 대감은 자리를 박차고 나왔다.

'다은아, 살아 있다면 어디 있는지 소식이라도 알려다오.'

죽은 벗을 볼 면목이 없어 김 대감은 고개를 숙이며 주먹을 쥐고 집을 나갔다.

정우의 손에 믿을 수 없는 다은이 보낸 서찰이 쥐어져 있었다. 다은이를 찾아 헤맨 지 한 달 만에 다은이의 소식을 듣는 것인데, 아무리 보아도 다은이의 필체가 맞는 서찰을 눈으로 읽으면서도 믿을 수 없었다. 자기 발로 집을 나간 것이라는 다은이의 말을 믿을 수 없었다.

왜? 그 아이가 그런 선택을 해야 했단 말인가?

안부를 전하는 말만을 적어놓고 정작 어디에 사는지, 다시 돌아올 것인지, 듣고 싶은 말은 하나도 적혀 있지 않았다. 서찰을 가지고 왔다는 심부름꾼心부름노 어디론가 사라져 행방도 묶을 수도 없게 되었다.

정우는 다은이의 서찰을 손에서 놓지 못하고 읽고 또 읽었다. 혹시나 다은이 위험한 상황에 놓인 것은 아닌지 글에서 어떤 실마리라도 찾아보려 하였다. 다은이와는 어릴 적부터 서찰을 주고받으며 수수께끼 같은 글을 짓는 놀이를 하고는 했다. 영리한 아이여서 만약 위험에 처해 억지로 글을 쓴 것이면 어떤 단서라도 남겨놓았을 것이다. 그런데 아무리 읽고 또 읽어도 안녕만을 말하고 있었다. 자신은 걱정하지 말고 조정에 힘을 두는 일을 하라는 당부까지 하고 있었다.

"다은아, 어디 있는 것이냐? 못난 나를 용서하거라."

❊

다은이를 찾은 것은 김 판윤 대감이었다. 집 안팎을 드나드는 사람을 빠짐없이 감시하라 명하고, 서찰을 들고 왔다는 사내를 잡아내 추궁하여 알아낸 것이다.

다은이는 강화도 산골에 살고 있었다. 한양에서만 살던 아이가, 친척 하나 없는 아이가 갑자기 강화도로 내려온 것이 수상하였다. 다은이는 제 발로 나온 것이라는 말만 되풀이하였다.

"내 너를 딸처럼 생각했다. 아비에게 사실을 말해줄 수 없는 것이냐?"

"아버님, 부디 서방님께서는 저를 찾지 않도록 해주세요. 지켜주시지 않는다면 더 먼 곳으로 도망칠 것입니다."

김 대감은 다은이의 마음을 알았다. 저도 일이 이렇게 될 줄은 몰랐을 것이다. 세상 사람들은 진심 따위에는 관심이 없었다. 다은의 친부 정가도 그렇게 사람들의 거짓된 농간으로 세상을 지게 되었다. 다은이에게까지 세상의 모진 꼴을 보여준 것이 가슴 아플 뿐이다.

"내 네가 편히 쉴 수 있도록 터를 마련할 것이니 우선은 나와 함께 가자. 믿을 만한 사람에게 너를 보살펴 달라 하겠다."

다은은 다시 한 번 서방님께는 알리지 않겠다는 다짐을 받은 후에야 대감님을 따라나섰다. 지금 다은이 믿을 수 있는 사람은 대감님뿐이었다.

❋

치한이 방에 든 날 밤, 다은은 뭔지 모를 이상한 기분에 잠을 이루지 못하고 있었다. 방에 든 낯선 그림자에 놀라 일어나 저항하였지만, 입을 틀어막는 손에 소리를 지를 수 없었다. 어둠 속에서도 보이는 하얀색의 큰 천을 본 순간, 자신을 잡으러 온 자라는 것을 알았다. 마지막 발버둥을 치며 입을 막는 억센 손을 물어뜯었다. 그리고 내려쳐진 그 손에 얼굴을 맞고 쓰러졌다. 정신이 혼미해져 쓰러진 채 입에 재갈이 물리고 자루가 뒤집어씌워졌다.

사내 등에 거꾸로 매달려 흔들리니 피가 거꾸로 쏠려 몸이 굳어와 정신을 잃을 것 같았다. 그래도 정신을 차려야 했다.

어디로 가는 것인지 모든 감각을 곤두세워 들리는 소리, 냄새 하나까지 기억에 담으려 노력하였다. 기회를 봐서 어떻게든 도망쳐야 했다. 자신을 지고 달리는 사내의 숨소리가 역겹게 지속해서 들려왔다. 한참을 달리던 사내의 걸음이 느려지는 것이 느껴졌다. 그리고 입을 떼려던 사내가 다시 입을 닫았다.

다른 이가 있다! 정적이 주는 미묘한 긴장감에 이곳에 공범자가 있다는 직감이 들었다. 그리고 나뭇잎을 밟는 발걸음 소리를 들었다. 가볍고 얕은 소리, 자신을 이고 가는 사내가 내는 소리보다 가벼운 몸을 가진 자. 여인의 발걸음 소리가 들리더니 그를 따르는 다른 소리가 이어졌다.

두 여인이 자신이 서 있는 곳에서 멀리 걸어가고 있었다. 발걸음이 멀어져 들리지 않자 사내도 다시 걸음을 떼었다. 이때다! 다은이 미친 듯이 몸부림을 쳐 사내는 들고 있던 자루를 놓쳐 버렸다. 강한 충격을 입고 떨어진 다은은 비탈진 산자락을 뒹굴게 되었다. 나무 턱에 걸려서야 겨우 구르던 몸이 멈추었다.

몸을 축 늘어뜨리고 있는 다은을 뒤따라온 사내가 자루를 열고 천을 끌어내렸다. 그리고는 입가에 피를 흘리고 있는 다은의 얼굴을 거칠게 쥐었다.

"네년이 아직도 정신을 못 차리고 반항을 하는구나! 왜, 험한 꼴이라도 당하고 싶어 그래?"

사내가 낄낄거리며 다은의 얼굴을 쥔 손을 끌어당겨 입을 들이밀었다. 뿜어져 나오는 역겨운 냄새에 다은이 몸을 피하자 사내가 다은의 두 팔을 잡고 흔들었다.

"이리 자세히 보니 소문대로 요물이기는 하군. 이거 막 땡기는데? 크흐흐흐. 아니다, 이년아. 제 핏줄과도 붙어먹는 더러운 것이니 나도 너 같은 년은 싫다."

다은이 사내를 노려보았다.

"이것아, 정신 차리거라. 네가 그 집에 다시 돌아가면 어떤 꼴이 되는 줄 아느냐? 넌 이미 다른 남정네 손을 타 더러워진 몸이 되는 것이다. 그러고도 기어들어 가서 살고 싶으면 그렇게 해봐라. 그 후에는 근친상간을 했다 돌팔매를 맞고 길바닥에 나앉아 죽게 될 것이다."

"네 이놈!"

다은은 자신을 마구 흔드는 사내의 손에서 벗어나고 싶어도 몸의 감각이 서서히 사라져 그럴 수 없게 되었다. 정신을 잃고 눈을 감으며 마지막 떠오르는 생각은 정우였다. 근친이라니.

이 일을 사주한 이가 누구인지 알고 있다. 다시는 서방님을 만날 수 없게 된다. 정신을 잃고 쓰러진 다은의 몸이 들려져 그렇게 산을 넘어 한양을 떠나게 되었다.

✼

집 안으로 하얀 가마가 들어오고 있었다. 한걸음에 마당을 가로

질러 날려가던 정우는 바닥에 철퍼덕 쓰러졌다. 가마에서 들려져 나오는 시신에 하얀 천이 덮여 있었다. 시신을 옮기려는 두 장정 앞을 정우가 막아섰다.

"내리거라. 내가 얼굴을 봐야 한다. 내가 확인할 것이다."

정우는 떨리는 손으로 하얀 천을 들어 올렸다. 창백한 시신으로 누워 있는 다은이의 얼굴을 보고 넋이 나가 그 자리에 주저앉았다.

"다은아, 다은아……. 네가 왜? 왜 여기에 누워 있는 것이냐?"

정우는 눈물을 흘리며 다은이 누워 있는 가슴에 얼굴을 묻고 오열하였다.

"다은아!"

다은을 부르는 아들의 목소리가 커지자 김 판윤 대감이 정우를 달래었다.

"아버님, 아니라고 말씀해 주십시오. 이 사람은 다은이가 아닙니다. 이렇게 죽어 돌아오다니 안 됩니다."

아들의 마음만큼이나 김 대감의 마음도 아팠다. 결국 이렇게 끝이 나다니.

윤씨 부인의 반대에도 다은이가 마지막 가는 길을 낯선 곳에서 지내게 할 수 없어 집으로 시신을 옮겨왔다. 삼일장이라도 제대로 치러줘야 한때 자신을 아비라 여기며 따르던 아이의 넋이라도 달래줄 수 있을 것 같았다. 자신이 그동안 다은이가 겪은 일을 몰랐다는 것에 대한 죄책감을 버릴 수 없었다.

사라진 다은이를 찾은 후 판윤 대감은 가까이서 살필 수 있도록 한양성 외곽에 작은 집을 마련하여 그곳에 머물게 하였다. 혼자 살 아이를 보살피도록 만석네 내외를 하인으로 보내어 수시로 소식을 전해 듣기도 하였다. 여섯 달간 그 아이는 잘 버티는 듯하였다. 그런데 갑자기 만석이 처가 찾아와 다은이 목을 매달아 죽었다 하였다. 그 아이가 죽은 이유를 전해 듣고는 자신의 가슴을 내려쳤다.

더 관심을 가졌어야 했는데……. 납치까지 당한 아이가 험한 일을 당했을 수도 있다는 것을 눈치채지 못했다. 아니, 다은이에게서 아무런 기미를 찾지 못했다. 다 괜찮을 수 있었는데. 자신이 미리 알았더라면.

다은이를 보쌈한 범인을 찾아 그 아이를 욕보이고 죽음으로 몬 죄를 물으려 사방으로 사람을 풀었다. 그러나 이미 떠난 아이에게 죄를 빌 면목을 찾을 수 없었다. 이 모든 일은 자신 때문에 일어난 것이었다.

"나는 너에게 지키지도 못한 정절을 지킨다 이리 간 것이냐. 그냥 살지 그랬느냐. 네가 없는 세상을 내가 어찌 살 수 있겠느냐."

정우는 다은이의 곁을 떠나지 못하고 있었다. 다은이가 없는 삶을 살아갈 자신이 없었다. 이렇게 이 아이를 보내고 살고 싶지 않았다. 어머니가 한 일을 알고 있다. 그것을 알기에 다은이를 이렇게 만든 장본인이 자신이라는 것을 알았다.

싫다는 아이를 집에 들어와 살자, 자신을 믿으라 말한 사람은 정우였다. 다은이의 가장 기뻐하는 모습을 보고 싶어 싫다는 아이를 끌고 그녀를 밀어준 사람도 정우였다. 다은이를 죽음으로 내몬 것은 누구도 아닌 자신이었다.

　여운은 두려운 마음에 방 밖으로 나가지도 못하고 하얀 수건을 다 적시도록 눈물만 훔치고 있었다. 이 집 안에 들어온 가마 안에 타고 있는 이가 죽은 문씨라는 것을 안 순간부터 두려움에 방 안으로 숨어들어 떨고만 있었다. 자신이 저지른 일이 어떤 것인지 문씨가 사라진 이후 한시도 잊지 않았다. 죄책감에 밤에도 잠들지 못해 몸이 약해져 가고 있었다. 죽은 문씨가 자신을 저주할 것 같아 방 밖으로 나가지 못하고 울고만 있었다.

　"아가씨, 이러다 큰일 납니다요. 물이라도 한 모금 드셔라. 그만 우시고 진정하셔라."

　여운이 지단에게 매달렸다.

　"난 어쩌니, 지단아. 난 이제 어쩌니."

　지단이 우는 여운 아씨의 입을 막았다.

　"조용히 하셔라. 누가 들으면 어쩌려고 이러셔라."

　입으로 담을 수도 없는 여운의 죄를 직접 말하지 않았지만 지단은 알고 있었다. 문씨 이야기가 나올 때마다 크게 동요하는 아가씨의 모습에 몇 번이나 가슴이 내려앉는 줄 알았다. 큰마음 먹고 일을 벌였으면 지고 나가야 하는 것인데, 마음이 약한 아씨는 자신이 지은 죄로 심약해져 몸도 마음도 병이 들어가고 있었다.

"아가씨, 잘 들으셔라. 보쌈을 당해 사라지든 죽어 없어지든 이 집에서 나갈 사람이 나간 것이니께. 아가씨는 이 집에 남아야 할 사람이니께 어떻게든 살아야 하는 거요. 아가씨가 살아야 서방님도 살고, 부모님도 살고, 모두가 사는 거요."

"나 너무 큰 죄를 지었어."

"쉬이."

지단이 아씨가 어릴 적 무서운 꿈을 꾸고 잠에서 깼을 때 그랬던 것처럼 여운을 안고 조용히 달래며 토닥였다.

"지가 있어라. 지가 여기 아씨 곁에 있으니 무서워하지 마셔라. 꿈이면 잠에서 깨면 사라지는 것이고, 현실이면 기억에서 지우면 되는 거요. 잊으셔라. 다 잊으셔라."

여운의 울음소리가 지단의 품에서 조금씩 잦아들었다. 지단이 안아주면 나쁜 꿈은 사라지고는 했다. 이 꿈에서도 깨었으면. 이런 악몽은 꾸고 싶지 않았다.

조문객도 없는 장례식이 치러졌다. 집안사람들끼리 조용히 치르는 것이지만, 다은이 어릴 때부터 이 집에서 자라 정을 붙인 하인들이 돌아가며 빈소를 지켰다. 그렇게 다은이의 마지막 가는 길을 지켜주었다.

정우는 한시도 빈소를 비우지 않고 멍한 시선으로 한자리에 앉아 있기만 하였다. 어머니 윤씨는 아들이 걱정되면서도 아들 곁으로 가기가 두려워 정우를 말리지도 못하고 있었다.

여운이 어머니를 대신하여 빈소에 들었다. 꿀물을 들고 안으로 들어와 시선도 주지 않는 서방님 앞에 앉았다.

"서방님, 몸이 상하십니다. 이거라도 드십시오."

정우는 여운을 바라보지 않았다. 시선에 아무것도 들지 않는 것처럼 초점 없는 눈동자였다.

"서방님……."

자신을 봐달라 말을 붙인 것인데, 그의 시선을 받는 일이 더 괴로운 것이라는 것을 알았다. 붉게 충혈된 눈으로 여운을 바라보는 눈빛에 여운의 가슴이 얼어붙었다. 그곳에는 아무 감정이 없었다. 이승에 살고 있는 것은 자신인데, 없는 사람을 보듯 시선이 자신에게 머무르는 것 같지 않았다. 여운도 매일 빈소를 찾았지만, 다시는 정우에게 다가가지 못했다.

삼일장을 마치고 저녁이 되어 사람들 눈에 띄지 않는 시간에 시신은 집 밖으로 옮겨졌다. 다은은 선산 아랫자락 외진 곳에 자리를 만든 묘지에 묻혔다. 동네에 소문이 나지 않도록 외지인을 들여 서둘러 묘를 만든 것이지만 작은 비석도 세웠다.

정우는 시신이 나간 후에도 혼자 방에 앉아 있었다. 밤이 깊어 시간이 아무리 흘러도 그 자리에 앉아만 있었다. 방 문에 비친 서방님의 그림자를 보며 여운도 그 자리를 떠나지 못하고 있었다. 서방님의 슬픔이 그대로 전해져 여운도 비통한 마음이 되어 눈물을 뚝뚝 흘리며 서 있었다.

그것이 서방님을 보는 마지막이 될 줄은 몰랐다. 아침이 되기 전 서방님은 집을 떠나셨다. 관직을 버리고 지방 향교로 내려가신다는 서찰을 방 안에서 발견했을 때, 하인이 한양성 서대문까지 따라 나가 봐도 서방님의 모습은 찾을 수 없었다. 그것이 마지막일 줄 알았다면 떠나시는 얼굴이라도 보았으면 좋았을 텐데.

"마음을 다잡거라, 정우는 돌아올 것이니. 걱정하지 말고 기다리거라."

어머니 스스로 하시는 위안일 것이다. 여운은 다시는 서방님의 얼굴을 볼 수 없으리라는 것을 알았다. 자신을 바라보던 눈빛을 보고 그를 잃을 것 같은 두려움을 느꼈다. 어디에도 마음을 두지 않고 떠날 것 같아 두려웠다.

그래도 여운은 정우를 기다렸다. 언젠가는 자신에게로 돌아올 날을 기다렸다. 낮에도 밤에도 우물가를 배회하며 손을 모아 빌기만 하였다. 더는 눈물도 나지 않았다. 대신 가슴에 물이 차오르듯 답답함에 통증을 느꼈다. 마른기침이 끊이지 않고 나와 숨을 제대로 쉴 수도 없어 손이 부들부들 떨리고는 하였다. 여운은 자신이 시들어가는 것을 느꼈다. 짝을 잃은 여운의 영혼은 지쳐 가고 있었다.

그리고 일 년 만이었다. 서방님께서 떠나신 지 일 년이 지난 후 여운의 앞으로 온 서찰 하나를 받았다. 여운은 떨리는 손으로 서방님이 보내신 서찰을 열어보았다.

―天地不仁 (천지불인)

여운의 손에 쥐어 있던 종이가 땅에 떨어졌다.

'천지에는 사랑이 없다.'

천지 아래 모든 것에는 사랑이 있는데, 내게는 없다 하신다.

그것이 그가 이 집을, 내 곁을 떠난 이유였다. 내 사랑이 나를 떠났다.

여운은 여느 날과 같이 그날 새벽도 새벽닭이 울기 전에 눈을 떴다. 달빛을 가리는 구름이 움직이는 것처럼 여운도 천천히 움직여 우물가까지 걸어갔다. 우물 앞에서 두 손을 모으고 눈을 감았다. 마음을 담아 소원을 빌고 눈을 들어 구름이 걷힌 둥근 달을 바라보았다. 언제 저렇게 큰 달을 본 적이 있던가? 여운은 옅은 미소를 지었다.

입가에는 미소를 머금었는데 눈에는 눈물이 앞을 가려 달빛이 눈물에 반사되어 흔들리고 있었다. 흐르는 눈물을 닦으며 미소를 지었다.

'이제 되었다.'

여운은 우물 뚜껑을 밀고 우물을 쌓은 돌 위에 올라섰다. 우물 위에 올라선 치마가 잠시 바람에 펄럭이더니 그대로 우물 안으로 떨어져 버렸다.

'이제는 되었다.'

물에 떨어지며 부풀어 올라간 하얀 치마가 여운의 몸을 뒤덮고 물밑으로 가라앉는 몸을 감싸 안아 아래로 떨어졌다.

한곳에서 새어 들어오는 빛이 머리 위로 솟아오르는 물보라에 반짝이다가 물보라가 걷히자 점점 칠흑 같은 어둠에 싸인다.

가라앉는다. 그리고 숨이 차올라 온다. 숨 막히는 고통에 고요는 깨졌다.

숨이 차올라 입을 벌릴수록 물이 폐 속으로 밀고 들어와 가슴이 답답해져 온다. 발버둥 치며 허우적거릴수록 다리에 엉킨 치맛자락이 여운의 다리를 감고 밑으로 끌어당겨 벗어날 수 없었다.

둥근 우물의 입구로 달빛이 들어와 여운의 머리 위에 떨어졌다. 그러나 여운은 밑으로 가라앉을 뿐이었다. 지르는 소리는 수백 개의 수포로 터져 나왔다. 밀려들어 오는 물에 목구멍이 틀어 막혀 답답했다. 발작처럼 움직이는 몸이 정신을 잃어가고 있었다. 여운의 의식이 오래 남아 있을수록 고통은 더해져 여운의 손끝이 고통으로 마비되며 경직되어 떨리고 있다.

점점 가라앉는다. 깊이가 궁금하던 우물의 깊이를 이제는 알 수 있었다. 끝없는 깊이로 어둠 속으로 떨어지고 있었다.

발버둥 치던 몸뚱이가 고요해졌다.

그러고는 죽음으로 빠져들었다.

✻

죽어가는 여운의 육체가 물살을 만나 이리저리 흔들리다가 몸이 위로 붕 띄워졌다. 빠르게 솟아오르며 물의 힘에 의해 여운의 몸이 활처럼 휘어 떠오르고 있었다. '좌악' 소리를 내며 젖은 몸뚱이가 수면에 한 번 부딪치고 다시 가라앉았다가 떠올랐다. 수면 위에 뜬 몸은 미동도 없었다. 축 늘어진 몸이 잔잔한 물살에 움직임이 있을 뿐 여운의 늘어진 몸이 물 위에 둥둥 떠 있었다.

"허업!"

물에 얼굴을 박고 엎드려 있던 여운의 머리가 젖혀지며 물 위로 고개를 쳐들었다. 공기가 폐로 밀고 들어와 여운에게 다시 생명을 주었다. 막혔던 숨이 트여 몸에 피가 다시 돌고 의식이 돌아왔다. 물에 떠오른 몸이 허우적거리며 물을 헤치고 다리를 움직였다. 다리에 땅이 밟혀 걸어 나올 수 있었다.

물을 벗어나자마자 바닥에 엎드려 숨을 뱉었다. 첫 숨을 들이쉬니 목구멍에 불이 나는 것 같아 토악질이 나왔다.

"우웁, 우웨에엑."

벌린 입으로 물이 쏟아져 나왔다. 여운이 뱉어낸 물은 끊임없이 답답하던 폐가 비워지도록 쏟아져 나왔다. 그렇게 물을 토해내고도 아직도 물이 찬 것 같은 답답한 가슴을 쥐고 여운은 옆으로 쓰려졌다.

한참 후, 반쯤 떠진 눈에 일렁거리는 달이 보였다.

'다시 살아나다니.'

누워 달을 보며 가쁜 숨을 몰아쉬었다. 쉰 소리를 내며 숨이 터져 나오는 가슴에서 동물의 소리 같은 울음소리가 꺼억꺼억 터져 나왔다.

'마음대로 죽지도 못하는구나.'

여운은 눈을 감고 눈물을 흘렸다.

얼마나 그곳에 쓰려져 있었을까. 눈을 떠보니 달빛은 그대로 여운을 비추고 있었다. 몸을 일으켜 자리에서 일어났다. 물에 빠졌던 충격에 몸의 반쪽은 자신의 것이 아닌 듯 말을 듣지 않아 절룩거리며 걸었다. 질긴 목숨이 죽지 않고 살아 몸을 움직였으나, 정신은 이미 죽어 멍하니 그냥 그곳을 걸어 나왔다.

걷다 보니 왼쪽 팔목에 극심한 통증이 밀려왔다. 소리를 지르다 이를 악물며 왼쪽 손목을 쥐며 바라보았다. 손목에 상처가 나 있고 피가 줄줄 흐르고 있다.

"아, 아……."

날카로운 것이 방금 손목을 가르고 간 것처럼 생생한 고통이 일다 금세 사라졌다. 손목에서 피가 흐르고 있었지만 고통이 오래가지는 않았다. 피가 흐르는 것을 그대로 두고 다시 터덜터덜 걸었다.

밟고 걷는 자갈 위에 여운이 걷는 걸음마다 물방울이 떨어지고 있다. 자신의 버선발에 밟히는 자갈을 내려다보다 눈을 들어 주변을 살펴보았다. 어두운 하늘에 나무 그림자가 드리워져 있고, 물이 흐르는 소리가 그제야 귀에 들어왔다. 고개를 돌려 주변을 살피니 그곳은 계곡이었다. 걸음을 멈추고 아무리 살펴보아도 자신이 선 곳은 산중의 계곡이었다.

'이게 어찌 된 일이지?'

그제야 정신을 차린 여운은 자신이 빠진 우물가가 아닌 산속에 있는 자신의 모습을 이해할 수 없었다.

이해할 수 없는 일이 벌어져 두려운 마음에 손으로 가슴을 쥐고 황급히 걸음을 옮겼다. 이어지는 바위를 아무리 넘어도 끝없이 바위만 보였다. 여운은 두려움에 떨었다.

정신없이 걷다 보니 주변의 지형이 낯이 익은 것이, 이곳은 와 본 적이 있는 곳이었다. 이제야 길을 찾은 것인가 안도의 한숨을 내쉬었다. 저 나무 사이로 들어가면 숲을 벗어날 수 있었다.

'이곳은 이승이 아닌 것인가? 구천을 떠도는 귀신이 된 것인가?'

발길을 자신이 머물러야 할 곳으로 향하였다. 구천을 떠도는 귀신이 되어 쉬어야 할 곳도 이곳이었다. 집으로 돌아가 자신의 방에 들었다. 방에 들어서자마자 쓰러져 누워 피가 흘렀던 손목을 보았다. 다친 손목이 금세 아물어 피가 멈춰 있었다. 여운은 눈을 감았다. 너무 지쳐 쉬고 싶었다. 눈을 감으니 다시 물속으로 가라앉는 느낌처럼 바닥으로 몸이 잠기는 것 같았다.

"아씨, 아직도 기침하지 않고 계셨어라. 웬일이어라? 아씨께서 늦잠을 다 주무시다니 말이오."

지단이 더 이상은 안 될 것 같아 방 문을 열고 들어와 여운을 깨웠다.

"어디 편찮으신 것은 아니지라? 오늘은 몸이 부서져도 일어나서서 나가야 하는 날이니께. 눈 좀 떠보셔라."

여운은 눈을 뜨고 고개를 돌려 지단의 얼굴을 바라보았다. 지단의 얼굴을 다시 보니 눈물이 날 것 같았다.

"아씨, 왜 그러셔라? 왜 울고 그라요? 어디 나쁜 꿈이라도 꾸신 거여라?"

여운은 벌떡 일어나 지단을 끌어안았다.

"아씨도 참, 아직도 이리 어리신디."

지단이 여운의 등을 토닥여 주었다.

"아씨, 얼른 정신 차리고 일어나셔라. 서두르지 않으면 외출도 못 하게 된당께요. 아이고, 우리 아씨. 아직 꿈에서 덜 깨셨나 보네. 자자, 물 떠올 테니 어서 씻고 나가셔라."

지단이 챙겨준 옷을 입고 마당으로 걸어 나오니 하인들이 분주하게 움직이고 있었다. 이 집에 이렇게 활력이 도는 것이 얼마 만인가?

"뭐 하시오, 마님께 문안 인사 여쭈러 가시지 않고요? 어른들께서 기침하신 지가 언젠디요. 왜 이리 넋을 놓고 계실까잉. 오늘 아침은 이상하시네, 참말로."

여운은 지단이 하는 말일랑은 하나도 귀에 들어오지 않았다. 저 멀리서 사랑채를 나와 마당을 걸어오시는 서방님의 모습을 발견한 순간부터 주변의 모든 것이 사라지고 서방님이 다가오는 모습만이 보였다.

"서방님!"

정말 서방님이 걸어오고 계셨다. 여운은 한걸음에 서방님의 앞으로 달려갔다.

자신에게 달려오는 여운을 본 정우는 놀라 걸음을 멈추었다. 눈물을 글썽이며 여운이 달려와 정우의 품에 안겼다.

"돌아오셨군요. 서방님께서 돌아와 주셨습니다."

정우는 자신의 품에 안겨 눈물을 흘리는 여운의 모습에 당황하였다. 손을 어디에 둘 줄 몰라 허공에 떠 있어 도포 자락이 펼쳐져 있다.

"무슨 일이 있으십니까?"

지단이 달려와 여운을 정우에게서 황급히 떼어놓았지만 마당을 돌아다니는 하인들은 이미 이 광경을 모두 보고 있었다. 정우가 난처해하며 헛기침만 하고는 자리를 떠났다.

"아씨, 미쳤어라? 어찌 벌건 대낮에. 간도 부었구먼요. 지가 아무리 서방님을 꽉 잡으라 했다고 이렇게 나오시면 워째요? 아랫것들이 다 보는디. 아이고, 또 저 입방아들을 어찌 막을랑가."

"지단아, 내가 가볼 데가 있다."

여운은 빠른 걸음으로 숲길을 걸어 계곡물 소리가 들리는 곳으로 향하였다. 뒤따르던 지단이 숨을 헐떡이며 아씨를 연신 불러대도 여운은 걸음을 멈추지 않았다.

"아씨, 창포도 안 챙겨왔는디. 문안 인사도 거르시고, 이렇게 단오놀이를 기다리셨던 거였어라? 아직은 너무 이른 시간이라. 아침도 전인디, 놀이하는 이가 누가 있다고 이라요."

계곡물에 놓인 돌다리를 건너 진달래가 피어 있는 산턱 경사진 길로 올라갔다.

있었다! 그곳에 그 나무가 서 있다.

'저 나무는 서방님께서 문씨를 다치게 했다 하여 자른 나무인데.'

여운의 다리에 힘이 풀렸다. 물에 떠내려와 배회한 곳이 이 근방의 계곡이었다. 낯익은 풍경에 저 나무를 보았다 생각했는데, 눈앞에 정말 나무가 생생히 서 있었다.

이 모든 게 다 꿈이었다고? 이렇게 생생하고 아직도 가슴이 이렇게 아픈데 이 모든 것이 꿈이라고 한다. 여운은 실성한 사람처럼 웃어댔다.

다시 꾸는 이 꿈이 좋았다. 서방님을 다시 볼 수 있다는 생각에 미칠 듯이 좋았다.

뒤늦게 아씨를 따라잡아 언덕에 오른 지단은 나무에 묶여 있는 그네를 만지고 서 있는 아씨를 보고 놀라 잠시 허둥지둥하였다.

"여기는…… 어찌 아셨어라. 그래서 이렇게 황급히 달려 나오셨다요, 아씨……."

여운이 돌아서 지단을 바라보았다. 여운이 가슴에서 은장도를 꺼내 들었다.

"아씨! 지금 뭐 하신다요?"

지단이 칼집에서 은장도를 꺼내는 아씨를 보고 놀라 황급히 달려왔다. 여운은 날이 선 부분을 그넷줄에 대고 문질렀다.

"아씨, 이게 대체 무슨 짓이어라? 누가 보면 워쩌려고. 이러시면 안 되어라."

"지단아, 오늘 별채 문씨가 이 그네를 타는 일을 어떻게 해서든 막아야 한다. 무슨 일이 있어도 막아야 해."

여운은 집으로 돌아와 부엌에 들어 고사 준비를 하면서도 밖에서 들리는 소리에 온통 집중하였다. 쌀가루를 채에 치면서 가루가 바닥에 흩어지는 것도 모르고 생각에 잠겨 있었다.

"아씨, 제가 할게요. 그거 그냥 저 주시고 들어가셔요."

율이 어멈이 아까부터 이상해 보이는 아씨를 지켜보다가 여운이 든 채망을 달라 손을 내밀었다.

"아니다."

무슨 일이라도 해야 할 것 같았다. 꿈이든 이것이 무엇이든. 오늘 무슨 일이 일어날 것만 같은 불길한 예감에 그냥 손을 놓고 있을 수가 없었다.

"제가 준비해 놓을 것인데. 창포물에 머리라도 감고 오셔야 한 해 동안 병환 없이 나실 텐데요."

"어멈, 곳간에 가서 쌀을 더 가져와야겠네. 쌀가루가 아무래도 부족하니 더 빻아야겠어."

"예."

율이 어멈이 부엌을 나가자마자 밖에서 소란한 소리가 들려왔다.

"어이쿠, 아씨, 무슨 일이십니까? 다리를 다치신 겁니까?"

여운이 들고 있던 채망이 바닥에 뚝 떨어져 나뒹굴며 하얀 가루가 바닥에 뿌려졌다. 부엌문을 열고 나가 소란스러운 곳으로 향하니 문씨가 서방님께 부축을 받으며 마당을 지나가고 있었다. 둘이 별채로 들어가는 것을 보고 따라가려 하다 발걸음을 멈추었다. 별채로 사라지는 뒷모습을 바라보다가 눈을 감을 뿐이었다.

'그 일이 정말 일어나는 것인가?'

"아씨, 별채 아씨가 산에서 미끄러졌다 혀라."

지단이 알아온 소식을 듣는 여운의 표정이 긴장되었다.

"그래서, 그래서 어찌 되었느냐? 다른 이들이 그 모습을 보았다 하더냐?"

"야? 아니, 그런 것은 모르것고, 가볍게 접질린 것이라고만 하던디요. 그나저나 서방님께서 그넷줄이 끊어져 그네를 못 띄웠으니 고쳐 놓으라고 하시는 것을 들었는디……."

"그래? 그렇구나……."

지단은 아씨의 안색이 창백한 것이 낮에 아씨께서 그네에 손을 댄 일 때문이라 여겼다. 그러나 여운이 이리 안절부절못하는 것은 오늘 서방님과 문씨가 동네 아낙들의 눈길을 끌어 입방아에 오르지는 않았을까 하는 것이었다. 그런데 다행히 그런 일이 벌어지지는 않았다.

가볍게 다쳤다고는 하나 문씨가 움직일 수 없어 고사상은 여운 혼자 도맡아 준비하였다. 어머니께서 여운이 준비한 고사떡이 잘 되었다고 칭찬해 주셨다. 여운은 고사상 앞에 선 서방님의 뒷모습을 바라보다가 왼손을 들어 손목을 바라보았다. 붉은 흉터가 남아 있다.

그것이 꿈이었다면 이 흉터는 또 뭐란 말인가? 자신도 모르는 사이 다친 것을 기억하지 못하는 것인가?

왼팔에 새로 난 흉터는 여운이 가지고 있던 오른팔의 흉터와 같았다. 손바닥을 펴 양팔에 새겨진 흉터를 바라보았다. 가슴이 답답해지고 두통이 밀려왔다. 이해할 수 없는 일이 벌어지고 있었다. 이 상처의 의미는 뭐란 말인가?

고사를 지내는 뒷마당 구석진 곳에 있는 우물을 바라보았다. 이끼 낀 우물을 보자 답답함이 목구멍까지 올라와 헉 숨을 내쉬고 가슴을 움켜쥐었다. 꿈이라 하기에는 너무나 생생하다. 죽음의 고통이 너무도 생생히 떠올라 자신을 삼킬 것 같은 우물을 다시 보는 것이 두려웠다.

"괜찮으십니까?"

서방님의 목소리에 고개를 들었다.

고사가 끝나 일손을 부려야 하는 여운이 잠자코 있자, 하인들이 이상해서 작은마님을 바라보았다. 정우가 뒤돌아 여운을 보니 창백한 얼굴에 입술이 파르르 떨리는 것이 금방이라도 쓰러질 것 같았다.

"이곳 정리는 율이네가 알아서 할 것이니 들어가서 쉬십시오. 금방이라도 쓰러질 것 같습니다."

따뜻한 음성이었다. 자신이 본 것이 무엇이었든 서방님과 다시 함께 숨 쉬고 서방님의 음성을 다시 들을 수 있다는 사실이 중요했다.

"그럼 잠시만 쉬다 나오겠습니다."

금방이라도 토악질이 올라올 것 같아 치마를 움켜쥐고 그 자리를 나오려는데, 여운의 뒤로 정우의 목소리가 들렸다.

"여기 이 우물에 이끼를 걷어내야겠구나. 음산한 것이 눈에 거슬리는구나."

잠시 멈칫하다 다시 힘없는 발걸음을 떼었다.

정우는 걸어가는 여운의 뒷모습을 보았다. 여운이 모퉁이를 돌
아 사라질 때까지 지켜보다가 인상을 썼다. 몇 번이라도 달려가
부축해 주려고 다리가 움찔거렸지만 정우는 그럴 수 없었다.

그냥 돌아서서 하인들이 바쁘게 움직이며 고사상을 치우는 것
을 보다가 장쇠가 다가오는 것을 보았다.

"그래, 그네는 손을 보았느냐?"

그넷줄이 끊어져 있는 것을 보고 다은이 무척 실망하였다. 자신
은 사람들 눈을 피해 숨어 살아야 하는 처지라 단옷날인데도 다른
여인들이 다 누리는 단오놀이 하나 못 해본다 투정을 부렸다. 다
리가 저리된 것도 산에서 내려오다 달래보려는 정우의 손을 뿌리
치려다 돌부리에 걸려 넘어져서이다.

"그래도 그네를 타다 끊어진 것이 아니어서 다행이구나."

"분명 며칠 전에 끈을 새것으로 매달았는데, 참말로 이상합니
다요."

"일이 이 정도인 것을 다행으로 알고 앞으로는 신경을 더 쓰거라."

"예, 서방님."

二

두 번째, 사랑

여운이 떨리는 손을 우물 뚜껑으로 뻗었다. 그동안 무서운 기억에 이곳을 피했다. 꿈에서의 생이 진짜인지 지금의 생이 진짜인지 헷갈리는 상황에서 이곳을 다시 찾을 수밖에 없었다. 저 우물에 빌던 밤이 쌓여 서방님의 마음을 가지고 싶었고, 서방님의 마음을 얻을 수 없어 이곳에서 빌던 마음을 스스로 끝내었다.

미끄러운 뚜껑을 꼭 쥐고 옆으로 밀자 '그르르르' 돌에 밀려 기분 나쁜 소리가 났다. 그날 밤과 같았다. 빛이 우물 안에 차고, 돌을 밀어 넣어도 끊임없이 떨어질 것 같은 칠흑 같은 어둠이 달빛을 더욱 청명하게 만들고 있었다. 그곳에 빨려들 것 같은 느낌이 들어 도망가고 싶은 마음을 잡고 우물 안을 들여다보았다.

죽음의 공포! 그곳에서 본 것이다. 자신의 몸을 끌어당기는 힘에 가슴 가득 밀고 들어오는 물의 쓴맛! 제 피를 삼키는 것 같은 것이었다. 밀고 들어오는 답답함에 온몸의 피가 온통 머리에 차오르는 고통. 휘청하였다.

떠오르는 기억만으로도 감당할 수 없어 휘청하며 손을 허공에 허우적거리는데, 여운의 손을 잡아주는 손이 있었다.

"조심하십시오!"

정우가 여운의 손을 잡고 몸을 끌어당겨 우물에서 멀어지게 하였다.

"무슨 짓입니까?"

평소에 보던 차분한 서방님의 모습이 아니었다.

"서방님……."

"물에 빠지기라도 하면 어쩌려고 이리 위험한 짓을 하십니까?"

"전 그냥……."

서방님은 아직 손길을 거두지 않고 계셨다. 자신이 잡고 있는 따듯한 손의 감촉이 의식되자 정우가 얼른 여운의 손을 놓았다.

"이곳에는 밤에 오지 않는 것이 좋겠습니다. 사람 발길도 뜸한 곳에 혼자 있다가 위험에 처하면 어쩌려고요."

"그래서 이곳에 드는걸요."

낮게 작은 입에서 새어 나오는 소리가 왠지 정우의 마음을 아프게 했다. 이 여인이 지금 느낀 아픔이 자신에게 전해진 것이 정우를 당황하게 하였다. 혼례를 올렸다고는 하나 정우는 일부러 자리를 피해 이 여인과 같이 지낸 시간이 없었다. 부인이긴 해도 낯선 여인의 마음을 정우가 이해하고 있다는 것이 정우 자신에게는 충격이었다. 어느새 마음을 쓰고 있었다.

　같은 집에 살며 이렇게 달이 청명한 밤에는 부인이 이곳에 든다는 사실도 알고 있었다. 그런데도 발길이 향한 것은, 조용해야만 할 밤공기를 가른 기분 나쁜 소리 때문이라고 자신에게 설명하였다.

　이 여인이 걱정되는 것은 뭔가 불안해 보이는 표정 때문이었다. 밝아만 보이던 여인이 며칠 사이 이렇게 수척해지다니, 단지 그것이 신경 쓰이는 것이었다.

　"힘드십니까?"

　제 입에서 이런 말이 나오다니. 정우는 다시 삼킬 수만 있다면 뱉은 말을 거두고 싶었다. 여운이 고개를 들어 정우를 바라보았다. 슬픈 눈으로 바라보더니 미소를 지었다.

　"네, 힘듭니다. 작은집 살림이라 쉬울 줄 알았는데, 갑자기 제사도 모두 우리 집에서 치러야 한다 하시고, 부모님 식사하시는 시간에 맞추지 않는 서방님 상도 따로 차려 드려야 하고, 힘든 일이 많습니다."

　정우는 당황한 기색으로 머뭇거렸다.

　"아, 그렇군요. 그건 아직 신래인지라 윗분이 퇴궐하지 않으면 먼저 나올 수 없는 법이고. 그렇다면 저녁상은 따로 준비하지 마시지요."

　진지하게 답하는 서방님을 보고 여운이 미소를 지었다.

　"아닙니다. 서방님 저녁은 꼭 제 손으로 지어드리고 싶습니다."

　다시 살아도 서방님 곁에서 살고 싶다.

"그냥 농을 한 것이니 한번 웃어주시면 됩니다."

다시 산다면 저리 웃어주시는 서방님의 품에 안겨 살고 싶었다.

인사를 하고 돌아서는 정우의 뒷모습을 보다 여운이 이번에는 망설이지 않고 말하였다.

"서방님, 저는 서방님의 부인으로…… 살 것입니다."

아무것도 두려워하지 않을 것이다. 그러기 위해 두려움을 버리려 오늘 이 우물가에 다시 온 것이다.

＊

"어머님, 그건 안 될 일입니다."

"안 된다고? 네가 그런 말을 할 줄은 몰랐구나."

다시 선택하라면 절대 하지 않을 선택을 시어머니께서 강요하셨다. 별채 문씨를 납치하여 벌어질 일을 여운은 알고 있었다. 어머니께서 그 일을 벌이시도록 두어서는 절대로 안 되었다.

"그렇게 하시면 안 됩니다. 서방님께서 이 사실을 아시면 가만있지 않으실 겁니다."

"아니다. 어쩔 수 없게 될 것이다. 내게도 다 생각이 있다."

"안 됩니다, 어머니."

"안 되다니. 사리 판단이 빠른 아이인 줄 알았더니 실망이로구나. 너는 다은이 그 아이를 모른다. 어떻게 해도 절대로 그 아이를 이 집에서 내보낼 수 없어. 이 방법이 아니면 안 된단 말이다."

어머니는 절대로 뜻을 굽히지 않으셨다. 다른 말로 시어머니를 설득할 방법을 찾을 수 없었다.

"넌 그냥 모르는 척 가만히 있거라. 내가 다 알아서 할 것이니 넌 그냥 모르는 척만 해."

문씨를 이 집에서 몰아내고 싶은 마음은 시어머니 윤씨가 더 깊은 것 같았다. 여운도 문씨 없이 온전히 이 집의 안주인 역을 하고 싶었다. 그러나 이 일이 몰고 올 불행을 알고 있기에 어머니를 그냥 둘 수는 없었다.

시부모님의 가마를 따라 서방님께서 말을 몰며 종친회에 참석하기 위해 떠나는 것을 배웅하였다. 집 안으로 들어오면서 장쇠를 불러 세웠다.

"너는 오늘 저녁부터 별채를 지키도록 하거라."

"예? 별채를 지키라니 무슨 말씀이십니까?"

장쇠가 아씨의 명을 듣고 의아해하였다.

"여인들끼리 집에 남아 있지 않느냐. 요즘 저잣거리에 흉흉한 소문도 있고 하여 무서워서 그러니, 넌 가서 작은댁 방 앞을 한시도 떠나지 말고 지키고 있거라."

이상한 명이었지만 장쇠는 그렇게 하겠다 하였다.

"조심해서 나쁠 것이 없으니 무슨 이상한 것이 보이면 무조건 소리를 지르거라."

이 집에서는 친척 모임이 하도 많아 어른들이 집을 비우시는 일이 처음이 아닌데 새아씨께서 처음으로 집에 홀로 계시니 많이 무서우신 모양이라고 장쇠는 생각했다.

"그러면 아씨 방도 누구를 시켜 지키라 할까요, 아씨?"

"아니다. 그건…… 벌써 집사에게 부탁해 두었다."

"아, 예."

장쇠를 보내고 여느 때와 같은 모습을 보이려고 노력하였다. 별채 문씨의 거처를 이 집 다른 곳에 잠시 옮길까도 생각하였지만, 시어머니께 의심을 사서도 안 되는 일이다. 이 집에는 자기 사람이 없어 장쇠에게만 일을 맡기게 되어 불안하였지만, 조용히 움직이는 것이 차라리 나을지도 몰랐다.

밤이 깊어오자 더욱 불안한 마음이 되었다. 방 안에 불을 밝히고 앉아 서방님의 버선을 짓는 일을 하였다.

"마님께서 늦으시는디요."

"어? 그, 그래, 그렇구나."

"지가 나가 보고 올게라."

밖이 잠잠한 것이 불안하였다. 장쇠가 제대로 지키고 있기는 한 것인가?

"지단아, 네가 나가서 별채를 좀 보고 오너라."

"야? 별채는 뭣 땀시요?"

"거기 장쇠가 잘 있나 한번 보고 오너라."

"싫은디. 별채는 가기 싫어라."

그러나 지단은 아씨의 명을 거역할 수 없어 하는 수 없이 발길을 떼어 별채로 향하였다.

"아니, 고 잡것은 뭐 하러 이 밤에 별채에 들어 속을 이리 뒤집어놓는다냐. 내가 시방 저길 들어가고 싶것냐고. 내가 별채라면 치가 떨리는 사람이구먼. 아씨도 그렇지, 고년이 뭐가 이쁘다고 방을 지켜주냐구.”

별채에 들어서니 불이 켜진 곳은 한 곳뿐이었다. 문씨가 아직 잠이 들지 않은 것인지 방에 불이 켜져 있었다. 사잇문에 서서 마당 안을 아무리 살펴보아도 장쇠의 모습은 보이지 않았다.

‘꾀가 나 자리를 떴나 보지.’

지단은 장쇠가 없는 것을 보고는 더 안으로 들지도 않고 돌아서 나오려고 하였다.

‘내가 고 문씨년 좋은 일을 왜 한대?’

뒤를 돈 지단 앞에 검은 사내 몸이 나타났다.

“아이구, 깜짝이야!”

갑자기 나타난 장쇠 때문에 지단이 놀랐다.

“뭐여? 어딜 갔다 오냐?”

“뒷간 간 것도 감시하슈?”

지단이 장쇠를 잡아 세웠다.

“됐다. 들어갈 필요 없응께. 여긴 더 있을 거 없…….”

“저게 뭐래?”

장쇠가 화들짝 놀라 지단을 밀어냈다.

“저게 정말…… 뭐래?”

“뭐, 뭐가? 먼 일이여?”

“방에 뭐가 든 것 같아.”

장쇠가 별채 아씨의 방 문 앞까지 달려갔다. 지금은 불이 꺼져 있지만, 분명 방 안에 검은 그림자가 움직였었다.

"뭐가? 아무것도 안 보이는데. 야, 아무것도 아녀. 그냥 가자."

뒤따라온 지단이 장쇠의 옷자락을 잡았다.

"겁먹지 말고 어서 가서 청지기 어른께 알려."

장쇠가 지단의 손을 내려놓고 손에 든 몽둥이를 고쳐 잡고 용기를 내어 발걸음을 옮겼다. 조심히 걸음을 떼어 계단을 올라가려는데, 갑자기 지단이 겁먹은 목소리로 소리를 질러댔다.

"도, 도, 도둑이야! 도둑이야!"

방 문이 벌컥 열리고 안에서 검은 그림자가 후닥닥 밖으로 튀어나왔다.

"아이고!"

사내의 그림자가 단숨에 계단을 뛰어넘고 장쇠를 밀치고 달리다가 담을 타고 달아났다.

"사람 살려라! 도둑이야! 도둑이야!"

지단이 지르는 소리에 장쇠도 '도둑 잡아라!' 소리 지르며 바깥마당으로 달려나가 정신없이 뛰어다녔다. 지단이 문이 열려 빛이 새어 나오는 방을 보고 침을 꿀꺽 삼키며 계단을 올라가 방 안을 살펴보았다. 도둑이 든 방 같지 않지만, 문씨가 겁에 질려 옷고름을 잡고 떨고 있었다.

"괜찮으십니까, 아씨?"

지단이 방 안으로 들어가 문씨 곁으로 가니 문씨가 그제야 울음이 터지는지 울면서 지단의 손을 잡았다. 잘 준비를 하려는데 도둑이 들어 소리를 지르려 하였지만 도둑이 입을 막아 도움을 청할 수 없었다. 지단이 소리를 지르지 않았더라면 어떤 일이 일어났을 지 문씨는 두려워 진정할 수 없었다.

"고맙다. 고마워."

지단은 자신의 손을 잡고 우는 문씨를 보며 굳어 있다가 손을 들어 문씨의 등을 다독여 주었다. 지단은 다른 하인들이 달려와 아씨를 보살필 때까지 문씨의 곁을 지키고 앉아 있었다.

"그래? 집에 도둑이 들었다고?"

시어머니 윤씨가 돌아오자마자 문 집사가 마님께 상세히 고하였다.

"장쇠가 도둑을 봤다고?"

"예. 별채 앞을 지나가다가 수상한 자가 든 것을 보고는 소리를 지르니 도망갔다 합니다. 늦은 시각이라 내일 아침 일찍 관아에 알리겠습니다."

"무슨 소릴 하는 게야? 없어진 물건도 없는데, 집안일을 크게 벌일 것 없네."

"예?"

시어머니께서 집에 돌아오시기 전에 여운은 장쇠를 불러 입단 속을 해놓았다. 자신이 잠시 자리를 비운 사이 이런 사달이 난 것 을 걱정하는 장쇠를 보고 그러면 장쇠가 별채를 지키고 있었다는 말은 하지 않아도 된다고 일러두었다.

여운이 문씨를 도운 사실을 어머니께서 눈치채지 못하셨기를 바랐다. 여운은 어머니께서 안채로 드시면서 자신에게 한 번 차가운 눈길을 주시는 것을 보았다. 여운은 지단도 입단속을 단단히 시켰다. 오늘 일은 이대로 조용히 넘어가야 한다 일러두었다.

집에 있는 남자 하인들은 모두 불려 나가 이날 밤 밤잠도 못 자고 불침번을 서게 되었다. 도둑이 도망갔다고는 해도 집에 여인들만 있어 불안한 밤이었다.

뒤채를 돌아보던 장쇠가 마당에서 움직이는 검은 그림자를 봤다.

"누, 누구여?"

"아직도 그리 겁먹고 있는감?"

도둑이 또 든 줄 알아 식겁하였는데, 지단의 얼굴이 보이자 장쇠가 한숨을 크게 내쉬었다.

"놀랐잖아요. 도둑놈 만키로 왜 야밤에 쏘다녀요? 오늘 큰일 겪은 사람이 그만 들어가 자지."

"큰일을 겪어 잠이 안 와 일이라도 할라고 그러제. 너도 놀랐을 텐디, 쉬지도 못 하고. 욕봐라."

지단이 장쇠가 뒤편으로 사라지는 것을 보고 광문을 열고 들어갔다. 광 안은 어두웠지만, 안 쓰는 살림살이를 넣어두는 광 안의 물건 위치가 눈에 익어 있었다. 구석진 곳에 있는 바구니를 바로 찾아 옷가지들을 뒤적였다. 귀한 비단옷 빨래는 손을 탈 수도 있어 이곳에 모아두었다.

어둠 속에서 옷가지들을 끄집어내다가 문씨가 입던 옷가지들을 발견하고는 지고리를 찾아 들었다.

우지직.

천이 찢기는 소리가 나고, 지단은 저고리에서 떼어낸 옷고름을 쥐고 다른 한쪽도 잡아당겨 뜯어놓았다. 잡아 뗀 옷고름 한쪽을 둘둘 말아 버선 안쪽에 밀어 넣었다.

'이게 다 아씨를 위해서여.'

✳

여운은 산을 오르고 있었다. 가슴이 답답하여 닷새에 한 번은 봉은사에 올라 다리가 떨리도록 절이라도 올려야 마음을 누를 수 있었다. 아씨가 걱정되어 따라오려는 지단에게 심부름을 시키고 홀로 산에 올랐다. 그래야 눈물이 흘러내려도 참지 않고 마음껏 울 수 있었다.

계곡물에 놓여 있는 돌다리를 건너려다가 떨어진 붉은 진달래 꽃잎이 물줄기를 따라 흐르는 모습을 보았다. 여운은 잠시 멈추어 물에 손을 담가 작은 꽃잎을 손에 담았다. 여린 꽃잎이 손에 담긴 물에 둥둥 떠 춤을 추다가 손가락 사이로 물이 새어 없어지자 꽃잎은 색이 죽어 시들었다.

가만히 그것을 보다가 고개를 들었을 때, 하늘을 나는 진달래 빛 치맛자락을 보았다. 하늘 높이 치마가 펄럭일수록 여운의 표정이 어두워졌다.

여운의 마음이 초조해져 걸음을 떼었다. 여운은 걷던 돌다리에

발이 미끄러져 치마가 젖은 것도 개의치 않고 물을 건너 산비탈을 올랐다. 혹시나 하는 생각에 이러면 안 되는 것을 알면서도 산을 올랐다.

나뭇가지 사이로도 보이는 붉은 치마가 펄럭이는 모습을 보고 정신없이 걸었다. 젖은 치마가 다리를 휘감아 무거운 걸음을 떼며 숨을 헉헉거리며 걷고 또 걸었다.

정말 그곳에 그 여인이 그네를 띄우고 있었다. 저 여인이 기어이 이곳에서 그네를 띄운 모습에 화가 나 다가가려다 걸음을 멈추었다. 더 다가가지 못하고 맥이 풀려 문씨가 그네를 띄우는 모습을 바라보고 서 있게 되었다.

그녀는 너무도 아름다웠다. 자유롭게 하늘을 나는 그 모습을 바라보는 것이 여운의 가슴을 아프게 하였다. 이곳에 서서 서방님께서도 저 여인의 자유로운 모습을 보며 웃어주셨겠지. 아름다운 꽃잎이 만개하듯 하늘을 높이 흩뿌리는 저 치마폭에 눈을 빼앗겨 가슴 설레셨겠지.

그때 한껏 그네를 구르던 다은이 뒤돌아보았다. 구경꾼이 있는 것을 알면서도 눈을 감고 그네를 더 굴렸다.

"내가 이 손을 놓으면 어찌 될까요?"

눈을 뜬 다은이 눈을 내려 가파른 절벽을 내려다보았다. 그네가 높이 오를수록 절벽의 기울기는 더 가팔라 보였다. 다은이 아슬아슬하게 그네를 타는 모습에 여운이 가슴을 졸였다.

다은이 그네를 잡은 손을 놓더니 그네 의자에 앉았다. 몇 번은 더 앞뒤로 흔들리던 그네가 다은이 다리를 내리자 멈추었다. 다은이 그네에서 내려 여운에게로 걸어왔다.

여운의 앞으로 다가온 여인의 볼은 활기를 띠고 한껏 붉어져 있었다.

"제가 사라진다고 바뀔 일이 아닙니다. 아씨도 서방님을 더 잘 알게 되시면 알겠지요. 그분이 어떤 마음으로 제 손을 잡아주셨는 지요. 죽어도 제 손을 놓지 못할 분입니다. 한 번 한 약조는 절대 깨는 법이 없으시지요."

다은의 말에 한마디 대답할 수 없게 만드는 것은 가슴을 찌르는 그녀의 말이 아니었다. 여인으로서 품어내는 그녀의 생기가 여운의 가슴을 후벼 팠다. 여운은 시들어가는데 사랑을 차지한 여인은 아름답게 빛나고 있었다.

"저 그네는 서방님께서 매어주신 겁니다. 제가 그네를 구른 지 십 년이 되었습니다. 그보다 더 긴 시간을 우리는 함께하였고요."

조용히 죽어 살려던 다은은 더 이상 참을 수 없었다. 답답한 것이 차올라 참지 못하고 그녀를 띄웠다.

"이런 모습이 서방님께 누를 끼친다는 생각은 안 하나? 자신의 욕심으로 서방님께 어떤 해가 가도 좋다는 건가? 이곳에 올라 그네를 띄우는 일을 그만두게."

누구에게 보여주기 위해 그네를 띄운 것은 맞다. 하지만 그네만 큼은 마음껏 탈 수 있게 해주신다 약조하셨다. 평생 다은의 곁을 지켜주겠다는 약속을 믿고 싶었다. 하지만 앞에 선 저 여인이 서방님의 정부인이다. 그 이름을 가진 여인이 미칠 듯이 미워졌다. 정부인이 버젓이 있는 사내의 약속을 어떻게 믿겠는가.

"욕심이라고요?"

다은이 입꼬리를 올리고 일그러진 미소를 지었다.

"욕심이라는 것은 뒤를 봐줄 가문 정도는 있어야 품어보는 게 아닙니까. 제가 무슨 욕심을 부렸다고 이러십니까? 이깟 그네 하나 띄우는 것이 뭐가 대수라고. 아씨는 뭐가 두려우신 건가요?"

다은은 들판에 피어 갖은 비바람을 이겨낸 들꽃이었다. 곱디곱게 자란 저런 여인에게 뽑혀 나가지 않으리.

여운은 주먹을 꼭 쥐었다. 결국 둘 중 한 명만이 서방님의 가슴에 남을 수 있다.

"제 마음을 모욕하지 마십시오. 서방님을 위해서는 죽을 수도 있습니다. 마음에도 없는 사랑을 품으라 강요하는 것이야말로 욕심이 아니고 무엇입니까. 서방님께 해가 가는 일은 절대 하지 않으니 걱정하지 마시지요."

여운은 자리를 뜨는 다은에게 아무 대꾸도 하지 못하였다. 떨리는 손을 소매 안에 감추고 입술을 깨물었다. 다은이 떠난 자리에 남은 빈 그네를 바라보았다. 저 그네의 임자가 누구인지 바꿀 수 없는 것인데.

여인에게 뿜어낸 미워했던 마음이 이제는 두려움으로 바뀌었다. 여인에게 한 모진 말이 혹시라도 서방님의 귀에 들어가 자신을 미워하게 되지나 않을지 걱정하며 가슴이 오그라들었다. 정부인이라 해도 서방님의 마음 한 자락 잡지 못하는 처지에 괜한 오기를 부려본 것을 후회하였다.

※

"마님, 그게 무슨 소리십니까?"

다은이 마님 앞에 불려왔다.

"내가 무슨 말을 하고 있는지 네가 더 잘 알 것이 아니냐. 여인이 외간남자의 손을 탔으면 알아서 정조를 지켜야 하는 법인데, 내가 그걸 가르쳐 줘야만 아는 것이냐?"

"저는 절대 그런 일이 없었사옵니다."

"그럼 대체 이 집안에 들리는 소문은 무엇이라는 말이냐? 너도 들었을 것이 아니냐?"

이 집에 소문이 돌았다면 대부분은 간난이의 입을 통해 새어 나가는 것이다. 도둑이 든 다음날 빨래를 하러 냇가에 나간 간난이는 심상치 않아 보이는 작은아씨의 저고리를 유심히 보았다. 뜯어져 나간 옷고름을 보고 잠시 놀라다가 옆에 앉아 방망이를 두드리는 연득이에게 옷고름이 뜯어져 나가 망가진 저고리를 보여주었다. 소문은 그렇게 시작되었다.

"마침 그 해괴망측한 소문을 내가 먼저 들어서 망정이지, 밖으로라도 새어 나갔으면 어찌할 뻔했누?"

"믿어주십시오. 사실이 아닙니다. 그런 일은 절대 없었습니다, 마님."

윤씨는 자신이 계획한 일이 수포로 돌아갔다는 것을 알고는 화가 났다. 그런데 일이 되려니 이렇게 손을 더럽히지 않고도 해결되는구나 싶었다. 집안에 소문은 퍼지고 퍼져 마님 윤씨의 귀에까지 들어왔다.

답답하다는 표정으로 윤씨가 다은을 바라보며 혀를 찼다.

"그럼 그냥 이 집에 버티고 있다가 정우가 그 소문을 듣기를 바라는 것이냐?"

다은이 동요하였다. 여인의 정절을 의심하는 소문만으로도 그 여인은 죽은 것이나 다름없었다.

자신을 향한 사람들의 시선을 알고 있었다. 의심스러운 출생의 비밀을 품고 이 댁에 업둥이로 들어와 키워진 자신을 향한 세간의 관심을 익히 알고 있었다. 그리고 자신과 함께 이름이 오르게 될 정우에 대해 생각했다.

다은을 둘째 부인으로 삼은 정우지만, 그들을 향한 세속적인 관심을 엎을 만큼 정우는 아직 힘이 없었다. 아버지 김 판윤 대감의 세가 있었지만, 하위 관직에 올라 이제 막 조정에 진출한 정우가 불미스러운 일에 이름이 오르기라도 한다면 관직을 내놓아야 할 수도 있었다.

자신에게 씌워질 누명이 정우에게도 따라다닐 것이다. 세간에 자신 둘을 놓고 다시 입방아를 찧을 기회를 주게 될 것이다. 그래서 조용히 살려 하였다. 부인이라 나서지 않고도 이 집안에서만이라도 정우를 온전히 차지할 수 있으니 조용히 죽어지내려 하였는데, 세상이 그냥 그렇게 두지 않았다.

"소문이 불어나면 관아에 알려야 할 것이야. 집에 도둑이 들었는데도 조용히 넘긴 것은 너를 위해서였다. 소문까지 막지는 못했으니 관아에 알려 여인을 희롱한 범인을 잡아달라 하면 되겠구나."

"안 됩니다."

일단 관아에 수사를 맡기면 사실이 아니어도 의심받게 될 것이다.

"그러니 조용히 넘어가자는 것이 아니냐. 영영 떠나라는 것이 아니다. 잠시 나가 있어 소문이 잠잠해지면 부를 테니 기다리거라."

마님은 믿지 못하지만 서방님은 자신을 찾을 것이다. 그때도 그랬다. 정우를 위해 도망쳤으나 정우가 찾아와 부인이 되어달라 하였다. 정부인과 혼례식을 올리기도 전의 일이었다. 서방님의 마음만 자신이 가지고 가면 되었다. 그것이면 다은은 자신이 어떻게 살든 어떤 모습으로 살든 상관하지 않았다.

"알겠습니다. 조용히 숨어 지내겠습니다."

꽃

여운이 사랑채에 들어 정우의 방으로 들어갔다. 아직 주인이 들지 않는 방을 지키고 있는 창가에 나란히 놓인 난초 화분을 살펴보았다. 빛을 너무 강하게 쬐어 잎이 누렇게 뜬 화분에 마음이 상했다. 잘 돌보려고 그리 노력하였는데 마음같이 되지 않았다.

그냥 두면 보기 싫게 타고 올라갈 것이 걱정되어 끝을 자르는 것이 좋을 것 같아 가지고 온 가위를 들었다. 타들어간 잎을 자르고 화분 정리를 하였다. 비율이 좋지 못한 잎을 다듬고는 무릎을 꿇고 앉아 잠시 난초 화분을 감상하였다. 실수는 하였지만 볕을 쬐는 시간도, 물을 주는 양도 제각기인 까다로운 난초이다. 이 정도면 나쁘지 않다 생각하며 마음을 다독였다.

조용한 방 안이어서 작은 소리라도 들렸을 텐데. 정우가 문을 열 때까지 인기척을 느끼지 못하고 있다가 정우가 방에 들어오자 화들짝 놀라 일어났다.

"서방님 드셨습니까."

정우도 놀랐는지 그 자리에 서서 고개를 숙여 인사만 하였다. 정우가 들어오는 시간에 맞춰 항상 방에 불을 들여놓아 불 켜진 방이라 해도 사람이 든 줄은 몰랐다.

여운은 놀라 다른 말도 하지 못하고 서 있으면서도 눈으로 정우의 의복을 훑었다. 관복을 입고 계셨다. 마음 한구석이 안심되었다.

서방님께서 늦게 들어오시는 날이면 문씨 집에 들르시나 보다 하는 생각을 지울 수 없었다. 저렇게 관복을 입고 들어오시면 궁에서 바로 오신 길이라 마음이 놓이는 것을 어쩔 수 없었다. 마음 쓰지 않으려 해도 어쩔 수 없었다.

"밤이 깊어 서방님께서 쉬셔야 할 시간인데 죄송합니다. 난 잎이 시들어가고 있어 마음이 쓰여 그냥 잠들지 못해 들었습니다. 서방님 신이 없어 안 계신 것 같아 들었는데……."

"괜찮소. 마음 쓰지 마십시오. 안 그래도 어제 잎 색이 죽어가는 것을 보았는데, 잘라내야 했던 거군요."

정우가 창가 문갑 서랍 위에 놓인 가위를 보고 여운을 다시 보았다.

"제가 실수를 했습니다. 빛을 너무 오래 쬔 것 같습니다."

"실수라니요. 저렇게 잘 자라고 있는 화분들을 보고 그런 말씀 마십시오. 마음을 다해 키우는 것이라 잎 하나 손대는 것도 마음을 쓰셨나 봅니다."

아직도 서방님께서 문 앞에 서 계신 것을 그제야 알아차렸다. 말을 받아 대답을 해주시니 반가워 서방님을 이리 잡고 계속 말을 시키고 싶었나 보다.

"쉬십시오. 저는 그만 건너가 보겠습니다."

"잠깐."

황급히 방을 나가려는데 서방님께서 불러 여운이 뒤돌아섰다.

"여기, 가위."

아직도 창가에 놓여 있는 가위를 찾아 여운에게 건넸다.

"아! 네, 가위."

정우가 날이 선 가위를 돌려 여운이 손잡이를 잡을 수 있도록 건네주었다. 가위만큼의 거리가 두 손의 간격을 벌리고 있을 뿐이다. 여운은 정우를 향해 내민 손이 떨려와 가위 손잡이를 꼭 쥐었다. 정우의 손이 가위를 놓아주자 둘이 나누던 가위의 무게가 여운의 손에 모두 들려졌다.

"편안히 주무십시오."

이제는 정말 나가려 하였다.

"고맙게 생각하고 있소."

방 문을 닫고 돌아서는데 가슴이 두근거려 손을 가슴에 얹었다.

또 머뭇거리는 것이 문에 비칠까 봐 얼른 마루를 내려왔지만, 가슴이 떨려 신 한 짝 제대로 신지 못하고 몇 번을 신을 찾아 발을 이리저리 움직였다.

서방님이 건네주신 오래 써 날이 무딘 화분 손질용으로나 쓰는 물건이 귀해 가슴에 꼭 안아 쥐고 방으로 돌아왔다. 방으로 돌아와 가위를 뻣뻣한 광목으로 감아 문갑 서랍 안에 넣으면서 웃음이 새어 나왔다.

"이깟 가위 하나가 뭐가 중하다고."

매일 밤 서방님께서 집에 드신 후에야 방으로 돌아왔다. 멀리서도 보이는 하얀 도포 자락을 펄럭이며 문을 넘으신 날은 마음이 산란하여 잠을 이루지 못하였다.

잠시 요양차 집을 나간 문씨는 도성에서 멀지 않은 곳에 작은 초가집을 빌려 머물고 있었다. 말을 그렇게 했어도 지난 도둑이 든 사건과 연관이 있다는 것을 이 집 사람이면 모두 알고 있었다. 그런 문씨를 서방님께서 자주 찾으시는 것 또한 모두 알고 있었다.

그런 것을 모두 알고 이 집안에서 태연히 행동하는 것이 쉬운 일은 아니었다. 차라리 문씨가 집에 머물 때는 별채나 사랑채에 머무셨어도 여운이 있는 집에 드신 것이라 이런 눈치를 보지 않아도 되었다. 부부가 다른 방을 쓰는 경우는 많았기 때문이었다. 그러나 다른 집을 드나드는 것은 다른 문제였다. 다른 살림을 차려 나간 것이기 때문에 여운의 자존심은 더 상했다. 그나마 늦은 시각이라도 집으로 돌아오시는 것에 고마워해야 하는 처지였다.

✳

작년보다 무더운 날이 계속되었다. 비가 오지 않아 땅이 말랐다. 땡볕에 논일을 시킬 수 없어 외양간에 묶어놓은 가축들이 혀를 축 내밀고 숨이 가빠 헐떡거리는 가뭄이 지속되었다. 나라에서 이처럼 가뭄이 든 것을 우려하여 기우제를 올리게 되었다. 하급 관리들도 이날 하루 일을 쉬고 색이 없는 옷을 입고 하늘에 정성을 들이라는 명이 하달되었다.

여운은 새로 지은 옅은 분홍빛이 도는 저고리를 입고 지단이 옷고름을 매어주는 것을 내려다보았다.

"색이 없이 지었어야 하는 게 아닌가? 내 눈에는 아무래도 색이 아주 고와 보이는구나."

"어디 상을 당한 것도 아닌디 소복을 입고 나가신당가요? 이 정도면 충분히 검소해 보이는구먼요."

"글쎄다. 새로 지은 옷이 검소해 보일 수가 있는 것인지."

동료 관원의 부인들도 초대되는 자리에 나가는 것이니 어머니께서 다른 부인들에 비교되지 않도록 새 옷을 지어 입으라 하셨다. 거래를 트고 있는 포목점 주인을 불러 비단 감을 사고 침모를 불러 바느질을 맡겼다. 초대받은 부인들은 평소에 입지 않는 색이 없는 옷을 지어 입느라 오히려 돈을 더 들여 비단 감을 사들였다.

"연지는 말도 안 되는구나."

"살짝만 묻히시라는데도요. 그 자리에 나가 보셔라. 참말로 나라의 명을 따른 부인네들이 몇이나 될랑가요. 이런 자리라면 어떻게든 튀어보려고 극성들인데 말이요."

여운의 친정 병조판서 댁에서 아씨를 모실 때 집에서 연회가 열리면 화려한 가마에서 내리던 많은 관원 부인들의 모습을 봐와서 알고 있었다. 바깥분들께서 여는 연회야 기방에서 하면 되는 것이고, 집에 손님을 초대했을 때 부부 동반을 하는 것은 부인들 간에도 정치가 있기 때문이었다. 바깥양반들이 말 못 하는 은밀한 신경전을 부인들 간에 벌이고, 정보를 나누고, 그것을 바깥 용무를 보시느라 바쁘신 양반들에게 전한다.

"난 이런 자리가 불편하다."

집안에서도 기를 못 펴시는데 밖에 나가시면 더 불편할 것이겠지. 지단은 아씨가 어떤 마음이실지 알 수 있었다. 그래서 더 예쁘고 빛나게 꾸며 드리고 싶었다.

흔들리던 가마가 멈추었다. 여운이 가마에서 연분홍 꽃신을 내밀었다. 두 발을 가지런히 모아 땅에 디디고 일어나 가마에서 내리니 지단이 아씨를 부축하였다. 정우가 말에서 내려 여운을 기다리고 있는 모습이 보였다.

용관폭포까지는 길을 더 가야 했으나, 이후부터는 길이 좁아 가마가 올라갈 수 없었다. 가마에서 내린 아녀자들은 좁은 산길을 따라 줄지어 걷게 되었다. 눈이 마주친 부인들은 서로 목례만 하였다. 처음 본 부인들이 많아서이기도 했지만, 오늘 이렇게 모인 것은 하늘에 비를 기원하는 기우제 때문이라 엄숙한 분위기에 말을 아끼었다.

사헌부, 사간원, 홍문관 삼사 관원이 모여 드리는 기우제는 정육품 이하 관원만 모인 자리여서 시답지 않게 여길 수도 있을 것이나, 이곳으로 드는 말과 가마의 값이 얼마나 나갈지 따져 보아도 이 양반들이 보통 집안의 자제들이 아님을 알 수 있었다. 그야말로 조정에 갓 발을 디딘 조선의 미래를 짊어지고 갈 관원들이 모이는 자리였다.

이 시각, 궁에서도 높은 관직의 관료들이 모여 기우제 준비를 하고 있었다. 직급이 낮은 관료라 하나 나라에 관직을 둔 자로서 가만히 있을 수 없다 하여 뜻을 모았다. 비를 내리게 하는 힘을 가진 용의 기운이 닿는다는 용관폭포는 기우제 장소로 적격이었다. 하늘에서 비가 내리는 이치는 하늘을 끌어당기는 땅에 달렸다. 양의 기운을 끌어당기는 음의 기운이 필요했다. 그래서 음의 기운을 북돋고자 내자들까지 기우제를 함께 올리자 결정되었다.

폭포에 가까워졌는지 물 떨어지는 소리가 점점 가까이 들렸다. 그늘진 숲을 지나니 밝은 빛이 물살에 부딪쳐 반짝이며 폭포의 장관이 펼쳐졌다. 폭포수가 커다란 바위 사이로 세차게 떨어지고 있었다.

용관이라는 이름대로라면 용이 승천하는 모습이라도 담아야 할 것 같았지만, 여인의 다리 사이를 흐르는 물줄기 같은 형태에 부인들은 엄중해야 할 분위기에도 수군대고 있었다. 음의 기운이 가득한 폭포라 하여 비를 내려주는 존재인 '용(龍)'자를 붙였지만,

이야기꾼들은 '음관폭포'라 부르기도 하였다. 음의 기운이 넘쳐 흐르니 그야말로 기우제를 위해서는 제격의 자리였다.

용이 그려진 파란 깃발이 펄럭이고 있는 기우제 단상 앞까지 걸어가 관직에 따라 네 줄을 만들어 서고 그 뒤에 부인들이 섰다. 이날 모인 부인들은 새벽닭이 울기 전에 일어나 정갈히 목욕재계하고 기우제에 참석해야 한다는 고지를 받은 바 있다. 부인 중에는 이미 손을 모으고 벌써 지성을 드리는 이도 있었다.

여운은 이런 행사에 참여하는 것은 처음이라 절차를 알지 못해 눈치껏 부인들이 하는 대로 따라 하고 있었다. 하늘 높이 손을 펼쳐 뭐라 중얼대는 여인도 있고, 허리를 굽혀 땅에 머리를 조아리고 절을 올리는 이도 있었다.

여운은 조용히 두 손을 모아 가슴에 대고 기우제를 진행하는 모습을 바라보았다. 정육품인 정우는 맨 앞줄에 서 있어 여운이 있는 자리에서는 보이지 않았다. 여운은 하늘에 펄럭이는 깃발에 시선을 고정하고 마음으로 빌었다.

고사를 올린 후에는 각 집에서 두 명씩 보내온 하인들이 길게 늘어선 상 위에 음식을 차렸다. 고사 음식을 나누어 먹는 것 또한 기우제의 일부였다. 음식을 나누어 먹으며 복이 깃들 것을 기원하는 것이다. 이 또한 직급에 따라 자리가 정해져 있었다.

점심때라 볕이 따가워 하얀 천막이 쳐졌다. 그 아래 관료들을 위한 개별 상이 차려지고, 고사떡과 나물 몇 가지가 전부인 상에 밥과 국이 따라 나왔다. 다른 연회 같았으면 오첩반상 이상은 받았겠지만, 나라의 곤란을 함께 겪는다는 취지에서 형식적이기는 해도 검소한 상차림이었다.

"자리가 불편하십니까?"

긴장한 것인지 날씨가 무더워서인지 여운이 연신 수건으로 얼굴을 찍으며 조용히 고개를 숙이고 있자 정우가 물었다.

"아닙니다. 이런 자리는 처음이라 조금 어색하기는 하지만 괜찮습니다."

부부로서 처음 갖는 자리이다. 웃고 떠들 수 없는 자리라 말을 걸지는 않았지만, 처음 보는 얼굴들이 여운을 호기심 어린 눈으로 바라보는 것을 알고 있었다. 비슷한 연배의 여인들이라 도성 안에서 서로 모르는 이가 없는데, 여운은 소문으로만 들었지 얼굴을 본 이가 적었다.

다들 혼기가 차면서 혼사 자리를 알아볼 때 한 번씩 욕심을 내봤을 자리가 한성부 판윤 김 대감 댁이었다. 약혼이 되어 있다 해도, 함을 들이고도 파혼이 되는 경우도 있고, 혼례식 날 신랑이 나타나지 않을 수도 있는 일일 터. 십 년이 넘게 약혼자를 그냥 두었다면 가능성은 있다 하여 정우 앞으로 매파가 드나든 것이 수차례였다.

이 중에는 처녀가 먼저 아비를 졸라 혼담을 넣어달라 한 이도 있었다. 저자에 나갈 때면 선비들이 자주 드나드는 책방 앞을 참새가 방앗간 앞을 지나치지 못하듯 하니 혼기가 꽉 찬 처녀들의 호기심이 어린 마음이었다. 김 대감 댁 독자 정우 선비야 얼굴을 한 번 보았다 하면 그날 밤 두근거리는 가슴으로 밤잠은 다 잔 날이었으니. 체면도 차리지 않고 나선 여인도 있을 법하였다.

여운은 옆에 앉아 차를 마시듯 섬세한 손길로 물을 마시는 서방님의 옆얼굴을 바라보았다. 방 안에만 앉아 글을 읽는 선비답게 하얀 얼굴빛에 홑눈꺼풀이 감았다가 뜨면 동그랗고 짙은 눈동자가 깊이가 있었다.

평소에는 무표정으로 진지한 표정을 지으시는데, 웃을 때 보면 눈과 입이 함께 웃어 따뜻한 분이라는 걸 알 수 있었다. 자신들을 힐끔거리는 여인들을 보았다. 시선이 자신에게만 향하는 것이 아님을 알고 있어 불편한 마음이다. 그래도 저 군은 입매로 가끔 보여주는 미소는 자신만 보았을 것이라고 생각하니 여운은 여유를 찾을 수 있었다. 그러다 여운은 정우의 얼굴을 빤히 바라보게 되었다.

'저런 곳에 점이 있었나?'

턱 아래 점이 하나 있었는데, 하얀 얼굴에 눈에 띄는 것인데도 그동안 자신이 몰랐던 것이 신기하였다. 얼굴을 바라볼 때면 서방님의 눈빛에 눌려 고개를 떨구어서 놓친 것이리라. 점을 뚫어지게 보다 시선을 올렸는데, 그 눈이 자신을 내려다보고 있다. 여운은 자신이 하던 일이 부끄러워 얼굴만 붉어질 뿐 시선을 피하지도 못하고 있었다.

"신혼이라 태가 나네요. 저 부인, 조상 묘를 잘 썼나 봐요."

"그러게요. 신랑 얼굴에서 눈을 못 떼네요. 바깥분이 궁에서 살다시피 하여 집에서 볼 일이 없으니 저리 아직도 신혼 태가 나는 걸까요."

"부부가 같이 있는 시간이 없다면 그럴 수도 있죠."

덕담인지 흉인지 부러운 마음이 엉켜 부인들 간 대화에 속마음이 비추었다.

지단은 하인들과 섞여 앉아 주인댁을 보며 다행이다 생각했다. 적어도 공적인 자리에서는 서방님께서 아씨를 아껴주시는 모습으로 비쳤다. 자상하게 저리 바라봐 주시니 아씨 체면이 상할 일은 없게 되어 걱정을 놓았다.

"지단아, 저기 봐라. 저 댁 상에는 손도 안 대시네. 찬이 심심하니 손댈 곳이 없나 보네. 상 치울 때 서둘러서 저 상을 우리가 받아야겠다."

양반들이 먹고 남긴 음식은 하인들의 차지여서 먼저 찜해두려고 사간원 우습유 댁 여종 칠금이 내내 지키고 서 있었다.

"칠금이 너나 실컷 먹어라. 난 우리 아씨가 항상 챙겨주셔서 집에서도 저런 상은 항상 차려 먹으니께."

"거짓말하고 있네. 종년 팔자가 다 똑같지, 네가 뭐라고 양반들 상처럼 받아먹니?"

"우리 아씨는 달라."

내가 친동생만큼 아끼며 키웠다고. 아씨께 무슨 일이 생기면 내가 가만있지 않을 거야.

지단은 어린 아씨가 피를 흘리며 쓰러지는 모습을 봤을 때, 가슴속에 어미는 되어봐야 알 만한 감정이 일었다. 그래서 봉구 놈이 자기랑 살자며 울고 매달릴 때도 흔들리지 않았다. 평생 아씨를 위해 살겠다고 결심했다.

'내가 아씨를 지킬 거라고.'

부인들끼리 따로 차 마시는 자리도 가지고, 저녁이 다 되어서야 집으로 돌아가기 위해 가마를 불렀다. 터가 넓었으나 많은 가마가 세워져 있어 빠져나오는 데 줄까지 서야 했다. 다행히 여운의 가마는 서방님께서 오는 길에 봐둔 구석진 자리에 따로 두라 해서 줄을 기다리지 않고 오는 가마를 탈 수 있었다.

흔들리는 가마를 타고 가다가 아직 집에 도착하려면 멀었는데 가마가 멈추더니 작은 창문 밖에서 낮은 목소리가 들려왔다.

"먼저 들어가십시오. 저는 걷고 싶어 말을 먼저 보낼 것입니다."

서방님께서 따로 집에 들어가고자 하신다는 말씀에 여운이 가슴을 졸였다.

'발길을 멈추어 어디를 가시려는 것일까?'

기우제 내내 서방님 곁에서 즐거운 마음이었는데. 사방이 막힌 가마 안인데도 여운은 서방님과 멀어지는 뒤를 돌아보았다. 서방님이 자신을 따라 걸어오실 것인지에 대해 자신이 없었다.

이런 감정은 기우제 때 정우를 힐끔힐끔 쳐다보는 부인들에게 드는 감정이 아니었다. 문씨를 생각하는 것은 피가 거꾸로 돌고 심장이 멎을 듯 아픔을 느끼게 하는 것이었다. 낯선 여인이나 하물며 기녀와 함께 있는 서방님은 참고 볼 수 있어도 문씨는 아니었다.

문씨는 서방님의 마음속을 차지하고 있는 정인이었다. 어릴 적부터 마음에 담은, 자신이 아무리 그 사이를 헤집고 들어가려 해도 틈도 찾을 수 없는 단단한 사이였다.

여운은 불안한 마음에 치맛자락을 꼭 쥐며 가마 앞을 바라보았다. 흔들리면 안 된다. 자신의 자리를 지키는 것이 지금 할 수 있는 일이었다.

정우는 장쇠도 먼저 돌려보내고 터덜터덜 길을 걷고 있었다. 머리가 복잡하여 혼자 있고 싶었다. 말을 타고 가면 금방 집에 닿을 거리만이 남아 시간이 좀 더 필요했다. 해가 떨어지려면 아직 시간이 남아 있었지만, 저녁때를 놓치지 않으려 사람들이 서둘러 귀가하여 길가는 한산하였다.

내색은 하지 않았지만 기우제 때 자리에 앉아 있는 것이 힘들었다. 지금 자신의 처지를 보면 부인을 대동하고 그런 자리에 드는 것이 아닌데. 나랏일을 거든다 나서는 마당에 혼자 빠질 수 없어 부인까지 함께하였으나 역시 잘한 일이 아니었다.

그 자리가 얼마나 불편하였겠는가? 집 안에서는 상 한번 같이 받아본 적이 없는 서방을 무슨 지아비라고. 옆에 앉아 나물을 날라다 자신의 숟가락에 얹어주고, 웃고, 정담을 나누고. 정우의 체면을 생각해서 행동하는 모습을 보는 것이 불편하였다.

한숨을 쉬며 돌담을 따라 걸어갔다. 이대로 집으로 돌아갈 수 없어 말과 부인을 먼저 보냈다.

'나란 사내를 믿지 마시오. 그러면 더 상처를 줄 것이오.'

가마가 더 흔들릴수록 여운은 머리가 아파왔다.

"가마를 세우거라."

생각할 수 없을 정도로 머리가 아파와 마음이 하라는 대로 가마를 세우고 서방님이 집으로 돌아오시는 길목에 서서 기다렸다. 지단이 길바닥에서 이러시면 곤란하다고 만류하였지만, 지단에게 그러면 먼저 돌아가라 하자 잠자코 아씨 옆을 지켰다.

거리가 한산해질수록 서방님이 돌아오실 것 같지 않아 두 손을 꼭 쥐고 한곳만을 응시하였다. 눈도 깜빡이지 않고 시선을 고정하여 그런지 눈시울이 뜨거워져 눈물이 차오를 것 같았다. 길에 서서 눈물이나 흘리는 꼴은 자신도 보기 싫어 울지 않으려 시선을 돌려 하늘을 보았다. 여름이라 날이 길어 조금씩 물들어가는 하늘에 천천히 어둠이 드리우는 게 그나마 위안이었다.

시선을 내려 고개를 돌리는데, 담을 돌아 나오는 하얀 도포 끝자락이 보였다. 서방님이 길모퉁이를 돌아 걸어오고 계셨다. 정말 서방님이셨다. 여운은 환하게 미소를 지었다.

정우가 터덜터덜 담벼락을 걷다 모퉁이를 도는데, 하늘을 바라보고 서 있는 여운이 눈에 들어왔다. 정우는 순간 든 생각에 멈칫하였다. 반가운 마음이 일었다. 집에서와 같이 자신을 기다리고 있는 모습을 보고 그런 마음이 들었다.

정우는 여운에게까지 걸어가며 심각한 표정이 되었다. 어찌 그런 마음이 든 것인지 몰랐다. 그렇게 가까이 다가가 여운의 얼굴을 보고 알게 되었다. 저리 슬픈 표정을 하면서도 웃고 있는 모습을 보고 신경이 쓰여 그냥 지나칠 수 없었다. 그냥 무시해야 하는데 그것이 안 되어 이리 되었다.

"기다렸습니다."

"왜 그러셨습니까?"

"가마가 너무 저를 흔들어놓아 내릴 수밖에 없었습니다."

금방이라도 울 것 같은 얼굴을 하고 말하였다. 정우는 자신이 이 여인에게 얼마나 몹쓸 짓을 하고 있는지 깨닫고 여인의 얼굴을 바로 볼 수 없었다.

이렇게 앞에 서지 않았을 때는 부모님이 억지로 정해놓은 혼사로 인해 자신이 피해자일 수 있었다. 그런데 이 여인의 슬픔이 느껴질 때면 자신이 이 여인을 슬프게 만드는 가해자가 되었다.

죄 없는 여인이다. 저리 고운 여인을 집 안에 가두어놓고 내 욕심으로 매일 밤 달에나 마음을 열 수 있는 고달픈 삶을 지게 하였으니.

"죄송합니다, 싫어하실 줄 알면서도."

"싫어하는 것이 아니오."

여운이 정우의 시선을 피하지 않았다. 깊은 눈이 무슨 말을 해줄 것 같아 기다리고 있었다.

"함께 갑시다."

등을 보이고 가는 정우를 따라 걸었다. 정우가 언제라도 뒤돌면 자신을 볼 수 있도록 장옷을 내리고 얼굴을 내놓고 걸어갔다. 등만이라도 바라보며 이리 걸을 수 있어서 다행이다. 집 앞에 다다르도록 둘 사이에 다른 말은 없었다. 묵묵히 걷는 정우를 따라 집으로 가는 길을 돌아가는 길인데도 아무 말 없이 서방님이 가는 길을 따랐다.

돌아온 길인데도 결국 집에 도착하였다. 같이 사는 집인데도 서방님이 안채에까지 여운을 바래다주고 인사를 하였다.

"식사는?"

"아직 배가 고프지 않습니다. 신경 쓰지 마시고 쉬십시오."

돌아서야 했다. 같이 든 적이 없는 곳인데도 혼자 들어가라는 말이 왜 이리 서운한지. 그래도 여운은 아무 말 없이 돌아서야 했다.

"나물 찬만 드셨는데, 시장할 것인데."

바라면 안 되는데. 방 안에 홀로 들어 닫은 문에 기대고 서서 눈을 감고 고개를 저었다.

✻

서방님께서 한 달에 한 번씩은 집에만 머무시는 날이 생겼다. 나라에서 모든 관원은 책을 읽는 날을 하루씩 내어 등청하지 말고 집에만 머무르라는 명이 내려졌다. 세종대왕 때 하교한 바 있는 정책인데, 요즘 관원들이 도대체 글을 읽지 않는다 하여 세종대왕 시절 뛰어났던 관료들의 모습을 본받고자 하달된 명이다. 진짜 책을 보는지 집에까지 감시를 붙이지 않아 알 수 없었지만, 이날 기방이라도 들렀다가 눈에 뜨이면 좋을 일이 없어 다들 집에 꼭꼭 숨어 있었다.

"나라님의 은공이지."

몇 달 동안 여운이 입에 달고 사는 말이다. 논에 물을 못 대면 모판을 옮기지 못하는 것이 아닌가. 집안 식구 모두가 걱정만 하다가 비가 내려 다행이다 싶어 그리 말하였다. 비가 주야장천 내려 홍수가 날 지경이 되고, 이불에 곰팡이가 슬려는 것을 비가 멈추고 해가 잠시 들어 그와 같이 말하였다. 아침 일찍부터 일어나 서방님이 드실 삼시 세끼를 모두 준비할 수 있는 일이 즐거워 그렇게 말하였다.

"지단아, 오늘은 나라님의 은공으로 해가 드니 사랑채 이불을 빨자꾸나."

"그 나라님 타령은."

"네가 입을 그리 놀리다가 관아에 잡혀가 볼기를 맞아봐야 그만둘 것이지."

"여기에 나랑 아씨밖에 없는디, 지가 잡혀가면 아가씨가 발고한 것이지라."

사랑채에서 서방님이 쓰시던 이불을 들고 나오면서도 내내 지단과 여운은 이야기를 멈추지 않았다.

"뭐가 이리 우리 아씨를 기분 좋게 할까나?"

"그야……"

이야기 대부분은 농이었다.

"나라님이시지. 나라님께서 이리 살기 좋게 백성의 마음을 헤

아려 주시니 그래서이지."

"지도 같은 백성인디 워째 지 기분은 더 나쁘게 만드신다요. 찬에도 더 신경 써야 하고, 사랑채 눅눅하지 않게 낮에는 불을 피워라, 밤에는 또 덥지 않게 얼른 식혀라, 이불 빨아라. 밤잠도 안 주무시면서."

"그럼 하지 말거라. 나 혼자 할 것이다."

정말 그럴 셈인지 치마를 끈으로 묶고 버선을 벗고 계셨다.

"아이, 또 왜 이러실까. 지가 할 것이니께 그냥 두쇼잉."

지단이 얼른 발을 씻고 이불을 담은 통으로 들어갈 준비를 하였다. 그러나 여운이 더 빨랐다. 지단이 치마 정리를 하기도 전에 여운이 통에 들어가 빨래를 밟았다.

"걱정하지 마라. 내가 깨끗이 빨아놓을 것이니 넌 수고하지 말고 쉬던가."

지단이 얼른 통 안으로 따라 들어갔다.

"우리 아씨, 발끝까지 어찌 이리 야무지실까잉. 묵은 때가 지다 빠지것소."

"도우려거든 꾀부리지 말고 열심히 밟거라. 빨리하고 서방님 돌아오시기 전에 방도 청소해 둬야 한다."

"야, 야. 지 몸이 다 으스러지도록 일할라니께요."

이렇게 지단이와 빨래통에 들어가 있으니 예전 친정집에서 하던 것과 같아 기분이 좋았다. 어머니께서는 하인들에게만 맡기지 말고 집안일도 직접 해봐야 관리도 잘하는 것이라고 지단에게서 일을 배우도록 여운을 교육하셨다.

"지단아, 에진에 한 말 기억나느냐? 내가 시집가면 네가 따라와 내 이불 빨래는 다 해준다고 하였지."

"그걸 아정 기억하고 있다요. 아씨가 홑청만 대충 빨면 된다 하시니께 지가 잘 가르친다 마님께 약속한 게 있어 그랬지라. 지금이야 아씨가 이렇게 발 벗고 빨래하실 일이 뭐 있다요. 이 큰 집에 하인이 몇인디."

"하고 싶어 하는 것이지. 너도 내 빨래는 항상 네가 직접 해주었잖니."

"그야 자는 일이 먹는 것 다음으로 중요하니께요. 귀찮다고 대충 빨아 양잿물이라도 남아서 고운 피부라도 상하면 워쩐다요. 다른 것들은 그냥 대충대충 빨리 끝낼 생각만 하니께요."

그 마음을 알 수 있어 지단을 향한 고마움이 더했다.

"지단아."

여운이 어리광을 부리듯 지단에게 양팔을 벌리고 달려들었다.

"오메, 다 큰 처자가 왜 이런대요."

"어머!"

지단이 아씨를 놀리려던 것이 과해 여운은 지단이 몸을 피한 빈자리로 꼬꾸라지고 말았다. '첨벙!' 소리를 내며 여운이 엉덩방아를 찧고 빨래통 안에 빠졌다.

"하하, 하하하."

여운도 지단도 웃고 있지 않은데, 웃음소리가 점점 더 커졌다.

"서방님?"

통 속에 앉아 있던 여운이 서방님의 얼굴을 보고 놀랐다. 등 돌리고 있던 지단이 뒤돌아보고는 얼른 통에서 나와 뒷걸음질 치다 지단도 넘어질 뻔하였다.

웃으면서 다가오던 서방님이 여운에게 손을 내밀었다.

"그리 계속 있을 참이오?"

여운이 놀란 눈으로 정우를 바라보다가 손을 뻗었다. 정우가 손을 잡아주자 얼굴이 달아오르고 부끄러워 잡은 손을 그냥 놓고 도망치고만 싶었다. 그러나 그의 손을 꼭 잡아야 했다. 물에 젖은 치마가 무거워 혼자는 일어나기 힘들었다. 정우가 힘을 힘껏 준 후에야 여운을 들어 올릴 수 있었다.

주르르르르륵.

치마에 고인 물이 쏟아지는 소리가 여운을 더 부끄럽게 만들었다. 쥐구멍이 있다면 숨고 싶은 심정이다. 여운의 표정에 정우의 입가에 다시 웃음이 걸렸다.

"그리 웃지 마십시오."

붉어진 얼굴을 두 손으로 감싸고 고개를 숙였다.

'어찌 이 얼굴을 기억하지 못했을까?'

정우는 말을 타고 잠시 외출을 하려다가 아차 싶어 다시 돌아왔다. 나라에서 칩거하라 명한 날에 말까지 타고 가는 것은 옳지 못한 듯하여 말을 마구간에 두고 나가려는 참이었다. 마구간 뒤로 이어지는 뒤뜰에서 소란스러운 소리가 나 눈길을 준 것인데, 그곳에서 여운이 이제껏 본 적이 없는 얼굴로 환하게 웃고 있는 것을 보았다.

슬퍼만 보이던 얼굴에 환한 빛이 도는 것을 보고 뭔가 기억이 났다. 부끄러워 어쩔 줄 몰라 하며 울음을 터뜨리던 얼굴이 몇 년이나 지났는데도 생생히 기억났다. 저 앞에 있는 얼굴이 똑 닮아 있어 또렷이 기억이 난 것이다.

여운이 장난치는 모습을 보고 있자니 정우도 웃음이 났다. 빨래통에 넘어져 놀란 표정이 되자 참고 있던 웃음이 터져 나왔다. 넘어져 붉어진 얼굴을 보자 확신을 하였다. 그때 그 여인이 맞았다. 생각지 못한 일에 참지 못하고 웃어버린 것이다.

그때도 그랬다. 단옷날 창포를 감다 옷가지라도 떠내려오면 주워 인연이라도 엮어본다는 성균관 동방생들을 따라 나온 것인데, 오히려 숨어서 유생들을 훔쳐보는 대담한 아가씨를 만났다. 당돌한 모습에 웃음이 났고, 들키고 나자 순진하게 눈물을 흘리는 모습이 가여웠다.

"미안하오. 지금 모습을 보니 생각나는 것이 있어 웃음이 났소."

부끄러운 눈을 들어 서방님에게 한 번 원망의 눈길을 던지고는 치마에서 끝없이 떨어지는 물이 땅바닥을 적시는 것을 보았다.

"뭐 하느냐? 아씨께서 갈아입을 옷을 가지고 오너라."

지단도 정신이 나가 있다가 정우가 명하자 후닥닥 안채로 달려갔다. 여운이 땅만 보고 있는데 어깨에 옷이 덮여졌다.

"아닙니다. 서방님 도포가 젖습니다."

"집 안이니 저고리만 입고 돌아다닌다 하여 흉을 잡을 이는 없을 거요."

지단이 올 때까지 앉아 기다리자는 소리인지 정우가 먼저 장독

대에 가서 앉았다. 장독 앞에 갓을 쓰고 저고리 바람으로 앉아 있는 서방님을 보고 이제는 여운이 웃었다.

"왜 웃으시오? 내 꼴이 우스워서 그러시오?"

"예? 아닙니다. 제가 웃을 처지가 되나요."

그래도 웃었다. 한바탕 같이 웃고 나니 오늘은 둘 사이에 맴돌던 긴장감이 사라져 다른 감정을 허락하였다.

"왜 직접 빨래를 하는 것이오. 아랫사람을 시키면 될 것을요."

"……그냥 제가 하는 것이 편해서요."

"겨울 이불을 내왔군요."

"날이 좋을 때 말려두려 하였습니다."

"그렇군요."

정적이 흘렀지만 어색함은 없었다. 여운을 위해 함께 있어주는 것을 두 사람 모두 알고 있었다.

"아씨, 아씨."

지단이 옷가지를 챙겨 허겁지겁 달려왔다. 평소에는 눈치가 그렇게 좋은 아이가 안채가 코앞도 아니고 어찌 이리 빨리 달려왔누.

"여름이라도 한기가 들 수 있으니 어서 옷을 갈아입으십시오."

자리를 피해주시는 서방님의 뒷모습도 웃고 계실 것 같았다. 여운이 기분이 좋아 미소를 지으며 그 모습이 사라질 때까지 바라보았다.

"뭐 하셔라. 어서 갈아입으셔라."

지단을 향해서는 한숨을 한 번 내쉬고 광으로 들어갔다. 컴컴한 광 안이라도 위에 난 작은 창으로 빛이 들어와 문을 닫고도 옷가지들을 챙겨 입을 수 있었다. 젖어 잘 끌러지지 않는 속치마 끈을 놓고 씨름하는데 지단이 손을 거들다 두 사람의 눈이 마주쳤다. 누가 먼저랄 것도 없이 웃음이 새어 나왔다. 여운과 지단은 광 안이 울리도록 한동안 크게 소리 내서 웃어댔다.

뒷마당을 나서는 정우가 멀리서 들리는 여인들의 웃는 소리에 잠시 걸음을 멈추어 빙긋 웃고는 다시 걸었다.

✻

시어머니께서 내어주신 화려한 가마를 타고 한성부 좌윤 장우익 영감 댁 생신연에 참석하였다. 시아버님과 같은 한성부의 관료이지만 직급이 더 낮아 시어머니께서는 참석하지 않으시고 서방님과 여운을 대신하여 보내셨다.

시어머니께서 가마를 내어주신 것은 분명 한성부 사람들이 다 모이는 자리이니 사람들 시선을 의식해서일 것이다. 여운은 이렇게 화려한 가마는 처음이었다. 재력이 있다고 이렇게나 화려한 가마를 탈 수 있는 것은 아니었다. 사람들이 흠을 잡아 함부로 떠들 수 없는 집안이어야만 누릴 수 있는 호사였다.

어머니께서는 의복이나 장신구도 무척 많으셨는데, 여운이 꾸미지를 않는다 하시며 이것저것 챙겨주신 것이 많았다. 다 서방님 마음 잡으라는 것이겠지 생각하면 그 예쁜 것들을 보면서도 마음이 쓸쓸하였다.

시아버님 일로 찾은 댁이라 서방님께서도 아는 사람이 없으신 모양이었다. 주인댁과 인사를 한 후에 두리번거리기만 하시다가 여운에게로 돌아오셨다.

"어색한 자리이니 아버님께서 오실 때까지만 기다렸다가 돌아가도 될 것 같습니다."

며칠 전 뒤채에서 뵈었을 때는 편하게 말도 걸어주시더니 다시 딱딱한 말투로 돌아와 있었다.

"선물을 아직 전해 드리지 못했습니다. 며느님은 만나뵈었는데, 주인마님께서 안으로 들어가셔서 그냥 들고 있었습니다."

남의 이목을 생각해야 하는 자리에서는 바깥사람보다는 부인이 나서 물건을 전달하는 것이 모양새가 좋았다. 여운이 오늘 이 자리에 있는 목적을 이루지 못해 내내 좌윤 부인만 찾는 중이었다.

"그러고 보니 아까 인사를 드리고는 뵙지 못하였군요. 그거 무거운 것은 아닙니까?"

"무게가 있기는 합니다."

"무엇을 넣으셨길래 무게가 그리 나가는지요."

정우는 정치에 물물이 오고 가는 것을 좋게 보지 않았다. 하직 관원에게라도 조심해야 하는 것은 마찬가지라 생각하고 있었다. 이런 생신연을 대놓고 차리는 것 자체를 좋아하지 않았다.

"이리 주십시오."

"아닙니다. 괜찮습니다. 이런 것을 들고 계시면 보기 안 좋습니다. 조용히 전해주라 하셨는걸요."

정우는 여운이 무거워 보이는 짐을 들고 있는 것에 마음이 쓰였다.

"이보게, 자네 산정 아닌가?"

성균관 시절 정우와 동학하였던 최건양이 반가운 표정으로 다가왔다.

"안녕하십니까?"

서방님의 친한 동무인지 정우와 허물없이 인사를 나누는 것을 보았는데, 자신의 얼굴을 똑바로 보며 인사하는 것에는 불쾌하기까지 하였다.

"최건양이라 합니다. 이 친구와 사부학당 시절부터 여섯 해 내내 동학한 벗입니다. 절친하다 생각했는데, 혼례식에도 부르지 않은 것을 보면 저만의 착각이었던 것 같기는 합니다만."

정우가 인상을 쓰며 최 진사의 팔을 잡아당겨 끌고 갔다. 어디서 기방에서나 하던 수작을.

"알았네. 이거 놓게. 자네가 하도 섭섭하게 해서 그러네. 미안한 마음이 조금이라도 있다면 오늘 내 술동무나 하게나. 어디 사람 소개를 받아 얼굴이라도 익혀두면 출셋길에 도움이 되는 자리라 하여 따라온 것인데, 주선한 자는 오지도 않아 상 하나 제대로 받지 못하고 있었네."

"내자가 있어 안 되네. 내 다음에 술 한잔 사지."

"어허, 한잔이라도 하고 가야 서운하지 않지."

상도 못 받았다더니, 벌써 술상을 받아 앉아 있었다. 예나 지금이나 못 말리는 사람이었다. 천성이 유쾌한 것이지 나쁜 사람은 아니었다. 그동안 연락 못 한 것이 미안하여 술 한잔만 따라주고 일어나야겠다 싶었다. 여운이 있는 쪽을 바라보니 이 댁 마님이 계신 곳을 찾았는지 하인을 쫓아가려다가 정우를 찾고 있었다. 정우가 가보라는 손짓을 하였다. 여운은 하인을 따라 안채로 향했다.

안채로 들어가니 벌써 다른 부인들이 자리를 잡고 앉아 있었다. 부인들은 따로 상을 받아 이곳에 모여 있었는지 안채 마루에 펼쳐 놓은 상에 음식이 많이 비어 있었다. 부인들 사이를 지나 안방으로 들어갔다. 한성부 좌윤 부인에게 어머니께서 전하라는 선물만 드리고 얼른 나왔다.

서방님 혼자 계실 것이 걱정되어 부인들이 함께 자리하자는 것도 사양하고 앞마당으로 나왔다. 그런데 서방님은 친구분과 술을 마시고 계셨다. 어찌할까 망설이는데 정우가 여운을 발견하고 자리로 오라는 손짓을 하였다. 여운이 처음 뵌 분과 동석하는 것이 망설여져 우물쭈물하는데, 정우가 일어나 여운이 있는 곳으로 다가왔다.

"미안합니다. 저 친구가 고집이 보통이 아니라. 조금 있다가 자리를 정리할 수 있을 것 같으니 기다려 주시겠습니까?"

"예, 괜찮습니다. 아직 아버님께서도 오시지 않았으니까요."

자리는 빨리 끝나지 않았다. 날이 어두워지도록 아버지께서는 오지 않고 계셨다. 여운은 정우의 곁에서 기다리고만 있었다. 최진사라는 분은 아직 대과에 합격하지 못해 성균관에서의 피곤함을 자리한 내내 딜어놓고 있었다. 옛 친구를 만나니 묵혔던 속사정이 줄줄 나오는 것은 괜찮은데, 남의 잔치에 술이 너무 과한 듯하였다.

"제수씨, 죄송합니다."

여운은 고개를 살짝 숙이고 얼른 다른 쪽을 보았다. 서방님께 저런 친구도 있는 것이 의외였다.

"아니지. 형수님으로 모시겠습니다. 암, 암, 형수님이지요. 관직도 이 사람이 먼저 올랐으니 형님으로 모시는 것이 맞지요."

"자네, 너무 취했네. 내 사람을 붙여줄 것이니 내 말을 타고 돌아가게."

"아닐세. 하나도 안 취했네. 이제 시작인데 왜 그러나. 공짜 술이라 술술 잘 넘어가네."

정우가 장쇠를 불러 벗을 집에까지 모셔다 드리고 오라 명하였다.

"어허, 정말 괜찮다는데도 그러는군. 분위기 딱 좋은데. 서운하네."

"다음에 꼭 연통을 넣겠네."

최 진사도 자신이 오늘 과했다는 것은 알고 있었다.

"형수님, 죄송합니다. 그만 물러가겠습니다."

여운은 일어나 고개를 숙여 인사를 하였다. 옆에 선 정우를 보니 난감해하는 표정이 역력하였다.

"미안합니다. 불편하였지요."

정우의 벗을 보니 왠지 딱딱하게만 보이던 서방님이 달라 보였다. 사람 냄새가 난다. 그런 느낌이었다.

"재밌으신 분입니다. 덕분에 서방님 성균관 시절 이야기도 듣고, 전 재미있었는걸요."

서방님의 얼굴이 살짝 붉어지는 것도 같았다.

"소싯적 이야기입니다. 사내들은 다 그렇게 어리석은 짓을 한 번씩은 합니다. 그렇게 변명이라도 해야겠지요."

여운이 정우의 빈 잔을 보고 술병을 들었다. 정우는 여운의 얼굴을 한 번 보고는 술잔을 들었다.

"서방님께 술 한 잔 따라드리고 싶었습니다."

정우가 여운이 따라준 술을 마시자 젓가락으로 안주도 집어 들었다. 정우가 어색한 듯 여운이 건네는 안주도 받아먹었다. 남의 집 마당에서 내외가 나란히 앉아 대담한 행동이었다. 그래도 어둑어둑해진 하늘과 잔칫집 분위기에 취해 술을 마시며 흥청거리는 손님들은 상관치 않을 것 같았다. 정우는 여운이 따라놓은 술잔을 만지작거리다가 다시 입안에 잔을 털어 넣었다.

"공짜 술이라 정말 술술 잘 넘어가는군요."

정우의 말에 여운이 웃었다. 여운의 웃는 모습을 보고 정우도 미소를 지었다.

처음 둘이 외출하라는 어머니의 명을 듣고 어머니께서 또 부인과 붙여놓으려 하시는 거라 눈치채고 있었다. 아버님께서 이렇게 늦은 시각까지 오시지 않는 것도 그런 이유이겠지.

불편할 거라 여겨 걱정하였는데, 술이 들어가서인지 둘 사이에 이색함이 사라졌다. 이 여인이 저리 자주 웃어주니 그런 것인가? 여운이 또 웃어 보이자 정우가 고개를 떨구었다. 술 한잔이 너 필요한 밤이었다.

"이것만 마시고 갑시다. 아무래도 아버님께서는 급한 다른 일이 있으신가 봅니다."

어둠이 막 드리운 길가를 나란히 걸었다. 지단이 모시는 상전을 따라오고 있었지만, 멀찌감치 걸어오고 있어 나란히 그림자를 만들며 걷고 있었다.

"정말 이렇게 걸어도 괜찮은 것입니까? 말을 다시 찾아오라 시킬 수도 있는 것인데."

"아닙니다. 전 괜찮습니다. 해가 지니 시원하고 좋은걸요."

괜스레 하늘에 뜬 달을 바라보았다. 해가 없으니 달이 있는 것은 당연하였다. 달이 뜨는 밤이면 누군가가 그리운 것이 당연하였는데, 지금은 저 달을 보면서도 그리움이 차오르지 않았다. 눈 안 가득 서방님의 모습을 담을 수 있으니 그립지 않았다.

정우는 시선을 앞에 두고 걸었다. 날이 어두워질수록 차오르는 달빛을 받아 환하게 웃는 얼굴을 보는 것이 죄를 짓는 것 같아 시선을 줄 수 없었다.

왔다 갔다 하던 그림자가 잠깐 겹치기도 하였으나, 이내 떨어져 일정 거리를 유지하며 집으로 돌아가고 있었다. 말없이 걷다 보니 집 대문이 보였다. 이제 헤어져야 할 시간이었다.

"어머니께 문안 인사를 올리시겠습니까?"

어느새 정우의 발길도 안채로 향하였다. 안채에 드는 여운의 발길을 따라 들어갔다. 낮과 밤 문안 인사를 올리며 적어도 하루에 두 번은 드는 곳인데, 여운을 따라 들어가니 주변이 낯설어 보였다.

"어머니께서 벌써 주무시나 봅니다. 방에 불이⋯⋯."

정우를 향해 뒤돌아서다가 자신을 잡아채는 손에 이끌려 정우에게 바짝 다가섰다. 정우의 숨결이 여운의 입가에 부딪쳤다. 가쁜 숨을 내쉬며 고개를 숙여 여운에게 다가가면서도 숨만 불어넣을 뿐 입술이 닿을 듯 말 듯 멈추어 그 자리에 맴돌았다. 그러다 천천히 다시 멀어져 갔다.

자신을 가리던 그림자가 멀어지고 시야가 다시 밝아지는 것을 하나도 놓치지 않고 바라보던 여운이 입술을 열었다.

"왜?"

정우 스스로도 같은 질문을 하며 서 있었다.

"미안합니다."

그러고는 돌아서 안채를 나갔다. 여운은 자기도 모르게 몇 걸음 정우를 따라 걸어갔다. 입가에 머물던 숨결이 고스란히 느껴졌는데. 손을 입가에 가져가 잠시 머무르던 온기를 기억하였다. 여운의 가슴이 두근거렸다. 더는 따라가지 못하고 그 자리에 서서 두근거리는 가슴에 손을 얹었다.

정우는 안채를 나오며 '미쳤지. 미친 게지.' 라고 수없이 되풀이하였다. 술이 올라 그런 것이다. 그렇게 충동적일 수 있다니. 자신이 한 일인데도 충격이 가시지 않아 머리가 멍해졌다. 화까지 나려 하였다. 그렇게나 다짐한 일을 어긴 것에 실망하였다. 이건 욕정인 것이다. 생각한 대로 할 수 없다면 욕정뿐이었다. 이 여인을 멀리해야 한다. 그래야 한다.

연회를 다녀온 이후로 서방님의 모습을 볼 기회가 적었다. 밤늦게 들어오시는가 하면 이전에는 그런 일이 없었는데 외박을 하시는 일도 종종 있었다. 무슨 기대를 하였던가?

그날 밤 서방님이 남긴 온기가 머릿속을 떠나지 않아 생각만으로도 가슴이 저릿하여 콕콕 쑤셨다. 그렇게 행복했는데, 지금의 감정이 다시 찾아온 것에 힘이 다 빠져 버렸다. 희망이나 주지 말지. 희망을 품고 난 후 버려지니 더욱 비참하였다.

내가 느낀 것은 무엇이었을까? 분명 달라졌다 여겼다. 그 눈빛, 음성, 손길 모두 다른 것이었다. 자신이 여인임을 깨닫게 해주는 그런 느낌이었다. 다 헛된 바람이었나 보다.

"아가씨, 어디를 가시려고 하십니까?"
"잠시 바람을 쐬고 올 것이다."
"저도 가겠습니다."
"아니다. 혼자 잠시 갔다 올 것이다."

여운은 지단이 집안일로 바쁜 틈을 타 서두르려 하였지만, 그만 이렇게 덜미를 잡혀 버렸다. 하지만 태연하게 행동하였다. 혼자 가야만 한다는데도 지단이 한사코 따른다 고집을 부렸다.

"어머니 심부름을 갔다 온다는데도 그러는구나. 너와 이러고 있을 시간이 없다는데도."

"아니지라. 또 거기 가시려는 것이지라. 이제는 안 가신다 하지 않았습니까요. 거길 자꾸 가서 뭐 좋을 것이 있다고 이러신다요. 괜히 맘만 상하지라."

서방님께서 이틀째 집에 들어오지 않으셨다. 달리 생각나는 곳이 없었다. 문씨가 나가서 얻은 집에 계시지 않을까 하는 생각에 가만히 있을 수가 없었다. 그 집을 처음 보러 간 것이 한 달 전이다. 다시는 가지 말아야지 했는데, 이번이 세 번째다. 혼자 몰래 빠져나갔던 것인데 지단은 모든 걸 눈치채고 있었던 모양이다. 여운은 한숨을 쉬었다.

"이렇게 나를 감시할 것이면 처음부터 내게 숨겼어야 했다. 내 마음이 어떤지 아느냐? 왜 내게 문씨가 사는 곳을 알려준 것이냐?"

"지도 후회하고 있어라. 지는 아씨도 아셔야 할 것 같아서, 그래서 알아본 것인디. 아씨께서 그 집을 이리 드나드시다 누가 보기라도 하면 어쩌나 마음이 졸여 잠도 안 온당께요."

"그래, 차라리 모르는 게 낫다. 아무것도 알지 못하는 편이 나아."

여운이 챙긴 장옷을 바닥에 툭 떨어뜨리고 주저앉았다.

"아씨, 이러시면 지 맘은 더 문드러진다요."

"나도 모르겠다. 나도 이러는 내가 싫다. 하지만 가만히 있으면 서방님과 함께 있는 문씨의 모습이 머릿속을 떠나지 않아. 어쩌느냐? 그럼 나는 어찌해야 하느냐?"

지단도 서방님의 마음을 아씨께로 돌릴 방법을 알지 못했다.

"오늘만 지가 보고 오겠어라. 그러니 아씨는 그냥 여기 계셔라. 지가 가서 보고 온당께요."

서방님께서 눈앞에 보이지 않으면 이런 마음이 지속되리라는 것을 알기에 여운은 더욱 두려웠다. 자신이 어떻게 더 변할지. 지금 이렇게 변한 자신의 모습이 싫었다.

정우에 대한 마음이 커질수록 문씨에 대한 미움 또한 커져 갔다. 생에 단 하나인 자신의 사랑을 가져간 문씨가 너무나 미웠다. 문씨만 없다면 서방님은 집으로 돌아오실 텐데. 차라리 문씨가 집 안에 있을 때가 나았다. 아니다. 그건 또 다른 괴로움이었다.

지단이 한 시각이 지나서야 돌아와 서방님의 소식을 알려주었다.

"들르시지 않았다 혀요. 지가 소식을 알려줄 사람을 알아봐 놓고 왔으니께 이젠 아씨께서 직접 살피시지 않아도 되어라."

이웃에 사는 아낙에게 누가 집에 드는지를 감시해 주면 사례를 하겠다 하고 오늘 석 냥을 쥐어주고 왔다.

"걱정하지 마셔라. 요즘은 드신 적이 없다 했당께요."

"알았다. 나 좀 누워야겠다."

그냥 힘이 빠져 눕고 싶었다. 서방님께서 그곳에 드셨는지 알 수 있다면 마음이 진정될 거라 여겼는데 그도 아니었다. 여운은 지단이 시키는 대로 아기처럼 자리에 누워 눈을 감았다. 지단이 나가고 몸을 몇 번 뒤척이다가 이불을 머리끝까지 덮어버렸다.

❊

오후까지도 판윤 대감 댁 부엌 굴뚝에서 뭉게뭉게 피어나던 연기가 잦아들었다. 해가 지고 어둠이 깔리자 아궁이에 화력을 높이는 잔 나무 대신 한 번 불에 달구어놓아 타다 남은 굵은 나무를 넣어 불을 조절하였다. 부엌을 비우지 않던 율이 어멈도 오늘은 앞치마를 풀고 곱게 머리를 다시 빗어 나무 비녀로 쪽을 찌고 부엌을 나섰다. 이 집 주인은 물론이고 하인들까지 오늘은 모두 집을 비우고 외출하는 날이었다.

나라에서 명나라 사신에게도 안 보여준다는 불꽃놀이를 백성들이 볼 수 있는 자리를 마련하였다. 하인이라 해도 살아생전 한 번 볼까 말까 한 구경을 못 하게 할 수는 없는 일이었다.

그래도 집을 모두 비우면 도둑이라도 들 수 있다 하여 제일 나이가 어린 남자 하인인 퉁치가 남아 집을 지키게 되었다. 과연 구경 중간에 장쇠 놈이 돌아와 자신과 번을 바꾸어줄지 퉁치는 마음을 졸이며 연신 한숨을 푹푹 내쉬었다.

여운도 지단을 앞세워 창경궁 홍화문 앞으로 서둘러 걸어갔다. 대궐 문 앞에는 이미 몰려온 백성들이 자리를 차지하고 있어 앞으로 나가기가 어려웠다. 지단이 두리번거리다가 양반들이 선 줄을 발견했다. 사람들 힘에 밀려 뒷걸음질 치는 아씨의 손을 꼭 잡고 앞으로 이끌었다.

"여기가 맞지라? 이리로 들어가셔라, 아씨."

"그래, 여기 표찰구라 쓰여 있구나. 글도 모르는데 어찌 찾았어?"

"지가 눈치 하난 알아줘야 한당께요. 자자, 어서 드시요잉. 이러다 좋은 구경 다 놓치겠어라."

서둘러 온 것인데도 궁 안으로 들려는 사람들의 줄이 길어 기다려야 했다. 하인을 시켜 자리까지 선점한 양반들에게 밀리다 보니 생각보다 더 기다리게 되었다. 불꽃놀이 행사가 시작되는 시각이 임박해서야 수문장에게 통행표를 내밀 수 있었다.

아버님과 어머님께서는 오후에 고위 관료들을 위한 연회에 참석하시느라 궁에 먼저 드셨다. 여운만 따로 불꽃놀이 행사를 위해 궁에 드는 것이었다. 이 통행증도 아버님께서 특별히 불꽃놀이를 가까이에서 볼 수 있도록 구해주신 것이다.

"입궁은 아씨만 하실 수 있습니다."

"이 아이는 내가 데리고 온 아이요. 같이 들여보내 주시오."

수문장이 다음 사람의 통행표를 받아 들며 여운에게 들어가려면 빨리 들어가라고 눈치를 주었다.

"이 통행표를 보시오. 내가 정여운이오. 그리고 그 외 일 명이라고 분명히 적혀 있잖소."

"통행표에 이름이 적힌 사람만 들 수 있으니 어쩔 수 없습니다."

"일 명이라는 표시가 나를 따르는 아이를 위한 것이라는데도 그리오."

지단의 얼굴이 하얗게 변하며 실망하는 표정을 보고 여운이 다시 부탁하였다.

"아, 글쎄, 제가 말씀드렸지요. 이름이 있는 사람만 들여보낸다고요. 종년이 어디 이름을 올릴 수나 있습니까? 그러니 못 들이는 것이지요."

지단은 욱하는 마음이 들었다. 사람도 아니라 이거지. 그래서 이리 문전박대를 받는다는 것이겠지.

"이리 지체할 시간 없습니다. 곧 시작이니 드시려면 드시고, 아니면 저리 비켜주시구려."

"아니, 이분이 어느 댁 분이신 줄 알고."

지단이 목청을 높이려는데 여운이 지단을 막아섰다. 아버님의 이름이 이런 자리에서 거론되어 좋을 것이 없었다. 며느리를 위해 특별히 만들어주신 자리인데 소란을 피우는 것은 좋지 못했다.

"지단아, 그냥 돌아가자꾸나. 여기서 소란을 피워 좋을 것이 없다."

"무슨 소리라요? 아씨는 드셔야지라. 어찌 얻은 기회인디. 불꽃놀이는 그렇다 치고 언제 궁궐 구경을 해본다요. 대감마님께서 나중에 물으실 텐디, 종년 때문에 못 봤습니다 하실 거여라? 지는 여기 담 너머 구경으로도 충분하니 걱정하지 마시고 다녀오셔라. 여기 문 앞에서 꼼짝 않고 기다리고 있을 테니 어서 댕겨오소잉."

하는 수 없이 지단을 두고 궁 안으로 드는 여운의 마음이 편치 못하였다. 아무리 하늘 높이 불꽃을 쏘아 올려도 궁의 높은 담 너머로 보는 섯은 이 안에서 보는 것과는 다를 텐데. 괜스레 바람만 넣은 것이 미안하였다.

나라님께서 온 백성이 마음을 모아 기우제를 올린 공덕에 하늘도 감복하여 비를 내렸다 하셨다. 땅을 다시 비옥하게 하였으니 이를 기린다 하여 선택받은 신료들만이 볼 수 있던 불꽃놀이를 백성에게도 선보이라 하셨다. 궁으로 드는 홍화문을 넘자마자 큰 뜰에서 불꽃놀이를 펼쳐 문밖에 있는 이들도 높이 오른 불꽃을 충분히 감상할 수 있게 하였다.

여운의 통행표를 받아 든 궁인이 자리를 안내하였다. 상석에 의자가 놓여 있는 것과 달리 의자도 없이 서서 보는 자리였다. 여운은 하늘 높이 나는 불꽃을 구경하는 것이니 하늘과 더 가까운 것이 좋은 자리라고 생각했다. 여운이 시간을 끌다 늦게 들어오느라 끝자락의 입장객이었는지 몇 사람을 더 들이고는 홍화문이 닫혔다.

여운은 주변을 두리번거렸다. 멀리 떨어진 단상 너머 군사들이 모여 있는 것을 보니 저곳에서 불꽃을 쏘아 올리는 모양이었다. 군사가 배치된 곳으로 시선을 주던 사람들이 북이 울리고 왕을 상징하는 깃발이 펄럭이자 일제히 고개를 숙였다. 임금님께서 단상에 오르시고, 행사 시작을 알리는 낭독을 마치신 후에야 사람들이 고개를 들었다.

군사들의 무예 시범이 끝난 후 마지막으로 불꽃을 쏘아 올리는 것이 식순이었다. 무장한 군사들이 나와 칼을 들고 무예 시범을 보였다. 이 자리에 모인 이들이 군관의 무예 실력보다 더 보고 싶은 것은 따로 있었으니 겨루기 시범 뒤에 청기와 홍기를 펄럭이며 군사 행진을 선보이는 것으로 무예 시범을 간단히 마쳤다.

드디어 북이 울리고 포통에 전해질 불이 내려졌다. 임금님께서 앉아 계시는 단상에서부터 내려진 불은 포통을 나란히 둔 지점까지 옮겨졌다.

여운은 횃불을 들고 절도 있게 걸음을 떼시는 병조판서를 지내시는 친정아버님의 모습을 숨을 죽이고 바라보았다. 자랑스러운 순간이었다. 시집온 후 아버님을 뵌 적이 없었는데 이렇게라도 다시 뵐 수 있는 것이 기뻤다.

병조의 수장에게서 전해진 불씨를 받아 포병이 화시에 점화하자 연기가 피어올랐다. 포통에 담긴 유황, 염초, 반묘, 유탄에 불이 붙어 '펑' 소리를 내며 포통이 완전히 터져 천지를 진동시키는 굉음을 내었다.

여운의 곁에 있던 여인들이 놀라 일제히 소리를 질렀다. 이어서 뭔가 바람이 빠지는 듯한 소리가 났다. 하늘에서 커다란 불꽃이 피어오르자 겁에 질려 내지르던 소리가 환호성으로 바뀌었다. 땅에 심어놓은 화시에 차례로 불이 붙어 끊임없이 하늘로 치솟아올라 터졌다. 검은 밤하늘이 환한 빛으로 꽃피우고 있었다.

이런 좋은 구경을 하니 혼자 서 있는 것이 더 마음을 횡하게 하였다. 좋은 것은 사랑하는 이와 나누고 싶은 것이 당연하니 그런 것이겠지만, 저리 아름다운 것을 보고도 이렇게 슬픈 마음이 될 수 있다니 알 수 없는 일이었다.

귓가에 울리는 펑펑 터지는 소리가 규칙적으로 울려 여운의 심장 소리처럼 들렸다. 콩닥거리는 심장 소리에 불꽃이 맞춰 피어오르는지, 불꽃 소리에 여운의 심장이 뛰는 것인지, 그래도 살아 있다는 것을 증명해 주는 두근거림에 가슴이 뭉클해졌다.

수백 개는 되어 보이는 불씨가 갈라져 춤을 추다가 여운의 물기 어린 눈에 비추어 수천 개의 불씨가 되어 여운의 마음에 떨어졌다. 너무나 많은 불꽃에 눈이 시려 고개를 숙이고 손으로 눈가를 찍어내었다.

그때 장내가 술렁이며 비명이 들렸다. 화약이 터지는 굉음이 크게 들려 뭔가 잘못되었다는 생각에 고개를 드는데, 여운이 서 있는 곳과 멀지 않은 곳에서 또다시 굉음과 함께 불꽃이 터졌다. 불덩이가 머리 위로 떨어지고 있었다.

"꺄악! 꺄악!"

비명을 지르며 도망치는 사람들 틈에서 여운도 몸을 숙이며 달렸다. 하늘에서 터져야 할 폭약이 땅으로 내려오며 터져 불덩이가 되어 떨어졌다. 지면에 닿은 불씨가 꺼지며 내는 검은 연기가 도망치는 사람들을 더욱 당황하게 만들었다. 몸을 피하려는 사람들에 의해 장내는 아수라장이 되었다.

여운은 사람들에게 밀려 도망치게 되었다. 다시 이어지는 굉음이 아직 사고는 끝나지 않았음을 알려주었다. 무리와 함께 달려 그 자리를 벗어나려 하였다. 달리다 보니 치마를 밟았는지 다리가 움직이지 않았다. 다리가 뜨거워지는 느낌에 내려다보니 치맛자락에 불이 붙어 타오르고 있었다. 불을 끄려면 멈춰 서서 치마를 밟아 꺼야 하는데, 제 살길을 찾기에 바쁜 사람들이 여운의 몸을 이리저리 밀쳐 중심을 잡고 서 있을 수 없게 되었다.

여운은 타들어오는 치맛자락만 손으로 펄럭이며 겁에 질려 소리도 내지 못하고 있었다.

그때 여운의 손을 낚아채는 손이 있어 여운의 몸이 휘청하였다. 그 손은 여운의 치마를 펄럭이며 불을 끄고 있었다.

여운은 연기에 질식되어 정신이 혼미해져 쓰러지면서도 자신을 도우려는 손길을 느끼고 있었다. 넘어져 바닥에 얼굴이 닿아 눈을 뜨니 몰려오는 사람들의 다리가 자신 앞까지 밀려오는 것이 보였다. 발에 차여 짓밟힌다는 것을 알고 눈을 감았다. 그리고 누군가가 자신을 품에 안는 것이 느껴졌다. 자신을 보호하는 품에 안겨 도망치는 사람들의 발아래 밟히며 몸이 눌려 신음을 흘렸다.

몇 번의 고통이 있은 후 몸이 붕 들려 옮겨지고 있었다. 자신을 안고 달리는 사람의 목에 매달려 눈을 떴다.

'서방님?'

가늘게 뜬 눈에 비친 것은 정우의 얼굴이었다.

내가 잘못 본 것이겠지. 서방님이 이곳에, 나와 이렇게 계실 리가 없잖아.

정신을 잃은 여운을 안고 뛰는 정우는 도포도 벗어 던진 차림이었다. 여운의 치마에 붙은 불을 끄느라 정신없이 도포를 벗어 여운의 몸을 덮었다. 밀려오는 사람들의 발길에 짓밟히는 여운을 안고 딩굴이 정우의 입술은 터져 붉은 피가 흐르고 있었다. 뛸 때마다 옆구리에 통증이 심해 호흡이 가빴다. 그래도 여운을 안고 달렸다.

애초에 불꽃놀이 같은 것을 즐길 여유는 없었지만, 아버님께서 꼭 참석하라 사람을 세 차례나 보내서 하는 수 없이 입궐하였다. 안내되어 간 자리를 보고 아버님께서 그리 하신 연유를 알았다. 여운이 그곳에 있는 것을 보고 한숨인지 안도인지 모를 숨을 내쉬었다.

오랫동안 보지 못하였는데, 그녀는 여전히 하늘을 바라보며 서 있었다. 잘 있는 것 같으니 되었다 돌아서려는데 굉음이 들렸다. 구경꾼들의 머리 위에서 터진 폭약이 불덩이가 되어 떨어지고 있었다. 그녀가 있는 곳으로 떨어지고 있었다.

'안 돼!'

정우의 생각보다 몸이 먼저 위험에 반응하여 여운에게로 달려갔다. 그런데 난리통에 놀란 사람들이 길을 막아서더니 여운의 모습이 보이지 않았다. 정우의 시야에서 여운이 사라진 동안 머릿속이 하얘져 그녀를 찾아 헤맸다. 다른 생각은 하지 못했다. 이 난리통에서 여운을 구출해야 한다는 생각만 하였다. 그러다 화염에 휩싸이는 여운을 보았다. 치마의 반까지 올라붙는 불을 보고 미친 듯이 달려 몸을 날렸다. 여운을 감싸 안으며 사람들의 발에 깔리면서도 다행이라 생각했다. 그녀를 발견해서 다행이다 생각하였다.

"아씨, 정신이 드시오. 아씨!"

여운이 얼굴에 전해지는 차가운 기운에 눈을 번쩍 떴다. 물수건을 대던 지단이 여운이 깨어난 모습에 안도하여 눈물을 훔쳤다.

"아씨, 일 나는 줄 알았어라. 사람들이 문을 밀고 뛰쳐나오는디, 정말 그 안에서 죽은 줄 알았당께요."

훌쩍이는 지단을 보고도 이게 무슨 일인지 몰라 눈만 깜빡였다. 서서히 돌아오는 기억에도 여운은 멍해 있었다.

"그래, 내가 산 것이구나."

"야. 정말 죽을 뻔했어라. 서방님께서 구해주지 않으셨다면 정말……."

여운이 몸을 일으키려 하자 지단이 여운을 말렸다

"가만히 계셔라. 너무 놀라서 경기까지 일으키셨는디."

"서방님이라 하였느냐? 그 자리에서 서방님을 뵈었어?"

"아니, 지도 사람들 때문에 궁엔 못 들어갔응께. 도움을 청하러 집에 돌아왔더만, 서방님께서 아씨를 이리로 눕히시고 의원을 부르라고 하셨어라. 여기까지 안고 오셨다고 들었어라."

서방님께서 자신을 구했다고? 서방님의 얼굴을 잠시 보았다 여겼는데, 정말 그 자리에 계셨던 것이다. 자신을 구하기 위해 곁을 지켜주셨다.

"서방님은? 다치지 않으셨어?"

"왜 아니것어라. 사람들이 그리 미쳐 날뛰었는디. 이만한 게 다행이다 의원이 그랬지라."

여운이 다시 일어나려는데, 이번에는 다리가 찢어질 듯 아픈 것이 움직일 수가 없었다.

"치미에 불이 붙어 나리에 화상을 입었당께요. 움직이지 말고 가만히 누워 있으라고 했으니께 말 들으셔라. 서방님도 방에 누워 계신께 서방님 걱정은 하덜 마소."

여운은 다리 통증에 인상을 쓰면서도 중얼거렸다.

"그래도 내가 가봐야지. 나 때문에 그리되신 것인데 내가 돌봐드려야지."

"아씨 몸이나 먼저 돌보셔라. 그게 서방님을 위하는 일이랑께요."

이틀이 지나서야 자리에서 일어설 수 있었다. 통증은 여전하였지만 다리를 천으로 감고 걸어 다닐 수는 있었다. 의원이 약재를 환부에 올린 후 하얀 천으로 감아주고 돌아갔다.

여운은 아직 상처를 보지는 못했다. 용기가 나지 않았다. 여인의 몸에 불의 흔적을 남긴다는 것은 수치스러운 일이었다. 이런 불효가 또 어디 있을까? 제 한 몸 건사하지 못하고 부모님이 물려주신 육체에 이리 큰 상처를 남겼으니.

다친 것은 다리인데 손목이 아파왔다. 왼손을 들어 흉터를 바라보았다.

'흉터!'

이 손목의 흉터는 우물에 빠진 기억 이후에 난 것이다. 그런데 그 이전의 삶에서 다리를 이렇게 다친 기억이 없다. 생생한 꿈을 꾸는 것처럼 일상의 작은 것 하나까지 전에 있던 일이 반복되는 것 같은 느낌이었는데, 이런 사건을 겪은 기억은 없었다. 정말 시간을 거꾸로 돌려 살고 있다면 이런 큰일을 기억 못 할 리가 없었다.

제 눈으로 확인해 보기 위해 치마를 올리고 다리를 보았다. 떨리는 손으로 천을 풀어 방바닥에 떨어뜨렸다. 붉게 부풀어 오른 살이 보기 싫어 눈을 돌리다가 다시 바라보았다.

'그래, 이런 기억은 없어.'

그러면 그 모든 것이 꿈이었단 말인가? 예지몽. 그런 것이 있다 하였다. 큰일을 겪기 전 그 사건을 미리 꿈으로 꾸기도 한다 들었다. 서방님을 바라는 마음이 너무나 간절하여 시간을 되돌릴 기회를 꿈을 통해 얻은 것인가? 그러고 보니 삶을 조금씩 다르게 살아가고 있었다.

단옷날 문씨가 띄울 그네의 줄을 끊은 순간부터 기억에 없는 일들이 일어났다. 여운은 고개를 저었다. 자신의 머릿속에서 무슨 일이 벌어지고 있는 것인지 모르지만, 서방님이 자신을 위해 곁에 있어준 것만을 기억할 거라 생각했다. 그 현실의 기억만을 생각하기로 하였다.

❋

잠이 들었다. 그러나 불꽃놀이 이후 악몽을 꾸는 밤이 더 많아 여운은 감은 눈을 파르르 떨며 몸을 뒤척이고 있었다. 꿈속에서 여운은 화염 속에 몸이 뜨겁게 달궈져 비명을 질렀다. 그러다 밀려오는 강물에 휩쓸려 이번에는 목구멍까지 차오르는 답답함에 두 손으로 목을 감싸고 나오지도 않는 비명에 컥컥거렸다.

"컥! 허억."

눈을 뜨면서 목을 감싸고 있는 제 손의 위치를 확인하고는 자리에서 벌떡 일어났다. 꿈에서와 같이 답답함에 다시 목에 손을 얹었다. 놀라 방 안을 둘러보아도 어둠이 뒤덮여 있을 뿐 홀로 앉아 있는 방 안 창문에 부딪치는 빗소리만 세차게 들리고 있었다.

계속되는 장마에 꿈자리가 뒤숭숭한 것인가. 창문을 열고 떨어지는 빗줄기를 바라보았다. 하늘에서 쏟아내는 저 비가 목구멍 깊이 차오르는 것 같았다. 답답함을 느껴 이내 창문을 닫았다. 이런 답답함은 물을 마실 때도 있었다. 목구멍에 뭔가가 걸린 것처럼 캑캑거려 봐도 가슴께에 막힌 것이 내려가지 않았다.

여운은 그냥 그렇게 멍하니 앉아 있었다. 그런데 얇은 문풍지를 뚫고 들어오는 빗소리가 여운의 귀를 아프게 하였다. 여운은 귀를 막고 얼굴을 파묻었다.

듣기 싫다! 가슴을 울리는 저 빗소리가 싫다. 고개까지 저었다. 답답함에 소리를 지르고 싶었다. 그러다가 눈을 떴다. 미친 사람처럼 발버둥 치다 너무도 고요하게, 시선도 움직임 없이 한곳을 응시하다가 눈이 점점 커졌다.

여운은 갑자기 일어나 문갑 서랍 안에서 목탄과 종이를 찾아 바닥에 꺼내놓았다. 망설임 없는 손길로 목탄을 쥐고 종이에 글을 휘갈겨 썼다.

─天地不仁(천지불인)

서방님이 집을 떠나시고 자신에게 보내온 말이다. 쏟아지는 빗줄기가 여운의 가슴에 답답하게 차올라 우물에 빠졌던 기억을 되살리고, 우물에 뛰어들게 했던 임의 이 글귀를 떠올리게 했다. 목탄을 쥔 손을 꼭 쥐고는 시선을 들고 벌떡 일어나 방 문을 열고 밖으로 뛰쳐나갔다.

쏟아지는 비를 막아줄 것은 아무것도 없었다. 하늘 아래 벌거숭이가 되어 비를 맞으며 미친 듯이 내달릴 뿐이었다. 사랑채의 서방님 방 앞에까지 가서야 달리던 걸음을 멈추었다. 숨을 헐떡이며 서방님의 방 문을 보며 비를 맞고 서 있었다.

거세지는 빗줄기가 얇은 속저고리를 뚫고 들어와 살갗을 파고들어 피부가 붉어졌다. 그래도 그 자리에 서서 문을 바라보고만 있었다. 그때, 누가 든 것인지 알기라도 하는 듯 굳게 닫혀 있던 어두운 방에 문이 열리고 서방님이 그 앞에 섰다.

정우는 여운을 바라보다 쏟아지는 비를 맞으며 천천히 그녀에게 다가왔다.

"천지불인이라 하셨지요?"

"밤이 깊었습니다."

여운의 얼굴은 빗물에 젖어 흘러내린 머리카락이 볼을 덮고 있었다. 길게 뻗은 속눈썹에서도 애처롭게 물방울이 떨어지고 있었다.

"천지 아래 모든 것에는 사랑이 있는데."

"그만하십시오."

"내게는 없다."

성우가 여운의 어깨를 움켜쥐었다.

"제발……."

"제가 어리석었습니다. 제게는 사랑이 없다 생각했습니다. 그런데 아니었습니다. 그런 것이 아니었습니다."

여운의 눈에서 눈물이 빗물을 타고 떨어졌다. 그래도 여운은 웃고 있었다.

"천지에 모든 것에는 사랑이 있다. 그리고 천지의 사랑을 얻는 것은 내 사랑하기에 달린 것이다."

정우는 이제껏 이 여인이 홀로 세찬 비를 맞게 두었다. 그래야 자신의 것이라 여겼던 것들을 지킬 수 있었으므로, 그리 하였다. 그러나 더는 이 여인이 아파하는 모습을 볼 수 없었다. 이렇게 함께 비를 맞고 서 있으니 그녀의 마음이 정우의 마음을 흠뻑 적셨다.

정우가 참지 못하고 여운의 손을 잡아채 방으로 끌어당겼다.

"몸이 차오. 이렇게 떨고 있는데."

방 안으로 끌고 들어온 여운의 몸이 심하게 떨리고 있었다.

"그렇지요? 그리 말씀을 하고 싶으신 것이었지요? 그런데…… 그런데 제가 잘못된 결심을 한 것입니다. 저는 기다려야 했습니다. 사랑을 얻기 위해서는 기다려야 했습니다."

정우는 여운을 끌어안았다. 비에 젖어 오들오들 떨면서도 행복한 눈을 하고 자신만을 바라보는 이 여인을 안을 수밖에 없었다.

"제가 잘못했습니다. 잘못했습니다."

이번에는 입술을 덮어버렸다. 떨리는 저 입술에서 나오는 말을 막을 방법은 이것밖에 없어 보였다. 거친 숨결로 여운을 덮쳐 버렸다. 차가운 입술에 어서 온기가 배이도록 입술을 찾아 헤매며 거친 손길로 여운의 머리를 잡아 자신에게 고정되게 하였다.

정우의 몸은 이미 온기로 차올라 있었다. 오랜 시간 누르고 있던 그 온기가 터져 나왔다.

방 문 밖에서 들리는 것이 빗소리만이 아닌 것을 알고 자신의 방 문 앞을 서성이는 익숙한 인기척이 어서 떠나기만을 기다렸다. 그러나 누르기만 하던 열기가 한번 오르니 걷잡을 수가 없게 되어 버렸다. 여운을 안아야만, 그녀의 몸도 자신과 같이 뜨겁게 만들어야만 꺼질 수 있는 온기를 나누기 위해 입술을 열고 그녀의 안으로 파고들었다.

뜨거운 혀가 밀고 들어와 여운은 숨을 헐떡이며 얼굴을 돌렸다. 그래도 억센 손에 다시 잡혀 입술이 벌어지고, 뜨거운 것이 여운을 집어삼키듯 입속을 헤집고 다녔다. 성급한 손길은 여운의 저고리를 강하게 잡아당겨 찢어놓았다. 비에 젖은 속옷은 몸에 감겨 잘 벗겨지지 않아 거친 손길에 벗겨져 나간 여운의 하얀 살결에는 붉은 자국이 남았다.

저고리를 벗겨놓고 뽀얀 가슴이 꽉 조인 속치마 위로 솟아올라 있는 것을 보고는 여운을 더욱 거세게 밀어붙였다. 여운은 정우의 힘에 밀려 뒤로 물러서다 차가운 벽의 기운을 느끼고는 몸을 떨었다. 정우는 여운의 작은 떨림도 놓치지 않고 바라보며 속치마 사이로 훤히 보이는 다리를 잡아 들어 올렸다.

여운은 순간 정신이 들었다. 화상을 입은 다리의 흉터가 드러나자 움츠리며 정우의 손길에서 벗어나려 하였다. 그러나 정우는 여운을 풀어줄 생각이 없었다. 여운의 다리를 더욱 강하게 붙잡아 자신의 허벅지에 묶어두고 깊숙한 곳까지 손을 넣었다. 가장 부드러운 살을 찾아 손을 움직이는 정우의 모습에 충격을 받은 여운은 놀란 눈으로 정우를 바라보았다. 정우는 눈을 감고 여운의 입술에 입을 대는가 싶더니 아랫입술을 물고 빨아댔다.

여운은 정신을 차릴 수가 없었다. 그의 손놀림이 더욱 대담해질수록 여운은 입을 벌리고 그가 하는 대로 몸을 맡길 수밖에 없었다. 눈 깜짝할 사이 자신의 몸을 지탱하고 있던 다른 다리도 들려져 하얀 두 다리가 정우의 허리 자락에 매달려 있는 모습이 되었다. 여운을 안아 들고 정우가 자신의 얼굴 앞에 터질 듯 부풀어 오른 뽀얀 가슴을 보며 숨을 헐떡였다.

고개를 들어 여운의 얼굴을 바라보는 서방님의 눈빛은 이제껏 본 적이 없는 것이었다. 욕정에 불타 빨려들 것 같은 눈빛으로 자신을 바라보는 서방님을 여운도 뜨거운 입김을 내며 바라보았다.

정우가 또 달려들어 여운의 목을 입을 벌려 빨아들였다. 그리고 과감한 손길로 속치마를 내리자 젖가슴이 출렁이며 정우의 앞에 드러났다. 정우가 입을 벌려 젖가슴을 물자 여운이 신음을 내며 정우의 어깨를 두 손으로 짚었다. 자신의 가슴에 얼굴을 파묻는 서방님의 모습을 바라보며 충격에 휩싸였지만, 이내 정우의 손에 잡혀 있는 허리 언저리가 따뜻해졌다. 뱃속에서 간지러운 느낌으로 시작된 온기가 온몸에 퍼졌다. 또 입에서는 한숨만 새어 나왔다.

"아! 아!"

정우의 신음이 공기 중에 맴돌아 여운에게는 따뜻한 목소리로 들렸다. 아까의 거친 숨결이 따뜻하고 뭉클하게 변하고 있었다. 자신의 가슴을 헤집는 정우의 머리를 끌어안았다. 정우가 머리를 들어 여운의 얼굴을 보고는 빠르게 한 번의 움직임으로 여운을 이부자리 위에 눕혀놓았다.

여운은 머리가 헝클어지고 가슴이 풀어헤쳐져 드러내 놓고 있으면서도 부끄럽지 않았다. 자신의 몸 위에서 몸을 반쯤 일으켜 내려다보고 있는 서방님의 눈만을 보고 있었다. 저 안에 빠져 죽는다 해도 여한이 없을 것 같았다.

정우가 짙은 눈빛으로 점점 여운에게로 다가왔다. 천천히 다가오며 저고리를 벗어 던지고 바지 끈을 풀었다. 여운은 가만히 숨을 죽이고 기다리고 있었다. 정우가 바지마저 벗어 던지고 여운의 다리를 잡고 몸을 숙였다. 자신의 다리 사이에 갇힌 정우를 본능에 따라 다리를 오므려 그의 허벅지를 조였다. 정우가 참기 힘들어 신음하며 굳은 몸을 여운에게 밀착시켜 여운의 몸을 모두 덮었다.

여운이 손을 들어 정우의 등을 만졌다. 그 손놀림에 정우는 잠시 굳어 움직이지 않았다. 몸을 떨던 정우가 다시 움직였다. 정우가 여운의 팔목을 잡아 머리 위로 올리고, 자신의 허벅지로 여운의 다리를 벌리며 자리를 잡았다. 따뜻한 느낌이 여운의 허벅지에 닿았다 싶었는데, 화끈한 느낌에 이제는 여운의 몸이 굳어 정우에게 붙잡힌 손이 경직되어 손가락이 하나씩 펴졌다.

정우는 여운의 남겨진 손도 잡아 머리 위에 올리고 다시 한 번 여운에게 파고들었다. 몸을 활처럼 휘었다가 앞으로 밀며 자신의 배에 닿는 그의 단단한 배의 느낌에 완전히 매료되었다. 그가 움직일 때마다 다리 사이를 파고드는 날카로운 통증에 몸을 빼고 싶었지만, 그의 움직임을 보면서 더 그에게 달라붙어 그를 만지고 싶다는 충동이 일었다.

비에 젖은 여운의 몸이 정우의 몸도 촉촉하게 적시고 있었다. 정우가 잡고 있던 여운의 두 손을 풀어주자 여운은 자신의 욕구대로 손으로 정우의 가슴을 더듬었다. 매끄럽지만 단단한 가슴을 마음껏 헤집고 다닐 수 있었다.

서방님의 모든 것이 되고 싶었다. 자신을 던지는 길이 그의 모든 것을 가지는 길이라는 것을 알았다. 자신은 어떤 고통을 겪게 되든 상관없었다. 정우에게 한껏 다리를 열어준 채 손으로는 그의 몸을 더듬어 내려갔다. 가슴을 지나 골이 만들어진 배를 어루만지다가 허벅지를 스쳤다.

정우는 자신을 만지는 자극적인 손길에 당황하면서도 입가가 벌어질 만큼 기분이 좋아 고개를 젖혀 짐승같이 울부짖는 소리를 내었다. 젖혀진 고개를 지탱하는 사내의 목에 솟아오른 목젖이 소리를 내며 더욱 도드라졌다. 정우가 고개를 숙이자 빠르게 펄떡이는 허리의 움직임에 여운의 몸도 들썩거렸다. 여운이 잡고 있는 정우의 허벅지 근육이 풀어졌다 죄어졌다 빠르게 움직이고 있었다.

"아, 아아아아."

여운은 신음을 흘리며 고개를 저었다. 참을 수 없는 고통과 함께 뜨겁게 아래에서부터 올라오는 기운이 목까지 차고 올라왔다. 숨을 쉴 수 없어 입을 벌리며 등을 휘었다.

반응하는 여운의 모습을 보며 정우는 더욱 흥분했다. 여운의 허리를 꽉 잡고 저절로 움직이는 자신의 육체를 어찌할지 몰라 여운의 배를 보며 그 안에 자신을 쏟아부었다.

자신을 다 주고 싶은데, 언제 끝이 날지 모르는 쾌감만이 머리 끝부터 발끝까지 치솟다가 내려오기를 반복하여 정우는 괴로움에 소리를 질렀다.

성에 안 차는 느낌에 여운의 허리를 잡아 올려 무릎을 디디고 자신의 앞에 엎드리도록 만들었다. 그녀의 등을 밀어 두 손을 바닥에 짚게 하였다. 여운은 고통을 안고 있으면서도 정우가 하라는 대로 몸을 숙여 그에게 자신을 모두 맡겼다.

정우가 다시 여운의 안으로 밀고 들어왔다. 고통은 더욱 큰 것이었다. 여운은 손을 들어 입술 사이로 새어 나오는 신음을 막았다. 자신의 육체를 마구 흔드는 정우의 빠른 움직임에 이불을 잡아 입에 틀어넣고 신음을 참았다. 정우도 다리를 벌리지 못하고 웅크리는 여운의 움직임을 알았지만 참을 수가 없었다. 눌러두었던 욕망은 한 번 터져 나오니 주인도 다룰 수 없을 만큼 성나 날뛰었다.

정우가 여운의 붉어진 엉덩이를 잡고 자신의 몸을 그 안에 밀어 넣었다. 한껏 부풀어 오른 남성을 여운이 품어주었으면 하였다. 그녀만이 자신을 안아줄 수 있을 것 같았다. 그녀만이 자신을 채울 수 있을 것 같아 몸서리치게 좋아 더 빠르게 움직였다.

바닥에 납작 엎드려 있던 여운이 몸을 세우고 고개를 젖히더니 얼굴을 돌려 정우를 바라보았다. 정우의 몸에 우레가 내리쳐 훑고 지나간 것처럼 쾌감이 흘러넘쳤다. 끝을 달리며 드디어 그 순간이 찾아온다는 기대감에 몸이 먼저 기뻐 날뛰어 숨을 헐떡였다.

여운이 눈을 내리깔아 자신을 바라보는 눈빛에 정우는 완전히 홀려 입에 배시시 웃음이 맺혔다. 손을 뻗어 여운의 볼을 쓰다듬고 그녀의 입술을 만지자 여운이 입을 벌려 정우의 손을 물다 혀를 말아 그것을 빨았다.

"아아, 아아아압!"

참을 수가 없었다. 정우는 여운의 안에 자신의 모든 것을 뿜어내었다. 이제껏 경험해 보지 못한 홀가분한 기분에 하늘을 둥둥 나는 느낌이었다. 여운의 몸 안에 자신을 뿌리고도 식지 않는 열기에 엉덩이가 저절로 들썩였다. 여운이 몸을 일으키더니 정우의 위에 앉아 손을 뒤로 뻗어 정우의 허벅지를 쓰다듬었다.

말로 표현하지 못할 따뜻한 교감에 정우도 손을 뻗어 여운의 부풀어 오른 가슴을 덮으며 얼굴을 파묻었다. 그녀의 얼굴이 보고 싶어 여운의 얼굴을 들어 입술에 입을 맞추었다. 마지막 숨결을 빨아들이며 그제야 다 가졌다는 만족감이 들었다. 열기를 식히면서도 입술을 물고 핥았다. 끝까지 제 것으로 만들었다.

"오늘 밤 내 곁에 있어주시오."

정우가 뒤에서 여운을 꼭 안으며 귀에 대고 속삭였다.

"저는 어디에도 가지 않습니다."

그날 밤 이후 정우는 밤이 되면 여운의 방으로 발걸음을 하였다. 머릿속으로 아무리 생각해 봐도 지금의 상황을 따질 수가 없었다. 그날 밤 일이 자꾸 떠올라, 자신을 바라보는 여운의 농염한 미소가 떠올라 밤이 되면 사랑채에 앉아 서책만 붙잡고 있을 수가 없었다. 여운을 찾은 정우는 여전히 거칠었다. 방에 들면 여운이 무엇을 하고 있든 옆으로 밀어내고 여운을 덮치고는 하였다. 그래서 이리저리 찢긴 옷을 낮에는 바느질하여 수선해야 했다.

"오마, 옷이 남아나질 않네. 어릴 적에는 하도 짓궂게 놀아 옷을 찢어 오시더니 다 커서도 무슨 놀음을 이리 징하게 하셨을까나?"

시집도 안 간 처녀 입에서 이런 짙은 농이 나오는 것을 혼을 내야 하는데, 지단이 무슨 말을 하며 놀려도 여운은 웃어넘겼다. 서방님이 매일 밤 자신을 찾는 것이 기뻤다. 언젠가는 따뜻하게 자신을 품어줄 날도 올 것이라고 기대하던 밤이 매일 이어졌다.

한 번은 서방님께서 여운을 품고 놓아주자 초저녁에 알몸으로 누워 있는 것이 부끄러워 황급히 속치마를 찾아 입으려 하였다. 그런데 끈 하나가 떨어져 나가 옷을 동여맬 수가 없었다. 이 모습을 보던 정우는 얼굴이 붉어졌다. 괜스레 여운의 눈을 피하고 허둥지둥 이불을 들추며 없어진 끈을 찾겠다고 소란이었다. 그 모습에 여운은 가슴을 드러낸 것도 잊고 소리 내어 웃었다.

"왜 웃는 것이오? 내가 물불 안 가리고 이리 구는 것이 한심해서 그런 것이오?"

딱 그것이 정우 스스로 부끄러워하는 이유였다.

"아닙니다. 그냥 서방님의 모습이…… 귀여우셔서."

정우의 얼굴이 더 붉은색이 되었다. 선비에게 귀엽다는 말은 칭찬이 아니질 않은가.

그렇게 수치심이 일면서도 또 어쩔 수 없이 여운을 가지게 되었다. 웃으며 들썩이는 가슴이 제 앞에서 출렁이는데 주책없이 바지 안의 물건이 또 고개를 드는 것이다.

정우는 여운을 허벅지에 앉혀놓고 자신의 몸을 덮게 하였다. 여운도 이제는 익숙해져 허리를 움직여 정우가 깊이 품을 수 있도록 그를 돕기까지 하였다. 그럴 때면 정우는 참지 못하고 바로 몸을 들썩였다.

여운은 서방님이 자신을 품에 안고 안아주는 이때를 가장 좋아했다. 자신의 눈을 바라보며 기뻐 생기 넘치는 모습을 볼 때면 행복해서 눈물이 날 지경이었다. 여운은 다리를 더 열어 서방님께 보여주었다. 자신이 얼마나 그를 사랑하는지를. 자신만이 그의 여인이 될 수 있다는 것을.

❀

여운은 몇 번이고 발길을 되돌리려 하였다. 이러면 안 된다 생각하며 발길을 돌리려다가 마음 한편에 이미 자리 잡은 의구심에 져버렸다. 초조한 발걸음은 정신없이 길을 찾아가고 있었다. 양쪽으로 논이 있는 길을 따라 걸으며 누가 자신을 보지나 않을까 장옷으로 얼굴을 가리고 빠른 걸음으로 걸었다.

몇 달 전에 본 적이 있는 사립문을 보고 가슴이 두근거렸다. 의심을 품고 이곳까지 왔는데, 정말 저 안에 서방님이 계시면 어쩌나 하는 마음에 두려웠다. 실제 벌어지지도 않는 일이지만 의심은 무서운 것이었다. 서방님이 자신을 사랑해 주고 있는 요즘에 의심의 싹이 더 커지고 있으니 욕심이 얼마나 무서운 것인가.

서방님이 일찍 집에 들어오지 않으시거나 외박이라도 하는 날에는 여운은 미칠 것 같아 방 안에 가만히 있지를 못했다. 참다 참다 이렇게 오늘 찾아온 것은 전날 서방님께서 아무 말씀도 없이 집에 들지 않으셨기 때문이다. 해가 중천에 뜰 때까지 무슨 일인지 집에 알려오지도 않는 것이 이상했다.

여운이 지금 선 자리에서는 싸리담장이 가리고 있어 집 안을 볼 수 없어 더 가까이 갔다.

집은 깨끗하게 짚을 새로 올린 초가집이었지만, 작은 마당 하나 딸린 볼품없는 모습이었다. 역시 어머니께서는 집에서 내보내는 첩에게 기와집을 마련해 주시지는 않으셨다.

행여 양반이 드나들어도 손색없는 집을 내주었다가 정우가 그 집에 눌러앉을까 걱정이 되어서였다. 곧 다시 집으로 들일 것이니 임시로 머무는 곳이라는 핑계로 구한 집이었다.

그래도 담장을 높게 만들어 몸을 숨기기에는 적합하여 다행이었다. 여운은 담장 벽에 몸을 숨긴 후 조심스럽게 고개를 내밀고 집 안을 들여다보았다.

다들 논일을 나갔는지 마당 안이 비어 있었다. 한창 논에 물을 대는 시기이니 그럴 수 있었다. 본가에서 식량과 부식거리를 매달 한 번씩 보내준다 해도 이 집에 보낸 만석이 내외까지 거두려면 부족한 양이었다. 그래서 만석이네는 동네 품팔이를 하며 논일을 하고 있었다.

겉으로 보기에는 남자, 여자 하인 하나씩 딸려 내보내 귀한 대우를 해주는 듯 보였지만, 사실은 만석이 내외가 분가하는 데 다은이 껴서 살림을 나간 꼴이었다. 둘이 눈이 맞아 혼인한다 하여 살림을 내어줘야 하는데, 집 안에는 남아도는 방이 없어 분가하기로 이미 결정 난 일이었다. 그래서 만석의 처 양분은 다은을 상전으로 모시기보다 이 집에서 유일하게 나가서 품을 팔아오지 못하는 짐으로 여기고 있었다.

만석이 바깥일을 마치고 들어왔는지 지게를 벗어놓고 뒤쪽으로 돌아갔다. 땀 흘려 일하고 와 몸을 씻는지 물소리가 들렸다. 여운은 소리뿐이지만 남의 집 담벼락에 숨어 남정네가 씻는 모습이나 훔쳐보고 있는 사람으로 느껴져 당황하였다. 다 씻은 것인지 더는 물소리가 나지 않았다. 여운이 안의 모습을 다시 살피려 몸을 일으키려는데 만석이 마당을 지나가자 화들짝 놀라 다시 몸을 숨겼다.

'서방님께서 계신지 신을 보면 될 것인데.'

늦게 생각해 낸 것에 어리석다 여겼다. 서방님이 드신 것인지 방 문 앞에 신이 있는지만 보려 하였다. 고개를 빠끔히 드니 마당은 다시 비어 있었다. 사람이 없는 틈을 타 얼른 문 앞에 신이 있는지 확인하였다.

문씨의 것인 꽃신이 놓여 있다. 그리고 그 옆에 사내의 신이 하나 있다. 비어 있어야 할 자리에 신이 있어 여운은 가슴이 철렁 내려앉았다. 그러다가 다시 마음을 놓았다. 크기가 커 사내의 것이

나 서방님의 것일 리가 없는 짚신이었다.

신은 주인을 따라다닐 것인데, 서방님의 신이 없다면 서방님은 이곳에 오시지 않은 것이다. 여운이 안심하여 그제야 입가에 미소가 걸렸다. 그 집에서 벗어날 때까지 누가 볼까 봐 고개를 숙이고 그곳을 나왔다.

다행이었다. 한심한 짓이기는 했지만, 이렇게 눈으로 직접 확인하니 안심이 되었다. 그런데 계속 떠오르는 생각에 마음이 불편해서 발길을 편히 돌리지 못했다. 결국 그 집으로 다시 돌아가 담에 매달려 안을 들여다보았다.

아직도 성급히 벗겨진 듯 뒤집힌 커다란 짚신이 그 자리에 놓여 있었다. 이 집에 사는 저 신의 주인이라면 만석이일 것인데, 왜 저자가 저리 오래 문씨의 방에 들어 있는 것인지.

'설마!'

여운은 입을 막으면서 아닐 것이다 고개를 저었다. 그러면서도 뭔가 불길한 기분에 그 앞을 떠나지도 못했다. 여운이 서 있는 내내 방에 든 흔적이 있는 하인 놈은 나오지 않고 있었다. 여운은 뭔가 잘못되었다 싶은 직감에 사립문에 손을 얹었다. 그러나 문을 열어젖히지는 못했다.

'이 문을 열면 서방님을 다시 저 여인과 나누어야 한다.'

툭 떨어진 팔에 여운의 고개도 떨어졌다. 그래서 그 집을 돌아서 나왔다. 장옷을 뒤집어쓰고 빠른 걸음으로 그곳을 빠져나왔다.

'문씨만 없다면…… 문씨만 없다면…….'

소름 끼치는 생각이 들어 안 된다 해야 하는 것인데, 마음을 정

한 빌걸음이 위험에 처했을지도 모를 문씨를 두고 그 집을 벗어났
다. 지금의 행복을 깨고 싶지 않았다. 이렇게 서방님께서 자신을
바라봐 주시는데, 영원히 자신만을 바라봐 주기를 바랐다.

　집에 돌아오는 내내 머리에 그려지는 무서운 장면에 손까지 덜
덜 떨렸다. 집에 도착하여 방에 들어서서야 자신이 무슨 짓을 한
것인지 죄책감이 일었다.

　"아닐 거야. 아무 일도 없을 것이야. 뭔가 일이 있어 부른 것이
겠지. 그럴 수 있어."

✻

　몸이 아프다고 누워만 있는 여운이 걱정되어 정우가 방에 들어
안부를 물었다.

　"어디가 아픈 것이오? 의원에게도 아직 보이지 않았다 하던데,
내 사람을 시켜 의원을 들이겠소."

　"아닙니다. 그저 몸이 좀 허해져 그런 것이니 신경 쓰지 마십시
오."

　어두운 표정이던 정우가 이제는 민망한 표정이 되어 우물거렸다.

　"나 때문에 그런 것이 아니오. 가뜩이나 여름철에 기가 많이 상
하는데, 내가 잘못했소."

　얼굴을 붉히며 눈을 마주치지 못하는 정우를 여운이 미소를 지
으며 바라보았다.

　'이 사내를 어찌 나눌 수가 있겠는가?'

여운이 자리에서 일어나 정우의 품에 안겼다.

"서방님, 사랑하고 있습니다. 그러니 저를 떠나지 마십시오."

"부인……."

정우도 여운을 꼭 안아주었다. 여운은 서방님의 품을 파고들며 불길한 생각일랑 덮어두려 하였다.

❊

매일 마음을 졸이며 대문을 바라보았다. 바깥에서 무슨 소식이 들리지는 않을지 전전긍긍하였다. 제 발로 문씨네 집을 찾아가 알아볼 수도 없는 노릇이니 답답하였다. 그러다 한 달이 다 되도록 아무 소식이 없자 마음을 놓고 있었다. 괜히 이상한 상상을 한 것이었다. 그럴 리가 없지 않은가? 만석이는 성실한 자였고, 막 혼인을 하여 부인도 있는데. 이 머리가 어찌 되었나 보다 웃어넘겨야 했다.

그런데 이상한 기운을 풍기며 만석이 처가 본가에 드는 것을 본 순간, 다시 걱정이 되기 시작하였다. 마음을 졸이다가 시어머니 방 앞까지 걸어갔다. 안채에 든 양분이에 대한 생각을 멈추지 못하고 그 앞을 서성였다.

"아씨, 마님께서 어서 드시라 하십니다."

간난이가 여운이 있는 곳으로 와 마님의 말씀을 전했다. 여운은 말을 듣자마자 서둘러 어머니 방에 들었다. 양분이 무릎을 꿇고 몸 둘 바를 몰라 하고 있었다.

"너도 알아야 할 일 같아 부른 것이다. 자, 아씨께서 오셨으니 다시 고하거라. 일이 어찌 되었다고?"

양분이 여운을 슬쩍 보고는 눈을 피해 고개를 숙이며 말을 하였다.

"그것이 마님께는 이미 전하였습니다. 살림을 얻어 나가신 작은댁 아씨께서 무슨 일인지 사라지셔서…… 며칠째 집에 돌아오지 않고 계시니 이상하다 싶어 제가 본가로 들어온 것입니다."

"사라지다니, 무슨 소리인가?"

"글쎄요. 저는 잘 모르지요. 전 아씨께서 가실 데도 없으시니 본가에 오셨을 것이라 여기고 온 것인데 이곳에도 없어서 저도 당황스럽습니다요."

여운은 양분이가 뭔가를 숨기고 있다는 것을 알았다. 거짓이라는 말을 모르던 시절의 여운이라면 저런 표정에 속아 넘어갈지 모르나 지금의 여운은 달랐다. 양분이 하는 말을 믿을 수 없었다.

"마지막으로 본 것이 언제인가?"

양분이 눈을 굴리다가 입을 열었다.

"나흘 전 저녁까지는 집에서 뵈었지요. 점심도 잘 드시고 저녁을 내갈까 했는데 되었다 하시고는 나가셨습니다요. 그리고 그 후로는 보지 못했고요."

마님 윤씨가 심각한 표정이 되었다.

"아니, 그럼 그 일을 왜 이제야 말하나?"

"그건…… 제가 말씀드렸듯이 본가에 오신 줄 알고. 항상 본가로 돌아가고 싶다는 말씀을 하셔서 그런 줄 알았지요."

"이 사람들이. 사람을 잘 돌보라 내보냈더니만 제 할 일도 않고 이리 와 그냥 그리되었으니 알아서 찾아달라 하면 다 해결되는 일이냐?"

역정을 내는 시어머니였지만, 어머니께서도 갑자기 벌어진 이번 일이 좋은 것인지 나쁜 것인지 알 수 없는 표정이셨다.

"알았으니 날이 더 저물기 전에 집으로 돌아가 있거라. 나중에 물을 것이 있으면 부를 것이니."

윤씨는 양분을 내보내고 여운을 가까이 불러 앉혔다.

"이게 무슨 일인가 싶어 너를 불렀다. 사람이 없어졌다니 가만히 있을 수는 없겠지만, 고것이 찾아와 또 문제를 만드는가 싶기도 하고 말이다."

다은을 어디 안 보이는 곳으로 치워 버리고 싶었는데 저절로 사라져 주었으니 잘된 일이 아닌가 싶기도 하였다.

"우선은 어찌 된 일인지 알아봐야 할 것입니다. 그냥 사라졌다니 누가 그 말을 믿겠습니까?"

그렇지. 정우를 위해서도 일을 확실히 알아봐야 끝을 봐도 볼 것이다. 또 어디다가 다은을 빼돌렸다고 난리를 치면 더욱 골치였다.

"그래, 요즘 같기만 하다면 걱정이 없다 생각했는데 또 이상한 일이 벌어지는구나. 네가 정우 마음을 붙들어놓은 것 같아 안심하고 있었는데 말이다."

"심려치 마십시오, 어머니. 다음에는 양분이와 만석이 두 사람을 함께 불러 무슨 일인지 물어보는 것이 좋을 것 같습니다. 혹시라도 만석이 뭔가를 알고 있을 수도 있으니까요."

"그래, 그럼 내일 다시 같이 들라고 전하라 해야겠다."

여운도 무슨 일인지 알고 싶었다. 그래야 이 죄책감에서 벗어날
수 있을 것이다.

✻

다음날 만석이 내외가 든 것을 보고 여운은 다리에 힘이 풀렸
다. 두 사람이 들어오는 모습을 보고 알아버렸다. 자신이 생각했
던 일, 자신이 본 것은 사실이었다. 만석과 거리를 두고 앞장서서
걸어 들어오는 양분이 뒤로 만석이 불안한 눈을 굴리며 따라 들어
오고 있었다.

"그것이 제 입으로 담기도 힘든 말이라 말하지 못한 것이 있사
온데……."

어머니 앞에 앉은 양분의 입에서 무슨 말이 나올지 여운은 알고
있었다.

"아씨께서는 그날 밤 그 도적놈이 아씨를 범한 것을 괴로워하
셔서……."

여운은 눈을 감았다.

'바꿀 수 없는 것인가?

"매일같이 식사도 안 하시고 매일 밤 울며 지내시다가…… 죽
고 싶다는 말씀도 자주 하셨고."

'제 서방이 한 짓을 알고 저렇게 꾸며댄 것이구나.'

만석은 터질 듯 붉어진 얼굴로 자리에 앉아 한마디도 하지 않고 있었다. 여운도 입을 열지 않았다. 이 일에는 자신도 공모자였다. 보고도 못 본 것이라 돌아선 것은 여운이었다. 여운의 감춘 손이 만석의 것과 같이 떨리고 있었다.

꿈에서 문씨는 제집 뒷마당에 있는 감나무에 목을 매달았다 하였다. 그런데 이번에 문씨는 흔적도 없이 사라졌다. 여운은 터덜터덜 방을 나와 생각하다가 뒤돌아 어머니의 방 문을 바라보았다.

'저 둘이 숨긴 것일까?'

저자들이 집 안에서 죽은 문씨의 시신을 발견하고 숨겼을지도 모른다. 여운은 떨리는 손을 다른 손으로 잠재웠다. 차라리, 차라리 그렇다면 문씨의 시신이 나타나지 않으면 하였다.

이번에는 제대로 되어가고 있었다. 서방님의 품을 차지한 것은 문씨가 아니라 자신이라 행복했다. 문씨의 시신이 나타나면 서방님은 다시 방황할 것이다. 여운은 서방님을 붙잡아 드리지 못했다. 여운은 그것이 두려웠다. 나쁜 꿈이 반복되는 것에 온몸이 부들부들 떨려왔다.

다른 집안 식구에게는 문씨가 사라진 일을 지금은 알리지 말자 하였다. 여운이 먼저 그 말을 시어머니께 하였다. 시어머니께서는 당연히 그래야 한다며 여운의 말을 들어주셨다. 죽었다면 시신이라도 나와야 했다. 정말 어디론가 도망쳤을지도 모른다. 서방님께 아무런 말도 없이 사라진 것을 보면 몸이 더럽혀진 사실을 숨기고 싶어 그냥 사라진 것일지도 모른다.

시어머니 윤씨는 병풍 뒤 벽장 안에서 상자를 꺼내 엽전 뭉치를 만석이에게 던져 주며 야밤에 이곳을 떠나라 하였다. 멀리 새로운 곳에 정착할 만큼 충분한 돈을 내주었다. 동네 사람 중 한 집에만 모시던 아씨가 서방님께 버림받아 함께 마을을 떠난다는 소문을 흘리라고 하였다. 일은 그렇게 버림받은 첩이 동네 창피하여 야반도주한 것이라고 소문이 났다.

다은이 없어진 것을 알고 찾아 헤매던 정우가 수소문하여 찾아낸 이웃이 그 소문을 정우에게도 알려주었다. 소문에 그 첩을 버린 서방이라는 작자가 자신이었으므로 정우는 조용히 그곳을 나왔다. 자신이 마음을 돌려 다은이 떠난 거라 정우는 생각하였다. 자신이 부인의 곁을 맴도는 동안 다은은 알고 있었을 것이다.

처음부터 그 아이를 자신이 거두는 것이 아니었다. 제대로 감싸주지도 못할 것인데. 그때는 미처 몰랐다. 남녀의 정이 이런 것인 줄 몰랐다. 다은을 생각하면 사랑스러운, 지켜주고 싶은 여인이었다. 그러나 여운을 생각하면 가지고 싶은 여인이었다.

오라비로 살아야 했다. 그런 사랑이었는데, 경험이 없는 정우는 그것을 구분하지 못하였다.

✽

친정아버지께서 드셨다는 소식에 여운이 한걸음에 사랑채로 달려갔다. 집 안에서도 예를 중시하는 여운이었지만, 삼 년 만에 처음 보는 아버지가 오셨다는 소식에 달리지 않을 수 없었다. 이런 때는 예보다도 인정을 따르는 것이 옳았다. 아버님께서 드셨다는 서방님 방 앞까지 가보니 아버님과 서방님께서 방에서 나오고 계셨다.

"그럼 생각해 보고 알려주시게."

"장인어른, 그래도 이렇게 드셨으니 좀 더 계시다 가시지요."

아버지는 여운을 보고서도 서방님에게만 시선을 주고 계셨다. 정우가 다시 청하니 여운의 아버지 정 판서 대감이 그제야 딸아이에게 눈길을 주었다. 여운도 아버지를 말없이 바라보기만 하였다. 겉으로는 아닌 척해도 몇 년간 보지 못한 딸아이를 앞에 두고 아는 체도 않는 것이 쉬운 일이겠는가.

"부인, 장인어른께 집 안 구경을 시켜 드리면 어떻겠습니까. 별채를 손보아 정원을 만들었습니다. 살펴보고 가시지요."

어려운 장인이었지만 자신을 위해 직접 집으로 찾아오신 어른께 감사하는 마음을 전하고 싶었다. 사랑하는 딸과 시간을 보낼 수 있게 해드리는 것이 가장 좋은 일이라 여겼다.

"고맙네, 사위."

인자한 미소. 여운에게 보여주시는 미소를 서방님께도 지어 보이시는 아버님을 보고 여운의 가슴이 뭉클하였다. 저 두 남자가 자신이 세상을 사는 이유였다.

"여운아."

정자가 놓인 아담한 정원을 거닐며 둘만의 시간을 갖게 되자, 아버지 정 대감이 딸의 이름을 다정히 불러주었다.

"잘 지내고 있는 것 같구나."

"예, 아버님. 잘 지내고 있습니다."

오늘까지 기다리는 것이 아비로서 쉬운 일이 아니었다. 딸아이가 소박을 맞을 것이라 들은 소식에도 나서지 않고 참아야 했다. 자신이 나서서 억지로 둘 사이를 붙여봐야 부부지간에는 그런 것으로 살 수 있는 것이 아니었다. 딸아이를 믿었다. 사랑스러운 아이이니, 사랑받을 자격이 있는 아이이니 꼭 그렇게 되리라는 것을 알았다.

여운이 이 집에서 제대로 안주인 역할을 할 때까지 아무도 이 집에 발을 들여서는 안 된다 부인 김씨에게도 단단히 일러두었다. 딸아이를 제 심장에 품고 사는 어미가 매일같이 울며 딸아이를 그냥 데리고 오자는 억지를 부리는 것도 참고 들어주었다. 그런데 사위 얼굴을 보는 순간, 참지 못할 울분이 터져 나왔다.

"오늘 이렇게 든 것은 김 서방 때문이다."

"아버님, 저는 잘 지내고 있습니다. 서방님께서 정말 잘해주십니다."

"여운아, 내 말 잘 들거라. 여인에게 지아비를 섬기는 방법은 두 가지가 있다. 하나는 마음을 편하게 하여 집에 화목을 가져오는 것이고, 다른 하나는 사내를 들끓게 하여 밖으로 뻗쳐 나갈 수 있게 돕는 것이다. 네가 편안히 마음을 붙잡는 법을 터득한 것 같으니 이제 네 서방에게 야망을 심어주어야 한다."

아버님은 서방님을 돕기 위해 오신 것이다. 여운이 아버님의 품에 달려들어 와락 안겼다.

"이 보아라. 너는 사람 마음을 다룰 줄 아는 아이이다. 그러니 김 서방의 마음도 꼭 돌려놓아야 한다. 그게 네 서방을 위한 길이 될 것이다."

정 판서 대감은 사위는 미워도 여운의 장래를 위해 조정에서 사위의 세를 키울 방법을 들고 왔다. 그런데 고집이 센 김정우는 아직은 때가 아니라며 자신의 자리에서 좀 더 공부하고 싶다 하였다.

홍문관 부수찬 자리가 학문에 열의가 있는 사람이라 적성에 맞을 것이다. 왕의 가까이에서 조언할 문서를 찾는 일을 하느라 못 찾아보는 문서가 없을 것인데. 정우의 나이 다섯부터 책을 손에서 놓은 적이 없다 하니 좋아하는 일을 하는 것이었다.

그러나 삼 년이면 충분하였다. 조정에 얼굴을 내밀지 않고 조용히 자기 자리를 삼 년간 지켰으면 근성 있는 자다 바닥을 닦아놓기로 충분하였다. 이제는 물살을 잘 타야 했다. 큰 강물이 어디로 흐르는지를 파악하고 몸을 실어야 했다. 사위에게 손을 써둘 것이니 세자시강원에 들어가라는 언지를 하였다.

왕은 올해 예순다섯이 되었다. 어의를 은밀히 부를 때마다 어의는 왕의 건강이 예전만 못하다 걱정하며 한숨을 내쉬었다. 왕이 승하한다면 그 힘은 고스란히 세자에게로 가는 것이다.

요즘 부쩍 소론을 가까이하는 세자를 보고 불안해하던 노론 인

시들이 우리 사람을 세자 근처에 두고 싶어 했다. 김정우만 한 인물이 없었다. 사위라 생각하지 않고 그 학식으로 보자면 세자의 마음을 뒤흔들어 놓을 만큼 뛰어난 학자였다. 또 골수 노론파를 꺼리는 세자가 중도를 따르는 김정우를 본다면 절대 버릴 수 없는 인재라 여길 것이다.

정 대감은 오랜 정치 경험으로 사람을 보는 눈이 틀린 적이 없었다. 김정우라면 세자의 눈에 들어 다음 왕조를 세자와 같이 이끌 능력을 갖춘 인물이었다.

"세자시강원에 김 서방을 천거할 것이다. 너는 꼭 네 서방의 마음을 잡아야 한다. 그게 좋은 내조이니라."

정치에 대해 말씀하시는 아버님의 눈빛이 낯설었다. 궁에서의 복잡한 일도 재미있게 설명해 주시던 아버지께서 이렇게 진지하게 여운을 놓고 말씀하신 적이 없었다.

"예, 아버님."

아버지 정 대감이 여운의 어깨를 토닥여 주었다.

※

"서방님!"

여운이 오랜만에 보는 정우의 얼굴을 보자마자 주위의 눈도 개의치 않고 반기며 방을 박차고 나왔다. 정우가 여운을 보고 그 손을 꼭 잡아주었다.

"어찌 연통도 없이 갑자기 돌아오셨습니까?"

"왜, 너무 일찍 온 것이오?"

정우가 반짝이는 눈빛으로 여운을 바라보며 웃었다.

"아닙니다. 조금이라도 더 일찍 만나뵈려고 성문을 지키고 있으려 했습니다."

열흘간 세자저하를 따라 평양에 가신다 하였는데, 벌써 스무 날이 되었다. 여운은 혹시 무슨 변고라도 생긴 것은 아닌지 가슴을 졸이며 기다리기만 하였다.

"걱정이라도 한 것이오? 미안하오. 돌아올 날을 알 수 없어 연통도 제대로 못 한 것이오. 그래도 내가 보낸 꽃이 화병을 채울 만큼 풍성히 모였을 것이니 그것을 보고 위안이 되었을 것이 아니오."

자신이 떠나는 날부터 여운이 좋아하는 국화를 하루에 한 송이씩 보내도록 사람을 시켰다. 국화를 세어가며 여운이 자신을 그리기를 바라는 마음에서였다.

"여인에게 국화를 선물하는 정인은 없습니다. 충으로 가득 찬 마음에 군을 따라 길을 나서니 국화를 보내신 것입니까?"

여운이 뽀로통하니 하는 말이 기분 좋게만 들렸다.

"군을 따르는 마음뿐이었으면 어찌 꽃이 향한 곳이 이곳 화병이었겠소."

두 손을 잡고 방으로 들며 방에 놓인 국화를 담은 백자를 바라보았다.

"당신에게 모두 바쳐진 꽃이니 화내지 마시구려."

정우가 낮은 음성으로 말하며 방 문을 닫자마자 여운이 달려들어 그의 품에 안겼다.

"너무 보고 싶었습니다. 그래서 투정을 부린 것입니다. 서방님께서 하시는 일은 절대 방해하지 않겠다 하였는데, 마음대로 되지가 않았습니다."

"이제 와 후회해 봐야 소용없소. 그냥 집에 당신과 있자 하면 그리 하였을 것인데, 나랏일을 하라 등 떠민 것은 당신이었잖소."

정우의 웃음소리가 여운이 기댄 가슴속에서 번지고 있었다.

"그냥 서방님과 함께 있는 것이 좋습니다. 다른 것은 생각하지 못하겠습니다."

"나도 집으로 하루라도 빨리 돌아오고 싶었소. 그런 마음을 세자저하께서도 눈치를 채셨으니 문제이기는 하오."

여운이 놀란 표정으로 정우를 바라보았다.

"정말이십니까? 세자저하께서 아셨단 말씀이에요?"

"누군들 모르겠소. 일에 집중할 수가 없었는데."

이번 여행은 비밀리에 갔다 온 것이다. 평안감사 정희량이 평양 유람을 시켜 드린다 한 것이지만, 북방 지역을 살피는 목적이었다. 세자저하의 북방에 대한 견해는 정우의 것과 뜻을 같이하였다. 정우의 정치적 혈류가 노론에 있었지만, 명나라를 우러러 이마에 피가 맺히도록 절을 올려야 한다는 사상은 따를 수 없었다. 조선 또한 엄연히 군주의 나라였다. 무조건 명나라에 복속한다는 것은 조선인들의 자존심을 버리고 조선의 왕을 부정하는 일이라 생각했다.

그래도 이렇게 여행이 길어진 것은 걱정하였다. 집도 걱정이었지만 한 번 일에 매진하면 뜻을 굽히지 않는 세자저하를 걱정하였다. 이렇게 오랫동안 궁을 비워 좋을 것이 없었다.

"이제 집에만 있을 것이오. 앞으로 닷새는 시강원에 들지 않아도 좋다 이미 허락을 받았소. 부인과 함께 방 안에만 머무를 거란 말이오."

여운은 이보다 좋을 수가 없었다. 자신을 꼭 안고 바라보는 눈빛이 보내는 의미를 기억하고 있다. 여운이 눈을 감자 정우의 입술이 내려와 여운의 입술을 덮었다. 그러고는 이어지는 강렬한 입맞춤에 여운의 눈썹이 파르르 떨렸다. 여운의 옷이 하나씩 벗겨지고 정우도 답답한 복식을 버렸다.

정우의 말대로 낮과 밤을 방 안에서 여운과 함께하였다. 아무리 품어도 어찌 이리 가슴까지 여운을 담을 수 없는 것인지, 정우는 가져도 가져도 여운을 더 안고 싶었다. 그래서 여운의 곁을 떠나지 않았다. 여운을 품에 안고 보고 싶었던 만큼, 안고 싶었던 만큼 뜻대로 하였다.

✻

잔잔한 강물가를 따라 서 있는 붉게 물든 나무에 바람이 불자 붉은 잎이 우수수 떨어져 물 위를 덮어 푸른 강물을 붉게 물들였다. 넘실넘실 붉은 물결을 가르고 지붕을 얹은 나룻배가 사공도 손을 놓고 물살에 몸을 맡겨 유유히 떠다니고 있었다.

배 중앙에 천을 드리운 지붕 아래 기대어 앉아 있던 여운의 시선은 한곳을 향하였다. 뱃머리에 앉아 연안으로 고개를 돌려 경치를 감상하는 정우에게로 시선을 주고 있었다. 정우는 간간이 부는 바람이 얼굴에 닿으면 눈을 감았다가, 이도 잠잠해지면 조용히 눈을 뜨고 다시 경치를 눈에 담았다.

여운에게는 그 모습을 바라보는 것이 이 멋진 풍경을 감상하는 법이었다. 눈앞에 자연이 깎아 만든 절벽이 절경을 이루는데도 그것은 정우의 모습을 담은 풍유도의 배경에 불과할 뿐이었다.

이렇게 행복해도 좋은 것일까 싶을 만큼 서방님께서는 여운에게 의심할 수 없는 마음을 주셨다. 서로에 대한 마음을 확인하고 그것을 믿는 순간 모든 것이 달라졌다. 만물은 이제 여운을 위해 존재했다.

—天地不仁(천지불인).
하늘과 땅 아래 모든 것이 사랑으로 넘쳐 나나 편애하지 않으니 사랑을 차지하는 것은 만물의 노력에 따른 것이다.

노자의 이 말은 만물이 지닌 마음에 따라 달리 해석할 수 있는 것이었다. 정우에게도 자신과 같은 사랑이 있다고 믿는 지금, 이 문장은 천지의 사랑을 약속하는 가장 큰 사랑이었다.

"무슨 생각을 그리 하는 것이오. 내게 시선을 주지도 않고 무엇을 그리 보는 것이오?"

여운이 정우를 보며 미소를 지었다.

"시선을 돌릴 것이 어찌 없겠습니까? 저 작은 섬 위를 나는 새의 날갯짓도, 절벽을 굴러떨어지는 저 돌멩이도 다 사랑스러운 것을요."

정우가 손짓을 하였다.

"이리 가까이 오시오. 가을볕은 피하는 것이 좋다 하지만, 정인을 멀리할 만큼 해로운 것은 아니니."

여운이 지붕의 그늘을 벗어나 정우의 앞에 앉았다. 여운이 자리를 잡는 사이 배의 균형이 흔들려 뒤편에 뒤돌아 앉아 있던 뱃사공이 균형을 잡기 위해 노를 들었다.

여운이 가까이에 자리하자 정우가 옆에 두었던 대금을 들었다.

"내 뱃심이 약하여 힘을 줘야 할 역취에 약하니 소리가 크게 울리지 못합니다. 이리 더 가까이 앉아 들으시지요."

여운이 다시 움직이니 사공이 뒤를 슬쩍 보고는 다시 물질을 열심히 하였다.

"뱃심이 약하다 함은 믿지 못하겠습니다."

대금을 입에 대던 정우가 오묘한 미소를 입가에 지으며 여운을 눈으로 놀렸다.

"아니, 그런 뱃심 말고요, 뱃심! 말입니다. 배짱이 두둑하시니 말입니다."

남자의 힘이 허리이니 칭찬을 한 것이지. 정우의 진한 눈빛이 정을 통한 남녀 사이에나 오가는 그런 것이었다.

"다른 생각 하지 마시고 어서 연주를 들려주시지요."

서방님의 눈빛이 저리 깊어진 후에는 꼭 일이 벌어지니. 여운이 기생이 하는 것을 본 적이 있어 치맛자락을 휙 말아 쥐어 올리며 눈을 가늘게 떴다.

　정우의 대금 소리가 낮게 울렸다. 대금을 잡은 손부터 길게 늘인 도포 자락에 이어 대금을 지탱하는 넓은 어깨까지 대금을 연주하는 모습도 아름다웠다. 사내가 저리 아름다울 수 있나 싶었다. 굵은 골격이 사내다우면서 밝은 피부색과 날카로운 눈매에 떨어지는 콧날이 매서워 섬세한 조화가 아름다운 모습이다. 여운에게는 무엇보다도 아름답게 비추었다.

　둥둥 마음이 떠 있는 강물을 따라 대금 연주가 청명하게 울렸다. 저음으로 계속되는 가락이 구슬퍼 여운은 다리를 감싸고 턱을 괴고 연주를 감상하였다. 하늘도 높아 음색이 공중으로 떠올라 하늘 끝까지 오르니 울리던 소리가 저만치 멀어져 가는데도 감상의 여운이 남아 한숨을 쉬게 하는 울림이었다. 기교 넘치는 손놀림으로 연주를 계속하다가, 통을 울려 음을 꺾어내고는 통을 흔들어 마지막 음을 내었다. 떨어지는 음이 마지막임을 알려주었다.

　정우가 대금을 내려놓고 시선을 고정하며 여운이 있는 곳으로 몸을 숙였다. 그리고 입을 맞추었다. 여운의 속눈썹이 아래로 향하고 눈을 감아 정우의 입맞춤을 살짝 벌어진 입술에 머금었다.

　"연주를 다 마칠 수 없었소."

　정우가 입술을 살짝 떼었다가 몸을 밀어붙이며 여운의 입술을 다시 찾았다. 달콤한 느낌에 미소를 지어 하얀 이가 살짝 보이더니 긴장된 혀가 입술 끝에 맴돌다가 주저하지 않고 여운의 입속으로 파고들었다. 달콤한 느낌은 여운이 벌린 입안에서 더욱 강해져 서로 엉킨 혀의 움직임에 머릿속이 몽롱해졌다. 이곳이 어디인지, 무엇을 하고 있었는지 현실 감각을 잃고 그저 서로를 찾는 육체만이 존재한 듯 끌어안고 있는 다리가 뒤엉켰다.

대금 소리를 듣다 잠이 든 뱃사공이 크게 흔들리는 배에 놀라 얼떨결에 노를 쥐고 반대로 저어 큰 물살에 배가 뒤집힐 뻔하였다. 사공은 다시 정신을 차리고 노를 제대로 저었다. 겨우 안정을 찾은 배를 보고 가슴을 쓸어내린 뱃사공은 뒤를 슬쩍 보았다. 뱃머리에 앉아 있던 남녀가 사라지고 배에 올린 지붕 아래로 천이 드리운 것을 보고는 다 안다는 웃음을 흘렸다.

"어느 댁 양반이 첩질을 하는가 보지. 저리 좋아 못 죽는 걸 보면."

남녀가 뱃삯을 두둑이 주고 배에 올랐다면 이런 일이야 다반사이니 나중에 몇 푼 더 받으려면 얼른 관심을 끄는 것이 상책이라. 뱃사공은 유유히 강물을 가르며 노를 저었다.

✽

"오늘 안 가시면 안 됩니까?"

방 안에 들어 정우가 입궐 준비를 하는 것을 돕다가 차고 나가야 할 관복 관대를 쥔 손은 여운이어서 배짱을 부리고 내놓지 않고 있었다.

"나라고 왜 꾀가 나지 않겠소. 하지만 안 되오. 마지막까지 자리를 지켜야 참 성실한 자이다 이리 기록되지 않겠소."

"입궐하자마자 퇴궐하시는 건데 뭐 하러 가십니까? 후임자가 이미 들어 자리도 없다 하셨고요. 그리 민망한 자리를 가실 필요가 없어 보여 드리는 말씀입니다."

세자시강원 문학의 자리에 올라 삼 년을 채 채우지 못하고 자리를 떠나야 했다. 정사품의 한성부 소윤으로 등용되어 품계가 오른 인사이나 정우는 정해놓은 임기를 다하지 못하고 떠나는 것이 아쉬웠다. 그도 그럴 것이, 이번 인사는 병조 수장의 자리에 계신 병조판서 대감인 정우의 장인이 개입했다고 말이 많은 인사였다.

지난해 세자저하를 모시고 평양성에 다녀온 것에 대해 향유를 위해 궁을 비운 것이란 상소문이 올라왔다. 그 책임을 물어 세자저하를 보필하였던 신하들이 모두 관직을 내놓았는데, 노론이라는 이유로 김정우만이 살아남았다. 이때도 장인이 뒤를 봐주었다는 소문이 돌았다.

"큰일이오. 나는 책상에서나 능력을 발휘할 수 있는 자인데, 도성을 떠나본 적도 손으로 꼽히는 자가 한성부에서 무슨 일을 해낼지 말이오."

웃으며 넘기시지만, 서방님께서 이번 인사를 탐탁지 않게 여기고 계신 것을 알았다.

여운이 졌다는 듯이 관대를 손수 정우의 허리춤에 매어주었다.

"알았습니다. 어서 궁에 드시어 마지막 정무를 보십시오. 이제 궁 안에 들어갈 일도 없을 것 아닙니까?"

"아니지요. 한성부민을 잘 지켰다 상이라도 주어지면 들겠지요."

여운이 웃으며 마지막으로 관모를 정우에게 건네고 서방님의 옷섶을 손으로 만져 정리하였다.

"잘 다녀오십시오. 내일부터는 도성을 나가셔야 하니 마방에 들러 말을 배불리 먹여놓으라 전하겠습니다."

정우가 팔을 벌려 여운을 안았다.

"걱정하지 말고 계시오. 부인이 걱정할 일은 아무것도 없소."

마지막 보고를 위해 궁에 들었지만, 세자시강원에 정우가 있을 자리가 없었다. 찬선 영감께서 드시면 인사나 하고 돌아가야겠다 겨우 자리를 지키고 있었다. 사람이 들어서 있는데도 말도 붙이지 않는 이유는 이곳의 대부분이 소론에 의해 돌아가고 있었기 때문이다.

세자저하께서는 소론의 인재만을 가까이하시었다. 세자시강원에서 유일하게 살아남은 노론의 김정우가 경질되기를 내내 바라고 있던 자들이어서 정우를 보는 눈이 곱지 못하였다. 정우는 그런 이들은 상관치 않고, 그동안 정우의 부족함을 채워주시고 학문적으로 스승이 되어주신 찬선 영감을 기다렸다.

그때였다.

"이보게들, 큰일 났네! 지금 문정전 앞이 난리가 났단 말일세!"

시강원에 뛰어들어 알려준 관원을 따라 시강원 관료들이 모두 문정전으로 달려갔다.

정우는 자신의 눈을 의심하였다. 문정전 마당에 엎드려 죄를 고하고 있는 분은 세자저하셨다.

"소자, 억울하옵니다. 시정잡배의 말은 믿으시고 어찌 소자의 말은 믿을 수 없다 하십니까."

"그 입 다물라!"

"억울하옵니다. 소자 억울하여 죄가 있다면 밝히고 뉘우치고자 이 자리에 들었사옵니다."

"그 입 다물래도!"

왕의 진노에 모여든 신하들이 움찔하여 뒤로 물러섰다. 그런데도 세자는 자리를 지키고 목이 쉬도록 외치고 있었다.

"소자, 아버님이 용서하실 때까지 죄를 빌겠습니다!"

머리에 손을 짚고 돌아서던 왕이 갑자기 무관의 칼집에서 칼을 꺼내어 들고 달려왔다.

"그럼 죽으라!"

긴 무사의 칼이 세자의 앞에 날카로운 쇳소리를 내며 떨어졌다. 세자의 눈에서는 붉은 피가 흐르고 있었다. 멀리 선 관료들에게 붉어져 핏줄이 터질 듯 솟아오른 눈에서 흐르는 눈물은 핏물로 보였다.

"네 죄를 씻고 싶다면 죽으라. 나는 더 이상 남은 마음이 없다."

칼이 바닥을 긁는 소리가 났다. 칼을 바닥에 긁으며 세자가 휘청거리며 자리에서 일어났다.

"소자의 죄가 뭔지 모르나 제가 죽어야만 끝이 나는 것이라면……"

세자가 비통함에 울고 웃고 하였다. 군왕의 마음이 떠났다 하시니 신하의 도리로 살 이유가 없다.

"끝이 이것이라면, 그러지요."

세자가 칼을 들어 목에 댔다.

"아버님."

세자는 눈을 감고 칼날로 목을 그었다. 그러나 그보다 빠르게 달려든 관원이 세자를 덮쳐 넘어뜨리고 칼을 밀쳐 내었다. 바닥에 뒹군 칼을 보고 세자가 다시 손을 뻗어 칼을 들었으나 저지당해 칼날을 목에 댈 수 없었다.

정우는 세자가 자신이 막아선 손의 힘을 이기지 못해 칼로 자결하지 못하자 칼에 목을 들이대는 것을 막으려 하였다. 칼날을 잡고 날카로운 날을 돌려 자신을 향하게 하였다. 칼날을 쥔 정우의 손에서 핏물이 흐르는데도 정우는 고통도 느끼지 못했다.

"놔라! 놔라! 여기서 죽어야 한다! 놔라!"

세자를 막은 정우를 따라 몇몇 세자시강원 관료가 몰려들어 세자를 잡고 진정시켰다.

"멈추거라!"

왕이 이 모습을 보고 화가 머리끝까지 나 소리를 질렀다.

"세자를 폐하고 서인으로 삼는다!"

"전하, 아니 되옵니다! 아니 되옵니다, 전하!"

그곳에 모인 관료들이 모두 무릎을 꿇고 청하였지만, 왕은 뜻을 거두지 않았다.

세자는 충격에 잠시 몸이 굳어 있다가 헝클어진 모습으로 자리에서 일어나 옷을 벗었다. 세자는 익선관을 벗고 곤룡포를 벗어 떨리는 손으로 받쳐 들었다. 주변을 둘러싼 통곡하는 신하들의 목소리가 들렸다. 눈물을 삼키며 세자의 복식을 벗고 죄인임을 인정하였다.

"전하, 아니 되옵니다. 아니 되옵니다."

정우가 눈물을 흘리며 간청하였다. 세자의 의복을 벗고 서인이 된 세자저하를 차마 볼 수 없어 고개를 숙였다.

왕이 세자의 앞까지 다가오다가 멈추어 섰다. 바닥에 머리를 박고 있는 정우의 눈에 왕의 신인 적역이 보였다.

"너는 세자가 명예롭게 죽을 길을 막았다."

정우가 고개를 들고 왕의 용포 끝자락을 보다가 떨리는 시선으로 세자저하를 바라보았다.

"쌀을 담는 궤를 들고 오거라."

왕의 쩌렁쩌렁한 목소리를 듣고 하얀 저고리와 바지를 입고 서 있는 세자의 몸이 부들부들 떨렸다.

엎드려 있던 정우가 고개를 들었다.

"아니 되옵니다, 전하. 세자저하께서는 무고하십니다."

정우를 비롯한 세자를 둘러싼 세자시강원 관료들이 세자를 대신하여 입을 모아 간청하였다. 세자는 아무 말도 없이 몸을 떨고만 있었다.

"세자의 잘못은 모두 세자를 잘못 가르친 세자시강원에서부터 시작되었다 하더니 그 말이 참이로구나. 저자들 모두 같은 벌을 받아 마땅하다."

문정전을 둘러싼 군사들이 마당 안으로 뛰어들어 세자를 위해 나선 세자시강원 관료들을 잡아들였다. 갑작스럽게 벌어진 변에 아무도 나서서 이를 막는 이가 없었다. 자신들에게도 불똥이 떨어질까 하여 이제껏 본 적이 없는 무서운 광경에 겁을 먹고 슬금슬금 물러섰다.

세자는 직위를 박탈당한 채 뒤주에 갇히었다. 마지막 문이 닫히는 순간까지 무죄를 울부짖어도 머리를 누르는 육중한 문이 닫히고 쇳대가 잠겼다.

정우는 마지막까지 세자저하에게 다가가려 몸부림을 치다 두 명의 병사가 더 달려들어 포박당하여 끌려갔다. 정우는 의금부 옥사로 끌려와 갇히면서도 저항하였다. 병사들이 거칠게 정우를 옥 안에 던지고 문을 걸어 잠갔다. 정우는 옥살에 매달려 소리치다 주저앉아 눈물을 흘렸다.

"전하, 세자저하. 신의 불충을 용서하소서."

❋

여운은 바느질을 하다가 천 위에 핏방울이 떨어지자 인상을 쓰며 바늘에 찔린 손가락을 바라보았다. 손가락에는 붉은 피가 맺혔다 다시 떨어지고 있었다.

"이를 어째. 두건을 버리게 되었어."

"오메, 아씨. 손 좀 이리 줘보셔라."

지단은 아씨의 손이 상한 것이 속상해 천으로 손가락을 감으며 인상을 썼다. 여운은 그저 서방님을 위해 만들고 있던 두건이 상한 것에 기분이 나빴다.

"이 천은 버리고 다시 만들어야겠다. 새로 짓는 것인데, 피로 더럽혀진 건 재수가 없으니 말이다."

"에고, 아까워라. 수까지 다 놓은 것을. 그럼 수판은 두고 끈만 다시 만드셔라."

"아니야. 부정 타니 다시 만들래."

여운은 다시 수틀을 찾아 쥐었다. 서방님께서 일찍 오신다 하였는데 정무가 늦어지는 모양인지 오후부터 시작한 두건을 다 만들도록 집으로 돌아오시지 않고 계셨다. 시강원 관료들과의 일이 길어지는 것인가 생각하다가, 술이라도 드시고 오시는 것은 아닌지 걱정하였다.

"아무래도 좀 나가 봐야겠다. 너무 늦으시는 것 같아. 저녁때가 되는데 이상하구나."

여운은 대문을 열고 나와 밖에 서서 길가를 바라보았다. 늦으신다면 사람이라도 보내셨을 텐데. 술에 약하시니 술자리는 갖지 아니하신다 하셨고. 무슨 일일까?

이제는 오실 것 같아 조금씩 기다리는 시간을 늦추다 보니 해가 뉘엿뉘엿 지고 있었다. 이상하다 싶었다. 궁에 사람을 보내고 싶어도 퇴궐 시간이 지나 알아볼 수 없을 것이다.

지단이 가지고 나온 초롱으로 어두워진 길 이리저리를 비추어 보아도 기다리는 서방님의 모습은 보이지 않았다.

"기방이라도 드신 것이 아니겠어라? 이 시각에 문을 연 곳이라면 그곳뿐이겠지라. 나리들과 회포를 푸시는 모양인갑소."

"그럼 연통을 넣으셨을 것이다."

"사내를 몰라도 이리 모르신당께. 나 기방에서 놀고 있소, 그리 말하고 다니는 사내가 어디 있어라. 그러니 그만 들어가장께요. 저녁도 거르시고."

"알았다. 그럼 조금만 더 있다가 들어가자. 곧 오실 것 같아."

여운은 어두운 길을 바라보며 정우를 기다리고 서 있었다.

✳

"아버님, 제발 서방님을 구명해 주십시오. 서방님을 살려주십시오."

여운이 친정으로 달려와 아버지 앞에 무릎을 꿇고 앉았다.

"나도 손을 쓸 수 없는 일이다. 내 손에서 벗어난 일이란 말이다."

"그러면, 그러면 서방님은 이제 어찌 되시는 겁니까? 서방님께는 아버님밖에 없습니다. 아버님께서 살려주셔야 합니다."

세자가 뒤주에 갇힌 지 여드레가 지났다. 세자와 같은 날 갇힌 정우는 그동안 면회도 허용되지 않아 죽었는지 살았는지 생사도 알 수 없었다. 들리는 이야기로 세자를 두둔하던 죄인들은 세자와 같은 운명에 처할 것이라 하였다. 세자가 죽으면 정우도 살아남지 못할 것이다.

노론 중에서도 실세인 병조판서 정학임 대감도 세자를 살리는 일은 할 수 없는 것이었다. 세자를 옹호하던 노론도 이미 세자를 버렸다. 세자가 노론을 버리고 소론 세력을 등용한 것을 놓고 줄을 다시 선 것이다. 세자가 아버지인 왕에게도 버림받은 마당에 제 목숨을 내놓고 나설 충신은 없었다.

"그러게 내가 세자는 썩은 동아줄이라 그리 일렀거늘. 어리석은 사람, 어리석은 사람."

"이제 와 그것이 무슨 말이십니까? 서방님을 세자시강원에 들라 한 것은 아버님이셨습니다. 그렇게 해야 내자 된 사람의 덕이다 하질 않으셨습니까. 그렇게 서방님을 설득하라 시키시지 않았습니까."

"정치가 그리 단순하더냐? 두드려 보고 아니다 싶은 길은 가지말아야지. 어디를 끝까지 재지도 않고 가는 것이냐. 그 일로 너희 시댁은 물론 우리 가문까지 위기를 맞게 되었다. 집안에 역적을 들였는데 어찌 무사할 수 있겠느냐?"

"아버님!"

여운은 처음으로 아버지에게 화를 내었다. 자신이 알고 있는 아버지의 모습이 아니었다. 항상 여운을 먼저 생각해 주시던 아버지가 여운이 사랑하는 서방님을 이용하고 이젠 버리려 하고 있었다.

"제가 눈도 귀도 막혔다 생각하신 겁니까? 아버님은 서방님이 싫다 하시는데도 자리에 오르라 하셨고, 분명 세자저하의 총애를 얻어 미래를 세우라 하셨습니다. 서방님께서 그리 하신 것은 충심을 보이기 위함이었습니다. 자신이 섬기던 충을 버리는 신하가 어느 임금에게는 충을 지키겠습니까. 서방님이 무엇을 잘못하신 겁니까. 부모와 자식 간에도 지키지 못하는 윤리를 어긴 것보다 더 나쁜 것입니까. 패륜이라도 저지른 것입니까."

여운은 분노에 떨면서도 눈빛 하나 흔들리지 않고 아버지를 바라보았다.

"어허, 네가 어디 그런 말을 입에 담느냐? 내가 너를 잘못 가르쳤구나! 내 일찍이 네게 정치를 가르친 것은 지아비가 잘못된 길로 가려 할 때 마음을 돌릴 수 있는 수를 알려준 것인데, 제가 말리지는 못할지언정 이리 더 패악을 부리니 내가 널 잘못 가르친 게지!"

아버지 정 판서 대감이 화에 못 이겨 소리를 지르고는 자리를 박차고 일어났다. 아버지가 방을 나가시려 문을 열자 여운은 그제야 눈물을 흘리며 아버지의 다리를 붙잡았다.

"아닙니다. 소녀가 잘못하였습니다. 모든 벌은 소녀에게 내리시고 서방님만 살려주십시오. 제발 저를 생각하신다면 우리 서방님 좀 살려주세요, 아버님."

딸아이가 통곡하는 모습을 보고 마음 약해지지 않을 부모가 어디 있겠는가. 그러나 정 대감은 여운의 손을 냉정하게 뿌리쳤다.

"너는 내일 군왕께 불충을 저지른 죄인을 지아비로 섬길 수 없다 하여 이혼을 할 것이다."

여운이 놀라 아버지를 바라보았다.

"내일이 되면 너는 혼자의 몸이 되는 것이다."

"싫습니다, 아버님. 싫습니다."

병조판서 정 대감은 방을 나갔다. 지금 자신에게는 정우가 썩은 동아줄이었다. 그 줄을 잡으면 자신도 가문도 여운까지 모두 나락으로 떨어질 것이다.

　조선 땅에서 이혼한 여인은 받아들이지 않지만 자신이 딸아이를 거두어 조용히 살게 하면 된다. 그러나 죄인의 내자로 남으면 그 또한 죄인으로 낙인이 찍혀 평생을 치욕 속에서 살아야 한다. 정 대감은 딸아이가 그리되는 것을 볼 수 없었고, 이 집안에서 죄인을 낳을 수도 없었다. 정우는 버려야 할 패였다.

✤

　여운이 힘없이 터덜터덜 걸음을 옮기고 있었다.
　'조금만, 조금만 더 가면 나올 텐데.'
　새벽녘에 물을 건너고 산등성이 두 개를 쉬지 않고 넘어왔다. 몇 개 있는 초가집이 보일 때부터 조금만 더 가자 무거운 다리를 이끌며 마냥 걷고 있었다. 마을 주민이 사는 듯 보이는 초가집 두 채를 더 지나 다시 무성한 풀숲을 지나야 했다. 무릎을 넘는 높이의 풀이 발을 잡고 늘어져 걸음을 떼기가 더 어려웠다.
　여운은 풀썩 넘어져 버렸다. 이제껏 이 먼 길을 혼자 왔는데, 이깟 풀에 걸려 넘어진 것이 억울하였지만 한 걸음도 더 발을 뗄 힘이 남아 있지 않았다. 여운은 그렇게 쓰러져 한참을 누워 있었다. 말라 갈라진 입술에서 피가 나오고 창백해진 피부에 혈관 색이 비추어 푸른색을 띠었다. 눈가에는 검은 그림자가 드리웠고 눈은 충혈되어 있었다. 여운이 갑자기 마른기침을 쉴 새 없이 하였다. 가슴이 쓰려 아프도록 기침을 하니 눈에서 눈물이 흘렀다.

'너무 힘들다.'

속으로만 생각할 뿐 들어주는 사람도 없어 힘들다는 말도 못 하고 눈물만 흘리다가 신음을 내며 일어섰다. 다시 걸어야 했다.

강에 띄워진 나룻배에 몸을 싣고 뭍에서도 보이는 섬으로 향하였다. 가까이 있는 섬이었지만 물살이 센 강이 가로막고 있어 사람을 고립시키기에는 적합한 곳이었다. 뭍을 바라볼 수 있게 자유에 대한 그리움을 주면서도 그것을 강제로 빼앗는 형벌을 받기에 적합한 그런 곳이었다.

여운이 섬으로 들어가 섬에 몇 채 안 되는 집 중 나졸이 지키고 서 있는 집까지 갔다. 배에서 내리고부터는 감각이 무뎌진 오른쪽 다리를 절룩이며 뛰다시피 하여 그 집 앞까지 갔다.

"누구시오? 누군데 이 섬에 든 것이오?"

여운은 다른 대답보다 먼저 들고 온 바구니를 나졸 앞에 놓았다.

"이게 뭐요?"

"사식입니다."

나졸이 핏 웃더니 손사래를 쳤다.

"지금 죄인에게 사식을 들인다는 말이오? 아무도 들일 수 없으니 돌아가시오."

"안으로 들여보내 달라는 것이 아닙니다. 이 음식이라도 전해 주십시오. 부탁입니다."

나졸은 들은 체도 하지 않았다.

"음식은 이곳에 두고 갈 것이니 안을 살펴보십시오. 그런다고 어찌 되는 것은 아니지 않습니까. 그럼 여기 두고 갑니다."

여운은 바구니만 남겨두고 뒤도 돌아보지 않고 그곳을 나와 강가로 내려왔다. 강가에 다다라서야 눈물로 범벅된 얼굴로 뒤를 돌아보았다.

'저곳에 서방님이 계시는데.'

한 번 바라보니 다시 돌아설 수 없어 서방님께서 귀양살이하는 곳을 바라보며 하염없이 눈물을 흘렸다.

'드디어 서방님께서 계신 곳에 왔는데도 만날 수가 없어.'

아버지께서 여운을 서방님과 이혼시키려 하신 날, 세자는 뒤주 안에 갇혀 죽음을 맞이하였다. 세자저하를 따른 서방님은 사도세자와 같은 운명을 질 것이라 하였다. 여운은 그 길로 친정을 나왔다. 더는 아버님을 믿고 의지할 수 없었다. 정우가 벌을 받아 귀향을 떠난 후 여운의 시아버지 김 판윤 대감도 관직을 내놓았다. 왕의 진노를 가라앉히기 위해 노론 일파는 한성부 판윤 김사헌을 희생양으로 삼기로 하였다. 제 아들의 죗값을 같이 치르는 것이 옳은 일이라 뜻을 모아 그를 파직함이 옳다 고하였다.

여운은 어디에도 돌아갈 수 없었다. 여운은 돈이 될 만한 것은 모두 팔아 노자를 만들어 도망쳤다. 아버님께 알릴까 봐 지단이도 알 수 없게 몰래 한양에서의 일을 정리하고 서방님을 찾아 나섰다. 서방님이 계신 곳이 여운이 있을 곳이기에 달리 할 수 있는 일이 없었다.

여운은 다음날도 유배지를 찾아갔다. 같은 나졸이 저녁 시간을 맡아 망을 보는 것을 알고 매일 같은 시각 찾아와 음식이 든 바구니를 놓고 나왔다. 다른 청은 넣지 않았다. 식사만이라도, 한 끼만이라도 사람답게 드실 수 있기를 바라는 마음뿐이었다. 여운이 이 섬을 드나들며 음식을 나른 지 열흘이 되어가는데도 나졸은 여운의 청을 거절하기만 하였다. 그래도 여운은 포기하지 않고 군침 도는 냄새를 풍기며 나졸을 찾아갔다.

오늘도 역시 안 된다는 나졸의 말에 뒤돌아서야 했다. 여운은 굳게 닫힌 사립문 앞에 앉아 얼굴을 내미는 이도 없는데 무언가를 눈에 담아 애틋하게 바라보다가 걸어 나왔다.

"여보쇼."

여운이 떠나는 모습을 보다가 나졸이 불러 세웠다.

"잠시 이리 오슈."

여운은 희망을 안고 나졸 앞까지 걸어갔다.

"뭐, 다른 기대는 마슈. 댁이 하도 포기를 안 하니까 내 알려주는 것인데."

나졸이 말을 하면서도 망설였다.

"저 뒤쪽에 언덕을 오르면 이 아래를 내려다볼 수 있수다. 저 산에 정오가 되면 해가 걸린단 말이오. 섬에서 가장 높은 곳이라 위에서는 아래를 내려다볼 수 있고, 해가 걸리면 해를 바로 볼 수 없어 아래에서는 위를 볼 수 없지."

"고맙소. 고맙소."

나졸이 말해준 것은 군사 정보였다. 매일같이 와서 애달픈 눈으로 앉아 있는 여인이 적군은 아닐 것이니 이까짓 거 알려준다고 뭐가 문제겠는가.

여운은 주머니를 뒤져 뭔가 사례라도 하려고 하였다.

"되었소. 매일 들고 오는 특식도 내가 다 먹어치우는데, 거 됐소."

여운은 서방님께 음식도 들이고 싶었지만, 한 번에 너무 많은 욕심을 내면 안 되는 것이다.

"고맙소. 이 은혜는 잊지 않겠소."

다음날부터 여운은 매일 산에 올랐다. 정오가 되기 전 산에 올라 숨어 있다가 등 뒤로 해가 솟아오르면 까치발을 하고 고개를 들어 서방님의 모습을 찾았다. 서방님께서는 낮에는 활동을 잘 안 하시는지 며칠을 산에 올라도 집 안에 사람 흔적을 찾을 수 없었다. 그러다 어느 날 해가 산자락을 벗어나려는 시각, 문을 열고 나오시는 서방님의 모습을 보았다.

여운의 앞은 가파른 비탈길이라 더 앞으로 갈 수 없는데도 손을 뻗었다. 서방님께 닿고자 손가락을 쫙 펴 거리를 좁히려 하였다. 닿을 수 없는데. 마음은 서방님의 곁으로 가고 싶어 펴 든 손을 움켜쥐고 가슴을 내려쳤다. 미칠 듯이 보고 싶었다. 마당에 나와 먼 곳을 바라보는 서방님의 모습을 보고 그의 체취가 그리워 당장에라도 달려가 그 품에 안기고 싶었다. 눈물만 흘리며 옷소매를 쥐고 그에게 달려가고 싶은 마음을 누르며 참았다.

　그때 갑자기 정우가 뒤돌아 몸을 이쪽으로 돌렸다. 여운은 놀라 입을 막으며 몸을 숙여 풀 위에 엎드렸다. 거친 풀이 여운의 얼굴에 스쳐 상처를 내는데도 입을 틀어막고 바닥에 얼굴을 묻고 울기만 하였다.

　서방님께서 여운이 이곳에 온 것을 아셔서는 안 된다. 여운은 자신의 거칠어진 손과 낡은 옷, 윤기를 잃은 머리카락을 서방님에게 보일 수 없었다. 집을 떠나 자신이 이렇게 지내는 것을 알면 서방님은 더욱 비참해할 것이다.

　고개를 들어 산 아래 마당에 사람의 모습이 보이지 않자 몸을 일으켰다.

　'서방님, 그립습니다. 너무나도 보고 싶습니다.'

　여운은 정우가 갇혀 있는 유배지 앞에 앉아 죄인을 지키는 나졸이 자신이 가져온 음식을 게걸스럽게 먹는 것을 바라보고 있었다.

　"여기 이 탁주도 한잔하시오."

　"탁주는 또 뭐. 이러면 안 되는데."

　나졸은 그렇게 말하면서도 탁주 한 사발을 시원하게 단숨에 비웠다.

　"밥도 먹고 해서 잠시 저 뒤 좀 다녀올 테니 여기 계쇼."

　나졸이 주변을 살피더니 여운만을 남겨두고 자리를 비웠다. 여운은 나졸이 설거지를 해놓은 듯 싹 비우고 간 그릇을 내려다보았다. 저런 먹성으로 그동안 서방님께 들인 사식을 다 먹어치운 것은 아닌지 인상을 쓰면서 그릇을 정리하였다.

매일같이 찾아와 나졸과도 친분을 쌓아 여운이 이곳에 찾아오는 일도 이제는 자연스럽게 허락되고 있었다. 섬에 고립된 죄인에게 관심을 가지는 사람도 없는데, 여인 하나 드나든다고 큰일은 아니라고 나졸은 생각했다. 그리고 저녁 시간 혼자 있다 보면 꼭 출출한 시간에 맛있는 음식 냄새를 풍기며 찾아오니 반기지 않을 수 없었다.

여운은 나졸이 돌아오는 데 시간이 걸리는 것 같아 자리에서 일어나 서방님이 계시는 집 담장을 따라 걸었다. 문이라고 달아놓은 사립문이 이가 빠져 허술하여 죄인을 가둔 감옥이 맞는 것인가 싶었다.

저 문을 열고 들어가면 서방님을 뵐 수 있는데. 서방님은 낮에 잠깐 방을 나올 뿐 종일 방 안에서 책만 읽으신다 들었다. 여운은 그래도 뒷산에 오르는 정오에 서방님께서 나오셔서 얼굴을 보여주시니 그것만으로도 다행으로 여기고 있었다.

나졸이 돌아오면 여운이 집을 기웃거리는 모습으로 비칠까 봐 뒤돌아 담장에서 멀어지고 있었다.

"부인."

그 음성이 들렸다. 잊을 수 없는 음성으로 서방님이 여운을 불렀다.

여운이 놀라 뒤돌아보니 앞에 가려진 사립문 사이로 하얀 옷이 보였다. 엉성하게만 보이던 사립문의 틈새가 왜 이리 좁은지. 진짜 서방님이 서 계신 것이 맞는지 확인할 수가 없었다.

"부인이 왜 이곳에 계십니까?"

여운은 대답할 수가 없었다. 서방님께서 아시면 안 되는데. 자신이 이러고 있는 것을 아시면 마음이 아프실 텐데. 저 안에 갇혀 자유로운 여운을 보면 갇혀 지내기가 더 어려울 것이다.

"서방님."

단단히 붙잡았던 마음은 서방님의 음성에 무너져 내렸다. 이렇게 가까이에서 그리운 목소리를 듣자 마음먹은 대로 되지 않았다.

여운이 사립문으로 달려들어 좁은 틈새를 비집고 손을 밀어 넣었다. 여운의 작은 손이 틈 사이를 통과하자 정우가 여운의 손을 잡았다. 두 손안에 꼭 쥔 여운의 손을 보고 정우가 눈물을 흘렸다.

"부인이 왜 이런 곳에 있는 겁니까. 이 못난 사람 때문에 이런 고생을 하냔 말입니다."

"서방님, 죄송합니다. 이렇게 모습을 드러내 서방님의 마음을 힘들게 하고 싶지 않았습니다. 어질지 못해 이리 찾아왔습니다."

정우는 이미 여운이 이곳을 매일 찾아온다는 것을 알고 있었다.

처음 귀향을 내려와서는 세자저하께서도 억울하게 죽임을 당하시고 삶의 의지가 꺾여 물 한 모금 마시지 않고 죽으려 하였다. 그러나 정우에게는 여운이 있었다. 자신이 삶의 의지를 꺾는 것은 여운을 버리는 일이었다.

하루 한 번 햇빛을 쬐기 위해 마당을 나왔다. 오랜 옥살이로 몸이 약해져 햇빛을 쬐며 서 있는 일조차 힘이 들었다. 자신에게 쏟아지는 빛을 막기 위해 손을 드는데, 햇살 사이로 움직이는 형상을 보았다. 잠시 본 것이지만 분명 뭔가를 보았다 생각했다. 정우는 다음날도 마당에 나와 앉아 있다가 눈에 띄지 않게 눈을 들어 형상을 바라보았다. 여인의 모습이었다. 푸른 치마를 입고 서 있는 것은, 여운이었다.

그렇게 정우도 몰래 여운을 지켜보았다. 그리고 나졸을 통해 여운이 매일 이곳에 왔다는 것을 알았다. 한 번만 여운과 이야기를 할 수 있게 해달라 나졸에게 청을 하였다.

나졸이 허락한 시간이 얼마 남지 않았는데, 정우는 무슨 말을 해야 할지 몰라 여운의 손을 잡고 눈물만 흘렸다. 여운도 울고 있었다. 자신의 손을 잡은 그의 손이 거칠어 이곳에서 얼마나 몸이 상한 것인지를 가늠하며 눈물을 흘렸다.

"미안하오. 내가 당신을 지키지 못하고 이렇게 되어 미안합니다."

여운은 정우의 목소리를 듣고 손의 감촉을 느끼고서야 정말로 서방님이 저 안에 갇혀 계신 것을 믿을 수 있었다.

곧 돌아오신다며 집을 나선 서방님이 죄인이 되어 유배를 갔다 하였다. 모두 전해 들은 이야기였다. 자신의 눈으로 확인한 것도 아닌데, 서방님과 그렇게 마지막이 된다는 것을 믿을 수 없었다. 서방님을 만나야 했다. 그러지 않고는 서방님이 자신을 떠난다는 사실을 믿을 수 없었다.

"서방님, 제 걱정은 마시어요. 절대 마음 약해지시면 안 됩니다. 기다리면 분명 임금님께서도 서방님의 무죄를 믿어주실 거예요. 기다리시면 풀려나게 될 것입니다."

"미안하오."

"서방님, 제가 매일 찾아오겠습니다. 매일 찾아와 서방님의 곁을 지키겠습니다."

"부인……."

나졸이 돌아오는지 멀리서부터 헛기침을 하며 인기척을 내고 있었다.

"돌아가십시오. 이렇게 오래 있을 수 없습니다."

그만 가라는 정우의 말에도 여운은 발을 뗄 수 없었다. 나졸이 풀잎을 밟고 걸어오는 소리가 여운을 초조하게 만들었다.

"내일 오겠습니다. 내일 또 올 것이니 기다려 주십시오."

여운이 눈물을 훔치며 떨어지지 않는 발걸음을 옮겨 자리를 떠났다.

나졸이 돌아와 여운이 간 것을 보고는 한숨을 내쉬었다.

"생이별이 따로 없네. 사람이 먼저지 뭔 죄인가. 에이, 모르겠다."

나졸은 여운이 정우의 몫으로 남기고 간 음식을 보고는 더 심란해져 바구니를 옆으로 밀어두었다.

여운은 정우를 만나러 오는 저녁까지 참지 못하고 정오에 섬으로 들어와 뒷산에 올랐다. 정우가 먼저 마당에 나와 서 있다가 여운이 보이자 해를 바로 바라보고 섰다. 그리고 해가 지도록 그 자리를 떠나지 않았다. 해가 지자 여운은 산에서 내려와 정우에게 달려갔다.

"서방님, 서방님."

사립문에 매달려 여운이 정우의 손을 찾았다. 정우는 여운을 기다리면서도 내내 후회하였다. 한 번만 만나고 보내야 한다 하였는데 목소리를 들으니 손이 만지고 싶고, 손을 만지니 이제는 얼굴도 보고 싶어졌다.

"손이 많이 상했습니다."

여운의 손을 꼭 잡고 어루만졌다.

"고운 손이 이리 상했습니다."

"식사는 잘하시는 겁니까? 제가 들인 음식은 받으셨습니까?"

"잘 먹고 있으니 걱정하지 마시오."

"말린 문어가 좋다 하여 조리하였는데, 그것도 드셨습니까?"

"맛이 좋더이다. 맛있었소."

"매실 장아찌도 드셨습니까? 서방님께서 좋아하는 음식이 아닙니까."

여운은 눈물을 흘리면서도 태연한 척 물었다.

"이제 그만 돌아가십시오."

"하지만 이제 온 것이 아닙니까? 나졸이 오려면 시간이 남아 있습니다."

"부인, 그만 돌아가시오."

정우의 목소리가 떨리고 있었다.

"이제 그만 집으로 돌아가 기다리시오. 죄인을 이리 찾아오면 여러 사람이 곤란을 겪을 수 있소. 지금이야 괜찮아 보여도, 이 일이 밝혀지면 죄를 더하는 것이오. 그러니 돌아가서 기다리시오. 그렇게 해주시오."

여운은 힘이 풀렸다. 서방님께서 그렇게 말씀하실 것을 알았기 때문에 몰래 숨어서 지켜보려 하였다.

"싫습니다. 가라 하지 마십시오. 이곳에서 서방님과 있고 싶습니다. 이 외진 곳을 누가 신경 쓴다고 그러십니까? 저 한 몸 드나드는 것을 누가 신경이나 쓴다고."

"나라에 죄를 지은 몸이오. 내가 용납할 수 없소. 죄를 씻고 당신을 찾아갈 것이오."

"싫습니다. 싫어요."

"당신이 나를 다시 찾아오면 방에서 나오지 않을 것이오."

여운이 정우의 손을 잡아 끌어당겼다. 정우의 손이 끌려 사립문 밖으로 나오다가 정우가 손을 놓았다.

"죄인의 몸으로 이 담 밖으로 털끝 하나도 나갈 수 없소. 이러지 말고 돌아가시오."

"제게 왜 이러십니까? 제가 없이는 살 수 없다 하셨지 않습니까. 저도 그러합니다. 서방님 없이는 하루도 살 수 없습니다."

"부인을 이렇게 보는 것이 더 괴롭소. 차라리 보지 않고는 살 수 있어도 이렇게는 안 됩니다. 오늘이 마지막입니다. 마지막을 이렇게 보내고 싶지 않소. 내게 잘 지내겠다 약조해 주시오. 그래야 내가 당신을 보내고도 마음을 놓을 수 있을 것이오. 어서 약조해 주시오. 집으로 돌아가 잘 지내고 있겠다고. 내가 없어도 잘 살겠다 말해주시오."

여운은 눈물을 흘리느라 목이 막혀 말을 잇지 못하였다. 이렇게 시간이 흐르는 것이 아까워 고개를 저으며 괴롭게 소리를 내었다.

"기다릴 것입니다. 서방님을 기다릴 것입니다. 돌아가겠습니다. 그러니 그렇게 무서운 말로 이별을 말하지 마십시오. 서방님을 기억할 수 있게 따뜻한 말로 제 이름을 불러주십시오."

'여운아, 여운아.'

그녀를 잡고 싶은 마음을 다잡고 정우가 입을 열었다.

"사랑하오. 당신만이 나의 사랑이오."

여운은 눈물을 흘리며 사립문에 이마를 댔다. 만질 수 없는 임이지만, 마음만으로 되었다. 그 마음을 간직한 채 돌아갈 것이다. 그리고 서방님을 구할 방법을 찾을 것이다. 어떻게 해서든 서방님을 여운의 손으로 살릴 것이다.

여운은 섬을 나와서는 서방님과의 약속대로 짐을 쌌다. 한양으로 돌아갈 것이다. 돌아가 서방님을 살릴 방법을 찾고, 그의 곁에 남기 위해 무슨 짓이든 할 것이다.

한양으로 돌아가기 전 이틀의 시간이 더 걸렸다. 서방님을 보살필 만한 사람을 만들어두려는 것이었다.

관아에서 일하는 아전 하나가 약속한 장소에 나와 있었다.

"자네가 유배지에 들이는 물건을 관리한다 들었네. 옷 한 벌 지었네. 물가라 밤에는 서늘하니 부탁하네."

"알겠습니다. 물건이 드나드는 것이 까다롭지만요, 이부자리

들어갈 때 그 사이에 껴서 들이도록 하겠습니다.”

“고맙네.”

“그리고 사식을 들이는 일이 어렵다는 것은 들었네. 그래도 일
만 잘해준다면 내 후하게 사례할 것이니 음식을 좀 더 넣어주게.
유배지에 들이는 음식을 관리하는 곳을 알지 못해 그러니 어찌해
야 하는지 알려주게. 그럼 내가 손을 쓸 것이네.”

“사식은 들일 수 없습니다.”

“알고 있네. 그래도 손을 좀 써주게. 돈은 얼마든지 들어도 좋
네.”

“그건 제가 어찌할 수 없는 일이 아니지 않습니까. 병방 어른께
서 얼마나 감시가 심하신지 물을 제외한 음식은 하나도 들이지 못
한단 말입니다.”

“그것이 무슨 소리인가? 음식을 들이지 않다니!”

“아사형벌이 내린 죄인이 아닙니까. 그러니 음식을 들이지 못
하지요.”

여운의 몸이 휘청하였다. 아사라니? 그럼 서방님께서 그곳에서
굶어 죽는단 말인가?

여운은 그 길로 달려가 섬 안으로 들어갔다. 유배지까지 달려가
서방님이 갇혀 있는 집의 사립문에 매달렸다.

“서방님, 서방님! 제가 왔습니다! 나와 보시어요! 제게 뭐라 말
을 해주시어요!”

“어허, 이 사람, 왜 이러는가?”

나졸이 여운을 막아섰다.

"돌아가게. 여기서 이런다고 달라지는 건 없네."

"왜 말해주지 않았소? 왜 나를 속였느냐 말이오!"

나졸을 잡고 매달려도 달라지는 것이 없다는 것을 알았다. 그래도 분하였다. 모두가 여운을 속인 것에 화가 났다.

"그럼, 어쩌겠나. 자네에게는 절대 사실을 말해서는 안 된다고 하는데."

정우는 여운이 이 사실을 모르기를 바랐다. 매일 사식을 들이는 여운을 보고 여운은 절대 자신이 이 안에서 죽는다는 사실을 모르기를 바랐다. 여운이 험한 모습을 보지 않기를 바랐다. 자신의 죗값을 치르면 이 육신은 여운에게로 돌아갈 것이다. 그렇게 자신이 한 약조를 지키려 하였다. 죽어서라도 여운의 곁으로 돌아가려 하였다.

"그럼 한 번만이라도 만날 수 있게 해주십시오. 한 번만 얼굴이라도 볼 수 있게 부탁합니다. 제발."

여운은 두 손을 모아 빌었다. 자신이 죄를 지은 사람처럼 나졸에게 매달려 빌었다.

"이러지 말게. 이미 늦었네. 죄인은 이제 밖으로 나올 수 없네."

"서방님! 서방님!"

나졸이 청을 들어주지 않자 정우를 목 놓아 불러보았다. 다시 찾아와도 다시는 보지 않는다 하시더니 정우가 든 방의 문은 열리지 않았다. 아무리 불러도 정우가 나오지 않자 여운은 그 자리에 주저앉았다.

왜 나오시지 않는지 사립문을 잡고 울다가 숨을 멈추고 놀라 나졸을 바라보았다.

"아니지요. 안 됩니다. 아니 됩니다."

"이 사람, 그러게 여긴 왜 다시 돌아와. 스무 날 하고도 삼 일을 더 버티었네. 더는 무리라고 의원도 말했어. 마음의 준비를 해두게."

여운은 주저앉아 입을 틀어막았다. 저 안에 서방님께서 누워 계시는데, 죽어가고 있는데도 들어갈 수 없다. 여운은 자신이 할 일을 알고 있었다.

여운은 자리에서 일어나 울음을 참고 물가로 향하였다. 마을로 내려가 가장 빠른 말을 사서 그것을 몰고 여운을 한양으로 데려다줄 사람을 샀다. 한양으로 돌아가야 한다. 한양으로 돌아가 서방님을 살릴 방법을 찾아야 한다. 이곳에서 서방님이 숨을 거두는 것을 지켜볼 수는 없었다.

여운이 다급한 손으로 한양 집의 대문을 두드리자 장쇠가 나와 문을 열어주었다.

"아씨, 어디 갔다 이제 오십니까? 친정으로 돌아가셨다고 말이 많았습니다."

장쇠의 이야기를 듣고 있을 시간이 없었다. 여운은 문이 열리자마자 뒤채로 향하였다. 아직은 시간이 있을지도 모른다.

모퉁이를 돌자 여운의 눈에 우물이 들어왔다. 우물을 보고는 잠시 멈칫하였지만, 망설일 시간이 없었다. 이 모든 것을 돌릴 수만 있다면 그렇게 해야 한다.

우물 뚜껑을 밀어 떨어뜨리자 큰 소리가 바닥에 울렸다. 여운은 단숨에 우물 위로 올라섰다. 검은 우물이 여운을 빨아들이듯 입을 벌리고 있었다.

다시 우물에 빠져 이 모든 일을 돌려 서방님을 살릴 수 있을지는 알 수 없었다. 다만 서방님이 죽으면 자신도 따라 죽으리라는 것을 알았다. 서방님을 위해 목숨을 걸 것이다. 그를 살릴 길은 이것밖에 없어 보였다.

여운은 몸을 던져 우물로 떨어졌다.

11
사랑이 변하다

이상한 세상을 걷고 있었다. 아무리 걸어도 저자에도, 마을 입구에도 사람의 모습이 보이지 않아 여운은 혼자 걷고 또 걸었다. 걸어왔던 길로 다시 돌아왔다 생각하다가 또 다른 길로 이어져 길을 헤매게 되었다. 찾던 길을 만날 것 같아 걸음을 떼어보면 길이 끊겨 있었다.

사람 하나 없는 것이 여운을 두렵게 하였다. 물에 떠오른 순간부터 드는 생각은 두려움이었다. 죽을 것 같은 두려움에서 살아났다는 두려움으로 바뀌어 다시 시작되는 이 삶이 두려워 여운은 젖은 몸을 두 팔로 감싸고 덜덜 떨었다.

'다시 살아났다.'

자신은 죽은 사람이 아니라는 것을 왼쪽 팔목을 가르고 난 상처에서 흐르는 붉은 피를 보고 알았다. 그 일이 되풀이되고 있었다. 다시 살아난 것이다.

그러나 죽음에 휩싸인 충격 때문에 정신을 차리지 못하고 헤매고 있었다. 갈 길을 잃은 느낌이었다. 혼자라는 외로움에 무엇을 찾아가야 하는지 생각이 떠오르지 않았다. 정신을 찾아보려 고개를 젓다 너무 지쳐 쉬고 싶다는 생각을 하였다. 어느 집 대문 앞에 풀썩 주저앉았다. 그냥 쉬고 싶었다. 무엇을 위해 걸어야 하는지 잊게 되었다. 문에 기대어 있다가 옆으로 쓰러지면서 흐린 눈동자는 초점을 잃어갔다. 손목에 흐르는 피를 바라보다가 감았던 눈을 뜨지 못하고 정신을 잃었다.

"헙!"

숨을 들이마시며 자리에서 벌떡 일어났다. 여운이 일어난 곳은 방 안이었다. 여운은 자리에서 일어나 방 문을 열어젖혔다. 집이 맞았다. 집에 돌아와 있었다.

여운은 제 몸을 더듬어 확인해 보았다. 살아 있는 감각이 드는 것이 다시 산 것이 맞았다. 왼쪽 손목을 덮은 저고리를 내려보다가 들춰보았다.

'흉터!'

그곳에는 흉터가 남아 있었다. 새로 생긴 흉터가 아물었지만, 오래된 흉터 아래 선명하게 그어져 있었다. 꿈에서 본 피가 흐르던 흉터를 확인하자 여운은 다른 것을 확인해야 했다. 방을 나와 마당으로 나갔다.

걸음을 걷는 걸음마다 집에서 일하는 하인들을 만나 멈칫하였다. 다시 여운의 세상에 사람들이 차 있었다. 홀로 외롭게 남겨져 포기하고 싶던 마음을 기억하였다. 지친 마음으로 갈 길을 잃었는데, 이 집을 찾아 돌아오게 된 것이다. 하인들의 얼굴 하나, 나무 한 그루, 돌담 하나 모두 반가웠다. 여운은 달리듯 빠른 걸음으로 마당으로 나갔다.

그곳에 서방님께서 서 계셨다. 따듯한 미소를 지으며 밝은 얼굴로 미소를 짓고 계셨다. 그러나 여운은 더 다가갈 수 없었다. 서방님의 곁에 문씨가 웃으며 서 있었기 때문이다. 그래도 여운은 웃었다. 저렇게 건강한 모습의 서방님을 다시 볼 수 있다는 것만으로 충분하였다. 여운은 서방님과 다시 살 수 있는 것이다.

정우가 다은에게 뭔가 이야기를 하다가 여운을 발견하고는 고개를 숙여 인사를 하였다. 다은도 정우가 바라보는 곳을 보고는 인사를 하였다. 여운은 돌아서야 했다.

"아씨, 여기 계셨어라? 이제 머리는 좀 어떠셔라? 좀 쉬시니 안색이 돌아온갑네요."

여운이 뒤돌아 정우와 다은이 나란히 사라지는 것을 바라보았다.

"정말 워째 저런대. 이제는 자리를 피하지도 않고 보기는 어딜 노려봐."

"오늘이 무슨 날이냐?"

"야? 그건 또 무슨 자다 봉창 뜯는 소리라요. 오늘이야 종친회가 있는 날이 아녀라. 그걸 묻는다요?"

'종친회? 다른 시간으로 돌아온 것인가?'

"선산 매입 건으로 여는 종친회 말이냐?"

"야. 그렇게 아씨께서 말씀하셨잖여라. 왜 또 무슨 일이 있당가요?"

"아니다."

그저 머릿속이 뒤죽박죽되어 오늘을 사는 것인지, 과거의 일인지 구별이 되지 않았다.

'종친회라면 그 일이 벌어지는 날인데.'

"어머니께서도 가신다 하였느냐?"

"가마는 벌써 떠났는디요."

"그럼 서방님께서는?"

"말에 문제가 있어 늦게 떠나신다고 하셨잖여라."

"말에 문제가 생겨?"

'기억하지 못하는 일이다.'

여운의 기억은 둘로 갈라져 있었다. 문씨를 납치하는 일에 참여하였던 기억과 반대하였던 기억. 자신은 어느 쪽을 선택하였을까?

그 답은 한 시간이 지난 후 서방님께서 빌려온 말에 오르시는 것을 보고 알았다. 서방님이 집에 남지 않고 집을 떠나는 것에 마음이 놓였다. 이번에도 문씨가 이 집에서 사라져 줘야 한다. 그러면 모든 것은 순차적으로 해결될 것이다.

서방님께서 떠나시는 것을 배웅하려는데 문씨가 나와 말에 매달려 있었다. 잠시 헤어지는 것도 싫은지 몇 마디를 더 나누더니 서방님께서 말 머리를 돌렸다. 여운은 문씨가 돌아서 힘없이 안으로 들어가는 것을 바라보았다.

'저이는 이 집을 나가야 해.'

어머니께서 준비하신 일이 끝나면 그 후에 여운이 손을 쓰면 되는 것이다. 문씨를 내보낸 후 생긴 사건은 살림을 같이 내보낸 만석이 때문이었으니 그 일만 막으면 될 것이다.

여운은 집 안으로 들어가 문씨가 사랑채로 들어가는 것을 차가운 표정으로 바라보았다.

"큰일 났소! 큰일이 나! 집에 도둑이 들었어요!"

방 안에서 일이 터지기를 기다리고 있던 여운은 밖에서 시끄러운 소리가 나자 지단을 먼저 내보냈다.

'다시 시작이구나.'

여운도 지단을 따라 밖으로 나왔다.

"무슨 일이냐?"

장쇠가 정신이 빠져 허둥대고 있었다.

"아씨, 큰일 났습니다. 별채가 난리가 났습니다."

"그래, 대체 무슨 일이란 말이냐?"

"도, 도둑입니다요. 도둑이 들었습니다요."

장쇠의 말대로였다. 별채 문씨의 방은 도둑이 쓸어간 흔적으로 물건이 어지럽게 흩어져 있었다.

"사람이 안 다쳐 다행이지, 큰일 날 뻔하였습니다."

"뭐?"

여운이 자신이 들은 말을 확인하려고 문씨의 방으로 들려는데
뒤에서 목소리가 들렸다.

"이게 무슨 일입니까?"

문씨가 사잇문 너머에서 난리가 벌어진 별채 안을 보며 그 자리
에 서 있었다.

"자네, 어디 있었는가?"

문씨가 들어와 도둑에게 털린 방을 바라보다 여운을 보았다.

"방마다 벌레가 많아 쑥을 태우고 있었습니다."

문씨가 가까이 오니 쑥 향이 코끝에 진동하였다. 이것 또한 기
억과 다른 일이다. 벌레를 쫓는 일은 매일 밤 이 집 안 곳곳을 다
닐 수 있게 허락된 지단이 하는 일이었다.

"서방님께서 지난밤 벌레에 물린 자국이 있어 이번 여름은 일
찍부터 모기가 극성을 부리나 보다 하여 사랑채에 들었던 것입니
다."

허락도 없이 사랑채에 드나들다니, 여운은 차가운 눈길로 문씨
의 얼굴부터 발끝까지 훑어보았다.

"일이 이만하니 다행이네."

"네, 너무 놀랐습니다. 이런 일이 집안에서 일어나다니요."

"어른들께서 돌아오시면 여쭤본 후 일을 해결할 것이니 다들
소란 피우지 말고 입조심들 하게. 그리고 자네는 방이 어지럽혀져

있으니 간난이를 따라 뒤채에 가 있게."

문씨는 여운이 한 말에도 움직이지 않고 서서 여운을 바라보고 있었다. 그러더니 예전에 머물던 곳으로 돌아가 있으라는 말을 듣지 못한 듯 자신의 방으로 들어갔다.

여운은 자신의 말을 무시하고 방으로 들어가는 문씨를 보고 인상을 썼다.

"방을 정리하고 있겠습니다. 사법부를 이끄는 한성부 판윤 대감 댁에 도둑이 들었다 소문이 나면 좋을 일이 없으니 흔적이 남지 않게 정리해 놓겠습니다."

"알겠네. 그렇게 하게."

여운은 하인들이 보는 앞에서 자신의 말을 무시하는 문씨를 보고도 그냥 그곳을 돌아 나와야 했다. 그보다도 일이 이렇게 흘러간 것에 당황하여 문씨에 대해 다른 일을 걱정하였다. 문씨가 이 집을 나가게 되는 것인데, 그 일이 틀어진 것이다. 어찌하나. 이 일을 어찌한단 말인가. 앞으로의 일이 어떻게 흐를지 알 수가 없어 여운은 초조한 표정으로 별채를 나왔다.

✳

판윤 대감 부인 윤씨는 뒷산에 올라 있었다. 어둠 속에서 팔을 뻗고 서 있는 나무들이 무서워 내내 고개를 숙이고 있었다. 뒷산에 오르면 마을의 전경이 훤히 내려다보이고 자신이 사는 집도 내려다볼 수 있어 답답할 때 이곳에 자주 올랐는데, 밤에 오르니 무섭기만 한 것이 잠시도 더 있고 싶지 않았다. 약조한 시각이 지났는데도 그자가 아직 모습을 나타내지 않는 것이 걱정되었다.

"마님!"

숨을 헐떡이며 지단이 산을 올라 윤씨의 앞에 멈춰 섰다.

"왜 이제 오는 것이냐?"

"마님, 일이 잘못되었습니다요."

"무슨 소리냐? 일이 잘못되다니?"

"문씨가 방에 없었어라. 보쌈꾼이 들었을 때 문씨는 방에 없었다고 했어라."

"어찌 그런 일이 있어? 망을 잘 보다 들이라 하지 않았느냐?"

지단은 일이 틀어진 것을 알자마자 급히 달려오느라 아직도 숨을 헐떡이고 있었다.

"그것이, 분명 방으로 든 것을 보고 들인 것이어라. 지가 분명히 확인한 것인디. 문씨가 사랑채 서방님 방에 있었다 혔어라."

"그럼 어찌 되는 것이냐? 이 일을 어쩐단 말이냐? 그래서 어찌 되었느냐?"

"도둑이 든 것을 장쇠가 발견하고 사람들을 모으는 통에 난리가 났지라. 보쌈꾼은 그 길로 도망쳤어라."

윤씨가 손으로 머리를 짚었다.

"내 너를 믿은 것이 잘못이다. 네 말만 믿고 이런 큰일을 벌이다니, 내가 미친 게지. 이제 어찌하느냐? 일이 해결되기는커녕 더 문제가 된 것이 아니냐? 이제 무슨 수로 그것을 내보낸단 말이냐. 한번은 속여도 두 번은 힘들 텐데."

윤씨는 다은을 이 집에서 내쫓을 기회를 엿보고 있었다. 그러다 지단을 통해 집안에 이상한 소문이 돈다는 것을 알았다.

'근친!'

정우와 다은의 사이를 의심하던 눈들이 다은이 첩으로 들면서 신이 나 입방아를 찧고 있다는 것이다. 윤씨는 지단의 입에서 나온 무서운 말에 분노하여 함부로 입을 놀리는 종년을 향해 손을 치켜들었다. 그러나 내려치지 못하고 손을 내렸다.

지단이 이런 말을 자신에게 전하는 것은 윤씨와 지단이 바라는 것이 같기 때문이다. 다은을 집에서 내쫓아 정우를 여운에게로 돌려놓을 수만 있다면.

마음을 가다듬고 지단이 시작한 말을 끝내도록 허락하였다. 이어지는 지단의 말은 놀라운 것이었다. 대담하게도 납치를 계획하고 있었다. 이런 일이 성공할 리가 없다 생각하면서도 자신이 직접 손을 쓰지 않고 일을 처리할 수 있다는 것에 귀가 솔깃하였다.

지단은 문씨가 이 집에서 설치고 다니는 꼴을 더는 지켜볼 수가 없었다. 일을 맡아 할 만한 자를 구하는 것이 가장 큰일이었지만 적합한 자를 알았다. 이런 일은 보통 이리저리 굴러다니며 출신도 모르는 자에게 맡기겠지만, 그런 자들은 잃을 것이 없어 문제가 터지면 주인을 발고하게 마련이다. 잃을 것이 많은 자를 선택해야 했다. 지단이 적임자를 알고 있었다.

주인이 타계하고 종 문서를 받았다는 창구를 찾아갔다. 종문서만 태운다고 다가 아니질 않는가. 사람답게 살려면 돈이 필요했다.

그렇게 철저히 준비한 일이었는데. 분명 문씨가 방에 든 것을 확인하였는데 그새 방을 비운 것을 알지 못했다.

"이제 어찌하느냔 말이다. 대감께서 이 일을 아신다면. 내가 쫓겨날 판이구나."

"걱정하지 마셔라, 마님. 이번 일은 덮게 될 거여라."

❊

여운은 사랑채에 들어 서방님이 쓰시는 방에 앉아 있었다. 난이 나란히 놓여 있는 창가의 문갑 서랍을 만져 보았다. 서방님께서 세자시강원에 들어가시게 되어 친정아버님께서 축하의 선물로 문갑 서랍을 새로 들여 이 방의 모든 가구를 바꾸었는데, 지금은 서방님이 어릴 때부터 쓰셨다는 낡은 서랍장이 원래대로 있었다.

꿈을 꾸듯 지난 서방님과의 추억이 다 사라진 지금, 낡은 문갑 서랍장이 그대로 남아 있었다. 여운은 아련한 기억을 더듬으며 입가에 미소를 머금었다.

여운은 서방님의 손때 묻은 이 문갑 서랍장이 더 좋았다. 안쪽 서랍장에는 자물쇠가 걸려 있었는데, 그것도 만져 보았다. 서방님께서 아끼시는 물건을 보관하는 곳이라 하셨다. 사라진 기억 속의 서방님은 따뜻했다.

어느 날 서방님께서는 여운에게 아무것도 숨기는 것이 없으니 자신의 비밀을 열어봐도 좋다 허락하셨다. 서방님의 비밀이 무엇일까 궁금하여 밤잠도 설쳤다. 다음 날 느긋한 척 있다가 서방님께서 입궐하신 후 곧장 방으로 달려와 자물쇠를 찾았다. 자물쇠를 열고 문갑 서랍장을 열어보니 그곳에는 종이 한 장이 덩그러니 놓여 있었다. 자물쇠로 잠근 것이 무슨 의미가 있을까 생각하는 순간이었다. 뭔가 큰 기대를 하였는데, 여운은 실망한 채 종이를 펴 보았다.

─天地不仁以萬物爲芻狗(천지불인이만물위추구)

그 글을 읽고 그제야 왜 서방님께서 자신에게 자물쇠를 열어보라 하였는지 알 수 있었다. 일전에 자신이 서방님께 물었던 '천지불인'에 대한 답이 그곳에 있었다. 자신이 서방님을 사랑하는 것과 같은 마음이 있느냐는 물음에, 서방님께서는 노자에 나오는 문장으로 답을 해주신 것이다.

'天地不仁以萬物爲芻狗(천지불인이만물위추구).'

'사랑도 관심도 없는 것처럼 보이나 실상은 사랑보다 더 큰 것을 가지고 있어 더 좋은 것이다.'

이것이 서방님의 사랑법이었다. 사랑하지 않아 보여도 그의 마음은 진실하니 사랑보다 더 큰 것을 약속해 주시는 것이었다. 서방님의 사랑보다 더 큰 것이 어디 있겠는가? 여운은 그것이면 되었다. 서방님의 마음 하나만 가지면 되었다.

여운은 서랍장의 열쇠를 만지다가 열쇠 뒤를 손끝으로 더듬었다. 이음새가 벌어진 곳을 찾아 손톱으로 그 끝을 잡아 빼내었다.

'있다!'

서방님은 자물쇠에 열쇠를 숨겨놓으셨다. 여운이 그것을 발견하고는 다시 피식 웃었다. 서방님다운 발상이었다. 어느 누가 자물쇠에 열쇠를 숨길 생각을 하겠는가?

열쇠를 꽂아 자물쇠를 열어보았다. 있었다. 그곳에 서방님께서 아끼시는 글귀가 들어 있었다.

여운은 추억을 회상하며 떨리는 마음으로 종이를 꺼내어 펴보았다. 이 글은 정우가 사랑하는 글이었다. 이전에 이 서랍장은 정우가 아끼는 벼루와 붓, 종이, 수집용 연적 등으로 가득 차 있었지만, 이 글을 발견한 후 물질에 대한 사랑이 부끄러워 모두 치워 버렸다고 하셨다. 그러고는 이 글 하나로 보물함을 채운 것이다.

무위자연의 경지에 이르러 모든 것에 순응하고 자연의 섭리대로 살고자 사랑 또한 그렇게 하고 싶다고 하셨다. 이 글을 읽으면 서방님의 사랑이 보였다. 보여주지 않아도 여운은 그 사랑의 크기를 볼 수 있었다.

"무슨 짓이오?"

갑자기 든 인기척에 여운이 놀라 일어나다 종이를 떨어뜨렸다. 방 안에 든 정우가 여운의 치마 아래 뒹구는 종이를 보고는 인상을 쓰며 다가왔다.

"도대체."

화를 누르는 말투에 여운이 입을 열려 하다 다시 다물었다.

"어떻게 이걸 찾은 거요? 어떻게 저 문을 열었느냔 말입니다."

'서방님께서 알려주신 거니까요.'

여운은 대답할 수 없었다. 지금 자신의 앞에 선 정우의 사랑이
보이지 않아서였다. 애써 보이지 않아도 볼 수 있었는데, 이제는
그의 마음이 느껴지지 않았다.

"죄송합니다. 난을 돌보려 들었다가 자물쇠가 특이하여 만져
보다 열쇠를 발견하였습니다. 호기심에 열어본 것입니다."

여운이 바닥에 떨어진 종이를 주워 조심스럽게 접어 정우에게
건넸다. 정우는 차가운 표정으로 그것을 받아 문갑 서랍 안에 넣
고 자물쇠를 잠갔다.

"앞으로는 이 방에 들지 않았으면 좋겠습니다."

"하지만……."

"그럼 제가 제 물건을 옮기고 방을 비우겠습니다."

"아닙니다. 다시는 이런 일이 없도록 하겠습니다. 제가 오지 않
겠습니다."

그의 마음이 보이지 않았다. 그는 다시 마음의 빗장을 치고 여
운이 들어오지 못하도록 막고 있었다.

사랑채를 나오다 여운은 가슴에서 이는 통증에 비틀대며 벽을
잡고 멈추어 섰다. 이렇게 통증이 밀려오면 금방이라도 숨이 멎을

섯 같아 공기를 내쉬지도 못하고 들이마시기만 하였다. 아무리 들이쉬어도 숨이 막혀 가슴에서 쌕쌕 소리만 나와 공기가 돌지 않으니 현기증이 나 한동안 이렇게 쉬고 있어야 했다.

죽음을 경험하고 다시 살아났으나, 몸에는 죽음의 흔적이 남아 있었다.

다시 숨을 쉴 수 있게 되자 창백하던 얼굴에 혈색이 돌고 몸을 움직일 수 있었다. 담벼락에 기대어 서방님의 방 문을 바라보았다. 자신의 것이었던 그의 마음을 다시 찾아야 한다. 정우만이 여운이 사는 이유이므로 그에게 다시 자신을 사랑해 달라 해야 한다. 슬픔이 밀려오려 했지만 오히려 웃었다.

그래도 저렇게 서방님께서 살아 계시질 않는가? 그거면 되었다. 그가 살 수 있느니 내가 살 수 있는 것이다.

✻

"어머님, 이것이 무엇입니까?"

"부정 탈 수 있다 하니 꼭 붉은 보자기에 싸서 간직하고 있다가 그날 베개 밑에 넣어두거라."

무당을 집에 들이고, 부적을 받고. 여운은 이런 일을 할 수 없었다.

"어머니, 전 이런 것은 못 합니다."

"못 한다는 것은 믿지 못하는 것인데. 마님, 아씨께서는 쉰네를 믿지 않으시는 모양입니다. 아무리 영통한 부적을 손에 쥐어도 믿지 못하면 소용이 없습니다."

무당이 하는 말에 시어머니 윤씨가 난처해하다가 여운에게 딱딱한 말투로 말하였다.

"너는 이 사람이 누구인지 아느냐? 이이 말만 듣거라. 해보고 안 되면 모를까, 시작도 안 하고 어디 안 한다 하느냐."

유교를 따르는 서방님께서 이런 것을 좋게 보실 리가 없다. 그래도 시어머니의 말씀을 끝까지 어길 수는 없는 일이었다.

여운은 부적을 받아 들고 노란 종이를 만지작거렸다.

무당 천녀가 그런 여운을 유심히 바라보고 있었다. 여운은 무당의 시선을 느끼고 고개를 들었다. 무당의 눈은 마주 보기 힘들 만큼 강한 기운을 풍기고 있었으나, 여운이 믿지 않는 것이니 그 힘이 무엇이든 두려워하지 않았다. 무당의 눈을 피하지 않고 바라보았다.

"제가 잘못 본 것이군요. 아씨께는 천기가 통하였으니 부적 따위가 하늘의 힘에 닿을 수나 있겠습니까."

무당이 갑자기 여운이 들고 있는 부적을 빼앗아 마님 윤씨와 여운이 보는 앞에서 찢어버렸다. 그러고는 들고 온 붓을 꺼내 통 안에 든 경면주사 가루를 탄 붉은 물을 찍어 노란 종이에 붉은 점을 그렸다.

"아씨께는 어떤 부적도 소용이 없습니다. 하늘의 기운을 쓰려면 그것을 땅으로 끌어당겨야 하는 법. 이 주사 물을 항상 몸에 지니고 다니십시오. 주사는 이 자체가 부적이 되기도 합니다. 이것을 어찌 사용할지는 아씨의 마음에 달렸습니다. 이것은 사용하는 자가 제대로 쓰면 좋은 부적이 되기도 하고, 나쁘게 쓰면 해악을 가져올 수도 있는 것입니다."

여운은 천녀의 강한 시선을 피하지 않았다. 무녀가 주사 물을 손바닥에 문질러 붉어진 손을 여운에게 보였다.

"하늘의 기운은 아씨의 손에 달린 것입니다."

시어머니 윤씨의 방을 나오며 여운은 기분이 나빠 인상을 쓰고 있었다. 왠지 이상한 기운이 도는 저 무당 앞에서 여운은 식은땀이 나고 긴장하였다. 그 앞에서는 태연한 척하였으나 방 밖으로 나온 후에는 숨을 몰아쉬며 힘겨워하였다. 손에 쥐어진 주사 물병을 바라보았다.

붉은색이 섬뜩했다. 이것을 매일 밤 잠자리에 들기 전 뚜껑을 열어 그 향을 들이마시라 하였다. 그러면 가슴속에 묻은 답답함도 나아질 것이라 하였다. 여운은 주술 같은 것은 믿지 않았지만, 시어머니의 명을 거역할 수 없었다. 들고 나온 물건이 꺼림칙하였다.

❋

오늘은 합방이 잡혀 서방님께서 여운의 방에 드시는 날이었다. 이것도 무당이 며칠 집에 다녀간 후 결정이 된 일이었다. 서방님께서 집에 무당을 들인 일에 화를 내신 후라 이런 결정을 따를 리가 없다는 것을 아는데도 여운은 밤이 되기 전부터 가슴이 떨렸다.

목욕재계하고 동백유를 머리에 발라 가지런히 빗어 넘기며 숱 많은 머릿단을 지단이 땋아주고 있었다.

'서방님은 오시지 않을 거야.'

경대에 비친 얼굴이 창백한 것이 볼이 수척하였다. 여운은 품 안의 주사 병을 꺼내어 향을 맡았다. 처음에는 그 붉은색이 싫어 꺼려졌으나 향을 맡으니 마음이 가라앉고 숨쉬기가 편해지는 것이었다. 주술의 힘이든 약재로 쓰이는 경면주사가 효능이 있는 것이든 여운은 답답한 가슴이 뚫려 숨 한 번 제대로 쉬어보는 것이 소원이라 주사 물을 항상 품에 두고 이용하였다.

"그거 너무 자주 쓰면 좋지 못하다 하드만요. 조심해서 쓰셔라."

지단이 걱정스러운 표정을 지으며 붉은 통을 바라보았다.

"괜찮다. 약으로 쓰이는 것이다."

오늘이야말로 주술이 필요한 밤이었다. 하늘의 힘을 끌어다 쓴다. 오늘 밤 그 힘이 필요했다.

"서방님께서 언제 드실지 지가 나가 알아보고 오겠어라."

아씨의 단장을 마치자 지단이 자리를 봐드리고는 일어섰다.

"아니다. 밤이 이리 긴데 기다릴 수 있다."

오시지 않을 것이다. 그렇게 마음먹는 편이 나았다.

지단이 방을 나가고 혼자 앉아 방을 지켰다. 혼자 앉아 있자니 지난 추억이 떠올랐다. 서방님과 함께한 밤들, 이젠 그것이 꿈이었다. 깨어보니 아름답던 자신의 사랑은 꿈이 되어 사라지고, 애달프던 사랑이 남아 이 밤을 또 기다려야 했다.

정적을 뚫고 방 문이 움직이는 삐꺽거리는 소리가 들렸다. 버선발이 안으로 들어와 방 안에 머물렀다. 여운은 고개를 들어 버선발의 주인을 바라보았다.

서방님께서 여운의 앞에 서 계셨다. 정말 여운을 찾아와 주셨다. 아무 말 없이 자신을 바라보는 여운을 보고 정우가 인상을 썼다. 인상을 쓴 채 방으로 들어 자리에 앉으려 하였다. 여운은 멍하니 앉아 있다가 벌떡 일어나 이부자리에서 나와 일어섰다.

"이쪽으로 앉으시지요."

정우는 여운이 하라는 대로 자리에 앉기는 하였다. 그러고는 이내 냉랭한 목소리로 말하였다.

"이러지 않는 편이 나았을 것이오. 나는…… 이런 일은 할 수 없소."

오히려 여운의 입가에 미소가 번졌다.

'네, 압니다. 서방님께서는 그런 분이 아니신 것을 너무나 잘 알고 있습니다.'

"제게 서책이 몇 권 있습니다. 아직 보지 않으신 책이 있는지 살펴보시겠습니까?"

그냥 함께 있어주는 것만으로도 좋았다. 여운은 서안을 옮겨 정우의 앞에 두고 다시 물러나 앉아 정우의 표정을 살펴보았다.

"그래도 되겠소?"

"네. 전 괜찮습니다. 조용히 옆에 있을 것이니 저는 신경 쓰지 마시고 서책들을 살펴보십시오."

정우는 여운이 밀어놓은 서안에 올려 있는 서책을 살펴보았다. 그리고 눈길을 끄는 서책 하나를 집어 들어 펴보았다. 그러고는 입가에 살짝 웃음이 걸렸다.

"이런 것을 보고 있는 것이오?"

책 표지에는 '완월회맹연'이라 적혀 있었다. 언문소설이라니. 이런 것을 자신에게 읽으라고 밀어 넣는 여인의 얼굴을 바라보고는 오묘한 표정을 지었다.

'같다. 그때와 같아.'

서방님은 같은 표정을 짓고 계셨다.

여운이 서방님의 스물세 번째 생일에 백 권의 '완월회맹연'을 들고 나타났을 때도 저런 표정을 지으셨다.

"선비에게 언문을 읽으라 선물하는 저의가 무엇이오?"

그러고는 웃어 주셨다.

"선비에게 언문을 읽으라 하시는 겁니까?"

그러나 웃어주지는 않으셨다.

"제게 오십 권의 책이 있습니다. 매달 두 권씩 나오는 책이니 밤이 적적할 때 읽기에는 그만입니다."

정우는 여운을 놀리며 읽기 시작한 저 책에 석 달간 빠졌었다. 여운이 백 권을 선물하고도 매달 두 권씩 나오는 책을 사서 가져다 드리면 서방님은 항상 웃으시며 깊은 밤 여운의 곁에 누워 책을 읽으시고는 했다. 여운은 앞에 앉아 계신 서방님도 이 책을 좋아하기를 바랐다.

정우가 책을 들고 읽기 시작하였다. 서안 앞에 앉아 정자세로 읽을 만한 책도 아닌데, 자세를 풀지 못하고 앉아 책을 읽고 있었다. 여운은 빤히 바라보고만 있으면 서방님께서 불편해하실 것 같아 막 시작한 수틀을 붙잡고 앉아 정우에게 향해 있던 시선을 돌렸다.

그냥 그렇게 밤이 흘렀다. 정우는 서책 한 권을 다 읽고는 여운의 방을 나갔다. 밖은 아직 어두웠지만 그래도 괜찮았다. 이렇게 서방님과 시간을 같이하고자 자신은 이곳에 있는 것이었다.

여운은 봉황 두 마리가 정겹게 노니는 밑그림이 그려진 수틀을 바라보았다. 처음에는 암수 두 마리만 노니는 쌍봉도를 그려 넣을 생각이었지만, 생각보다 밤은 더 길어 새끼 봉황 일곱 마리를 더 그려 넣어 구추도를 그려 넣어야겠다 생각했다. 여운은 마음을 가다듬으며 정성스레 수 땀을 넣어 수틀을 채웠다.

"아직도인 것이냐? 날을 몇 번을 더 받아야 들어설 것인지."

시어머니께서 이제는 대놓고 회임에 관한 이야기를 하고 계셨다. 여운이 이 집에 온 지 두 해가 되었으니 이런 말을 듣는 것도 당연한 것인데, 사정을 알고 계시면서도 어머니께서는 답답하다는 듯 여운을 책망하고 계셨다.

"안다. 나도 알아. 하지만 그만큼 시간을 주었으면 제 서방 마음 정도는 잡아야 하는 것이 아니냐. 정우가 저리 밖으로 도는 것은 너한테도 문제가 있다. 네가 그리 넣 놓고 있으니 저 아이가 저러는 것이 아니냐."

여운은 아무 말 없이 듣고만 있었다.

"대를 이을 생각을 하거라. 내 요즘은 그 걱정 때문에 밤잠도 설치고 있어."

마님 방을 나온 아씨께서 휘청거리며 기둥을 잡자, 아씨를 기다리던 지단이 달려와 여운을 부축하였다.

"어찌 이러실 수 있다요? 마님께서도 너무하시는 거 아녀라."

여운 아씨를 부축하여 방으로 모시다가 지단이 속이 터져 마음속에 있던 말이 나왔다.

"조심하거라. 누가 듣기라도 하면 어찌……."

지단을 말릴 힘도 없었다. 몸이 점점 약해져 가는 것이 여운을 더욱 힘들게 하였다. 정신 똑바로 차리고 서방님을 지켜야 하는데, 이렇게 얼마나 더 버틸 수 있을지 모르겠다는 약한 생각이 자꾸 들었다. 자신을 채찍질하는 일만으로도 충분히 힘이 들었다.

"이렇게 가만히 있으면 안 되어라. 문씨 안에는 분명 백여시가 백 마리는 들어 있을 거여라. 저리 서방님을 구워삶는디 어찌 사내가 맘을 돌릴 수 있겠어라. 아씨, 마님 말씀이 맞기는 혀라. 가만히 있으면 안 되지라. 무슨 수라도 써야 한당께요. 아니, 지라도 나서야겠어라."

"제발……."

"아씨, 이렇게 가만히만 있으시면 안 된당께요. 아씨 병도 원인이 없다 하지 않소. 뭣 땜시 가슴에 병이 들었겠어라. 첩과 한집에 같이 사는디 당연히 속이 썩어 문드러지지라."

"제발 아무것도 하지 말거라."

운명이 바뀐다면 서방님의 운명이 바뀌기를 바랐다. 여운의 운명 따위는 상관없었다. 자신의 힘으로 천지의 기운을 돌릴 기회가 한 번 주어진다면 서방님의 운명을 바꿔놓을 것이다. 그래서 서방님을 살릴 것이다.

"나는 가만히 있을 것이다. 그러니 너도 가만히 있거라."

❋

여운은 기름잔의 기름을 손수 갈며 조용히 앉아 있었다. 서방님이 드셔서 서책을 보기 좋도록 촛불 대신 기름잔을 켜두었는데, 기름이 다 닳도록 서방님은 방에 들지 않고 계셨다. 오늘도 들지 않으실 모양이다.

날을 받아 이 방에 드신 지 한 해가 다 되어간다. 처음에는 약조를 꼬박꼬박 지켜주시던 서방님께서 몇 달간은 찾아주지 않으셨다. 시어머니 윤씨와 정우와의 약조였으나, 가장 마음이 상하는 것은 여운이었다.

그렇게도 이 방에 들고 싶지 않으신 것일까?

방 안을 둘러보았다. 초저녁부터 군불을 때 방 안에 아무리 온기를 들여놓아도 외풍이 센 공기는 차가웠다. 불을 더 때라 일러야겠는데 지단이 보이지 않았다.

여운이 찾던 지단은 말도 없이 기다리시기만 하는 아씨를 보다

보다 속이 터져 사랑채에 들었다. 역시 이곳에 불이 들어 있었다. 그런데 서방님께서는 혼자 계시는 것이 아니었다.

"나보고 어찌하란 말이냐?"

"어찌하라는 말이 아니잖습니까. 그냥 계십시오. 여기 그냥 계시면 되잖습니까."

"다은아!"

다은이 문 앞에 앉아 혹여나 정우가 맘이 바뀌어 사랑채를 나갈까 봐 그 앞을 지키고 있었다.

"왜 이렇게까지 하느냐. 이런 모습은 보기 싫구나. 내 발길을 하지 않는다 약조하였는데 나를 믿지 못하고 이러는구나."

"서방님을 못 믿는 것이 아닙니다. 그냥 불안합니다. 서방님께서 안채에 드는 것이 싫다고요. 마님께서 또 어떻게든 일을 만드실 것이 아닙니까. 오늘은 절대 이 자리를 떠나지 않겠습니다."

사랑채 밖 어둠 속에 몸을 숨기고 있던 지단의 눈에서 불똥이 튀어 올랐다. 지단의 생각이 맞았다. 서방님께서 그래도 한 달에 한 번은 들러주시질 않았는가? 그렇게 발길이 뚝 끊긴 것은 문씨의 입김이 작용했을 거라 짐작하고 있었다.

'저리 요망한 것이 우리 아씨 앞길을 막고 있어.'

천것 출신이라 체면도 없는지 사내 바짓가랑이를 잡고 늘어지는 것이 보통내기가 아니었다. 순진한 서방님이야 저런 여우 손에 놀아나는 것은 당연지사. 저렇게 문을 막고 선 여인을 밀쳐 내고 나오실 만한 성정이 아니셨다. 지단은 황급히 자신이 본 것을 고해야 한다 여겼다.

지단이 가서 이 사실을 알린 것은 여운이 아닌 마님 윤씨였다. 윤씨는 소식을 듣자마자 한걸음에 사랑채로 들어갔다.

"정우야, 나오거라."

정우가 나와 어머니 윤씨를 보고 툇마루에서 내려섰다.

"어서 준비하고 나서거라. 밤이 늦었는데 뭐 하누."

"어머니, 오늘은 이곳에서 글을 좀 읽으려 합니다."

"밤이 깊었는데 잠을 청해야지 글은 무슨 글이냐. 어서 자리에 들거라."

여운에게로 어서 가라는 말씀이었다.

"어머니, 소자 마칠 일이 있사오니 오늘은 이곳에서 쉬겠습니다."

윤씨가 아들 너머로 닫혀 있는 방 문을 한 번 바라보더니 정우를 밀치고 안으로 들려 하였다.

"네가 이 사랑채에 드는 것이 그리 좋다면 내가 오늘 네 용무가 끝날 때까지 옆을 지키마. 이도 저도 싫다면 이 어미와 밤을 지새우면 되겠구나."

"안 됩니다."

정우가 어머니 윤씨를 막아섰다.

"알겠습니다. 자리에 들 것이니 어머니께서도 돌아가셔서 기침하시지요."

정우의 말에 그제야 윤씨가 물러섰다.

"그럼 자리에 들거라. 가기 전에 사랑채 불을 끄고 다시 찾지 말거라."

방 안에서 숨을 죽이고 있던 다은은 마님의 목소리에 놀라 입을 틀어막았다. 마님의 발걸음 소리와 정우의 소리가 자신이 든 방에서 멀어지자 눈물을 뚝뚝 흘렸다. 사랑채에 든 것을 누가 알기라도 할까 봐 아까의 오기는 사라지고 나오는 소리를 참았다. 한참을 그렇게 숨죽여 울다가 방을 나왔다. 오늘은 서방님께서 다시 이 방에 들지 않으실 것이다. 다은은 비틀대며 사랑채를 빠져나왔다.

❈

"아버님, 그건 안 됩니다. 서방님께서는 그 일을 하시면 안 됩니다."

여운은 친정아버님이 급히 찾아 친정에 들어 있었다.

"그게 무슨 소리냐? 그 일을 해서는 안 되다니."

병조판서 정학임 대감은 여식이 정색하며 하는 말을 들으니 헛웃음밖에 나오지 않았다.

"그래, 네 정치적 견해가 참으로 궁금하구나. 세자시강원이 그리 안 좋은 자리더냐? 내 몰랐구나. 허허."

"서방님께는 학문에 전념하실 수 있는 자리가 적합합니다. 지금 하시는 일도 잘하고 계시는데, 아버님께서 나서지 않으셨으면 합니다."

이제는 정 대감의 표정이 변하였다. 귀하게 여기는 딸아이의 말이라 웃어주었으나 지금 속이 타는 아비의 심정을 아는 것인지 제 서방이라고 생각하여 나서는 모양인데, 딸아이는 아직도 세상을 몰랐다.

"넌 이런 일까지 신경 쓸 것 없다. 다 아비가 알아서 할 것이니 신경 쓰지 말거라."

"서방님의 일이 곧 저의 일입니다. 저는 이 결정에 반대입니다. 서방님을 그냥 두십시오."

"어찌 그냥 두느냐? 네가 이 꼴로 살고 있는데 어찌 그냥 둬."

아버님께서 역정을 내셨다. 여운은 놀랐으나 침착함을 유지하며 말을 이었다.

"지금의 세자저하의 자리는 겉으로는 유일한 왕위계승자로 굳건한 듯 보이나 실상은 아니지 않습니까. 그것이 불안하여 사람을 심는 것이 아닙니까. 왕의 마음도 잡지 못하고 세자의 마음마저 잃을까 봐 서방님을 보내는 것이 아닙니까. 이 길이 정녕 서방님을 위한 길입니까, 아버님?"

정 대감은 잠시 말문이 막혔다. 여식이 무얼 안다고 바깥양반들 일을 이리 소상히 파악하고 있단 말인가.

"물론이다. 그럼 누구를 위해 출셋길을 열어둔단 말이냐. 이 자리에 오르기 위해 얼마나 많은 관원이 줄을 대고 수를 쓰는지 아느냐? 이런 기회를 왜 네 손으로 막는 것이냐. 네 너를 일찍이 정치에 대해 눈을 뜨게 한 것은 지아비가 비장한 기회를 쥐었을 때 이를 돕기 위한 것인데, 내 너를 잘못 가르쳤구나."

"이용하고 그 가치가 사라지면 버리는 것이 정치라면, 저는 제대로 된 정치를 아버님께 배운 기억이 없습니다."

"네가 정녕……."

처음 있는 일이었다. 딸아이가 자신에게 이렇게 대든 일이 없었다. 정 대감을 더욱 당황케 하는 것은 딸아이가 자신의 속에 들어왔다 나온 듯 말하고 있는 것이었다.

정우가 자신의 사람이 될 수 있을지 시험해 보려 하였다. 딸을 이런 처지로 만들고 아비로서 어찌 속이 편했겠는가. 아직도 정신을 차리지 못하고 밖으로 도는 사위를 보고 마지막 기회를 주려 함이었다.

어찌하였든지 이리 제 서방 역성을 드는 것을 보면 제 내자의 마음은 훔친 것 같으니 이제 세자의 마음을 훔칠 수 있는지 시험해 볼 것이다. 그렇게 하여 흔들리는 노론을 끌고 갈 만한 재목이라는 것이 입증되면 이자를 살리고, 아니면 다시는 정치판에 뛰어들지 못하도록 해줄 것이다.

"그런 말씀을 하실 것이라면 다시는 저를 찾지 마십시오. 저는 이제 아버님의 길을 따를 수 없습니다."

"여운아, 그래서 관직에 오르기도 전에 첩질을 하고 또 출사를 위해 거짓으로 혼례를 올린 네 서방이 그리 좋아 아비에게 이리 구는 것이냐?"

여운이 놀라 아버지를 바라보았다.

"말해보거라. 아비를 따른 기간이 더 길진대 서방을 따르고 아비를 버리겠다는 말이냐?"

"알고 계셨던 겁니까?"

여운이 자신을 보는 표정을 보고 정 대감의 턱 선이 굳었다.

"처음부터 아시면서도 저에게 아무 말씀도 없이 그 긴 기간을…… 기다리며 살게 하신 겁니까."

"사내가 밖에 사람을 둘 수도 있는 것이고 안에 품을 수도 있는 것이나 조강지처는 하나뿐이다. 네가 그 자리를 차지하면 아무도 넘볼 수 없는 자리가 그 자리란 말이다."

아버지와의 추억이 순간 지나갔다. 아버지의 따뜻한 무릎에 앉아 글을 읽어주시던 모습이 선명히 남아 있는데, 아버지께서는 저리 차가운 얼굴로 여운의 마음을 짓밟고 계셨다.

"그럼 제 마음은요? 제 마음은 중요치 않습니까."

정 대감은 딸아이의 눈물에 흔들리려 하였으나, 마음을 다잡고 매몰차게 말하였다.

"집안이 먼저가 아니냐. 네 신세한탄보다 앞으로는 가문을 위하는 길이 무엇인지를 생각하거라. 그것이 네 서방을 위하는 길이기도 하다."

아버지께서 여운을 두고 방을 나가 버리셨다. 여운이 믿고 있던 모든 것이 무너져 내리고 있었다. 이제는 무엇이 참이고 거짓인지 알 수 없었다. 여운의 세상이 일그러지고 있었다.

✽

마을 입구에는 붉은 천, 푸른 천, 하얀 천이 바람에 날려 을씨년스러운 분위기를 풍기는 나무가 서 있었다. 여운은 서낭당을 지나 외진 곳에 덩그러니 자리한 초가집으로 들어섰다. 굿하는 것을 구경한 일은 있어도 무당을 직접 찾아온 적은 없었다. 마지막 발을 디디면서도 망설이는 마음으로 안에 들었다.

"오실 줄 알았지요."

다시 여운을 꿰뚫어 보는 듯한 눈과 마주쳤다. 여운이 천녀를 보며 자리에 앉았다.

"내게서 무엇을 본 것인가? 하늘의 힘을 쓰다니, 그것을 설명해 주게."

"궁금해하실 줄 알았습니다. 그 힘을 주체 못 하니 저를 찾아오실 수밖에요."

"그것이 무엇인가? 내가 본 것이 무엇이냔 말이네."

"신병입니다."

"신병?"

"제가 본 것을 설명하자면 그것이었습니다. 하늘의 힘을 빌려 이용하고 몸에 든 병. 신병이 들어 아씨의 몸이 병들고 있는 것입니다."

숨을 쉬기 힘들도록 가슴이 아픈 것도, 병명을 모르는데도 점점 기력이 쇠하는 것도 하늘의 힘을 빌려 쓴 대가란 말이었다.

"그런데 왜 이 병이 아씨께 든 것인지 그걸 모르겠습니다. 신을 받아야 하는 몸도 아닌데. 아씨의 운명대로라면 평탄히 사셔야 할 것을, 목숨 줄이 여러 개라도 살기 힘든 생사의 고비가 지천이니 세상을 등지는 팔자라."

"하지만 난 이렇게 살아 있지 않은가. 세상을 등지다니……."

무당이 하는 말이 무슨 의미인지 짐작할 수 있었다. 그러나 자신의 궁금증에 대한 해답은 어디서도 찾을 수 없었다. 자신이 겹겹의 생을 사는 의미를 알 수만 있다면 무당이라도 상관없었다. 왜 자신에게 이런 일이 일어나는 것인지 알고 싶었다.

"그러니 이상하다는 겁니다. 이 사주로 치면 사람이 살아남기 어려운 죽을 고비를 너무 많이 넘기는 사주가 되니. 이 사주는 살아 있는 사람의 사주가 아닙니다."

여운이 미동도 않고 무당을 바라보았다.

"그런데 아씨는 살아 계시니 운명을 거스른 것이겠죠."

"어떻게 하면 제대로 살 수 있는가? 무엇부터 잘못된 것인가?"

무당이 입을 벌리고 크게 웃어댔다.

"그걸 제가 어찌 압니까? 아씨께서 더 잘 아시겠지요. 아씨, 운명이란 그냥 정해지는 것이 아니라 제가 가지고 있는 기질에 따라 선택을 하는 겁니다. 그 기질이란 게 태생부터 가지고 있는 것이라 변하질 않으니 운명이 변하지 않는다 말하는 것이지요. 아씨는 기질을 바꾸어 운명을 바꾼 듯하니 아씨께서 무엇을 잘못하신 지는 더 잘 아시겠지요."

'기질이 정해져 있어 운명을 선택한다.'

집으로 돌아오며 곰곰이 생각하였다. 자신이 선택한 길은 결국 슬픔으로 끝났다. 자신이 가진 기질이란 슬픈 사랑을 해야만 하는 것인가. 그런 운명만 선택한단 말인가.

사랑을 위해 악한 마음을 먹었다. 욕심이 나서 가지려 하였다. 그래서 그것부터 꼬인 것이란 말인가. 그럼 내 사랑을 눈앞에서 그냥 보내야 했단 말이냐.

여운은 답을 알지 못했다. 아직도 여운의 사랑은 슬픔으로 가득 차 행복을 찾는 길이 보이지 않았다.

✳

집안에 한바탕 큰 소란이 일어났다. 집에서 부리던 하인 둘을 혼례시켜 분가를 시켰는데, 며칠이 지나도 집일을 도우러 오지를 않았다. 수상하여 아랫마을로 사람을 보냈더니 만석이가 죄를 지어 관아에 끌려갔다는 것이다. 죄목인즉 부녀자 희롱이라 하였다.

부녀자를 겁탈한 것이라면 죽음을 면치 못할 것인데, 이런 큰일을 벌인 것이 만석이라는 사실에 집안 하인들은 모두 놀랐다. 그렇게 담이 센 자도 아니었고, 장가를 간 것이 일 년이 좀 넘었는데 뭐가 아쉬워 제 마누라를 두고 그런 짓을 하고 다녔는지. 늙은 남자 하인들은 알다가도 모를 일이라며 고개를 저었다.

마지막까지 만석의 처 양분이는 제 서방을 살리겠다고 주인댁에 찾아와 사정을 하고, 매일같이 관아에 가 매달리며 제 서방은 아무 죄도 없다 고했다. 만석을 관아에 고발한 과부가 거짓을 고한 것이라 주장하고 다녔지만, 한낱 여종의 말을 들어주는 사람은 없었다. 결국 만석은 돌에 맞아 죽는 석투살로 처형당했다.

다른 이들은 보지 못한 만석의 검은 내면을 여운은 보았다. 그자의 기질이 변하지 않아 다른 생이 주어졌는데도 또다시 그 길을 갔단 말인가? 인생을 바꾸는 것이 아니라 기질을 바꿔야 삶이 바뀌는 것인가.

시어머니께서 이 일로 집안에서 이상한 소리가 나가지 않도록 여운에게 당부하셨다. 여운이 하인들을 모아 입단속을 시키고 안채로 들어오는 길이었다. 하인 장쇠가 여운의 앞으로 온 서찰 하나를 내밀었다. 봉투를 열지 않아도 아버님의 서찰임을 알았다.

아버지와의 말다툼이 있은 후 연락을 끊고 있었다. 아버지의 정치에 끼어들고 싶지 않았다. 여운이 끼어들지 않으면 서방님도 그 혼란 속에 휘말리지 않으셔도 될 것이리라.

밤이 깊어 부엌의 불 관리를 잘하였는지 확인 후 안채로 들었다. 밤에 불을 꺼뜨렸다가는 냉골에서 지내야 했다. 오늘 밤 불 당번을 서는 간난이가 꾀를 부리지나 않을까 하여 불시에 든 것이다.

안채 방 앞까지 갔는데 꺼져 있어야 할 여운의 방에 불이 들어 있었다. 지단이 먼저 들었나 여겨 생각 없이 방 문을 열었는데, 그곳에는 서방님이 앉아 계셨다. 여운은 놀라 방 문도 닫지 못하고 서 있다가 뒤돌아 조용히 문을 닫고 정우의 앞으로 가서 앉았다.

정우는 자신 앞에 있는 여운을 차가운 눈빛으로 바라보며 움직임도 없이 앉아만 있었다. 그의 숨이 한숨처럼 내쉬어지자 술 내음을 맡을 수 있었다.

한참 미동도 않던 정우가 갑자기 갓을 벗더니 도포의 끈을 풀었다. 그러고는 저고리를 벗었다. 여운은 움직이지도 못하고 정우가 하는 것을 바라만 보았다.

"무, 무슨 일입니까?"

화가 많이 나 보이는 얼굴로 속저고리와 바지만을 남기고 옷을 벗었다.

"어서 그 옷을 벗으시지요, 부인."

여운은 서방님의 말에 충격을 받아 옷고름을 잡고 가슴에 손을 얹었다.

"오늘은 합방일이 아니오. 날을 받았으니 든 것인데, 그 옷을 벗어야 할 것이 아니오."

"무슨 일인지 제게 말씀해 주십시오."

정우는 화가 나 있었다.

"그대의 머리를 올려주려는 것이 아니오. 바라던 일이 아니었소?"

정우가 여운을 잡아당기자 여운이 그의 품에 쓰러지며 몸의 균형을 잃었다. 정우가 거친 손으로 자신의 아래에서 정우의 어깨를 잡고 몸을 지탱하고 있는 여운의 옷고름을 풀어헤쳤다. 저고리가 풀어헤쳐져 벌어지고 치마끈이 풀려 나갔다. 여운은 충격에 정우를 잡고 있던 팔이 풀려 바닥에 누운 채 그에게 몸을 맡기고 있었다.

거친 손길로 제 몸을 훑는 서방님의 손길이 낯설어 고개를 돌렸다. 정우는 여운은 상관치 않고 여운의 몸을 감싸는 치마를 헤치고 속바지 끈을 풀어 무릎까지 내려놓았다. 그러고는 자신의 바지 끈을 풀고 속바지를 떨어뜨렸다.

여운은 정우를 똑바로 볼 수 없었다. 무엇이 그를 이렇게 만든지 알 수 없는 지금, 그를 이해하려고 할수록 서러움이 북받쳐 올랐다.

"아, 아아아!"

여운의 입에서 비명이 흘러나왔다. 정말 서방님은 이렇게 자신을 가지려 하고 있었다. 여운을 만지는 손길 하나 없이 그냥 성이나 여운의 다리를 끌어당겨 여운을 가지고 있었다.

여운은 하지 말라는 말도 못 했다. 눈물을 흘리며 고개를 돌릴 뿐이었다. 그가 이렇게 자신에게 화라도 내는 것이 아무 감정이 없는 것보다 낫다고 말도 안 되는 위로의 말을 되뇌며 눈을 감고 이 시간이 빨리 지나기만을 바랐다. 그의 화가 풀리기를 바랐다.

마침내 정우가 몸을 일으켜 여운에게서 떨어졌다. 그가 남기고 간 한기에 몸을 떨며 옆에 구겨져 있는 벗겨진 붉은 치마를 집어 드러난 몸을 감추었다.

"나는 앞으로 합방일에는 이 방에 들 것이고, 우리는 이 일을 되풀이하게 될 것이오."

정우가 옷을 입고 방을 나갔다. 여운은 정우가 나간 후에도 치마를 붙잡고만 있을 뿐 자리에서 일어나지 못하고 있었다. 여운의 입에서 드디어 참고 있던 소리가 터져 나왔다. 참고 있던 감정이 쏟아져 나와 소리 내어 울었다. 붉은 치마를 붙잡고 지쳐 쓰러지도록 통곡하였다.

다음날 여운은 서방님께서 홍문관 부수찬 자리에서 파직되었다는 사실을 알았다. 그리고 곧바로 세자시강원 문학 자리에 천거되었다고 한다. 여운은 털썩 주저앉았다. 운명을 정녕 막지 못하는 것인가? 정녕 아버지의 기질을 달리할 수 없는 것이란 말인가.

서방님께서 저러시는 데는 아버지의 입김이 있으리라는 것을 알았다. 그래서 여운에게 그렇게 화가 난 것이리라. 아버지에 대한 화가 여운에게까지 뻗친 것이리라. 여운은 정우를 찾아야 했다. 찾아서 그의 미래를 바꿔야 했다.

"서방님! 서방님!"
다시는 들지 말라는 사랑채로 달려가 서방님의 방 문을 열었다.
"안 됩니다. 하지 마십시오. 세자시강원에 들어가는 것은 안 됩니다."
정우는 갑자기 뛰어들어 서안을 붙잡고 말하고 있는 여운의 행동을 이해할 수 없었다.

"아비의 정치를 돕는 효심 깊은 딸이군요."

"그런 것이 아닙니다. 저는 서방님을 위해 말하는 것입니다. 세자시강원은 안 됩니다. 그곳에서는 세를 키우는 것이 아니라 죽는 길을 택하는 것입니다."

"겁도 없는 입이로군요. 이 나라 세손의 세를 의심하는 언사라니. 돌아가시지요. 이곳을 꽤 자유롭게 다니시는군요."

"차라리 저를 버리십시오."

정우가 이번에는 정말 놀라 여운을 바라보았다.

"그냥 저를 버리시고 아버님을 따르지 마십시오. 그렇게 해주십시오."

그렇게 이 여인을 버릴 수 있는 것이라면 어제와 같은 일을 하지도 않았다. 여운을 버리면 정우의 인생은 끝나는 것이다. 조강지처를 버렸다 조정에까지 추문이 돌고, 다시는 관직에 오를 수 없게 될 것이다. 정 대감께서 그렇게 만드시겠다 으름장을 놓으셨다.

"이러지 마시오. 나도 조정에 나가 출세하고 싶소. 그러니 이러지 말고."

"서방님……."

"그만 나가시오."

여운의 서안 위에 올려 있던 손이 바닥으로 뚝 떨어졌다. 차갑게 말하고 제게 눈길도 주지 않고 서책을 보는 서방님의 얼굴을 보다가 방을 나왔다.

다 끝났다. 서방님의 마음도 잃고 이제는 모든 것을 잃는다. 여운은 한 줄기 눈물이 볼을 타고 내려오자 얼른 손으로 닦아 흘러 내리지 못하게 하였다. 아니다. 마음 단단히 먹어야 한다. 그래야 서방님을 살릴 수 있다. 이렇게 약해져서는 안 돼.

✻

저녁 시간이라 조용해야 할 사랑채가 시끄러워 무슨 일이 난 것 인가 하여 하인들까지 모여 있었다. 정우는 당황하여 목청을 높이 는 다은을 끌고 방 안으로 들어갔다. 하인들이 이렇게 모여들면 집안 어른들께서 이 일을 아시게 될 것인데, 다은은 도대체 진정 을 하지 못하고 있었다.

"그만하거라. 이렇게 굴면 내가 너를 보호해 줄 수가 없다."

"그러시군요. 그것이 속마음이셨어요. 그렇게 가시려고요. 본 처의 품에 그렇게 또 가시려고요!"

방 안에 들어서도 멈추지 않고 다은은 정우를 힘들게 하였다.

오늘 정부인과의 합방일이 정해진 것을 알고 다은이 찾아와 정 우의 앞을 막아섰다. 이전에도 이리 찾아온 일은 있었지만, 오늘 진정하지 못하는 다은의 모습은 정우를 당황케 하였다. 집안에서 의 처신은 누구보다 다은이 더 잘 알 텐데, 참지 못하고 불안에 떨 며 울분을 터뜨리는 것이었다.

"다은아!"

"서방님, 오라버니! 우리 이 집을 그냥 나가요. 그냥 우리 둘이 살아요. 저는 다 필요 없습니다. 그냥 둘이 떠나요."

"뭐가 널 이렇게 불안하게 하는 것이냐. 이러지 말거라. 안 될 일이라는 것을 알지 않느냐?"

"싫습니다. 서방님께서 다른 여인을 품에 안는 것이 싫습니다."

다은이 울음을 멈추지 않았다.

"이게 대체 뭐 하는 짓들이냐?"

어머니 윤씨가 사랑채 안에서 소란이 일었다는 소리를 듣고 정우의 방에 들어 문을 열며 소리쳤다.

"어머니."

"여기가 어디라고 목소리가 담장을 넘어! 어딜 지아비가 하는 일을 막아서고 목청을 높이고 있는 것이냐."

마님 윤씨가 성질에 못 이겨 몸까지 부들부들 떨었다.

"어머니, 그런 것이 아닙니다. 이 일은 제가 해결할 것이니 그만 안채로 드시지요."

"이 일이 네가 나설 일이더냐. 집안의 대를 잇는 일을 위해 내가 관여한 일이니, 그래, 어디 나에게 따져 보거라. 내가 여기 이렇게 들었으니 따지면 되겠구나. 네 정녕 정우의 앞길을 막고 우리 집 대를 끊어놓아야 그제야 속이 시원한 것이냐!"

"그런 일은 없을 것입니다."

윤씨는 다은이 고개를 들어 눈을 똑바로 뜨고 대답하는 것을 보고는 기가 찼다.

"네가 정말 버릇이 없구나. 천한 것을 들여 이런 일을 보는구나."

"어머니!"

듣고 있던 정우가 화가 나 어머니를 막아서고 바닥에 주저앉아 있는 다은이를 일으켜 세웠다. 두 여인이 부딪치는 일을 막는 것이 최선이라 어머니가 자리를 떠나지 않는다면 다은이를 데리고 나가려 하였다.

"제가 아이를 품고 있으니까요."

정우가 움직임을 멈추고 다은을 바라보았다. 그러나 다은은 정우에게 눈길을 주지 않고 마님 윤씨만을 바라보고 있었다.

"뭐라?"

"제가 김씨 성을 가진 아이를 낳게 될 것이라고요. 제가 회임을 하였습니다."

윤씨가 이번에는 아무런 말도 하지 못했다. 정우는 다은이의 손을 잡아끌어 밖으로 데리고 나왔다.

"이거 놓으십시오. 마님께서도 아셔야 할 것이 아닙니까. 제가 아이를 가졌다고요. 그러니 서방님께서 다른 여인을 찾으시는 일은 그만하셔도 된다고요."

"왜 내게 말하지 않았느냐?"

정우가 혼란스러운 표정으로 다은을 바라보았다.

서방님이 기뻐하시는 표정을 보고 싶었는데. 다은도 이렇게 소식을 전하려던 것은 아니었다.

곧이어 방을 나온 윤씨가 방 문 앞에 서서 냉랭한 목소리로 말을 이어 다은은 정우의 물음에 대답도 못 하고 돌아섰다.

"네가 낳은 아이는 이 집의 대를 이을 수가 없다. 천한 어미의 몸에서 난 아이가 어찌 귀한 혈통을 이을까. 네가 뭔가 착각하는 것 같아 말해주는 것이다. 괜한 기대로 정우 앞길을 막을 생각은 말거라."

윤씨가 화가 난 표정으로 사랑채를 나섰다. 정우는 어머니께서 사라지는 모습을 보면서 인상을 썼다. 그런 정우를 뒤에서 안으며 다은이 등에 기대었다.

"오라버니, 가지 마셔요. 오늘은 제 곁에 있어주세요."

정우가 뒤돌아 다은을 안아주었다.

"알았다. 내가 너도 아이도 지킬 것이니 넌 아무 걱정 말거라."

✳

오늘도 서방님은 여운을 찾아오지 않았다. 여운은 창문을 열어 달이 차오른 하늘을 바라보았다. 외로움이란 영영 익숙해지지 않는 것인지, 마음 한곳이 빈 듯 서늘한 것이 오늘 밤 달이라도 마음에 담아야 했다.

이렇게 숨을 쉬고 사는 것이 무슨 소용일까? 서방님을 살릴 수만 있다면 어떤 일이든 하겠다 하였지만, 나약한 마음은 그렇게 슬픈 기억도 잊고 지금의 아픔만을 마음에 두고 있었다. 살아 숨 쉬는 서방님을 보면서도 곁에 가지 못하는 것은 죽음보다 더한 고통을 안겨주었다.

그리고 그의 아이를 품고 있는 여인의 모습을 볼 때면 몸의 피가 서서히 마르는 느낌이었다. 서서히 자신이 죽어가는 것을 느낀다는 것이 자신이 살아 있다는 유일한 증거였다. 다른 것은 느낄 수 없었다.

살아 숨만 쉬는 것이 무슨 의미가 있을까. 그와 함께할 수 없는데.

창문에 팔을 괴고 엎드려 눈물을 흘렸다. 눈물이 앞을 가리자 구름이 흘러와 달을 가려 여운의 눈물을 잠시 동안 감춰주었다. 그러다 구름이 걷히자 여운의 볼을 타고 흐르는 눈물이 달빛에 반짝이며 떨어졌다.

"그렇게 울지 마시오."

여운은 정막이 깔린 밤공기에 든 인기척에 놀라 소리가 나는 쪽을 바라보았다. 언제부터 그곳에 있었는지 여운을 바라보는 정우가 보였다. 정우가 다가와 여운이 열어놓은 창문 앞에 섰다.

무엇이 그의 마음을 어지럽게 하였는지 술도 약한 분이 술에 취해 자신의 앞에 서 있었다.

"왜 항상 그렇게 우는 것이오? 그냥 살 수 있잖소."

어차피 정략결혼이었다. 마음이 없어도 얼마든지 살 수 있는 것이었다.

"그럼 서방님은 왜 슬퍼 보이십니까?"

정우는 대답할 수가 없었다. 그 이유를 자신도 몰랐다. 그냥 살면 되는 것인데, 저 여인을 안 보고 살면 되는데, 그럴 수도 없었다. 저 여인을 보면 슬픈 느낌이 들어 혼란스러웠다. 무엇이 정우를 그렇게 만드는지 몰랐다. 정우의 인생은 부족한 것이 없었다. 그래서 이런 느낌이 생소하였다. 소중한 무언가를 잃은 느낌. 그런 느낌이 왜 드는 것인지 이유를 알 수 없었다.

"나 때문에 울지 마시오."

정우가 손을 들어 여운의 볼에 흐르던 눈물자국을 지웠다.

"나한테 바라지 마시오."

정우가 고개를 숙여 여운의 눈물이 차오르는 두 눈동자를 바라보며 입을 맞추었다. 여운의 눈에서 눈물이 떨어졌다. 여운이 기억하는 따뜻한 입술이 그녀에게 잠시 머물렀다.

"당신을 먼저 만났더라면 어쩌면 달라졌을지도 모르지만."

정우의 입술이 멀어져 갔다.

"지금은 안 되오."

정우의 손길이 여운의 얼굴을 스치다가 그마저도 거두었다. 정우는 어둠 속으로 비틀거리며 사라졌다.

남겨진 여운은 하염없이 눈물을 흘리다가 얼굴을 묻었다.

❀

첩이 먼저 아이를 가졌다는 사실에 집안 하인들도 눈치는 있어 안채에서 일할 때는 더 신경을 써서 입조심을 하였다. 같은 집인데도 안채에 들면 침울한 분위기가 풍겨 저절로 조심하게 되었다. 그도 그럴 것이, 아씨께서 몸이 안 좋아 이틀 꼴로 몸져누우니 집안 분위기가 말이 아니었다.

별채 아씨는 출산이 오늘내일하고 있어 산실 준비에 아기 이부자리에 배냇저고리까지 출산 준비를 맡아 하는 이가 있어야 하는데, 마님께서 챙기지 않으시니 이를 담당하는 하인이 없었다. 그래도 다은은 내색하지 않고 알아서 천감을 사서 매일같이 자리에 앉아 바느질을 하며 아이를 맞을 준비를 하였다. 마님 윤씨는 끝까지 다은의 아이를 인정하지 않으셨다.

윤씨는 며느리를 위해 다은이 출산을 할 때까지 친정에 가 있어도 좋다 하였지만, 여운은 집에 남겠다 하였다. 다른 여인이 낳은 자식을 보는 심정이 어떤 것인지 마님 윤씨는 잘 알고 있어 여운이 그것을 어찌 겪을지 생각해서 한 말이었다. 그러나 여운에게는 소박을 맞는 것으로밖에 느껴지지 않았다. 아이도 없이 시집을 나가다니. 다시는 돌아올 수 없을 것 같았다.

여운은 방 안에서 거의 지냈다. 방을 나가면 문씨가 부른 배를 안고 집 안을 돌아다니는 모습을 보게 되었다. 여운은 거기까지는 자신이 없었다. 머릿속으로는 이러면 안 된다고 했지만, 눈으로 보면 참을 수가 없었다.

저 여인은 서방님의 아이를 갖게 된다. 여운이 꿈꾸던 것이었다. 서방님을 똑 닮은 아이를 낳아 키우며 장성하는 모습을 보고, 서방님과 함께 늙어가는 것. 자신의 미래인 줄 알았던 모습이 지금의 것과는 너무도 다른 것이었다.

여운이 피하려고 해도 어쩔 수 없이 부엌을 드나들 때는 문씨와 마주치게 되었다. 볼 때마다 불러오는 배를 보며 말없이 돌아섰다. 서로 할 말이 있는 사이는 못 되었다.

그러다 밤이 깊어 모두 잠이 든 시각 문씨의 산통이 시작되었다. 여운은 그날도 방 밖으로 나가지 않고 있었다. 어머니께서 그렇게 하도록 시키셨다. 이 집에서 서자가 먼저 태어난다는 말이 밖으로 나가서는 안 된다 하시며 입단속을 시키셨다. 그것을 어기게 되면 다은은 집을 나가 아이를 키워야 했다.

다은은 극심한 고통이 밀려와도 천을 말아 입에 틀어 물고 소리가 밖으로 나가지 않도록 참았다.

다은이 아이를 낳았고, 산파가 돌아가면서 저리 독하게 참는 산모는 처음이다 혀를 두를 정도로 별채에서는 큰 소리가 흘러나오지 않았다.

✳

아이가 태어나고, 여운은 이 집에서 잊힌 존재가 된 느낌이었다. 여인이 시집을 와 대를 잇지 못하는데, 여인의 구실을 못 하고 있는 것이었다.

방 안에만 있는 아씨를 걱정하여 집안 소식을 전하는 지단의 말도 여운은 듣고 싶지 않다고 하였다. 지단은 아씨 방에 들어서도 별다른 할 말이 없어 그냥 옆을 지키다가 방을 나오는 것이 다였다. 점점 변하는 아씨의 모습을 보며 지단은 걱정이 되었다.

별채 문씨는 아기에게 물릴 젖이 안 나온다며 행복한 걱정을 하고 앉았는데, 우리 아씨는 저 꼴이 뭔가. 우리 아씨가 먼저 아이를 낳았어야 했는데.

문씨가 낳은 아이에게 '율해'라는 이름이 지어졌다. 이 이름으로 불리게 되었을 때 또 한바탕 소란이 일어났다. 시어머니 윤씨가 서자에게 어찌 돌림자를 쓰느냐며 안 된다 나섰다. 더욱이 '율해'는 시아버지 김 판윤 대감이 첫 손자가 태어나면 준다며 미리 지어둔 이름이었다.

서자를 장손으로 앉히려는 것인가 하여 윤씨는 더 노발대발하였다. 하지만 김 대감의 눈에 다은의 아이는 서자도 무엇도 아닌 제 자식일 뿐이었다. 마님이 들고 나선 탓에 이제는 하인들까지 문씨의 아들이 장손을 꿰찼다고 알게 되어 이날 윤씨는 안 나서니만 못한 일을 한 것이 되었다.

여운이 귀를 막고 입을 닫고 있어도 소문을 모르지는 않았다. 소문이란 것이 어찌나 돌고 돌아 비수를 꽂을 심장을 그리도 잘 찾아내는지 여운의 가슴은 여러 번 무너져 내렸다. 그러나 그 장면을 보기 전까지는 여운은 그래도 숨은 쉴 수 있었다.

뒷마당으로 들어서는 순간이었다. 뒤채에 들인 유모에게서 아이를 받아 품에 안고 젖을 물리는 문씨의 모습을 보았다. 젖을 물지 못하는 아이를 보며 안타까워하는 어미의 모습을 보고 숨도 쉴 수 없어 가슴이 답답해졌다. 발길을 돌려야 하는 것을 알면서도 멍하니 서서 그 모습을 바라보다, 몸을 돌려 그곳을 나왔다.

가슴속에 질투가 일어 미칠 것만 같았다. 서방님과 함께 있는 모습을 볼 때도 이렇게 가슴이 미쳐 날뛰지는 않았다. 그런데 서방님의 아이를 안고 있는 저 여인이 너무도 부러워 미칠 것 같았다. 가슴이 너무나 아파와 숨을 쉬지 못할 지경이었다.

방으로 달려와 그동안 참고 있던 울음을 터뜨렸다. 그것은 울부짖음이었다. 자신의 모습이어야 했다. 저 모습은 자신의 모습이었다.

❋

정적이 흐르는 사랑채에는 여운의 사각거리는 치마 소리만 들렸다. 여운이 일정한 간격으로 걸음을 떼어 사랑채에 들어 인기척을 내었다. 여운의 인기척에 안에 든 주인이 당황한 것인지 답이 없다가 한참 후에 들라는 말을 하였다. 여운이 방에 들어 서안 앞에 앉아 있는 서방님에게 인사를 하고는 자리에 앉았다.

둘에게서 침묵이 이어졌다. 방에 들었으면서도 여운은 입을 열지 않고 정우를 바라보고만 있었다. 여운이 고개를 한 번 숙였다가 들더니 입을 떼었다.

"서방님, 소첩 이 집에 남아 살고 싶습니다."

정우는 여운이 입을 열어 한 말의 의미를 새겨보았다. 갑자기 이 밤중에 찾아와 무슨 소리를 하는 걸까.

"김씨 가문에 시집와 대를 잇지 못하고 사는 것이 부끄럽사옵니다."

정우가 인상을 쓰며 여운을 바라보았다.

"여인의 덕목을 지키지 못하고 있다는 수치심에 사는 것이 무의미합니다."

그래도 정우는 아무 대답도 하지 않았다. 눈동자의 흔들림도 없이 말하고 있는 여운을 바라만 보았다.

"대를 잇게 해주십시오."

"그만!"

"더는 바라지 않겠습니다. 대를 잇고 제 의무를 할 수 있게 해주십시오."

'제발 그만하시오.'

정우는 여운의 입에서 나오는 소리에 놀라다가 가슴이 쓰라려 오는 것을 느꼈다. 자신이 알고 있다 여긴 여인의 입에서 나오는 소리가 아니었다.

"저는 이곳에 남아야 합니다."

'그래서 서방님을 지켜야 합니다.'

여운이 입을 열수록 정우는 가슴속에서 불이 타올랐다. 저 여인의 이런 모습을 보는 것이 화가 났다. 자신 때문에 저러는 것이 싫었다.

"절대 부인을 버리지 않을 것이오."

"그것으로는 안 됩니다. 제게 아이를 주십시오. 그러면."

정우가 주먹을 쥐었다.

"다시는 바라지 않겠습니다."

정우는 눈을 감아버렸다. 여인이 대를 잇지 못하면 소박을 맞는다. 그것이 부인을 불안하게 하고 있다는 것을 알았다. 어머니께서 집에 무당을 들이고, 갖가지 부적을 쓰고, 공양을 하고. 모든 것을 알고 있었다. 아들을 낳으라 괴롭히시겠지. 그동안 알면서도 못 본 척한 것들이다.

정우가 여운의 얼굴을 보지 못하고 눈을 감은 것은 자신의 잘못

이기 때문이었다. 이 여인에게 씨를 달라 제 입으로 말하는 이런 수모를 주고 있는 것은 정우였다.

정우가 드디어 눈을 뜨고 말하였다.

"나는 보름 후 평양성으로 떠날 것이오. 나를 따를 것이오?"

서방님께서 평양성으로 가는 것은 막아야 하는 일이었다. 평양성에 세자를 따라가면 왕의 눈 밖에 나게 될 것이다. 그날 세자는 평양성으로 가지 않게 될 것이리라. 여운이 평안감사 정희량이 세자를 곤욕으로 몰아넣을 이와 같은 일을 꾸민 것을 친정아버지께 알릴 생각이다. 정희량의 죄를 고할 상소문을 올린다면 이번 일을 막을 수도 있을 것이다.

여운은 서방님을 죽음으로 몰았던 사건의 시발점인 이번 평양 행을 막을 생각이었다. 서방님의 평양행은 무슨 수로든 막아야 했지만,

"가겠습니다. 서방님을 따라가겠습니다."

여운은 운명을 걸어보기로 하였다. 서방님의 운명을 담보로 제 운명을 바꾸려 하였다.

　

❋

　

여운을 태운 가마는 쉬지 않고 북으로 향하였다. 세자저하를 모시고 먼저 출발한 서방님의 행렬을 열심히 뒤쫓아가고 있었다. 그러나 말을 달리는 속도를 사람이 지고 가는 가마가 따라잡을 수는 없는 일이었다. 여운의 마음만 초조했다.

서방님의 평양행이 비밀에 부쳐졌듯 여운이 서방님을 따라 평양에 가는 것도 비밀이었다. 여운은 몸이 안 좋아 친정집에 잠시 가 있겠다고 시어머니께 말씀드렸다. 별채에서 밤마다 갓난아이 울음소리가 새어 나오는데 이 집을 나가고 싶은 것은 당연하지 싶었다. 시어머니 윤씨는 여운이 친정에 가서 쉬다 오는 일을 허락하셨다.

　한양에서 개성을 거쳐 평양으로 이르는 길을 떠났다. 명나라 사신들이 이용하는 사행길을 따라 오백 리를 쉬지 않고 달렸다. 중간 역참에서는 지친 가마꾼을 쉬게 하고, 다른 일꾼을 사서 쉬지 않고 움직였다. 위험한 지역을 빼고는 낮과 밤을 가마를 지고 달리다시피 하여 나흘 만에 도착하였다.

　평양성에는 밤에 도착하여 서방님께서 적어주신 대로 여각에서 짐을 풀었다. 평양까지 와본 적도 없는 여운은 방 안에 들어 서방님께서 오시기를 기다리는 일밖에 할 일이 없었다.

　여각 안은 들고 나는 객으로 가득하여 밤이 되었는데도 소란하였다. 이곳에 여인 혼자 발을 들일 때부터 자신을 보는 눈들이 심상치 않아 여운은 방 문 앞에서 나는 소란스러운 소리에 신경을 곤두세우고 있었다. 명나라 사신을 위해 만든 방이라 이제껏 본 적이 없는 나무를 대어 만든 높은 침상이 놓여 있었다. 그곳에 걸터앉아 문만 바라보고 있었다.

　밤이 더 깊어져서야 정우가 여각으로 돌아왔다. 오늘도 주인에게 먼저 들러 자신을 찾아온 여인이 있는지를 물었다. 늦어도 오

늦은 도착해야 했다. 주인이 나와 이미 방에 여인이 들었다고 하는 소리를 듣고 안심하였다.

여운을 맞기 위해 세자를 따라 평양 여행을 온 세자시강원 관료들과 숙소를 따로 정해 이곳에 머물고 있었다. 여인을 만나기 편하도록 평양성에 머물지 않는 것이냐는 소리를 들었는데 그 말이 사실이었다. 여운은 자신의 처가 아니라 자신의 여인으로 이곳에 든 것이다. 평양에서만 있을 수 있는 일이었다. 한양에서의 정우는 여운에게 마음을 열지 않기로 이미 다짐하였다. 이곳에서만 그녀에게 마음을 줄 것이다. 그리고는 거둘 것이다.

여운에게로 가기 위해 층계를 오르는 정우의 발걸음이 빨라졌다. 가슴이 두근대고 있었다. 여운을 만나고 싶었다. 정우가 단숨에 층계를 올라 구석진 방의 문을 열고 안으로 들어섰다. 두리번거리며 여운의 흔적을 찾았다. 여운은 침상에 올라 몸을 웅크린 채로 잠이 들어 있었다.

정우가 여운에게로 다가가 그녀를 내려다보았다. 작은 몸을 웅크리고 있어 더 작고 연약하게 보였다. 정우가 손을 뻗어 여운의 얼굴을 덮은 머리카락을 쓸어 올렸다. 여운의 고운 얼굴이 더 잘 보이게 되었다. 먼 여행에 지쳐 있는 모습이 안쓰러웠다. 정우는 이불을 덮어준 후 옆에 앉아 벽에 기대어 여운을 바라보고만 있었다. 여운을 쉬게 해주고 싶었다.

다음날 여운이 눈을 떴을 때 침상에는 여운 혼자 남아 있었다. 어제 눈을 감은 후로 깨어나지 못해 서방님이 방에 드셨는지 아닌지도 알 수 없었다. 여운은 자신을 책망하는 마음이 들었다. 그리 긴장하고 있었으면서도 어찌 잠이 든 것인지. 오는 길에 가마 안에서 쪽잠을 잤다 해도 나흘을 제대로 자지도 못하고 달려온 것이라 몸이 견디지를 못한 것이었다.

침상에서 일어나는데 종이 하나가 눈에 들어왔다. 서방님의 서찰이었다. 낮에는 정무를 보느라 얼굴 보기 어려울 것이다 하셨다. 중이라는 하인이 보살펴 줄 것이니 그 아이를 따라 평양을 둘러보라고 적혀 있었다.

서방님의 말에 따라 중이라는 아이가 여운이 깬 인기척을 듣고 방에 들었지만, 여운은 그냥 중이를 내보냈다. 여운이 이곳에 유람하러 온 것은 아니질 않은가.

이곳은 여운의 피난처였다. 여운이 서방님의 품으로 숨을 수 있는 유일한 장소가 된 평양이 뭐가 좋아 구경을 할 것인가. 여운은 서찰을 내려놓고 중이가 열어둔 창문도 닫고 침상 위에 멍하니 앉아 있었다.

밤이 깊어 여운이 자리에서 움직이지도 않고 기다리던 정우가 방에 들었다. 어색한 공기에 정우가 여운의 눈을 피하고 탁자 위에 갓을 벗어 올려두었다. 두 사람 사이에는 인사를 묻는 말 한마디 오고 가지 않아 밖에서 들어오는 시끄러운 소리만 들렸다.

도포를 벗는 정우의 등 뒤로 여운이 다가와 정우가 옷을 벗는 것을 도왔다. 잠시 정우의 등이 긴장하여 움직임을 멈추다가 도포를 벗어 여운에게 건네주었다. 옷을 건네며 손끝이 마주 닿았다. 찌릿한 감각이 닿았다 떨어진 피부에 남았다. 그런데 여운은 아무것도 느끼지 못하는지 무표정한 얼굴로 자신의 다른 옷도 받기 위해 기다리고 있었다.

"식사를 같이 합시다."

여운이 그제야 고개를 들어 정우를 바라보았다. 그 눈 안에도 감정이란 없어 보였다.

마주 앉아 밥을 같이 먹는 동안에도 말은 없었다. 예의를 따져 그런 것도 아니고, 여운은 정우에게 할 말이 없어 보였다. 상을 내어가는 여각 여종과 중이가 나가고 둘이 남겨지자 침묵은 더 무거운 것이 되었다.

차라리 이런 침묵이 여운에게는 나았다. 정우가 무슨 말이라도 하면 흔들릴 것 같았다. 이곳에서는 감정도, 느끼는 것도 없이 있어야 한다. 그것이 더는 상처받지 않는 길이었다.

잠자리에 들 준비를 하기 위해 칸막이가 쳐진 곳에서 중이의 시중을 받으며 정우가 씻고 있었다. 여운은 침상에 앉아 이런 정우의 움직임을 모두 지켜보고 있었다. 물동이를 들고 중이가 방을 나간 후 정우는 침상으로 걸어왔다. 여운이 앉아 있는 곳으로 걸어오자 나무로 된 바닥이 삐걱거리는 소리가 났다. 소리는 여운의 앞에 정우가 가까이 다가오고 나서야 멈췄다.

정우가 이불을 들추고 들어와 여운의 옆에 누웠다. 옆자리에 온기가 돌자 긴장하다가 여운도 자리에서 누웠다. 둘은 천장을 바라보고 그렇게 누워 있게 되었다. 그때 정우의 손이 여운의 손을 찾아 잡는 것이 느껴졌다. 말없이 잡은 따뜻한 손의 감촉에 여운의 눈에서 참았던 눈물이 흘렀다.

정우가 몸을 돌려 여운을 품에 꼭 안아 달래주었다. 정우는 여운의 흐느낌이 잦아들 때까지 그녀를 꼭 안고만 있었다. 볼에 느껴지는 차가운 눈물이 마를 때까지 따뜻하게 얼굴을 비비고, 따뜻한 입술이 이마를 스치고, 눈가를 스치고, 입술을 스쳤다. 눈물을 하염없이 흘리던 여운은 정우의 입술이 자신의 입술에 닿자 짧게 숨을 헐떡이며 눈물을 참아보았다.

한 번 터진 눈물은 쉽게 그쳐지지 않았다. 정우가 여운의 얼굴을 두 손으로 감싸고 몸을 일으켜 여운을 바라보았다. 자신을 바라보는 따뜻한 눈빛을 받고서야 여운의 눈물이 멈추었다.

정우는 여운의 얼굴을 어루만지며 입을 맞추었다. 한 번에 이어 두 번, 세 번, 연신 입을 맞추고 다시 여운의 눈을 들여다보았다. 여운이 정우의 입맞춤에 눈을 감자 드디어 깊은숨을 불어넣으며 오랫동안 입술에 머물렀다. 여운의 입술이 벌어지도록 입술에 머물다 따뜻한 숨결을 나누며 혀를 움직여 자극을 만들었다.

가슴 아프도록 야윈 팔을 손으로 만졌다. 그리고 여운의 가슴을 지나 배를 만지고 다리를 만져 보았다. 안아주고만 싶었다. 자신이 품에 안고 생기를 불어넣어 주고 싶었다.

부드러운 입맞춤이 이어졌다. 입술을 떼지 않고 여인의 부드러운 육체를 손으로 느꼈다. 어느새 벗겨져 나간 여운의 옷은 바닥에 떨어져 있었다. 이내 정우의 옷도 하나 남김없이 벗겨져 같은 모습으로 바닥에 뒹굴었다.

나신의 정우가 여운의 몸에 몸을 밀착시키자 모든 것이 빨라졌다. 숨결도, 손길도 성급해져 여유로움이 없었다. 그러나 부드러웠다. 여운을 만지는 정우의 손길이 섬세하고 부드러워 여운의 고개가 젖혀지며 정우의 어깨를 잡고 손톱을 세웠다.

오히려 여운의 움직임이 격렬해졌다. 정우에게 다리를 감고 목에 매달려 신음을 흘렸다. 그의 허리 깊은 굴곡을 따라 손길을 재촉하며 아래로 손을 향하였다. 그를 만졌다. 오늘 밤은 온전히 자신의 것인 그의 몸을, 거두어들이는 욕망 없이 가져야만 했다.

여운의 손길에 정우는 신음이 흘러나오고, 몸이 굳어졌다. 이제는 정우도 자신을 진정시킬 수 없어 여운의 젖가슴을 입에 물고 빨아댔다. 여운의 품에 얼굴을 비벼댔다.

여운이 자신을 타고 올라앉아 내려다보자, 몽롱해진 눈길로 여운의 얼굴을 보았다. 서서히 여운의 몸이 자신에게로 내려앉더니 자신을 따뜻하게 감쌌다. 정우는 '헉' 소리를 내며 숨을 연신 들이쉬기만 하였다.

여운이 움직이기 시작하는 첫 순간부터 절정에 이르렀다. 몸의 반응보다 여운의 움직임을 바라보는 것 자체로 흥분해 숨을 쉴 수가 없었다. 정우가 난폭하게 여운의 허리를 잡고 몸을 움직이려 하자, 여운이 몸을 들어 정우에게서 떨어졌다. 고개를 숙이며 여운이 다시 천천히 정우에게 다가왔다. 여운의 입술을 맞이하기 위해 정우가 움직이다 멈추었다.

"성급해서는 안 됩니다. 수태를 위해서는 참으셔야 합니다."

그것이 이곳에 정우와 여운이 함께 있는 이유였다. 정우가 여운의 허리에서 손을 거두고 누워 있자 여운이 다시 몸을 움직였다. 정우를 스스로 품고 한껏 흥분하여 신음을 흘린 후에야 정우의 두 손에 잡혀 정우의 아래 눕혀졌다. 온몸으로 그의 체중을 느끼며 그에게 매달렸다.

정우는 참고 있던 모든 것을 그제야 쏟아낼 수 있었다. 여운의 다리를 잡고 몸을 흔들며 처음 느끼던 것과 같은 희열을 다시 맛보았다. 피가 솟구치는 느낌에 미친 듯이 그녀를 찾았다. 이런 자신을 보고서도 입술을 깨물며 냉정하게 자신을 보는 여운의 눈빛에 오히려 흥분되어 자신을 던졌다.

그녀의 품에 묻히고 또 묻혀도 불씨가 꺼지지 않아 정우는 소리를 질렀다. 화가 난 사람처럼 소리를 질렀다. 그렇게 하니 속이 후련하고 하늘을 나는 듯한 기분이 들었다. 그의 씨가 여운에게 뿌려졌다. 여운이 그렇게 소원하는 대로 해주었다.

여운은 정우를 가졌다. 그가 절정에 이르는 것을 느끼고 정우의 엉덩이를 감은 두 다리를 풀지 않았다. 더 그를 가져야 했다. 그렇게 그가 자신의 품에서 무너져 내리고도 조인 다리를 풀지 않았다. 그에게 꼭 매달려 어깨를 물며 신음하였다. 배 안에 번지는 따듯한 느낌에 알지 못하던 근육들이 모두 움직였다. 환희에 가득 차 신음을 흘리며 그의 어깨에 이빨 자국을 내었다. 몸을 떨며 그렇게 끝이 났다. 여운은 원하는 것을 얻었다.

정우는 다음날 낮에도 여운을 찾아와 바닥에 밀어 눕힌 채 그대로 여운을 가졌다. 밝은 햇빛이 들어오는 것도, 딱딱한 바닥이 등에 닿는 것도 신경 쓰이지 않았다. 정무를 보러 밖에 나간 지 얼마 되지도 않았는데 다시 찾아와 그녀의 얼굴을 본 순간 그냥 가지고 싶어 그렇게 하였다.

밤에는 여운이 자리에 눕자마자 끌어당겨 품에 안았다. 부드럽게 그녀를 감싸고 싶던 마음은 항상 숨겨놓았던 욕망에 지고 말았다. 거칠게 그녀를 몇 번이고 품에 안은 후에야 겨우 여운이 잠잘 시간을 주었다. 그래서 여운은 낮 동안은 정우를 기다리며 잠을 자며 휴식을 취하였다.

자고 있는 여운을 깨워 자신에게 끌어당기면서도 여운이 말한 대로 성급하지 않기 위해 항상 같은 말을 되풀이하며 여운을 안았다.

'사랑하지 않는다.'

말한 대로 되길 바라며 사랑으로 품지 않으려 노력하였다. 아무리 이 말을 되뇌어도 결국 모든 것을 여운에게 쏟아부어야만 끝나는 일이었으므로 절정에 이르러서는 자신도 모르게 사랑을 말하였다. 여운의 안에서 뜨거웠던 열기를 식히며 귓가에 속삭였다.

"사랑하오."

열기에 차올라 자연스럽게 흘러나오는 말에 정우도 여운도 의미 없는 말인 것처럼 자연스럽게 받아들였다. 잠이 든 여운을 등 뒤에서 안고 뭔가를 중얼대며 정우도 눈을 감았다.

✳

정우는 세자저하를 모시고 평양성에 스무 날을 머물렀다. 이 시간만이 여운과 정우에게 허락된 것이었다. 평양에서의 마지막 날, 정우는 여운이 길을 떠날 차비를 하는 것을 지켜보다가 여각을 나왔다.

세자저하가 계시는 평양성으로 들어갔다. 아무래도 여운 혼자 한양으로 돌아가는 것이 걱정되었다. 남은 볼일을 보고 여행단을 따르겠다는 정우의 말에 세자저하는 알 만하다며 웃으셨다. 꼭꼭 숨겨둔 평양 기녀와 작별의 정을 나누고 오라며 농을 하셨다. 정우의 임무는 세자저하를 보필하는 것이지만, 이번에는 여운을 먼저 생각하였다.

여운과 평양에서 하룻밤을 더 지내고 여운이 탄 가마를 이끌며 정우는 한양으로 말을 몰았다. 한양으로 돌아가면 이곳에서와는 달라질 것이라는 걸 두 사람 모두 알고 있었다. 그래서 잠시 쉬어가는 주막에서 얼굴을 마주하고도 둘 사이에는 말이 없었다. 이별하는 것도 아닌데 이별의 슬픔이 맴돌아 말을 할 수 없었다.

정우 자신의 마음이 무엇이든 그런 마음일랑은 평양 땅에 두고 한양에 들어서야 했다.

집에 도착하자 여운이 먼저 입을 떼었다.

"서방님, 들어가 쉬십시오. 저도 이만 들어가겠습니다."

집에 들자마자 이별이었다. 정우가 할 말을 찾고 있는 사이 여운이 인사를 하고 저만치 걸어가 안채로 들어갔다. 정우는 그 걸음을 따라가려는 발걸음을 힘겹게 돌려 사랑채로 향하였다. 주인이 집에 돌아오셨다는 소식에 하인들이 몰려드는 것을 보고 그냥 사랑채로 피하였다.

✳

"몸이 많이 좋아지셨습니다. 약재를 가져왔으니 달여 드시고 차가운 데는 들지 마십시오."

한 의원이 들어 여운을 진맥하고 병세가 많이 좋아졌다 하였다. 기혈이 상하고 폐에 찬 기운이 들어 병이 되었는데, 어떤 약도 듣지 않던 것이 장기간 복용하던 약을 끊고 두 달간 더덕만 갈아 먹은 것인데도 몸이 눈에 띄게 좋아졌다 하였다.

"그라요? 참말 그리 좋아지셨소? 하긴 내가 봐도 아씨 혈색이 이리 좋아 보이시는디."

지단이 더 좋아하며 호들갑을 떨었다.

"지단아, 나가서 물 한 잔 가져다주렴."

"야, 아씨."

지단이 나가자 여운이 의원에게 묻고 싶은 질문을 하였다.

"다른 증상은 없는가?"

"예, 다른 증상은 없고, 혹 태기를 물으신다면……."

한 의원의 표정을 보고 이번에도 아니라는 것을 알았다. 여운은 힘이 딱 풀렸다. 그렇게 노력을 하였는데도 안 되는 것인가. 이번이 아니면 안 되었다. 이번에는 꼭 아기가 복중에 들어서야 했다.

"잘 짚어보게. 정말 아닌가?"

의원이 신중을 기해 다시 여운의 손목을 잡았다.

"아씨, 죄송합니다. 아직은 몸의 기운이 차 수태가 안 된 것일 수 있으니 좀 더 기다려 보시지요. 몸이 점점 좋아지고 있어 다음에는 분명 좋은 소식이 있을 것입니다."

여운에게 다음은 없었다. 너무도 낙심하여 여운은 의원이 나가는 것도 모르고 자리에 멍하니 앉아 있었다.

물을 들고 들어온 지단이 여운의 안색이 갑자기 어두운 것을 보고 여운에게 물을 건네며 걱정스러운 표정을 지었다.

"왜? 의원이 어디가 안 좋다 하고 갔어라?"

"음, 아니다. 몸이 좋아졌다 하질 않느냐."

"암요. 들었지요. 들었지라. 어서 약을 달여야겠지라."

"아니다. 약은 나중에 먹어야겠다. 당분간 준비하지 말거라."

여운은 그래도 희망을 버릴 수 없어 먹는 것도 조심하고 방 안에만 누워 아기가 찾아오기를 기다렸다.

여운이 바라는 일은 결국 일어나지 않고 여운을 더욱 외롭게 만들었다. 빛을 보고 난 후에는 더욱 어둠이 무서운 법이었다. 어둠 속에 갇혀 익숙해졌다 여겼는데, 한 번 빛이 든 마음은 다시 어둠이 싫어 몸서리쳤다. 이 끝이 보이지 않는 칠흑 같은 어둠에서 벗어나고 싶었다.

어두운 방 안에 누워 있다가 답답한 마음에 옷을 챙겨 입고 밖으로 나왔다. 차가워지는 공기가 피부에 부딪치는데도 몸에 솟아오르는 열기로 차가운 밤공기를 헤집고 걸으며 고개를 저었다.

사람이 미친다면 이런 것 때문일 것이다. 화마, 가슴을 끓어오르게 하는 불덩이가 차올라 목까지 차더니 머리를 채워 사고를 할 수도, 정신을 차릴 수도 없게 몸을 불덩이로 만들었다. 열병을 앓은 사람처럼 뜨거운 기운에 씩씩거리는 것으로는 막을 수 없었다. 그것을 풀 거리를 찾아 없애야만 진정할 수 있었다.

여운의 발걸음은 망설임 없이 사랑채로 향하였다. 뜨거운 자신을 안아달라 매달릴 작정이었다. 다른 건 상관치 않고 다시 그의 여인으로 살게 해달라 매달릴 것이다. 서방님의 방 앞까지 그냥 걸을 수도 없어 뛰다시피 하였다. 사랑채 안으로 발을 들였다. 그러다가 발걸음을 툭 하니 멈추었다.

자신보다 먼저 든 발길은 여운의 것과는 다른 조심스러운 것이었다. 아이를 안아 들고 혹시라도 아이가 깰까 봐 조심히 디딤돌에 발을 올렸다. 문씨의 발걸음이 여운의 것보다 먼저였다. 인기척에 문을 열고 나온 정우가 환하게 웃으며 이들을 맞아 문씨에게서 아기를 안아 들었다. 세상을 다 가진 듯한 행복한 표정으로 아기를 보며 웃고 있는 서방님의 얼굴을 보고 여운은 그 자리에 멈춰 움직이지 못하였다.

저 사이에 여운은 낄 수 없었다. 서방님의 마음을 가득 채운 아기의 존재가 여운의 현실을 일깨워 주었다. 발걸음을 돌려야 했다.

사랑채를 나오는 길에는 넋이 나간 사람처럼 어디로 발길이 향하는지도 모르고 터덜터덜 걷기만 하였다. 여운의 속에서는 두 가지 마음이 싸우고 있었다. 머릿속은 이제는 그를 보내야 한다고 냉정을 찾는데, 가슴은 아직도 그를 가지고 싶어 불덩이를 끌어안고 있었다. 차갑고 뜨거운 서로 다른 기운이 부딪쳤다.

여운은 제 가슴을 쳤다. 주먹으로 치며 뜨거운 기운이 가라앉기를 바랐다. 한때 제 것이던 것을 잃고 뻥 뚫린 가슴을 내려쳐 감각을 무디게 하려 하였다.

"으으으으으으."

울음소리가 목구멍에서 터져 나오지 않게 눌러 버렸다. 고개를 젖히고 몸을 떨며 모든 감정을 눌러 가라앉혔다.

여운은 식구들 점심이 끝난 시각에 부엌에 들었다. 부엌 정리를 하는 율이 어멈에게 곳간에 가 수정과를 떠다가 시부모님께 가져다 드리라 말하였다. 율이 어멈이 자리를 비우자 부엌 뒤로 난 문을 열고 뒷마당으로 나왔다.

뒷마당에는 두 개의 약탕기가 김을 내며 달여지고 있었다. 여운은 의원이 다시 지어준 약재를 담은 약탕기 앞에 가 그것을 바라보다가 가슴에서 붉은 통을 꺼내 뚜껑을 열었다. 손을 뻗어 자신의 약탕기 옆에 놓인 약탕기의 뚜껑을 열고 붉은 액체를 그 안에 떨어뜨렸다. 그리고 약탕기가 다시 김을 머금고 끓어오르도록 종이를 덮고 그곳을 나왔다.

가슴속에 피어나는 열기를 누를 길이 없었다.

'문씨만 없어진다면.'

다시 피어오르는 열기와 싸우느라 머릿속은 미쳐 가고 있었다. 결국 문씨의 약탕기에 손을 대었다.

한 번의 생을 살아도 정우와 함께하고 싶었다. 둘의 사이를 가로막는 것은 문씨였다. 문씨가 없어지면 된다. 가슴에 품고 다니던 붉은 주사 물을 움켜쥐었다. 이것으로 운명을 바꿀 수 있다 하였다. 자신의 운명이 어떻게 바뀔 것인지, 문씨의 운명이 어찌 될 것인지 도박을 하였다. 이 붉은 물의 기운으로 운명을 바꾸려 하였다.

그러나 운명은 그렇게 쉽게 바꿀 수 있는 것이 아닌지 여운이 불에 휩싸여 분노로 가득한 눈으로 붉은 달을 바라보는 밤이 아무리 쌓여도 아무 일도 일어나지 않았다.

문씨는 여전히 서방님의 품을 차지하고 있었고, 문씨의 아이 율해는 이름이 불릴 만큼 자랐다. 아이가 튼튼하게 자라 기어 다니게 되고, 어미의 손을 잡고 걸어 다닐 수 있게 되었다.

아이가 걸어 다닐 수 있게 되자 서방님께서는 아이 보는 재미에 빠져 집에 일찍 들어오셨다. 보는 눈도 의식하지 않고 마당에 나와 아이의 손을 잡고 다정하게 말을 걸어주셨다. 사물의 이름을 가르쳐 주고, 꽃을 따 손에 쥐어주기도 하셨다. 여운은 이 모든 것을 지켜보았다.

아이가 커가는 것을 볼수록, 정우의 달라지는 모습을 볼수록 여운은 다시는 제 것이 될 수 없는 것을 추억처럼 되풀이하여 회상하였다. 현실을 사는 것이 괴로워 과거에 매달려 이제는 어느 것이 진짜 여운의 삶인지 헷갈리게 되었다.

'어디서부터 잘못된 것인가.'

풀 수 없는 매듭의 고리가 묶여 되돌아갈 수 없다는 것을 알았다. 정우는 저 멀리 여운의 손이 닿지 않는 곳으로 사라지고 있었다.

✼

율해의 나이가 두 살이 되어 돌잔치를 해야 하는데, 시어머니 윤씨가 집 안에서 아이의 잔치가 말이 되느냐며 반대하고 나섰다. 다은도 이번은 그냥 조용히 넘기고 대신 율해의 복을 기원하는 불공을 드리고 싶다 하였다.

정우는 다은의 마음이 흡족할 수 있도록 다은이 어릴 적부터 불심을 바친 봉은사에 새로 불상을 들일 수 있을 만큼 시주하였다. 그러나 율해를 데리고 봉은사에 오르려던 다은의 계획은 실현되지 못하였다.

돌이 되기 며칠 전부터 아이의 몸이 불덩이같이 열이 오르더니 갑자기 열병에 걸려 의원이 들었다. 사흘간 집안의 사람들이 잠을 설치고 의원이 드나드는 별채를 살폈다. 집에 활기를 가져다준 아기가 병에 걸리자 집안에도 우환이 들었다. 집안사람들 모두 별채에 신경 쓰느라 할 일을 못 하고 손을 놓고 아기의 상태를 지켜보았다.

새벽까지 집에 돌아가지 않고 의원이 남아 아기의 곁을 지킴으로써 오늘 밤이 고비인 것을 알았다. 결국 몸이 약해진 아기는 새벽을 넘기지 못하고 아침 해가 밝기 전에 막힌 숨을 다시 내쉬지 않고 잠이 들었다.

다은은 눈을 뜨지 못하는 아기를 감싼 이불을 안고 누구에게도 율해를 내어주지 않았다. 정우는 다은을 끌어안아 진정시키며 자신의 슬픔도 잠재우려 하였다. 지금은 아이를 잃은 다은의 슬픔이 먼저였다.

의원이 할 일을 다하지 못했다는 죄책감에 힘없이 집을 나가고, 하인들은 처음 맞는 큰일에 어떻게 도와야 할지를 몰라 우왕좌왕하였다. 이 댁 안방마님 윤씨가 나와 아이를 위해 새로 옷을 지으라 명하였다. 모질게 마음을 먹은 윤씨였지만, 이런 것을 바란 것은 아니었다. 차가워진 아이의 몸을 감쌀 수의를 지으라 하고는 방 안으로 들어가 탄식하며 나오지 못하였다.

아이는 선산 밑에 봉분도 세우지 못하고 땅에 묻혔다. 율해라는 이름이 붙은 표식이 이 자리가 어린 영혼을 품은 무덤임을 알려줄

뿐이었다.

아이를 잃은 슬픔에 낮과 밤을 눈물로 지새우던 다은은 전에 잡았던 계획대로 봉은사에 올랐다. 아이를 위한 축원 대신 불교식 제례 의식을 지냈다. 손을 모아 아이의 혼이 구천을 떠돌지 않기를 빌었다. 어린 영혼이 길을 잃지 않고 편안한 곳에 머무르기를 눈물로 빌었다.

절에서 제례를 마친 후에도 다은은 산에서 내려오지 않았다. 아이의 영혼을 보내놓고 다은의 영혼이 머물 곳을 찾지 못해 불공으로 마음을 다스리며 절에 머물렀다. 아이를 잃은 어미의 슬픔이 깊어 다은은 한 해를 다 보내고도 집으로 돌아오지 못하였다.

✸

여운은 청명한 가을 하늘을 바라보았다. 오늘 날씨를 보고 외출하고 싶어 곱게 차려입은 모습으로 지단을 앞세워 장에 나섰다.

문씨가 집을 떠나고 조금씩 생활이 바뀌었다. 집안 식구 모두의 상처가 되었던 일이 흐르는 시간에 아물자 일상의 모습을 찾아가게 되었다. 상처를 일깨우는 존재가 이 집을 떠나자 모두들 살아가기 위해 아픔을 덮었다.

여운도 서서히 일상으로 돌아왔다. 집안을 관리하고 시부모님과 서방님을 모시는 일에 전념하였다. 장마로 연일 먹구름이 가득했던 하늘에 볕이 드니 여운의 생활에도 빛을 머금었다. 조금씩 예전으로 돌아가고 있었다. 이렇게 좋은 날이어서 활기찬 장터에 나가고 싶었다. 여운은 집을 나와 맑은 하늘을 이고 길을 걸었다.

해물전에 들어 전어를 사다 일찍 퇴청하시는 서방님의 상을 차릴 생각이었다.

마침 오일장이 서는 날이어서 신선한 해산물을 살 수 있었다. 서방님의 식성을 생각해서 고심하며 이것저것 여운이 직접 사들였다.

생선을 담은 통을 든 지단은 인상을 썼다. 아씨 마음이 어떤 것인지 알지만, 지단은 오랫동안 이런 일은 손을 대지 않고 있어 비린내를 손에 묻히는 것이 싫었다.

"다음에 나올 때는 간난이라도 데려와야겠어라. 냄새가 너무 심한디요."

여운이 지단을 너무 꾸짖지 않아 이러는 것이겠지.

"그럼 간난이를 주로 부려야겠구나. 간난이라면 어떤 일을 시키든 다른 말은 안 하겠지."

안 그래도 간난이가 빨래하는 궂은일이 싫어 바느질 솜씨를 늘려 아씨 밑에서 침모 일을 맡아 하고 싶어 하는 것을 알았다. 지단은 아차 싶어 다른 말로 아씨의 관심을 돌렸다.

"아씨, 오랜만에 장에 나왔는디 그냥 돌아가기는 심심하지 않어라?"

"서방님께서 돌아오실 텐데 어서 돌아가야지."

"이제 막 아침을 먹었는디 벌써 점심이 오겠어라. 그라지 말고 좀 둘러보쇼. 용한 점쟁이가 길거리 점을 쳐준다 하던디, 한번 들러보실라요?"

"점은 무슨, 되었다. 그러면 저 아래로 가 인절미나 좀 끊어 먹고 오려무나."

여운이 주머니에서 엽전을 인심 좋게 꺼내 지단의 손에 건넸다. 신이 난 지단은 그 길로 떡장사에게 달려갔다.

집으로 돌아와 여운은 작은 화로를 부엌 뒷마당에 놓고 전어를 올려 굽고 있었다. 노릇노릇 잘 익어가는 고기 내음이 솔솔 풍겼다. 지단이 소금을 가져와 여운의 옆에 놓았다.

"서방님께서는 간이 간간한 것을 좋아하시니 이렇게 소금 간은 나중에 봐가면서 치거라."

"야, 아씨. 이제 그만 주시고 들어가셔라. 몸에 음식 냄새가 이리 배면 어찌 서방님을 맞으신당가요."

"이것만 마치고."

"아따, 들어가시라는데도요. 사내란 자고로 분 냄새 폴폴 풍기는 여인을 좋아라 하는 것이제, 어느 사내가 비린내나 풍기는 여인을 좋아하겠어라."

"네가 점점 입이 방정맞아지는구나."

"아씨, 잘못했어라."

지단이 여운에게 살갑게 굴었다.

"너를 지금에라도 시집을 보내야 할까 보다. 나이가 차도록 짝을 만나지 못하면 이상한 병이 든다 하던데, 네가 점점 이상해지는 것이 그 병이 든 것 같구나."

지단이 화들짝 놀랐다.

"말도 안 되어라. 망측한 것은 아씨구먼요."

지단도 처녀인지라 얼굴을 붉히며 자리에서 일어나는데, 여운의 심상치 않은 소리가 들렸다.

"읍, 우우읍."

지단이 유심히 여운을 바라보았다. 전어가 다 구워져 냄새가 진동하여 올라오니 여운이 이 냄새를 참지 못하고 고개를 돌려 헛구역질을 하고 있었다.

"아씨!"

지단이 여운이 들고 있는 숟가락을 빼앗아 쥐고 아씨를 일으켜 세웠다.

"잠깐, 이것만 하고."

"아씨, 아닙니까요? 지금 그거, 아기씨가 들어선 것이 아니냔 말이어라."

여운이 아기라는 말에 멍하니 지단을 바라보았다.

"모르겠다. 그냥 며칠 전부터 속이 좋지 못했다."

"아이고, 맞는가? 이 둔한 것이 그것도 모르고."

며칠간 아씨께서 부쩍 피곤해하셨다. 감기 기운이 있다며 자리에 누웠다가도 금방 털고 일어나기를 몇 번 한 것을 경험이 없는 지단이 놓친 것이다.

"의원을 불러야지라. 당장 가서 불러오것어라."

"아니다. 소란 피우지 말거라. 아니면 어쩌느냐. 우리 둘이 이 따가 조용히 나갔다가 오자."

"야, 알겠어라, 아씨."

아이가 들어선 것이 맞았다. 그렇게 기다리던 아이가 여운에게 찾아왔다. 정말 자신이 서방님의 아이를 품고 있는 것인지 신기하였다. 아무리 배를 살펴보아도 배를 보고는 알 수 없었다.

여운은 눈으로 확인할 수 있을 만큼 배가 부른 후에야 정우를 찾아가 소식을 알렸다. 여운은 모든 것이 조심스러워 그리 하였다.

"정말이오? 정말 아이를 가진 것이오?"

"네, 그렇습니다."

불러온 배를 만지며 여운이 수줍게 미소를 지었다.

"기쁘십니까?"

"그런 질문이 어디 있습니까. 기쁘다마다요. 고맙습니다."

몇 달간 합방일을 받고도 여운이 몸이 좋지 못해 누워 있는 것을 보고 걱정하였는데 회임이었다니. 정우는 마음을 쓸어내렸다. 정우가 기뻐하는 모습을 보며 여운은 그제야 마음을 놓았다.

시어머니께서 어서 아들을 낳아야 한다 재촉하시는 것에 여운의 마음만 상했던 것이 아니라 서방님께서 얼마나 힘드실까 걱정하였다. 오랜 기간 기다려 온 아이이지만 정말 그가 바라는 아이인지 확신이 서지 않았는데 서방님께서 고맙다며 손을 잡아주셨다.

"이제 다른 걱정은 마십시오."

여운은 마음을 다해 아이를 품었다. 행여 아이에게 해가 되는 일은 하지 않았다. 조신하게 몸가짐을 하고 좋은 마음만을 품었다. 어미가 행복하니 뱃속의 아이도 무럭무럭 자라 아이의 움직임을 느낄 수 있을 만큼 배가 불러왔다.

여운은 세상을 다 가진 것 같았다. 아이를 가지자 서방님도 항상 여운의 곁을 지키셨다. 매일 밤 여운을 찾아와 안부를 묻고 손을 잡아주셨다. 늘 고맙다는 말을 하셨고, 여운이 원하는 것은 무엇이든 들어주셨다.

만삭이 되었을 때는 서방님이 찾아와 여운의 옆에 앉아 서책을 펴고 아기도 이제는 들을 수 있을 것이라 하여 글을 읽어주셨다. 여운은 서방님의 모습을 보고 웃지 않을 수 없었다. 뱃속의 아이가 어찌 그 어려운 논어를 알아들을 수 있을 것인가. 서방님도 웃으며 다음에는 동문선습이라도 가지고 와야겠다며 멋쩍어하셨다.

새벽에 눈이 떠져 여운이 자리에서 일어났다. 지난밤 잠이 들기 전 배가 싸한 느낌이 있었는데, 배에 느낌이 이상하여 잠에서 깬 것이다. 여운은 배를 만져 보았다. 여전히 태동은 있었지만 느낌이 달랐다.

'오늘이야.'

경험하지 못한 일이지만 오늘 아이가 나올 거라는 생각이 들었다. 주섬주섬 문갑 서랍장에 둔 배냇저고리와 바느질을 해놓은 하얀 수건들을 꺼내놓고 만져 보았다. 준비가 다 되었다. 드디어 아이를 만날 수 있다.

새벽부터 홀로 깨어나고서도 진통을 참으며 기다렸다. 그러다가 참을 수 없을 만큼 아파 신음이 새어 나왔다.

지단이 방에 들었다가 아씨의 모습을 보고 화들짝 놀랐다.

"아씨, 왜 미련하게 혼자 참고 계셨어라. 지를 부르셔야지라."

어젯밤 왜 아씨 옆을 지키지 않고 순순히 제 방에 들었던지 지단은 자신을 탓하였다.

"괜찮다, 괜찮아. 참을 만하다."

고통은 점점 여운이 감당할 수 없는 크기로 밀려왔다. 소리를 지르다 숨을 참으며 고통이 지나가기를 기다렸다. 그러나 산통은 잦아들지 않고 몸이 저절로 떨려 멈추지 않게 되었다. 산파가 산실로 자리를 옮기라 하였다. 안채에 마련한 산실로 옮기며 여운은 서방님을 찾았다.

"사랑채에서 기다리고 계십니다. 지금 모셔오겠습니다."

여운은 어찌 걷는지도 모르고 산실로 들어갔다. 새벽부터 시작된 진통은 하루를 꼬박 넘겨 다시 새벽이 찾아오는데도 지속되었다.

다른 방에서 기다리던 정우는 참지 못하고 산실 밖 마당을 서성이며 초조하게 움직였다. 방 안에서 사람이 나올 때마다 붙잡고 어찌 된 일인지 물었다. 기다리리라는 말만 연이어 들으니 미쳐 버릴 것 같았다.

안에서 소리는 계속 들리는데 기다리는 아기의 울음소리는 들리지 않았다. 정우는 손을 모으고 제발 여운과 아기 모두 건강하기를 빌었다. 눈을 감고 손을 모아 빌고 있는데 갑자기 방 안이 조용하였다. 정우의 심장이 내려앉았다. 이래서는 안 되는 건데.

불길한 정막에 정우는 산실로 뛰어 들어가려 하였다. 그때 문이 열리고 지단이 나왔다.

"뭐냐? 무슨 일이야?"

"서방님, 아들이어라. 아씨께서 아들을 낳으셨어라."

"정말 괜찮은 것이냐?"

정우는 자신의 눈으로 확인해야 했으므로 막아서는 지단을 뿌리치고 정리도 안 된 산실로 들어갔다.

"이 사람이 왜 이런 것이냐?"

누워 있는 여운이 눈을 뜨지 못하고 있는 것을 보고 정우가 바닥에 주저앉아 여운의 손을 잡았다.

"그냥 쉬시게 두십시오. 너무 오래 산통을 겪으셔서 지쳐 잠이 드신 겁니다."

경험 많은 산파가 하는 말이라 믿음이 갔지만, 놀란 가슴이 아직도 뛰고 있다.

"정말이냐? 정말 그냥 자는 것이냐?"

정우는 여운의 손을 잡고 있었다. 미동도 않고 눈을 감고 있는 여운을 보는 것이 불안하였다. 산파가 일어나더니 목욕을 시켜 들어온 아기를 받아 정우에게 건넸다. 정우는 품에 건네받은 갓 태어난 아기를 내려다보았다. 이것이 꿈처럼 느껴지고, 작은 생명이 꿈틀거리는 것이 놀라워 눈물을 머금고 아기를 바라보았다. 너무도 소중한 아이이다. 따듯한 아기를 꼭 안으며 정우는 기뻐서 그제야 웃게 되었다.

아기를 조심스럽게 누워 있는 여운의 옆에 내려놓았다. 그리고 어미와 아이의 모습을 행복한 표정으로 바라보았다. 이 둘이 정우의 구멍 난 가슴을 채워주었다. 세상에 이보다 더 소중한 것은 없었다. 정우는 지금의 순간이 소중해 일꾼들이 방을 나가고도 한참을 혼자 둘을 지키며 앉아 있었다.

완벽한 사랑이었다. 모성애와 부성애를 품는 순간 사랑은 완벽한 것이 되어 정우에게 이 둘을 위해 무슨 일이든 하겠다는 마음을 가지게 하였다. 정우는 여운의 손을 잡고 고개 숙여 손등에 입을 맞추었다.

✻

집에 가마가 하나 들어왔다. 가마가 집 안까지 들어오는 이유는 그 안에 탄 이가 귀한 분이거나 그 정체를 숨기고 싶어서일 것이다. 집에 든 가마가 별채에 가 멈추고 다은이 가마에서 내렸다. 돌아온 다은은 바뀌지 않은 집안 모습을 둘러보다가 별채에 조용히 들어섰다.

이 소식을 듣고 여운은 율지를 더욱 꼭 안아 들었다. 아이가 무사히 백일을 넘기고 건강하게 자라고 있었다. 모든 것이 평온한데 이때 돌아온 문씨를 보는 심경이 복잡하였다. 슬픔에 빠져 오랜 기간 집을 나가 있던 사람이 마음을 다잡고 돌아온 것인데 여운은 그 마음이 어떤 것인지 걱정이 되었다. 문씨는 자줏빛 저고리에 남색 치마를 입고 멀쩡한 모습으로 들었다고 한다.

괜찮은 것인가? 모두 괜찮을 것인가?

여운은 배가 고프다 보채는 아이를 안고 달래다가 젖을 주었다. 여운은 젖이 모자랄 것을 대비하여 아이를 낳기 여섯 달 전부터 같은 시기 출산을 하는 여인을 찾아 유모로 두었지만, 율지가 충분히 배불리 먹을 만큼 젖이 돌아 직접 젖을 먹이고 있었다. 양반 여인들이 몸을 생각하여 유모를 두는 일이야 비일비재한 것이지만, 여운은 유모의 손에 맡기지 않고 직접 품어 율지를 키우고 싶었다.

젖을 물리는 동안은 다른 걱정은 않기로 하였다. 아이에게는 좋은 것만 해주고, 기쁜 일만 보여주고 싶었다.

이 문제는 서방님께 맡기기로 하였다. 서방님께서 우리 율지를 보호해 주신다고 하셨으니 서방님을 믿었다.

율지를 맡아보고 있는 유모에게서 아이를 데리고 오려 하는데, 유모와 함께 앉아 있는 다은의 모습이 보였다. 여운은 황급히 발걸음을 떼었다. 다은이 손을 들어 아이를 만지기 전에 유모에게서 아이를 빼앗아 품에 안았다.

"아씨."

놀란 유모를 보고 여운이 이래서는 안 된다는 것을 알았지만, 본능적으로 아이를 지키고 싶은 마음이 앞섰다. 다은이 손대지 못하도록 아이를 품에 꼭 안아 들었다. 그 바람에 아이가 놀랐는지 잠에서 깨어 울었다.

"아이가 자는 것이 예뻐 한번 만져 보고 싶었던 것입니다."

다은이 차분히 눈을 내리깔고 말하였다. 우는 아이를 달래며 여운만 미안한 사람이 되어 인상을 쓰며 그곳을 나왔다. 이 둘의 모습을 지켜보던 유모는 자신이 뭔가 잘못한 것인가 눈치만 보았다.

"자네 잘못이 아니네. 원래 아이를 낳은 지 얼마 안 된 어미는 예민하질 않나."

다은이 유모를 보고 웃었다. 아이를 다시 보니 다은은 마음이 설레었다. 아이를 보게 되면 미움이 일 것으로 생각했는데, 막상 서방님을 닮은 아이를 보니 품에 안아보고 싶어졌다.

아이는 자신의 아이를 닮아 있기도 하였다. 이렇게 아직도 눈에 선한 아이를 어찌 가슴에 묻었다 생각했는지. 오늘도 또 잠을 이루지 못할 것을 알았다.

"저보고 이 집에서 나가라는 말씀이십니까?"

다은은 정우가 하는 말을 믿을 수 없어 다시 물었다. 서방님께서 다은을 찾는다기에 기쁜 마음으로 단숨에 사랑채로 달려온 것인데, 이런 말을 듣게 될 줄은 몰랐다.

"이렇게 쫓겨나는 것이로군요."

"그런 것이 아니다. 너도 이 집이 불편하지 않느냐? 굳이 힘들게 살 필요가 없질 않느냐."

"서방님께서 저 때문에 힘드신 것이겠지요."

"다은아."

"저를 또다시 버리려 하실 줄은 몰랐습니다. 그런 일을 겪은 제게 어찌 이러십니까?"

정우는 마음이 약해졌다.

어머니께서 다은을 이 집에 다시 들일 수 없다 하셨다. 다은이 앞으로 따로 집을 장만해 놓았으니 내보낸다고 하셨다. 잃은 자식이기는 하나 김씨 가문의 손을 낳았으니 합당한 대우를 해 준다며 어머니께서는 다은이 조용히 살면 땅도 내어주겠다 하셨다.

정우가 다은을 내보내기로 한 것은 어머니 때문만은 아니었다. 여운이 불안해하고 있었다. 다은이 아이에게 해를 끼칠 것을 걱정하고 있었다. 다은이 그럴 사람이 아니라는 걸 정우는 알았지만, 여운이 왜 그런 말을 하는지도 알았다.

요즘의 다은은 정우가 알고 있던 모습이 아니었다. 짙게 치장을 하고 아무 일도 일어나지 않았던 것처럼 행동하였다. 그것이 슬픔에 빠져 있는 모습을 보던 때보다 더 정우를 불안하게 하였다. 이상한 모습은 이뿐만이 아니었다. 멍하니 정신을 놓은 사람처럼 있는 것을 이미 집안사람 여럿이 보았다.

"별채 아씨가 정신을 놓았다지."

집안 하인들 사이에 퍼지는 소리였다. 다은은 정신을 놓고 방에 틀어박혀 나오지 않다가, 또 언제 그랬냐는 듯 활발히 집 안을 돌아다녔다. 다은이 큰 소리를 내며 하인을 부리는 모습은 비웃음을 당했다. 작은마님이 대를 이을 아들을 낳은 마당에 저러는 것이 미친 것이 분명하다고 수군거렸다.

그리고 다은이 몰래 율지를 보러 간다는 사실을 정우도 알고 있었다. 정우가 율지 얼굴이 눈에 밟혀 일찍 퇴궐하고 돌아와 아이를 찾으러 갔는데, 유모도 없는 방에 다은이 들어 아이를 바라보고 있었다.

"율해야."

죽은 아이의 이름을 부르는 모습을 보고 정우는 흠칫 놀랐다.

그렇게 큰일을 겪은 어미이니 정신줄을 놓는 것도 이상한 일은 아니었다. 그래도 이 집에 남아 하인들에게까지 이상한 사람 취급을 받으며 사는 모습을 보기는 싫었다.

어머니가 마련한 기와집을 살펴보았다. 차라리 그곳에서 살며 다은이 정신을 추스르는 것이 나을 거라 생각하였다.

"전 안 갑니다. 절대 이 집을 떠나지 않을 것입니다. 오라버니 곁을 떠나서는 한시도 살 수 없습니다."

"미안하다, 다은아. 너를 끝까지 지켜주지 못해 미안하구나."

"아닙니다. 이럴 수는 없습니다."

"너는 이제 이 집에서 살 수 없다."

"진심이 아니지요? 나를 봐줬잖아. 왜? 어떻게 또 나를 버려?"

"내가 어리석었다. 모든 것이 내 탓이다. 너를 품지 못해 미안하다.

"안 돼!"

정우가 자신을 버린다는 말에 다은이 오열하였다.

"그렇게는 안 된다고! 누구 마음대로, 누구 마음대로 나를 버려!"

다은이 눈물을 흘리며 원망의 눈으로 정우를 바라보았다. 미친 듯이 울부짖던 다은이 곧 냉정을 찾았다. 차가운 표정으로 정우를 보았다.

"알았어요, 오라버니. 이제 마음을 달라고 하지 않을 거예요. 그러니 나를 버리지 마세요, 제발."

"다은아⋯⋯."

"마음은 가질 수 없다는 거잖아! 하지만 당신은 절대로 나를 버릴 수 없어!"

다은은 우는 것도 아닌 일그러진 얼굴로 정우를 향에 소리를 질렀다. 정우는 생소한 다은의 모습에 슬픈 마음이 들었다. 정우의 가슴속에 남아 있는 어린 시절의 다은을 영영 잃을 것 같아 슬픔이 일었다. 결국 다은을 이렇게 만든 것은 정우였다.

"증오해! 그 여인도! 절대로 이렇게는 못 끝나!"

절망이 차올라 웃어대는 다은의 모습에 정우는 고개를 숙였다. 이별을 고하는 이가 위로할 말이라고는 없었다.

여운이 방 안에 앉아 지단이 율지에게 새로 지은 옷을 대보는 것을 지켜보며 연신 미소를 지었다. 아기도 새 옷이 좋은지 옹알이를 하며 웃었다.

"이리 예쁜 웃음을 보고 누가 도련님이라 생각하겠어라. 이리 보면 영락없이 아가씨랑께요."

"네가 이제는 도련님도 놀리는구나."

"자, 보셔라. 이렇게 하얀색이 잘 받는 아기씨를 본 적이 있다요? 얼굴이 이리 예쁘니 참말로 헷갈린다요."

지단의 눈에도 아이가 한없이 예쁜지 아이가 들 때면 방을 나가지 못하고 만사 다 제쳐 놓고 율지만 바라보고 있었다.

"기저귀를 갈아야겠구나. 이리 주거라."

"아니어라. 지가 합니다요. 우리 율지 도련님은 이 지단이 손길을 더 좋아하니께요."

"너도 참. 오늘은 내게도 기회를 주거라."

여운이 웃는 얼굴을 지어 보이며 아이를 안자, 율지가 엄마를 알아보고 입을 벌리며 웃었다. 여운이 환하게 웃다가 갑자기 심한 어지러움에 휘청하였다. 그만 안고 있던 아이를 놓칠 뻔한 것을 다행히 옆에 있던 지단이 잡아 아이를 바닥에 떨어뜨리지는 않았다.

"아이고! 아씨, 왜 그러십니까?"

머리를 감싸며 극심한 두통에 눈을 질끈 감았다. 머리에 섬광이 번뜩하였다. 지단이 율지 도련님을 안고 걱정스러운 표정으로 여운을 바라보았다.

"아씨, 어디 불편하십니까?"

이제는 귀를 찢는 듯한 소리가 나더니 머리를 울리고 있었다.

"아악!"

여운은 그 자리에 풀썩 쓰러져 버렸다.

"아씨! 아씨!"

아씨의 정신을 깨워보려 해도 여운은 정신을 차리지 못하였다.

"아씨!"

❋

여운이 눈을 떴을 때 방 안에는 혼자였다. 아프던 머리를 만지며 자리에서 일어났다.

'율지는?'

아이를 안은 채 쓰러진 것까지 기억이 났다. 아이가 걱정되었다.

"지단아! 지단아!"

지단이 방으로 들어왔다.

"아이는? 아이는 어찌 되었느냐?"

"야? 도련님께서는 잠들어 계시지라."

"내가 직접 봐야겠다."

여운이 자리에서 일어나려 하였다. 아씨의 안색이 아직 좋지 못한 것을 보고 지단이 막아섰다.

"안 되어라. 아씨는 더 쉬셔야 한당께요. 지가 가서 아직 잠이 들어 계시면 조용히 모시고 오겠어라. 어차피 밤이 깊어 모셔와야 하니께요."

지단이 나갔다가 잠시 후 아이를 안고 들어왔다.

"젖이 먹고 싶으신지 깨서 울고 계셨지 뭐여라. 아이고, 불쌍혀라, 우리 율해 도련님. 시장하셨습니까요?"

여운이 아이를 받아 안다가 멈칫하였다. 지단이 한 말실수가 여운의 날카로운 신경을 건드렸다.

"우리 율해 도련님, 배가 홀쭉해지셨네. 어서 배불리 배를 채워주시어요, 어머니."

"네가 계속 지금 뭐라 하는 것이냐?"

여운이 지단을 보고는 호통을 쳤다. 죽은 아이 이름을 입에 올리는 지단을 믿을 수 없다는 표정으로 바라보았다.

"아씨, 왜 그러셔라? 지가 뭐 잘못이라도 했다요?"

"네가 그러고도 아직도 잘했다 하는 것이냐? 내가 입조심하라 그렇게 일렀거늘. 나가 있거라."

자신이 무슨 실수를 한 것인지 알지 못했지만, 지단은 아씨의 호통에 놀라 밖으로 나왔다. 큰 소리에 놀라 아이가 울자 여운이 아이를 달래며 미안하다 조용하게 말하였다. 아이는 이내 진정되어 여운의 품에 안겨 젖을 물었다. 아이가 꿀꺽꿀꺽 젖을 삼키는 모습을 보며 그제야 화를 누를 수 있었다. 지단이 자신 앞에서 그런 실수를 하다니, 여운의 화는 쉽사리 가시지 않았다.

그런데 여운은 며칠간 더 혼란을 겪게 되었다. 아이를 율해라고 부른 지단의 실수를 집안 다른 사람들도 저지르고 있었다. 아이를 안고 문안 인사를 하러 시아버님과 시어머님을 찾았을 때 어머니께서 아이를 받아 안으시며 아이의 이름을 율해라 부르는 것을 똑똑히 들었다.

그뿐이 아니었다. 서방님께서도 율지의 이름을 잘못 부르셨다.

여운은 혼란스러웠다.

어떻게 죽은 아이의 이름을 아무렇지도 않게 다시 부를 수 있단 말인가! 그러고도 의식들을 못 하는지 당연하게 아이의 이름을 바꾸어 불렀다.

여운은 점점 더욱 큰 혼란에 빠져들게 되었다. 이제는 집안 식구 모두가 우리 율지를 없는 사람 취급하고 율해의 이름을 불러대고 있었다. 더는 화를 낼 수도 없게 모든 사람이 그렇게 불렀다. 무슨 일이 벌어지는 것인지. 자신이 미친 것인지, 집안 식구들이 전부 미친 것인지. 여운에게는 아무렇지도 않게 웃는 사람 모두가 이상해 보였다. 그리고 아직 문씨가 이 집에 남아 있었다.

서방님께서 알아서 하신다 하였지만, 이제는 더 기다리지 못하고 여운이 먼저 정우를 찾아갔다.

"무슨 일입니까, 부인?"

"우리 율지 일입니다, 서방님."

"율지요?"

"네, 문씨가 분가하는 일이 너무 미뤄지는 것이 마음이 쓰입니다. 다른 결정을 하신 것이라면 제게 말씀해 주십시오. 저도 알아야 할 일입니다."

"분가라니요?"

역시 서방님의 마음이 바뀌었나 보다.

다은을 분가시킨다는 말이 나오면서 정우의 표정이 어두워졌다.

"그럼 같이 사는 것입니까?"

"부인, 알아들을 수 있게 설명을 해주시오. 분가는 무엇이고."

정우가 한숨을 쉬었다.

"그것에 마음을 쓰셨던 것입니까? 그이가 이 집에 있는 것이 신경 쓰여 그러십니까?"

"죄송합니다. 아니라고는 말씀드리지 못하나, 서방님께서 그렇게 하자 하신 일이지 않습니까. 그래서 묻는 말입니다."

"알겠습니다. 부인의 뜻은 잘 알겠소. 하지만 그 아이를 내보낼 수는 없소."

여운은 더는 말을 잇지 못하였다.

"서방님, 율지를 위한 일입니다. 저는 불안합니다."

"도대체 율지가 누구요? 또 왜 다은이가 당신을 불안하게 한단 말이오. 잘 있는 아이가 왜 당신에게 해가 된단 말이오. 왜 당신은 다은이를 그렇게 눈엣가시로 여기냔 말이오."

서방님께서 다 알아서 하신다고 하더니 뒤바뀐 태도로 화까지 내시는 서방님을 보고 여운은 놀라 말문이 막혔다. 서러워서 눈물이 나오려 했지만, 마음을 굳게 먹어야 했다. 이건 율지를 위해서다. 율지를 위해서 어미로서 싸워야 하는 것이었다.

"문씨는 율지를 해칠 것입니다. 저는 알 수 있습니다. 어미가 제 자식을 지키겠다는데 이렇게 몰아세우십니까?"

"더는 듣기 싫소. 억지도 이런 억지를 부리다니. 당신에게 실망하였소."

여운이 정우가 일어서자 따라 일어서며 지지 않고 말하였다.

"저도 서방님께 실망하였습니다. 우리 아이는 꼭 지켜주신다

하신 약조를 잊지 않았습니다. 이제는 제가 지켜야 하겠지만
요."

정우는 자신에게 화를 내고 나가는 여운을 보고는 붙잡으려다
그냥 그 자리에 서 있었다. 여운이 요즘 이상하다는 말을 어머니
께 들었는데, 저런 모습을 보신 모양이다. 아이를 낳고 많이 예민
해진 모양이었다. 자신이 너무 심하게 몰아붙인 것인가 후회하였
다. 정우는 한숨을 쉬다가 머리를 짚었다. 여운의 이상한 행동이
아무래도 신경 쓰였다.

결국 다은은 집을 나가지 않고 집 안 곳곳에서 여운의 눈에 띄
었다.

여운은 더는 다은을 이 집에서 보고 싶지 않아 시어머니 윤씨를
찾아갔다. 그러나 어머니께서도 이제 두 손 든 일이니 여운도 마
음을 접으라 하셨다.

"너는 마음 다잡고 율해나 잘 키워라. 그 아이 하나 집에 있는
것이 뭐가 큰 문제가 되겠느냐. 아이나 잘 건사하거라."

'율해, 율해, 율해.'

그 어미와 아이까지 듣기 싫은 이름이다. 여운이 아무리 율지의
이름을 불러도 다른 사람들은 여운이 이상하다 말했다.

"어머니, 어찌 자꾸 아이를 율해라 하십니까? 그 이름이 불릴
때마다 제 심정이 어떤지 아십니까?"

여운은 그만 더는 참지 못하고 언성을 높이고 당황해하는 시어
머니를 보고도 그냥 방을 나왔다.

언짢은 마음으로 아이를 찾기 위해 유모의 방으로 향하였다. 뒤채로 돌아가며 화가 나 고개를 저었다.

'어찌 모두 이럴 수 있단 말인가. 내 앞에서 어찌 이럴 수가 있어.'

방 문을 열었다. 그런데 방에는 유모가 아니라 다은이 들어 아이를 안고 있었다.

"뭐 하는 것이냐?"

"깜짝이야. 놀랐습니다."

여운이 놀라 방 안으로 뛰어 들어갔다. 다은은 놀라지도 않은 표정으로 느긋하게 아이를 안고 여운을 바라보고 있었다.

"이리 다오. 내 아이를 줘."

"누구를요? 율해를요? 율지를요?"

다은이 기분 나쁜 미소를 지었다.

"뭐 하는 짓이냐? 이리 내라."

여운이 다은에게서 아이를 뺏으려는데 다은이 제 품에서 놓지 않고 여운을 밀쳐 내었다.

"이 아이는 내 아이입니다. 내 아이 율해란 말입니다!"

"안 돼! 이리 내!"

여운은 이런 날이 올 것을 알았다. 다은이 이렇게 나올 것을 알고 어떻게 해서든 이 집에서 내보내려 한 것이다.

"그 아이는 율지다. 정신 차리거라. 네 아이는 죽었어. 율해는 죽었다고!"

다은이 정말 미친 사람처럼 웃어댔다.

"그래, 맞아. 내 아이는 죽었지. 네가 죽였잖아."

여운은 다은이 하는 미친 소리에 두려워져 얼른 아이만 빼앗아 달아나려 하였다.

그때 다은이 품속에서 붉은 통을 꺼내었다. 여운은 그 물건이 무엇인지 알고 있었다. 경면주사를 탄 붉은 물이 담긴 통의 뚜껑을 여는 다은을 보고는 덜덜 떨리는 손으로 바닥에 주저앉았다.

"하지 마! 내 아이를 건드리지 마!"

"왜? 내가 네 아이도 죽일 것 같아 두려우냐?"

다은이 웃으며 붉은 물을 한 방울 손가락에 떨어뜨려 자신의 혀에 묻혔다.

"이것은 한 번에 사람을 죽이는 것은 아니질 않느냐. 서서히 몸에 쌓여 중독을 일으켜 죽이는 것이지. 내 몸이 죽어가는 것을 보고 있었겠지. 옆에 두고 서서히 죽이고 싶었겠지."

여운은 손부터 몸까지 떨려 입을 겨우 떼었다.

"아니다. 그, 그런 것이 아니다. 그건, 그건……."

다은의 웃던 얼굴이 일그러지더니 크게 뜬 눈에 눈물이 고였다.

"난 그것도 모르고, 그것도 모르고 탕약을 먹고 젖이 돈다 좋아하며 아이를 안고 젖을 물렸다. 그 어린것의 몸에 독이 쌓이는 줄도 모르고…… 내 젖을 무는 아이가 예뻐 그 아이가 죽어가는 것도 모르고……."

여운은 고개를 저었다.

"네가 죽였어. 내 아이를 죽였어."

"아니다. 그런 줄은 몰랐다."

다은이 눈물을 거두고 다시 냉정한 표정을 지었다.

"어미가 죽으면 자식도 죽는 것이 아니냐? 나를 죽이고 싶어 하는 너를 보며 나는 기다렸다. 너도 나와 똑같이 피눈물을 흘릴 날이 올 것을 기다렸어."

여운은 울며 다은의 앞으로 기어와 손을 모아 빌었다.

"제발 용서해 다오. 내가 어리석었다. 나를 벌하고 아이는 다오. 그 아이는 아무 죄도 없다."

"이 아이가 네 아이라고 확신하느냐? 다들 이 아이가 율해라 하는데, 네 아이는 율지이지 않느냐?"

다은은 알고 있었다. 여운을 혼란스럽게 하는 진실에 관해 알고 있었다.

"왜? 무엇을 알고 있느냐?"

"네가 알고 있는 것을 나도 알고 있다."

다은이 갑자기 여운의 손목을 잡아채 왼쪽 손목에 난 상처를 들춰보았다.

"나도 너와 같은 혼란 속에 있었다. 그때 너의 이 상처를 보았지, 내 것과 같은 이 상처를."

다은이 자신의 손목을 걷어 여운의 눈앞에 자신의 상처를 드러냈다. 다은의 손목에는 여운과 같은 상처가 두 줄 남겨져 있었다. 여운은 더욱 몸을 떨며 놀란 눈으로 다은을 바라보았다.

다은은 만석이 자신의 방에 들어와 자신의 몸을 범한 일로 괴로워하다 목을 매려 하였다. 이불 천에 목을 매려는데, 한 가지 미련이 마지막 가는 길을 붙잡았다. 마지막으로 서방님의 얼굴을 한 번만 더 보고 싶었다. 한 번만 더 임의 얼굴이 보고 싶어 밤의 어둠에 숨어 본가로 들었다.

하인들이 밤에 드나드는 뒷문을 통해 안으로 들다가 사랑채를 나가는 정우의 모습을 보고 그 뒤를 따라갔다. 조금만 더 오래 그 모습을 보고 싶어 발길을 따랐는데, 정우의 발길은 안채 새아씨의 방으로 향하고 있었다.

다은은 그렇게 버림받았다는 마음으로 마지막 삶의 끈도 놓고 한없이 눈물을 흘렸다. 뒤채로 돌아 나오다가 우물을 보고는 그곳에 주저앉아 통곡하였다. 그러곤 그 우물에 몸을 던졌다. 자신은 이 집에서 자랐으니 이 집에서 죽을 것이라는 한을 품고 죽어서도 이 집 귀신이 되고자 우물에 빠져 죽을 작정이었다.

그런데 죽어지지가 않았다. 죽어야 하는 더럽혀진 몸이 다시 살아 숨이 쉬어지고, 숨이 쉬어지니 또 살고 싶어져 어둠 속을 하염없이 걸었다. 집으로 돌아가야 하는데, 다은이 갈 집이 없었다. 길을 찾지 못하고 헤매기만 하다가 해가 뜨고 지고 세 번을 하였다. 분명 익숙한 길인데도 집을 찾지 못하고 인적 하나 없는 길을 헤매고 또 헤매었다.

사람이 없는 공간 속에 버려졌다. 외로움에 지쳐 모든 것을 포기한 순간, 여운을 보았다. 뿌연 안개 속을 헤치고 나오듯 몽롱하던 다은의 시야가 또렷해지고, 여운의 모습이 눈에 박혔다. 다은이 이 집에 살아 돌아와 처음 본 사람은 여운이었다. 여운의 모습을 보고 따라 들어오니 자신의 집을 찾을 수 있었다. 그렇게 다은은 믿을 수 없게도 다시 살아났다.

"그런데 나쁜 일을 돌려 다시 살아도 기억은 지워지지 않더구나."

입술을 굳게 다물고 다은이 과거를 회상하던 표정에서 여운을 똑똑히 보며 현실로 돌아왔다.

"그 일이 있던 날, 그날 분명 난 널 보았어. 네가 논두렁을 지나 우리 집으로 올라오는 것을 보고 방 안에서 널 기다렸다. 넌 내가 위험에 처한 것을 보고도 구해주지 않았어. 넌 분명 보았어, 그날의 나를. 나는 그 기억을 평생 안고 살아야 했다. 그래도 버텼어. 그래도 사는 것이 더 좋았으니까."

다은의 수치스럽던 기억은 남아 복수심을 일게 하였고, 만석을 함정에 빠뜨려 죽게 하였다. 그러나 다은의 앞에서 죽을 때까지 돌을 맞아 고통스러워하는 만석의 모습을 보고서도 달라지는 것은 없었다. 그 기억은 지워지지 않아 고통을 안고 살아야 했다.

만석이 죽고, 그 증오심은 고스란히 여운에게로 향하였다. 그래도 참아야 했다. 서방님이 사랑하는 여인임을 알고 참아보려 하였다. 참고 기다리면 자신이 이 여인을 대신하여 정우의 옆을 차지할 수 있을 줄 알았다. 아니, 안 된다면 그를 나누어 가져도 좋다고 생각했다. 더럽혀진 몸으로 그에게 돌아온 죄책감에 서방님을 다 가질 수 없는 걸 받아들였다. 그의 곁에 남을 수만 있다면 참고 살 수 있었다. 그런데 서방님은 이번에도 자신을 버리고 다시 새

아씨에게로 돌아갔다.

"너는 너무나도 어리석더구나. 나는 아무리 노력을 하여도 안 되던 것을 너는 가만히 있어도 서방님을 가질 수가 있었는데 말이야. 그런데도 너는 나를 죽이려 하였지. 그리고 내 아이를 죽였어."

다은은 아이가 죽고 봉은사에서 지내며 그대로 산세에 묻혀 살려 하였다. 그런데 산속 생활을 하다 몸이 약해진 다은의 진맥을 짚어주신 봉은사 주지 스님께서 놀랄 만한 말씀을 하셨다. 다은이 점점 기력이 상하고 헛것을 보는 것이 주변 사람들이 떠드는 것처럼 다은이 미쳐서가 아니라고. 이것은 수은 중독 증상이라는 것이었다.

오랜 시간 몸에 쌓인 수은이 담과 신장을 상하게 하여 몸이 아픈 것이라 하였다. 몸에 쌓인 독을 풀 수도 없어 고칠 수 없다 하였다. 신장의 기능이 이리 쇠하였으니 다시는 회임할 수 없다 하였다.

죽고 살아났을 때 자신을 이끌어 길을 찾게 한 사람이 서방님이 아니라 새아씨인 것이 항상 다은에게는 의문이었는데 산에서 내려와 그 이유를 알 수 있었다. 짚이는 것이 있어 조사하다가 여운이 저자에서 매달 사들인다는 경면주사를 발견하였다. 다은 자신이 다시 살아난 것은 이 여인과의 악연 때문일 것이다. 이 여인이 자신을 죽이려 한 자임을 알 수 있었다.

이 집에 다시 들어온 것도 여운에 대한 복수심 때문이었다.

이 집을 나가라는 서방님의 말을 듣고 또다시 자신을 버리려 한다는 말에 서방님을 원망한 것이 아니라 저 여인에 대한 증오의 마음을 쌓았다. 결국 저 여인과 나는 같이 살 수는 없는 것이다.

이대로 서방님을 떠나서는 살 수 없었다. 그래서 또다시 우물에 뛰어들었다. 지난번과 같이 다시 살아날지 알 수 없었지만, 저 여인이 살아 있는 한 자신도 그 곁에서 살게 될 거라 여겼다.

버림받아 목숨이나 연명하고 사느니 목숨을 걸고 이 여인이 가진 가장 소중한 것을 빼앗을 것이리라 저주의 마음을 품고 우물로 떨어졌다. 그리고 그 일이 다시 일어나, 다은은 살아 여운을 만날 수 있었다.

"내 몸에는 아직도 독이 쌓여 있다. 그래서 아이를 갖지 못하지. 그러니 이 아이는 나의 아이가 될 것이다. 내 아이처럼 키울 것이다. 내 아이 율해로 키울 것이다."

"나를 벌하거라. 나를 벌하고 제발 아이만은 손대지 말아다오."

"너만 없어지면 된다. 너만 죽어 사라지면 다 끝나. 그러니 네 손으로 죽거라."

다은 또한 제 목숨을 끊는 일이 얼마나 어려운 일인지 알고 있었다. 스스로 죽는 길을 택하는 일보다 더한 벌은 없었다.

여운은 자신의 죄를 알기에 눈을 감았다.

"알았다. 다만 시간을 다오."

다은이 갑자기 큰 소리를 내어 웃었다.

"네가 죽지 않으면 네 아이가 대신 이 독을 먹게 될 것이다."

"아니다! 그런 것이 아니야! 할 일이 있다. 내가 꼭 해야 할 일이 있어. 그때까지만 기다려 다오. 서방님을 위한 길이다. 서방님의 목숨이 달린 일이야."

서방님을 위한 일이라는 말에 잠시 머뭇거렸다.

"뭐냐? 무얼 알고 있는 것이냐? 아니, 안 된다. 이제 난 단 한시도 너와 함께 이 집에 살 수가 없다. 네가 스스로 죽지 않으면 네가 약을 쓴 일을 서방님께 말하겠다. 내 몸에는 아직도 네가 쓴 독이 차 있으니 서방님께서는 내 말을 믿으실 것이다."

"안 돼. 그러지 말거라. 제발 서방님께는 알리지 말거라. 그분이 알아서는 안 된다. 내가 죽을 것이다. 내가 사라질 것이다. 제발 시간을 다오. 그게 내가 바라는 전부이다. 나흘만, 나흘만 기다려 다오. 그때는 정말 죽을 것이다. 서방님을 살릴 방법을 내가 알고 있다."

다은이 자리에서 일어났다.

"너에게 나흘을 줄 것이다. 네가 죽어가는 모습을 지켜보는 것도 나쁘지는 않겠지. 다른 수작을 부린다면 내 끝까지 다시 나타나 네 아이를 해칠 것이다."

다은이 나가고 여운은 아이를 품에 안고 눈물을 흘렸다. 자신의 업보이다. 자신이 지은 죄의 대가를 치르는 것이다. 그러나 이 아이를 두고 어찌 떠난단 말인가.

"율지야, 율지야."

아이를 안고 소리 내어 울었다.

여운은 물 한 사발을 담은 작은 상을 들고 부엌을 나와 뒤채로 향하였다. 오늘로 사흘째 이곳을 찾는 것이다. 우물가에 멈추어 상을 내려놓고 그 앞에서 손을 모으고 소원을 빌었다. 비는 마음을 다해 손은 모아져 있는데, 눈물이 한없이 흘러내려 소원을 말하지 못하고 있었다.

"비나이다, 비나이다……."

하염없이 흐르는 눈물을 닦지 않고 떨리는 두 손을 부여잡았다.

새벽에 이곳에 찾아와 치성을 드리고 날이 밝으면 이곳을 떠나기를 사흘간 하였다. 날이 새면 지단이 여운을 찾아와 아침을 지을 시간이라는 것을 알려줄 것이다. 여운은 바라는 말도 아직 하지 않았는데 가슴에 올렸던 손을 툭 떨어뜨렸다. 이제는 바랄 것이 없었다.

이제야 알았다. 자신이 잘못한 것이 무엇일까? 무엇부터 잘못되었던 것일까? 물음에 대한 답을 이제는 알 것 같았다. 사랑하지 않은 듯했어야 했다. 너무 사랑을 드러낸 것이 여운을 해치고 있었다. 그래서 이렇게 추한 모습으로 끝을 맞이하게 되었다.

여운은 우물의 뚜껑을 열고 그 위에 올라서 우물 아래를 내려다보다 신발 한 짝을 벗어 우물 아래 남겨두었다.

영조 28년 임오년 윤 5월 13일, 오늘은 사도세자가 뒤주에 갇히는 날이다.

그리고 내가 죽는 날이다.

"아무리 고지식한 학자라도 부인이 죽은 날에 정무를 보러 나가시지는 않겠지."

여운은 여한이 없는 미소를 지으며 눈물이 흘러 떨어지기 전에 우물에 몸을 던졌다. '풍덩' 하는 소리가 울리더니 이내 잠잠해져, 우물가에 남겨진 꽃신 한 짝만이 사람이 들었던 흔적을 남겼다.

❊

깊은 잠에 빠졌었다. 어둠 속에 갇혀 죽음을 맞이하였다. 그런데 밝은 빛에 눈을 감을 수가 없었다. 깊이 가라앉는 여운의 몸을 공기 방울이 들어 올리고 있었다. 여운의 몸이 떠오르고 있었다. 죽은 줄 알았던 몸이 다시 떠올랐다. 또다시 떠오른다.

"컥! 컥!"

잠에서 깨 벌떡 일어났다.

'다시 살았다.'

제 몸을 더듬어보아도 다시 살아나 있었다. 여운은 눈을 감았다. 제 마음대로 죽지도 못하는 삶이로구나. 여운은 괴로움에 몸부림쳤다. 여기 있을 수 없다. 그 여인이 자신을 지켜볼 것이다.

방을 나가려고 황급히 자리에서 일어나다가 방 안으로 들어온 지단에게 길이 막혔다.

"아씨, 일어나시자마자 어딜 가려고 하셔라?"

'난 가야 한다.'

지단이 웃으며 여운의 손을 잡았다.

"아이고, 우리 아씨, 또 꿈이라도 꾸신 거여라? 나가시려거든 옷이라도 입고 나가셔라. 누가 보면 어쩌려고 속옷 바람으로 그러고 나가신다요."

여운을 잡아끄는 지단의 손에 이끌려 옷을 갈아입었다. 두려움에 떨리는 것을 감추어야 했다.

'몰래 집을 나가야 해.'

지단이 아씨의 머리를 땋고 경대를 들어 아씨 앞에 놓았다.

"워때요? 마음에 드셔라, 우리 아씨?"

여운은 두려움에 입술까지 떨다가 경대를 보고 숨이 막힐 듯 놀라 고개를 저었다.

"안 돼. 안 돼. 이럴 수는 없어."

여운이 경대에서 본 것은 여섯 살의 나이 어린 여운이었다. 여운은 어린 시절의 자신의 모습을 보고 놀라다가 주변을 둘러보았다. 자신의 방이었다. 친정집에서 살던 방의 모습이었다.

지단은 여운이 경대를 보고 심각한 표정이 되자 나이 어린 아씨께서 외모에 왜 이리 신경을 쓰시나 싶었다. 웃어넘기다가 여운의 몸이 심하게 떨리는 것을 보고는 깜짝 놀랐다. 지단이 쓰러지는 여운 아씨의 어깨를 잡았다.

"아씨, 왜 이러셔라? 왜 이라요?"

여운의 검은 눈동자가 뒤로 겁어가더니 경기를 일으켰다. 여운은 혼절하여 정신을 잃었다. 여운의 몸을 흔들어 깨우던 지단이 비명을 질렀다. 여운의 팔에서 떨어진 피가 바닥에 고이는 것을 보고는 소리를 질렀다.

"악! 악! 사람 살려라! 누구 없소! 우리 아씨 좀 살려주쇼!"

井

사랑해서 살다

정우는 씨름판이 벌어지는 곳을 둘러싼 구경꾼들 틈에 끼어 있었다. 이제 그만 나가려 해도 많은 사람에 밀려 움직일 수 없게 되자 그냥 포기하고 그대로 서서 구경을 계속하였다. 하인 만석이라도 있어야 사람들을 밀치고 길을 틀 수 있을 텐데, 만석이가 어딘가로 사라져 버렸다. 사람들 틈 속에서 잃어버리기라도 할까 봐 옆에 선 다은이의 손을 꼭 잡고 서 있었다.

"만석이 이놈이 어디를 간 것인지. 이러다 천하장사가 나올 때까지 이러고 있겠구나."

"난 재밌는데, 오라버니는 재미없어요?"

다은이 정우가 사준 엿 한 가락을 입에 물고 씨름판에서 시선을 떼지 않고 말했다. 웃통을 벗고 황소처럼 서로 엉키어 힘자랑하는 사내들을 뻔뻔히 구경하였다. 정우가 고개를 저으며 손으로 다은의 눈을 가리려 하니 다은이 이리저리 얼굴을 움직여 정우의 손을 피했다. 정우가 다은이의 코를 한 번 툭 건드렸다.

"넌 어찌 그리 부끄러움도 없는 것이냐? 여기 구경꾼들 중 너처럼 대놓고 벗은 사내를 구경하고 있는 아녀자가 있느냐?"

먼저 나서서 씨름 구경을 한다 할 때부터 알아봤어야 하는데. 엿을 먹는 모습은 저리 천진한데 어찌 눈 하나 깜짝하지 않고 구경판에 뛰어드는 것인지. 정우는 기가 차 웃을 수밖에 없었다. 그도 그럴 것이, 한두 번 씨름을 구경한 것이 아닌지 바깥다리를 걸어라, 안다리를 잡아라 훈계까지 두고 있었다.

"사내 등짝이야 맨날 보는 것인데 뭐가 부끄럽습니까? 영대 아제도 여름이 다 가도 훌훌 벗고 다니고, 푹푹 찌는 방에 모여 짚이라도 꼬려면 죄다 벗어 던지는데 이까짓 거."

다은의 나이가 올해 열셋이 되었으니 어엿한 처녀인데, 아직도 철부지 아이처럼 구는 것이 마음에 걸렸다.

"그래도 이렇게 사람들 눈이 있을 때는 아니어도 그런 척, 그래도 아닌 척해야 하는 것이다."

정우는 손으로 다은의 눈을 감기려는 듯이 위에서 아래로 쓸어내렸다.

"싫소. 나는 기면 기고 아니면 아니지 그런 척은 못 하는 성미라."

"얌전히 하고 다녀야 너를 마음에 두는 사내라도 생겨 혼처가 생길 것이 아니냐. 여길 둘러보거라. 다들 저리 곱게 차리고 나와 있는 이유가 무엇이겠느냐?"

다은의 눈에 장난기가 돌며 이제는 다은이 정우에게 이상한 미소를 지어 보였다.

"웬일로 생원께서 세상 돌아가는 이야기를 한대. 그래서 오라버니는 여기 꽃단장하고 나온 저 여인들을 보러 나온 건가 보지?"

다은은 정우의 주변에 장옷으로 얼굴을 가리지도 않고 보란 듯이 얼굴을 들고 서 있는 여인들을 훑어보았다. 다은이 정우가 잡은 손을 더 꼭 쥐었다. 왠지 모를 소유욕 같은 것이 생겨 잡은 손에 힘을 주고 정우를 올려다보았다.

"그럼 오라버니는 다 큰 처녀 손은 왜 잡는데요?"

정우가 웃으며 다은의 코를 다시 톡 건드렸다.

"네가 처녀는 무슨 처녀냐."

"뭐야? 아까는 처녀라며?"

"나한테는 동생이지."

다은이 그럴 줄 알았다며 뾰로통해졌다.

"귀엽고 착한 동생이지."

다은이 그래도 듣기 좋은 말에 씩 웃어 보인 후 들고 있던 엿가락을 마저 빨아 먹었다.

"어, 저기 만석이다."

다은이 가리킨 쪽을 보니 사라졌던 만석이 씨름판 안으로 들어서고 있었다.

"저놈이 어쩌려고."

자기보다 덩치도 큰 어른을 상대로 뭘 하겠다고 나선 것인지.

장내에서는 웃음소리가 이곳저곳에서 들렸다.

"만석이가 제정신이 아닌가 봐, 오라버니."

"만석이가 네 동생뻘도 아니고 계속 그렇게 이름을 함부로 부를 것이냐?"

다은이 툴툴대며 엿을 빨았다.

"만석이가 그렇게 부르라고 했다, 뭐."

만석이가 정우보다도 한 살 많으니 다은이와는 네 살 차이가 난다.

씨름 경기가 시작되었다. 예상외로 만석이가 네 판이나 승을 거둔 선수를 상대로 이리저리 다리를 잘 피해 넘어지지 않고 있었다.

"만석이 제법이네."

다은이 엿을 높이 쳐들고 응원을 하였다. 그러나 응원을 막 시작하려는 찰나에 만석이 바닥에 내리꽂혔다. 그리고 다음 판은 시작을 알리자마자 힘으로 밀리더니 장 밖으로 나가 넘어졌다.

"보았냐? 나 어때? 잘했지?"

다은이 든 엿이 쓴맛이 나는 것인지 한입 빨더니 인상을 썼다.

"심하게 넘어지더니 정신이 이상해졌나. 내리 지고는 무슨 소리래?"

"다은아, 첫 판을 잘 봤어야지. 내가 얼마나 오래 버텼냐?"

"우승해서 소 한 마리라도 타보고 그런 소릴 해야지. 시끄럽고, 얼른 길이나 터. 니가 사라져서 계속 여기서 기다렸단 말이야. 오라버니가 널 얼마나 찾은 줄 알아?"

"어? 응, 미안타. 죄송합니다, 도련님."

만석이 허허거리며 뭐가 좋은지 히죽대더니 다은의 손을 잡고 끌어당겼다. 사람들 사이에 틈을 내고 그곳을 벗어났다. 다은의 손을 잡고 있던 정우도 만석이 낸 길을 따라 군중을 빠져나왔다.

"나 그네 타고 싶어."

"지금 어찌 산에 가느냐. 오늘은 단오장에 나오고 싶다 하였잖니."

다은이 하는 말에 정우가 난처해하였다. 단오장에 나온 일만도 큰일이었다. 이곳에 다은이를 데리고 나온 것을 알면 어머니께서 크게 화를 내실 것이다. 다은이가 만석이를 꾀어 몰래 구경 오려고 계획한 것을 알아내어 정우가 하는 수 없이 따라온 것이다.

"아니, 나 그네대회 나갈래."

정우는 다은의 말은 못 들은 것으로 하고 그냥 웃어넘겼다.

"왜 그러오? 안 돼? 된다, 안 된다는 말이라도 해줘야지요."

"당연히 안 되지."

다은은 그럴 줄 알았지만 화난 표정을 지으며 삐쳐 걸어갔다.

"왜 나만 마음껏 놀지도 못하게 하는 것이오. 오라버니라면 들어줄 줄 알았는데. 이럴 것이면 왜 따라왔소. 그냥 만석이랑 가게 두지. 만석이라면 내가 하자는 대로 다 해주었을 것인데."

정우의 마음도 좋지 못했지만 그건 안 될 일이었다. 그네 대회는 단오놀이 중에서도 가장 구경꾼이 많이 몰려드는 대회인데, 누가 다은이 여기 온 것을 보고 어머니 귀에 들어간다면 다은이 크게 혼이 날 것이다. 어머니는 다은이가 사람들 눈에 띄는 것을 싫어하셨다.

"다은아, 이리 오너라. 저기 굿판이 벌어졌구나. 저기 가서 구경이나 하자. 자, 어서."

다은이도 오라버니에게 이런다고 달라질 것이 없다는 것을 알지만 속상해서 해본 소리였다.

사람들이 모인 사이를 비집고 들어갔다. 굿을 하는 무당이 칼과 종을 들고 흔들며 춤사위를 벌이고 있었다. 날카롭게 울리는 종소리에 맞춰 북소리가 울렸다. 신명 나게 울리던 북소리가 점점 빨라지는 것으로 굿판이 한창 절정에 이른 것을 알 수 있었다.

"작두에도 올라선답니까?"

다은이 이제껏 한 번도 본 적이 없는 굿판에 넋이 나가 입을 벌리며 물었다. 좀 전까지 토라져 있던 모습은 찾을 수 없었다.

무당의 몸이 깃털처럼 가볍게 붕붕 뜨는 모습을 지켜보았다. 정우도 그 모습을 보다가 시선을 무심코 돌린 곳에 서 있는 아가씨를 보았다. 얼굴이 창백한 아가씨가 붉은 댕기를 손에 들고 북을 치는 사람 옆에 서 있었다.

'어린 아가씨가 무슨 사연으로 굿판을 떠돌아다니는 것일까.'

굿을 하는 무당을 구경해야 하는데 자꾸 시선이 아가씨에게 갔다.

'신딸인가?'

저리 옷을 곱게 입고 무당의 굿을 지켜보며 신이 내린 물건을 들고 서 있는 것이 신딸이라 들었다. 작년에 어머니께서 집터가 안 좋아 집에 우환이 끊이지 않는 거라 하시며 아버님 몰래 별채에서 굿판을 벌이셨다. 그때도 어린 신딸이 무당의 곁을 지키고 있었다.

가엽다는 생각이 들었다. 어떤 기구한 운명을 타고났으면 저리 고운 나이에 벌써 무당의 길로 들어선 것일까? 멀리 있는 하얀 얼굴에 검은 눈동자가 가까이서 보고 있는 것처럼 느껴졌다. 선명히 정우의 머리에 박혀 시선을 돌렸다가도 다시 바라보게 되었다. 묘한 느낌의 아가씨에게 시선이 가는 것은 아무래도 저 눈 때문인 것 같았다. 슬퍼 보이는 눈. 어린 아가씨가 세상을 다 안은 듯한 눈을 하고 있었다.

"오라버니, 가요. 단옷날에는 귀신 모으는 거 아니라서 작두 안 탄대요. 그럼 재미없지."

정우의 팔을 잡아끄는 다은이 잠시 시선을 빼앗았다. 알았다고 대답한 후 다시 고개를 드니 지켜보던 아가씨가 그 자리에 없었다. 정우는 주위를 살펴보았다. 북을 치는 사람 곁에도, 꽹과리를 치는 사람 곁에도 보이지 않았다. 그곳을 떠나는데 아쉬운 마음이 들었다. 그 아가씨를 더 볼 수 없다는 것에 왠지 서운한 마음이 들었다.

❋

지단은 사라진 아씨를 찾다가 굿판이 벌어진 곳까지 왔다. 분명 사람들이 많으니 길 잃어버리지 않도록 조심하시라 했는데 주변을 아무리 찾아도 아씨의 모습이 보이지 않았다. 지단은 옆에 서 있는 사내아이에게 들고 있는 떡 한 봉지를 줄 테니 좀 엎드려 보라 하였다. 덩치 좋은 아이의 등을 밟고 사람들 머리 위로 오른 후 아씨의 모습을 찾아 두리번거렸다.

"아니, 왜 저런 곳에 계신대?"

아씨를 찾아 까치발을 드는데 휘청하더니 지단이 땅으로 떨어져 엉덩방아를 찧었다.

"뭐여? 제대로 받치지도 못하나?"

"됐구먼. 떡 하나 먹으려다 허리 다 나가겠네."

지단은 큰 덩치와 어울리지 않게 뿔이 나 씩씩대는 사내아이에게 웃으며 떡 봉지를 주었다.

무당이 굿하는 모습을 정신없이 보던 여운의 손을 누군가 덥석 잡아 밖으로 끌어당겼다. 여운은 놀라 소리를 지르려다 자신을 잡은 손이 지단의 것임을 알고는 반가워하였다.

"아씨, 어디를 혼자 당기셔라? 지랑 꼭 붙어 다니라고 마님께서 허신 말씀 잊으셨어라?"

"그야 네가 씨름판에 넋이 나가 그만 가자는데도 말을 듣지 않으니까 그렇지."

"지가 언제……."

"그렇지 않았다면 내가 하는 소리를 듣고 나를 따라왔겠지. 불러도 돌아보지도 않은 것은 너였다."

"그럼 그건 그렇다 치고, 여긴 왜 오셨어라? 마님께서 저런 거다 소용없는 거라고, 굿판 같은 건 싫어하시는 걸 아시잖소."

"이건 그런 굿하고는 달라. 재미있던걸."

여운이 웃으면서 뒷짐을 지고 걷자, 지단이 아씨 뒤를 따랐다. 뒷짐 진 손에 들린 떨어진 댕기가 보였다. 댕기를 잡아 아씨의 머리에 다시 묶어드렸다. 그리고는 지단이 능청스럽게 뭔가를 찾는 시늉을 하였다.

"아니, 내 떡, 내 떡이 어디 갔다냐? 아아, 아씨 찾는다고 떡으로 값을 치르고 사람을 부렸제."

여운이 못 말린다는 표정을 지었다. 지나가는 떡장수를 세워 다시 떡을 사서 지단에게 주었다.

"더 먹고 싶으면 그리 말하지 이야기를 지어내고."

"정말이어라. 떡 한 봉지에 허리가 나간 이가 저 안에 있당께요."

"알았다. 얼른 다른 구경을 하자. 어머니께서 너무 늦지 말라 하셨으니."

지단이 떡을 먹으며 여운을 따르려는데, 아씨는 한껏 신이 나또 저만치 앞장서서 장터로 향하였다.

✻

정우가 장터를 거닐다가 다은이 노리개를 고르는 것을 지켜보았다. 이제 자기도 컸다고 제 손에 꽉 차는 노리개를 들고 이리저리 보고 있었다. 방물장수는 척 보아도 물건을 살 것 같지 않은 아가씨가 노리개를 만지작거리는 것을 보고는 연신 눈치를 주었다. 다은은 그래도 상관하지 않고 이것저것 구경하였다.

"오라버니, 저 이거 사주세요."

"이럴 때만 존댓말을 꼬박꼬박 하는구나."

"왜, 싫소? 동생이 이리 가지고 싶다는데도?"

정우는 이렇게 집 밖에 나올 때면 언제나 다은의 오라버니가 되어준다 하였다. 집 안에서는 마님의 눈치를 보며 도련님이라 불러야 했지만 지금은 아니었다. 정우는 다은의 다정한 오라버니였다.

"네 버릇이 나빠질까 봐 그건 안 된다. 네가 그런 것이 뭐가 필요하다고. 어서 가자."

정우는 부채를 펴고 얼굴을 가리며 혼자 저만치 걸어갔다.

"오라버니!"

물주가 사라진 것을 보고 방물장수가 다은 앞을 막아서고 물건을 정리하는 통에 더 있을 수도 없게 되었다.

"내가 이제껏 가지고 싶다 한 것이 있었소?"

"암, 있었지. 비녀도 가지고 싶다 하였고, 자수가 놓인 경대도 가지고 싶다 하였지."

"저건 정말 가지고 싶단 말이오, 오라버니! 내 말 듣고 있소?"

정우가 놀란 표정으로 멍하니 서 있는 것이 자신의 말은 듣고 있지 않는 것 같았다.

'저 아가씨는······.'

굿판에서 보았던 신딸이 장터 구석에 자리를 깔고 앉아 있는 모습을 보았다. 정우는 자신이 잘못 본 것은 아닌지 다시 아가씨를 바라보았다. 반대편에 서 있는 모습을 본 것이지만, 내내 시선이 끌려 얼굴을 정확히 기억하고 있었다. 정우는 자신도 모르게 걸음을 떼어 아가씨 앞에 멈춰 섰다.

"오라버니, 뭐요? 점이라도 보게요?"

정우는 그제야 아가씨 앞에 놓인 노란 종이와 붓을 보았다.

'이곳에서 점을 치고 있었구나.'

정우가 점을 보는 자리에 앉았다.

여운은 자신의 앞에 앉은 도련님을 보았다. 당황하여 자신은 이 자리 주인이 아니라고 말하려 하였는데 갑자기 웃음이 났다.

"왜 웃는 거요? 우리 얼굴을 보고 뭔가 점괘가 나온 거요?"

진지한 아가씨의 표정을 보니 여운은 장난기가 발동했다. 웃음을 참고 도련님과 아가씨를 바라보았다.

"사주를 보시렵니까?"

정우가 입을 열려는데 다은이 먼저 자신의 태어난 날과 시를 댔다. 여운은 아가씨를 보다가 다시 도련님을 바라보았다. 여염집 규수로서는 이렇게 남의 댁 도련님을 똑바로 볼 수 없는 것인데, 점쟁이로 취급해 주니 고개를 들고 눈을 마주칠 수 있는 것이다.

여운도 점을 쳐보려고 이 자리에 앉은 것인데, 정쟁이가 뒷간이 너무 급하다며 잠시 자리 좀 봐달라 하여 앉아 있었던 것이다. 그냥 갈 수도 있었지만, 부적을 그리는 붓이 제법 좋은 것이라 사람 많은 장터에서 손이 탈지도 몰랐다. 오죽하면 자신에게 자리를 맡겼을까 싶어 자리에 앉아 있었다.

"어떻소? 뭐 좀 나옵니까?"

'음, 나랑 태어난 해와 날, 시가 모두 같네.'

여운은 신기해하며 손가락을 움직이며 점쟁이가 하던 것처럼 따라 하였다.

"찾고자 하면 잃을 것이요, 버리고자 할 때 비로소 찾을 것이니 평소 안 하던 일을 찾아 하십시오. 귀인이 곧 나타날 것입니다."

"에, 뭐야? 그런 말은 누가 못 해."

여운도 점쟁이에게서 들은 대로 토씨 하나 틀리지 않게 말해준 것이다. 여운이 아까부터 자신을 뚫어져라 바라보는 도련님에게 다시 시선을 주었다. 여운이 바라보니 도련님도 시선을 피하지 않아 마주 보게 되었다. 이렇게 도련님과 눈을 마주치니 여운의 가슴속에 뭔가 서서히 움직이는 느낌이 들었다.

"왜? 우리 오라버니한테도 뭐가 보이오? 시답잖은 점괘를 내려면 복채는 없소."

눈빛이 맑은 도련님의 얼굴을 찬찬히 바라보았다.

"따듯한 분이시군요."

"고맙습니다."

자기도 모르게 대답을 한 정우의 옆구리를 다은이 툭 쳤다. 점괘에 대답하는 사람이 어디 있나.

"만물이 저절로 내 마음을 알아주는 것이 아닙니다. 그렇다고 해주어야 아는 것입니다. 마음이 하는 대로 말하십시오."

"네, 알겠습니다."

이번에도 대답을 하는 것을 다은이 못 말린다며 고개를 저었다.

정우는 아가씨의 입에서 나오는 말이 자신에게 다정하게 건네는 말같이 느껴졌다. 기분 좋게 그 말을 듣고 있었다.

"부적을 하나 적어드리지요."

여운은 품 안에서 붉은 통을 꺼내 뚜껑을 열었다. 어릴 때부터 가슴 병을 앓아 기침이 심해질 때면 주사 가루를 탄 물을 약으로 사용하였다. 향을 맡으면 진정이 되고는 하여 항상 가슴에 품고 다녔다. 이 물은 부적을 적는 데 쓰이는 것이기도 했다.

"되었습니다."

여운이 부적을 만들어 정우에게 건네주었다.

"뭐야? 이게 무슨 부적이야?"

그도 그럴 것이, 여운이 웃음을 참으며 아무렇게나 글도 문양도 아닌 것을 그려 넣은 것이었다. 정우는 다은이 하는 말은 상관치 않고 부적을 받아 들었다. 아직 마르지 않은 노란 종이를 조심스럽게 받쳐 들고 인사를 하였다.

"감사합니다. 소중하게 간직하겠습니다."

여운은 또 웃음이 나는 걸 참으며 심각한 표정의 도련님께 미소를 지어 보였다.

"복채는 받지 않겠습니다. 잘 간직하십시오."

손님을 얼른 보내야 했다. 저 멀리 진짜 점쟁이가 오는 모습을 보았기 때문이다.

"뭡니까? 손님이 점 보러 왔다 간 겁니까?"

점쟁이가 돌아와 아가씨와 같이 있던 사람들이 막 떠난 것을 보고 물었다.

"아니오. 그냥 뭘 좀 물어본 것이오."

"예. 아휴, 이거 감사해서. 이 자리가 명당이라 주인이 자리를 뜨면 다른 작자들이 눈독을 들이거든요. 방광이 터져도 꾹꾹 참아야 하는데 자리까지 봐주셨으니 내 손금도 그냥 봐드리죠, 아씨."

여운은 아직도 웃음이 나는 것을 참으며 오른손을 내밀었다.

"자, 보자."

점쟁이가 손금을 보려고 손을 잡아당기다가, 손목에 있는 흉터가 눈에 띄자 유심히 바라보았다.

"이건 무슨 흉터입니까?"

"어릴 적부터 있던 흉터이네."

"네, 희한하네요. 이건 무슨 글자 같아 보이는뎁쇼."

여운도 오른손에 나 있는 자신의 흉터를 만져 보았다.

"우물 정(井) 자 같아 보이는가?"

"제가 부적을 쓰느라 몇 자는 알고 있는데 그래 보이네요. 범상치 않은 기운이 느껴집니다."

"그런가?"

"예. 아무튼 이건 좋은 표식이니 잘 간직하십시오. 이 표식으로 보아 아씨는……."

여운은 점쟁이가 이제는 제대로 점괘를 뽑아내려나 하고 진지하게 들었다.

"깊은 우물이 있는 집으로 시집을 가시게 될 것입니다."

여운은 그러면 그렇지 싶어 피식 웃었다.

여운은 자리에서 일어나 이제는 잃어버린 지단을 찾아야겠다 싶어 주변을 살피었다. 여운에게 어디 가지 말고 있으라더니 잠깐 사이 지단이 사라져 버렸다. 지단이 없으니 하고 싶은 대로 자유롭게 구경할 수 있어 굳이 찾지 않았던 것이다. 집을 잃어버릴 어린 나이도 아니고, 혼자 다녀보니 더 재미있는 일이 많이 생겼다.

아까 도련님께 드린 부적을 생각하자 다시 웃음이 났다. 순진한 표정으로 자신의 말을 믿는 것이, 넋을 놓고 자신을 바라보는 표정이 생각났다. 미안한 마음이 잠시 들었지만, 오늘이 아니면 해볼 수 없는 장난이 아니겠는가.

"도련님도 집 안에만 갇혀 지내는 내 신세를 아신다면 오늘 하루 재미로 그런 것이니 너그러이 용서하실 것이야."

여운의 생각대로 지단은 그네시합을 벌이는 곳에서 정신이 팔려 구경하고 있었다.

"넌 내가 곁에 없는 것도 모르고 있었나 보구나?"

"아씨! 또 어딜?"

"쉿! 그냥 구경이나 하자."

아슬아슬 높이 떠오른 그네가 더 높이 뜰 수 있을 것인지 궁금해 여운의 바람대로 잔소리를 더 늘어놓지 않았다.

"다음은 내가 올라가 봐야겠다."

지단이 놀라 여운을 보았다.

"지가 제대로 들은 것이 맞다요? 아씨께서 그네를 타보신다 하셨어라?"

"응, 해보련다."

여운은 단단히 결심한 표정이었다.

"두려운 것은 이제껏 해보지 않아서가 아니겠느냐. 한번 해보련다. 그러면 더는 두렵지 않겠지."

지단은 아씨 마음이 변하기 전에 얼른 그네에 태워야겠다 생각했다. 그네를 타려는 사람들을 줄 세우는 자에게 엽전 한 닢을 찔러주어 아씨 순서를 앞당겨 세웠다.

정우는 구경도 이만하면 다 한 것 같아 그만 돌아가자고 말하려 하였다. 다은은 더 있고 싶은 눈치였지만, 어머니께서 집에 돌아오시기 전에 들어가야 했다. 그편이 다은이를 위해 좋았다.

다은에게 말하기 위해 돌아서는데, 높이 떠오른 그네가 보였다. 그리고 그 아가씨를 다시 보았다. 그네가 졌다가 다시 오를 때마다 확인해 봐도 신딸인 아가씨가 맞았다. 정우는 그네를 바라보며 그쪽으로 향하였다. 다은이와 만석이에게 말도 하지 않고 무작정 그네만 보고 인파를 헤치고 앞으로 나갔다.

어디 사는 누구인지라도 알고 싶다는 생각이 내내 머릿속을 떠나지 않았다. 신경 쓰이는 아가씨였다. 처음 본 순간부터 그랬다.

그네를 띄우는 곳에 다다랐을 때는 이미 다른 이가 그네에 올라 있었다. 놓친 것인가 걱정하며 주변을 둘러보았다. 없었다. 아무리 둘러보아도 없었다. 그때 장옷을 쓰고 옆으로 지나가는 아가씨의 얼굴을 보았다. 그 아가씨였다. 얼핏 보았지만 하얀 얼굴에 붉은 입술을 오므린 표정을 보고 같은 얼굴임을 알았다.

뒤쫓아가려는데 다은이 정우의 팔을 잡았다.

"오라버니, 갑자기 사라지면 어떡해요."

다은이 정우의 팔을 쥐다가 소매 밖으로 나오려는 노리개를 얼른 소매를 내려 안으로 감추었다. 만석이 정우 눈을 피해 몰래 쥐어준 것인데, 어떻게 손에 넣은 것인지는 물어보지도 않고 우선 받아 감추었다.

"만석아, 어서 저 여인을 따라가거라. 가서 어느 댁에 누구인지 알아오거라."

만석이 갑작스러운 정우의 명에 의아하였지만, 어서 서두르라 하여 서방님의 손이 가리키는 대로 아가씨와 따르는 여종의 뒤를 쫓았다.

"뭐야? 누군데 그래?"

"아무것도 아니다. 너를 집에 데려다줄 것이니 어서 서두르자."

정우는 만석이를 대신 보낸 것에 마음이 초조하였다. 다은이를 집에 데려다주는 일만 아니라면 자신이 뒤를 밟고 싶은 심정이었다. 이 무슨 선비답지 못한 생각인지. 그래서는 안 되는 것을 알았지만, 그렇게 해야만 할 것 같은 마음이 들었다.

❀

"알았느냐? 어느 댁에 사시더냐?"

"예, 그런데 그것이…… 병조판서 정 대감님 댁으로 들어가셨습니다요."

"뭐라? 그것이 확실하더냐?"

"그럼요. 그 댁이라면 제가 항상 심부름을 가는 댁이 아닙니까요."

병조판서 댁이라면 정우의 정혼자가 사는 집이다. 그 댁과 어떤 연관이 있는 것일까? 서안 앞에 앉아서는 아무리 생각해 봐도 풀 수 없는 문제였다.

결국 어둠을 기다려 정 대감 댁 담을 넘었다. 높은 바깥담을 만석이의 등을 밟고 넘으니 그 안의 담은 그리 높지 않아 어렵지 않게 혼자 넘을 수 있었다. 정우답지 않은 예법에 어긋난 행동이었지만, 이런 마음을 여인을 향해 품은 것 또한 자신이 해본 적이 없는 일이어서 담장을 넘을 수밖에 없었다.

그 아가씨를 다시 만나고 싶었다. 어디 사는지 정도는 알아야 앞으로 기약이라도 해볼 수 있는 것이 아니겠는가. 이렇게 해서 뭘 알아낼지는 모르지만, 아가씨의 얼굴을 아는 사람은 정우뿐이었다. 자신이 직접 나서 찾는 수밖에 없다 생각했다.

안채를 엿볼 수 있는 으슥한 담장까지 몸을 숙이고 가서 벽에 바짝 붙었다. 조금만 늦었으면 마당으로 들어오는 여종과 마주칠 뻔하였다. 그런데 그 여종이 눈에 익은 얼굴이다. 맞다! 아가씨와 같이 사라진 여종이었다. 여종을 따라가면 아가씨를 찾을 수 있을 것 같았다.

여종은 안채로 들어가는 문턱을 넘어 뒤편으로 향하였다. 정우가 여종이 걸어가는 소리를 따라 담벼락에 몸을 붙이며 담장 하나를 사이에 두고 여종을 따라갔다.

여종이 방으로 들어가는 소리가 나고 잠잠해지자 고개를 들어 안을 보니 여종이 들어간 방 문 앞에 놓인 신이 보였다. 짚신이 놓여 있고, 디딤돌 위에는 꽃신이 놓여 있다.

"수틀은 치우지 말거라. 문안 인사를 다녀온 후 다시 놓을 것이다."

정우는 자신이 본 모습에 놀랐다. 담벼락에 몸을 더 깊이 숨겨야 한다는 사실도 잊고 아가씨가 방 안에서 나와 신을 신는 모습을 바라보았다. 저 얼굴, 아가씨가 맞는데 이 댁 방 안에서 나오고 있었다. 여운이 나오는 길에 담벼락을 따라 정우가 그 걸음을 따라 나왔다.

여운이 안채를 나와 사잇문을 넘으려는데 앞을 막아서는 제 키보다 큰 형상에 놀라 소리를 지르려 하였다.

"쉿!"

정우가 더 빨리 움직여 여운의 입을 막았다. 여운은 놀란 눈으로 눈앞에 서 있는 도령을 바라보았다.

"나요, 부적을 받아간 사람."

여운의 눈빛이 변하는 것을 보고 정우가 여운의 입을 막고 있던 손을 내렸다.

"여긴 왜 오신 겁니까?"

자신이 찾던 얼굴이 맞다는 것을 가까이서 확인하고 정우가 웃었다.

"당신을 만나러 왔소. 이것을 내게 준 것이 당신이잖소."

정우가 내민 가짜 부적을 보고 여운이 당황하였다. 주변에 누가 보는 사람은 없나 두리번거리다가 정우의 옷자락을 붙잡았다. 그를 안채 구석진 곳으로 끌고 들어갔다.

"그게 왜요? 그래서 오신 것입니까? 가짜 부적을 줬다고요?"

"이걸 가지고 있으면 좋은 일이 있을 것이라 하지 않았습니까."

여운은 아직도 안심되지 않아 주변을 살폈다.

"누가 보기라도 하면 어찌하시려고요. 이상한 짓을 하면 사람을 부르겠습니다."

정우가 웃으며 여운에게 한 걸음 다가가자 여운이 한 걸음 뒷걸음질쳤다.

"나를 이렇게 숨겨주고 있는 것은 당신이잖소."

"그야 남정네가 든 것이 눈에 띄어 좋을 것이……. 아무튼 소리를 지르겠습니다."

"그럼 나도 아가씨가 나한테 가짜 부적을 준 것을 알려야겠군요. 저자에 앉아 이것을 팔았다고요."

여운이 놀라 입을 막았다. 이런 짓을 하고 다닌 것을 알면 그나마 있는 외출 시간이 줄어들 것이다.

"돈을 받은 것이 아니잖습니까. 그건 그냥 장난이었다고요."

"장난일 뿐이라고요? 나를 이렇게 여기까지 이끌고서도 그런 말이 나온단 말입니까."

"그러니까요, 그걸 따지러 여기까지 오셨습니까?"

"네, 아가씨를 만나러 왔습니다. 보고 싶었습니다."

여운이 놀라 뒷걸음질쳤다.

"이러지 마십시오. 저는 이미 정혼자가 있는 몸입니다."

정우가 여유롭게 웃었다.

"아가씨를 부인으로 맞을 겁니다."

"무슨 말도 안 되는……."

여운은 너무나 놀라 움직일 수도 없었다. 정우가 갑자기 입을 맞추었기 때문이다. 정우가 입술을 떼 자신을 바라보는데도 굳어서 움직일 수가 없었다.

"이제 아무한테도 갈 수 없습니다. 제가 데려갈 것이니까요."

여운은 금방이라도 울 것 같은 얼굴로 정우가 사라지는 것을 보기만 할 뿐 으름장을 놓은 대로 소리를 지르지는 못하였다.

'미안합니다, 아가씨. 나를 놀린 아가씨한테 준 벌이니 내 장난도 받아주십시오.'

정우는 병조판서 댁 담을 넘어 밖으로 나왔다. 집으로 돌아가다가 다시 뒤돌아 금방 넘었던 담장을 바라보았다. 자신의 정혼자가 사는 집이다. 그 집을 바라보고 연신 웃으며 뒷걸음질로 걸었다. 품 안에 넣은 부적이 잘 있는지 손으로 확인하였다. 좋은 일이 있을 것만 같았다. 뒤돌아 힘차게 달려 집으로 향하였다.

에필로그

　다은은 방에 들어 어두운 방 안에 펴진 이부자리를 바라보았다. 양반집 규수처럼 자리를 봐주는 하인을 부리는데도 다은의 마음은 행복해지지 않았다. 안채로 향하는 오라버니의 발걸음을 쫓다 겨우 마음을 돌려 방으로 돌아온 후다. 그나마 이렇게 발걸음을 끌고 올 수 있기까지 얼마나 많은 밤을 보내야 했던가.

　다은은 옷을 벗어 머리맡에 두었다. 이불에 몸을 밀어 넣고 눈을 감았다. 감은 눈에는 여지없이 눈물이 차올라 볼을 타고 흘러내렸다. 그 여인의 방에 든 오라버니를 떠올리면 슬픔은 분노로 바뀌어 터지는 울음소리를 참으려 입술까지 깨물어야 했다. 슬픔에 오랫동안 잠기어 무뎌질 때도 되었는데, 슬픔은 쌓이고 쌓여 더 큰 고통을 지게 하였다.

울다 지쳐 조금씩 잠에 빠져들고 있었다. 눈물에 젖은 눈을 잠시 떴다 감으려는데 눈앞에 어두운 형상이 다가왔다.

"누구냐?"

더 큰 소리를 지르기 전에 두꺼운 손에 입이 막혔다. 낯선 그림자에 놀라 일어나 저항하였지만, 입을 틀어막는 손에 소리를 지를 수 없었다. 어둠 속에서도 보이는 하얀색의 큰 천을 본 순간 자신을 잡으러 온 자라는 것을 알았다.

마지막 발버둥을 치며 입을 막은 손을 물어뜯었다. 그자의 피가 다은의 볼을 타고 흐르는데도 사내는 소리도 지르지 않고 다은의 뒤에서 입을 틀어막고 재갈을 물렸다. 억센 사내의 손에 몸이 눌려 몸부림쳐 봐도 소용이 없었다. 손과 다리까지 묶이자 다은은 신음을 내었다.

'오라버니.'

다은의 머리 위로 하얀 천이 씌워졌다.

다은은 사내의 등에 매달려 어딘가로 옮겨졌다. 처음에는 저항도 해보았지만, 오랜 시간 거꾸로 매달려 흔들리다 보니 정신이 혼미해지고 있었다. 이대로 정신을 잃으면 끝장이다. 누가 다은을 납치한단 말인가. 다은은 정신을 차리려고 노력하였다. 다은이 의심할 수 있는 사람은 한 사람밖에 없었다. 마님은 어떻게 해서라도 다은을 정우에게서 떨어뜨려 놓고 싶어 했다.

사내의 숨이 헐떡이는 소리가 났다. 다은은 자신을 업고 산 하나는 넘었을 사내의 짐승 같은 숨소리를 들으며 몸서리쳤다. 이렇게 무슨 일을 당할지 모른다는 생각에 두려웠다.

안 돼. 이렇게 끌려가서는 안 돼. 다은은 지친 사내의 손이 느슨해진 틈을 타 몸을 움직였다.

다은의 몸이 아래로 떨어졌다. 땅에 부딪친 충격에 신음을 내다가 몸이 제멋대로 구르자 극심한 고통에 소리도 지를 수 없었다. 하얀 보자기에 싸인 다은은 가파른 비탈을 구르게 되었다. 몸이 끝도 없이 아래로 구르다가 바위에 부딪쳐 퍽 소리를 내며 다은의 몸이 축 늘어졌다. 강한 복부의 통증에 다은의 눈이 파르르 떨리다가 혼절하여 눈을 감았다.

다은의 눈이 떠졌다. 혼미한 정신으로 눈을 뜨며 방으로 들어오는 달빛에 초점을 맞추었다. 눈을 돌려 주변을 보았다.

"윽."

"움직이지 말어."

다은은 익숙한 목소리에 시선을 돌렸다. 자신을 바라보는 만석이의 얼굴을 보고 안도의 미소를 지었다. 집으로 돌아온 모양이다. 그러나 힘겹게 뜬 눈으로 주변을 살피던 다은에게 낯선 방 안의 모습이 들어왔다. 다은은 자리에서 일어나려다 통증에 웅크렸다. 만석이 도우려는 손을 내밀었지만, 뿌리치고 이를 악물고 자리에서 일어나 앉았다.

"너 무슨 짓을 한 거야?"

눈을 부릅뜨고 있는 만석이의 표정을 보고 다은은 뭔가 잘못되었다는 것을 알았다.

"니가 왜? 내가 왜 이런 곳에 있는 거야?"

만석이가 미동도 않고 다은이를 바라보고 있었다.

"널 내가 데리고 왔다. 그러니 넌 내 거여."

"뭐?"

"내가 널 보쌈 해왔단 말이여. 그러니 다른 생각은 말어."

"너, 너 미쳤어?"

"내가 미쳤냐, 지금 네가 미쳤냐? 내가 돌아버리는 줄 알았으니까. 나도 더는 못 참아."

다은은 만석이 벌인 일에 분노하여 몸을 부들부들 떨었다. 몸을 일으키려다가 옆구리에 다시 심한 통증이 일어 배를 부여잡고 고개를 숙였다.

"야, 움직이지 말어. 너 많이 다쳤단 말이여."

겨우 숨을 내쉬며 다은이 몸을 피하려 하였지만, 억센 만석의 손이 다은에게 닿았다.

"집에 데려다줘. 이러지 마, 만석아. 너는 이런 사람이 아니잖아."

다은이 만석이를 달래기 위해 부드러운 목소리로 말했다.

"지금 돌아가도 소용없어. 이미 너랑 나랑 야반도주했다고 소문이 났을 거니까."

"뭐?"

다은의 머리가 빙빙 돌고 숨도 제대로 쉴 수 없게 되었다.

"말이 되냐? 어떻게 너랑 나랑. 어쩌자고 이런 일을 벌여?"

다은이 화가 나 주먹으로 만석의 가슴을 때렸다. 만석은 입술을 깨물며 다은이 내려치는 주먹을 맞으며 묵묵히 앉아만 있었다.

"천것 주제에! 왜 나를 가만히 못 둬!"

다은이 울며 만석을 때렸다. 만석이 다은의 팔을 잡았다. 힘이 빠진 다은의 팔이 잡혀 만석이 잡아끄는 대로 몸이 움직였다. 그래도 만석이 품에 안기는 일만은 할 수 없었다. 다은은 자신을 부둥켜안는 만석의 가슴을 온 힘을 다해 막았다. 만석이 팔에 힘을 줘 다은을 끌어당겼다.

짝!

다은의 손이 매섭게 만석의 볼을 후려쳐도 꿈쩍도 않고 붉어진 눈으로 다은을 끌어당겼다. 이어 다른 손이 만석의 얼굴을 후려쳤다. 힘이 다 빠지도록, 만석의 얼굴이 붉어지도록 때리고 또 때렸다.

"안 돼! 절대 안 된다, 이 잡놈아! 아악!"

죽을힘을 다해 만석의 턱을 힘껏 밀치고 문까지 기어갔다. 만석의 품에서 벗어나도 몸이 말을 듣지 않았다. 팔로 몸을 끌어 문으로 향하였다.

"돌아가서 어쩌려고? 서방님이 너를 거들떠나 볼 것 같어? 늙은 영감탱이에게 시집을 간다 해도 꿈쩍도 안 하시던 분이여. 너는 내가 아니었으면 그 늙은이 씨받이나 하며 살았을 거라고. 모르것냐?"

방을 기던 다은의 손이 멈추었다.

"무슨 소리냐?"

다은이 놀란 표정으로 몸을 일으켜 만석이를 보았다.

"너 무슨 짓을 한 거야?"

"내가 죽였다. 그래, 내가 그놈의 대갈통을 쳤어."

만석이 붉어진 얼굴로 히죽대었다. 이제껏 알고 있던 만석이의 얼굴이 아니었다. 성난 눈으로 이제는 다은이를 쏘아보았다.

"알겠냐, 이 미련한 것아! 너는 나를 봐주지 않아도 나는 그 짓을 했어. 너를 살리려고 무슨 짓이든 다 하려고 했다고. 그런데도 너는 나를 한 번도 봐주지 않았어. 이 매정한 계집 같으니라고. 한 번만…… 한 번만 봐주면 안 되냐?"

큰 덩치의 만석이 눈물을 줄줄 흘리고 있었다.

"아무리 천해도 마음이 있잖여. 너도 알면서, 나 좀 봐주면 안 되냐?"

"그래도 그렇지. 미쳤어? 어떻게 살인을 해? 종놈이 사람을 죽이면 어찌 되는지 몰라? 넌 몸이 갈가리 찢겨 죽을 거야."

만석이 손등으로 눈물을 닦았다.

"나는 괜찮어. 그래도 니 몸이 더럽혀지는 꼴은 못 보겠는 걸 어쩌냐."

마님이 다은을 넘기려던 상단의 늙은 행수는 신방에 들기 전 괴한의 몽둥이에 머리가 깨져 피를 흘리며 쓰러졌다. 행수를 지키던 사병들의 감시가 소홀한 틈을 타 범행을 저질렀다. 범인을 찾는다고 수년이 지난 지금까지 상단의 사병이 수색을 벌이고 있었다.

"병신. 머저리."

다은이 흘린 말은 만석이에게 향한 것만은 아니었다.

그날 만석이 늙은 행수를 죽이지 않았다면 다은이 일을 저질렀을 것이다. 늙은 장사꾼에게 시집을 간다는데도 막아주지 않는 오라버니를 보고 다은은 살 의지를 잃었다.

신랑이 신방으로 들어오면 그 앞에서 자결하려 하였다. 그렇게 해서 자신을 버린 오라버니가 평생 다은을 잊을 수 없게 해주려고 하였다.

대신 다은은 소박을 맞았다.

죽은 신랑의 유산으로 싸우던 장성한 아들들이 혼례식만 올린 신부를 어머니로 인정할 수 없다고 쫓아내었다. 과부가 되었지만, 정우가 사는 집으로 돌아올 수 있었다.

다은을 다시 집에 들일 수 없다는 마님의 반대를 무릅쓰고 오라버니가 갈 곳 없는 다은을 거두어주었다. 그러나 그 또한 원하던 삶이 아니었다. 집으로 돌아와 오라버니가 데려온 여인의 모습을 봐야 했다.

마음으로는 어떻게 해서든 오라버니의 혼례라도 막고 싶었다. 그러나 집에서 쫓겨날 것이 두려워 입도 열지 못하고 죽어지냈다. 그래도 오라버니의 곁에서 살 수 있으니 다행이라 여기며 죽어 살려 하였다.

"다은아, 정신 차리거라. 이제 그만하고 나랑 살자."

"그럴 수 없어."

"다은아."

만석이 다가와 잡은 손을 뿌리쳤다.

"나도 아씨처럼 살고 싶어. 너처럼 천하게 살 수 없어."

"너와 아씨가 다른데 어떻게 아씨처럼 살 거여. 피가 다른데. 천한 피가 어디 가냐고."

"너랑 나는 달라."

"아씨가 사라져도 아씨 대신으로는 못 사는구먼. 내가 다 말할 거여. 서방님께 네가 아씨께 약을 먹였다고 다 고할 거구먼."

만석이의 살인 이야기를 들었을 때보다 다은은 더 놀랐다.

"그게 무슨 소리야? 어디서 그런 이상한 이야기를 하는 거야?"

"내가 다 알고 있구먼. 네가 아씨 약탕기에 손을 대는 걸 다 봤다고. 죽이려고 작정한 거지? 왜 그런 것이냐? 그런 짓을 하고 서방님 얼굴을 어찌 보려고, 이것아."

"아니야."

그냥 마음을 접고 살려고 했다. 소원대로 평생 오라버니의 곁에서 살 수는 있게 되었으니 그만두어야 했다. 그런데 그 여인이 웃는 모습을 보면 미칠 것 같았다. 오라버니의 옆에 서서 세상을 다가진 듯 웃는 모습에 눈이 붉어졌다.

만석이가 본 것이 맞았다. 다은은 오라버니의 사랑을 독차지한 여인이 미워 약탕기에 손을 댔다. 그러나 그 여인을 죽일 생각은 없었다.

"내가 그렇게 멍청한 줄 알아? 그 여인이 죽으면 우리 오라버니가 살 수 있겠어? 내가 그걸 모를 만큼 바보인 줄 알아?"

다은이 웃기까지 하였다. 만석이 웃는 다은의 몸을 흔들었다.

"다 끝났어. 그러니 그만둬. 내가 다 끝낼 거여. 너는 이제 그 집으로 못 돌아가."

그렇게 쉽게 끝나는 거였다면 그런 짓을 벌이지도 않았다. 다은의 미워하는 마음은 아씨를 향하다가 어느새 마님에게로 돌아갔다. 스무 해가 넘는 그 미움은 차고 차 다은의 영혼을 갈가리 찢어놓았다.

"그 약은 말이야, 사람을 죽이는 약이 아니야."

다은이 냉정한 표정으로 만석이 아닌 다른 누군가에게 말하듯 허공을 바라보고 입을 열었다.

다은은 봉은사에 올라 삼천 배를 올리다가 자리에 쓰러지며 깨달았다. 자신의 사랑은 현생에서는 이루어질 수 없었다. 그의 마음을 잃었으니 되돌릴 길이 없었다. 아무리 마음으로 바라봐야 달라질 것은 없었다. 아씨에게서 오라버니를 되찾을 길이 없었다.

아씨가 없어진다고 정우를 손에 넣을 수 없다는 것도 알았다. 그저 오라버니의 생이 망가지겠지. 그 여인 때문에 오라버니가 망가지는 꼴은 볼 수 없었다.

"대를 끊어놓았지."

다은의 입가에 돈 웃음기에 만석이 섬뜩하여 움직이지 못했다.

"내가 김씨 가문의 대를 끊어놓았다고."

아씨가 시집온 지 일 년이 채 넘지 않아 마님은 가문의 대를 이어야 한다고 의원을 집으로 불러들였다. 일 년이 넘게 약을 먹고도 아씨는 수태하지 못했다. 다은은 매달 의원이 집으로 들 때마다 가슴을 쓸어내리며 불안해하였다. 그 여인이 오라버니를 차지하고 그를 닮은 아들까지 낳아 행복해하는 모습이 눈에 그려져 질투가 나 참을 수가 없었다. 그리고 마님, 마님에 대한 원망이 쌓여 약탕기에 손을 대게 하였다.

　이 모든 것은 마님 때문이었다. 오라버니가 다은을 사랑하지 못하도록 막은 것은 마님이었으니 가장 소중한 것을 빼앗을 것이다.

　시집에서 쫓겨온 다은을 마님 윤씨는 가만두지 않았다. 머리는 못 올리고 쫓겨났어도 한 번 시집을 간 여인이 집으로 들어와 가문에 먹칠을 한다 수모를 주었다. 또 어딘가로 팔아넘기려는 수작으로 집에 사람을 불러들인다는 사실을 알고 그 일을 시작하였다.

　'대를 끊어 너의 눈에서도 피눈물이 흐르는 것을 직접 내 눈으로 볼 것이야.'

　다은을 향한 마님의 미움은 기억나는 어린 시절 모두를 차지했다. 그러다가 이유 모를 그 미움의 의미를 깨달은 것은 다은이 첫 달거리를 시작했을 때였다. 잘잘 준비를 하려던 다은은 얼굴 모를 사내들의 손에 끌려 나갔다. 뒷산으로 끌려간 다은을 기다리고 있는 사람은 마님 윤씨였다. 마님의 물건에 손을 댄 벌이다 하며 다은이 하지도 않은 누명을 씌웠다. 정말 다은이 마님의 물건에 손을 댄 벌을 내리시는 거라면 낯선 자들을 사들여 이런 일을 벌이지 않으셨을 게다.

다은은 이실직고하지 않는다 하여 나무에 묶이게 되었다. 그날이 첫 달거리를 시작한 날이었다. 나무에 묶여 아픈 배를 감싸지도 못하고 고통스러웠다. 다리 사이로 붉은 피가 흐르는 것을 알고는 무서워 몸을 부들부들 떨었다.

산속에서 어떻게 밤을 지새웠는지도 모르고 새벽녘에 자신을 풀어주러 온 율이 어멈의 부축을 받으며 산에서 내려왔다. 다은의 마음이 달라진 것은 그즈음이었을 것이다.

"몸 간수 잘하거라."

마님의 차가운 한마디가 비수가 되어 꽂히는 대신 희망을 품게 하였다.

"나도 오라버니의 여인이 될 수 있어."

항상 따뜻하게 대해주시던 김 대감님을 진짜 아버지일 거라 믿으며 어린 시절을 보냈다. 그러다 설움에 못 이겨 울며 사실을 알려달라는 다은이에게 대감마님께서는 자신은 다은의 친부가 아니라고 말씀하셨다.

오라버니가 자신의 친혈육이 아니라는 사실에 처음으로 기뻐하였다.

'그의 여인이 될 수 있다.'

처음 달거리를 시작한 여인에게는 종이라 해도 천을 끊어 달거리 대를 만들어주는 법이었다. 하지만 주인마님의 눈치를 보느라 다은은 아무도 챙겨주지 않아 걸레로나 쓰는 낡은 천을 끊어 사용하였다. 그래도 여인으로 몸이 자란다는 말에 기뻤다.

다은은 마님으로부터 자신을 보호할 방법을 찾아야 했다. 그 후 다은은 삯바느질이나 산에서 약초를 캐어 돈을 벌었다. 모은 돈으로는 동백유나 창포를 사서 외모를 가꾸었다. 오라버니를 위해 자신을 꾸미는 일이 가장 행복한 일이었다.

마님에게서 자신을 보호하는 방법으로 정우 오라버니의 보호를 받는 길을 택하였다. 아름다운 여인으로 자라나면 오라버니는 자신을 봐줄 것이다.

오라버니가 가장 사랑하는 여인은 다은밖에 없었으므로 완연히 몸이 성숙하기만 기다리면 될 줄 알았다.

다은의 몸을 흔드는 만석의 손을 잡았다.

"그래, 만석아. 네가 사실을 전하면 되겠다. 내려가서 사실을 전부 말해 버려라. 마님께 그 댁의 씨가 마를 거라는 사실을 전해 줘."

"다은아⋯⋯."

"그렇지. 그편이 낫겠다. 이유도 모르고 대가 끊겨서야 되겠느냐. 네가 가서 전해라. 그러면 나는 죽어도 여한이 없다."

"그만혀!"

만석이 다은을 끌어안았다. 다은은 정신을 놓은 사람처럼 중얼거렸다. 만석이 아무리 다은을 꼭 끌어안아도 아무 느낌이 없는지 다은은 정신을 차리지 못하고 있었다.

"아이고, 다은아. 불쌍혀서 어쩌. 이 착한 아이가 어찌 이리되었냐."

다은이만 생각하면 마음이 아파 만석의 눈에서 눈물이 흐르는데도 다은은 감정도 없는 표정이었다.

"가만두지 않을 거야. 날 버리면 어떻게 되는지 똑똑히 보여줄 거야."

"다은아, 일어나 이거라도 먹어."

다은은 삼 일이 넘도록 물도 마시지 않고 누워만 있었다. 만석이 미음을 만들어 억지로 입에 부어도 바로 토해내고 자리에 누워 있기만 하였다.

"다은아, 내가 잘못했다. 제발 한입만 먹어라. 내가 죽겠다. 내가 속이 타 죽겠어."

"나를 데려다줘."

"안 된다. 그건 안 될 말이여. 그 집에 들어가서 뭐 하려고? 네가 한 짓이 언젠가는 밝혀질 텐데. 그러면 너는 죽은 목숨이여. 내가 어떻게 그 꼴을 보냐? 네가 죽는 꼴을 어찌 봐."

"죽어도 내 집에서 죽어."

"내가 뭐든 해줄게. 나 알잖냐. 내가 다은이 말 한마디면 뭐든 다 들어주잖어. 응? 우리 살아보자."

"종놈과 살을 섞었다는 소리를 듣고 내가 살 줄 알았냐?"

만석이 고개를 숙였다. 다은이 자신을 받아들일 거라 생각한 적은 없었다. 천한 종놈 주제에 가당키나 하는가. 마님께 업신여김을 받아도 다은이는 분명 양반의 씨일 거라 생각했다. 낡은 옷을 입고 있어도 다은은 귀한 느낌이 났다. 만석의 손이 닿을 수 없는 다은은 귀하디귀한 여인이었다.

"꿈도 꾸지 않는구먼. 난 그냥 네 곁에만 있게 해다오. 너는 아씨가 되고 나는 종이 되어 내가 모시고 살 것이여. 네 소원이라 하였잖어. 안방마님 소리 들으며 사는 게 소원이었잖어. 내가 그렇게 해줄게. 우리 아무도 모르는 곳으로 가서 살자. 그곳에서 너는 안방마님 하고 나는 종이 될게."

미음을 뜬 숟가락을 든 손을 벌벌 떠는 만석은 본 체도 않고 다은이 눈을 감았다.

"다은아……."

깊은 밤, 만석은 잠을 이루지 못하고 몸을 뒤척이고 있었다. 다은이를 잡아온 지 열흘이 지나고 있었다. 겨우 물은 넘겼지만 이대로 굶어 죽으려는지 다은이는 만석이 차려놓은 상을 물렸다. 그래도 자리에서는 일어나 앉아 있었다. 멍하니 무슨 생각을 하는지 몰랐지만, 자리에서는 일어나 움직였다. 이제는 다은의 방 문 앞을 지키는 일도 하지 않았다.

"에이, 무식한 놈. 돌대가리. 멍청한 놈."

제 머리를 쥐어박아 봐야 이미 저지른 일을 되돌릴 수도 없었다. 만석은 속이 상해 잠도 오지 않아 누운 채 이불 위를 뒹굴었다.

그냥 잡아오면 다은이를 살릴 수 있다 생각했다. 다은이 더 망가지는 모습을 볼 수 없어 어디든 도망쳐 같이 살려고 하였다.

만석은 가슴이 답답해 옷고름을 풀어헤쳤다. 가슴을 손으로 벅벅 문지르다가 문이 열리는 소리에 고개를 돌렸다.

"다은아."

다은이 방 안으로 들어와 문 앞에 서 있었다.

"무슨 일이냐? 어디가 아프냐?"

만석이 벌떡 일어났다. 다은은 그곳에 서서 만석을 내려다보고 있었다. 만석은 다은이를 챙기려 자리에서 일어나다가 움직임을 멈추었다. 그 자리에 굳어 다은을 올려다보고만 있었다.

다은이 옷고름을 풀어 저고리를 벗어 바닥에 떨어뜨렸다. 만석은 다은의 벗은 어깨를 보다가 이어 바닥에 떨어지는 치마를 보았다.

"다은아."

다은은 옷을 다 벗고 알몸으로 만석의 앞에 섰다.

"왜 이러냐?"

"네 소원이었잖느냐. 나를 가져라."

만석은 갑작스러운 다은의 행동에 놀라 움직이지도 못하고 앉아만 있었다. 다은이 만석에게 다가가 그의 옆자리에 누웠다.

"너도 죽도록 나를 못 놔주는 것이 아니냐. 현생에서가 아니어도 끝까지 나를 바라겠지. 끝까지 끈질기게 따라다니겠지."

"다은아, 이러지 마라. 정말 아니다. 정말 이러려던 거 아니여."

만석이 바로 누운 다은을 똑바로 보지 못하였다. 그녀의 아름다운 나신을 바라보면 그녀를 범하고 싶은 마음을 누를 수 없을까 봐 고개를 푹 숙였다.

"만석아, 나는 씻을 수 없는 죄를 지어 다시 태어나도 사람으로 태어나지 못하고 축생의 삶으로 떨어질 거다."

다은이 만석의 등에 손을 대었다.

"너랑 만나는 생도 이번이 마지막이란 말이다."

만석은 다은이 하는 말이 무슨 말인지 이해는 못 해도 그 손길의 의미는 알았다. 만석에게 다시는 기회가 주어지지 않을 것이다. 다은을 안을 꿈도 꿔보지 못할 것이다.

만석은 다은에게 달려들었다. 뜨거운 숨을 뿜으며 다은의 벗은 몸 위로 올라가 그녀를 끌어안고 거친 입맞춤을 하였다. 다은은 그런 만석을 안았다. 만석이 입을 크게 벌려 다은의 젖가슴을 물고 다리를 벌려 그 안에 자리 잡았다. 만석이 거친 손길로 다은의 몸 곳곳을 만졌다.

"다은아, 너밖에 없다. 난 너밖에 없어."

만석이 다급히 바지를 내려 다은에게로 들어갔다.

"미안타. 미안허다."

그래도 어쩌지 못하고 만석의 몸이 움직였다. 일에 단련된 다부진 몸을 받아 몸이 출렁이면서도 다은은 소리도 내지 않았다. 다은의 시선은 감정 없이 천장에 고정되어 있었다.

만석의 몸이 뜨거워져 신음인지 울음소리인지 모를 소리를 내었다. 너무도 간절히 원하던 순간이라 행복하면서도 두려웠다. 자신의 아래에서 깨질 것 같은 다은은 만석이 가질 수 없는 신분의 여인이었다.

내가 이렇게 더럽힐 수 없는 여인인데. 매일 밤 다은의 몸을 차지하는 꿈을 꾸면서도 안 된다 다짐하며 수천 번을 다스렸다.

다은이 두 팔을 벌려 만석을 안아주었다. 다은의 품에 안겨 그녀의 따뜻한 곳에 몸을 밀어 넣으며 서러움이 밀려와 눈물을 흘렸다.

"다은아, 사랑혀. 다은아, 으으으."

만석이 다은의 몸을 끌어당겨 품에 안으며 흐느낌을 넘어 통곡하였다. 다은이 그런 만석의 등을 토닥여 주었다. 다은의 가슴에 얼굴을 묻고 있던 만석이 고개를 들어 그녀의 목에 입을 맞추고 입술을 물었다. 강한 소유욕에 그녀의 입술을 헤집고 혀를 밀어 넣으며 빨았다.

"음, 음."

만석이 다은을 번쩍 들어 무릎 위로 끌어당겨 안았다. 그리고 혀로 그녀를 탐했다. 아무리 입술을 물고, 가슴을 움켜쥐고, 그녀의 깊숙한 곳을 파고들어도 자신 위에 앉아 몸을 출렁이는 다은의 모든 것을 가질 수 없는 느낌이었다. 아무리 그녀에게 자신을 밀어 넣어도 만족감이 일지 않았다.

"으, 으, 으으으."

만석이 괴로워 신음을 내었다. 만석이 다은의 허리를 잡고 격렬하게 움직였다. 다은의 얼굴에 고통이 스친 것도 잠시, 표정을 감추고 다은은 멍하니 먼 곳을 바라보고 있었다. 만석이 열에 들떠

제 마음대로 움직이는 허리의 움직임을 의식하며 다은의 몸을 바라보았다. 제가 움직이는 대로 이렇게 다은의 몸이 따라주는데, 그녀의 표정은 달아오르지 않고 있었다.

"아."

만석이 다은의 얼굴을 잡고 억지로 자신에게 향하게 하였다. 다은의 눈을 바라보고 얼마나 자신이 그녀를 사랑하는지 보여주고 싶어 그녀의 몸에 더 강하게 파고들었다.

다은의 입술이 벌어졌다. 만석의 어깨를 잡고 있는 손에 힘이 쥐어지고 손톱을 세워 아프게 파고들었다. 만석은 뛸 듯이 기뻤다. 어떤 반응이라도 보이는 그녀가 사랑스러워 환하게 웃었다. 다은이 입술을 깨물며 만석에게 시선을 고정하였다.

"아, 아."

다은의 입술 사이에서도 신음이 흘렀다. 만석이 더욱 빠르게 움직일수록 다은의 입술이 벌어져 소리를 냈다.

"으, 으, 아아아."

입술을 물던 다은이 고개를 젖혔다. 만석이 손을 뻗어 다은의 목덜미를 만지고 손을 내려 가슴을 스쳐 그녀의 따뜻한 배에 머물렀다. 다은이 만석의 손을 잡아 쥐었다. 만석은 다은의 손에 깍지를 끼고 밀어붙여 그녀를 바닥에 눕히고 달려들었다. 다은의 몸이 요동쳤다. 만석에게 반응하며 크게 몸을 휘어 경련을 일으키며 소리를 질렀다.

다은은 상을 차려 만석이 든 방으로 들어갔다.

"뭐 하러 움직이냐. 내가 할 건데."

말은 그렇게 했어도 밥 냄새가 풍길 때부터 입꼬리가 실실 올라가 웃음을 참지 못하고 있었다. 이제는 다은이가 스스로 밥도 먹고 오늘은 만석이까지 이렇게 챙겨주니 너무나 행복해 눈물까지 날 지경이었다.

"나 마을에 내려갔다 올게."

"응? 마을에?"

밥을 떠 입에 넣던 숟가락이 멈추었다. 만석은 다은의 얼굴을 살펴보았다.

"이렇게 갇혀 지내기 갑갑한가 벼."

"밥을 지으려고 해도 찬거리가 없더라."

"그래."

만석은 입에 밥을 넣고 씹으며 다은의 눈치를 보았다.

"혹시 대감님 댁에 가보려는 것이여?"

다은이 밥을 뜨던 손을 멈추었다.

"이제 거긴 안 가."

"알았구먼. 내일 가보자. 여기 산이 가파르니까 지게를 타고 내려가면 된다. 너 기억나냐? 너 물을 건너는 게 무섭다고 항상 내 지게를 타고 건넜잖여."

"그깟 얕은 계곡이 뭐가 무섭겠어. 네 지게 타고 싶어 둘러댄 소리지."

고개를 숙이고 밥을 먹는 다은의 정수리를 보고 만석이 피식피식 웃었다.

"그랬냐? 그럼 내일은 내가 원 없이 지게를 태워줄 것이여."

"알았다."

만석은 다은이 맛있게 지어준 밥을 푹 퍼 입에 넣고 행복하게 웃었다.

다은은 땀을 닦으며 산을 올랐다. 몇 걸음만 더 옮기면 다다르는데 다리가 말을 듣지 않아 큰 돌을 잡고 숨을 골랐다. 조금만 더 오르면 된다. 힘겹게 산을 올라 그곳에 닿았다.

다은의 그네를 본 순간 지친 것도 잊고 달려가 그네를 만져 보았다. 까칠한 밧줄을 만지다가 다은의 손을 타 매끄럽게 길이 든 부분을 만지며 미소를 지었다.

이렇게 잡고 힘차게 구르면 세상을 다 가진 것 같았지.

다은은 잡은 밧줄에 몸을 지탱하여 단숨에 그네에 몸을 실었다. 마지막으로 그네를 띄우고 싶었다. 이렇게 하면 모든 번민을 버릴 수 있을 것 같았다.

"마지막이다. 한 번만 더 굴려보자."

이렇게 그를 보내야 한다. 다른 여인의 사내가 된 이를 잊을 때가 되었다. 다은이 발을 굴러 그네를 띄웠다.

"하, 하, 하."

높이 나는 그네에 몸이 붕 띄워져 웃을 수 있었다. 뭐가 그리 욕심이 나 손을 놓지 못했을까? 이대로 더 높이 구르면 하늘에 닿을 것 같았다. 조금만, 조금만 더. 다은의 몸은 하늘을 날고 있었다.

"하하, 하하하!"

오랜만에 한껏 웃어보았다.

'당신의 여인이 될 수 없으니까.'

가장 높이 그네가 올랐을 때 다은은 손을 놓았다. 마지막 가는 길에 흘려줄 남은 눈물도 없어 웃으며 눈을 감았다.

"안 돼!"

다은의 몸이 떨어져 절벽으로 구르는 것을 만석이 달려들어 몸으로 막았다. 다은과 만석은 함께 가파르고 경사진 바닥을 굴렀다. 다은을 안고 몸을 굴리며 만석은 다은의 몸에 충격이 전해지지 않도록 몸을 한껏 웅크려 그녀를 안았다.

"크억!"

부러진 나무에 등이 박히고 나서야 절벽 아래로 구르던 몸이 멈추었다. 만석은 등을 찌르는 고통도 상관치 않고 품에 안겨 눈을 감은 다은을 바라보았다.

"다은아, 죽지 마. 죽으면 안 된다. 죽지 말어."

눈을 감은 다은에게서 눈물이 흘렀다.

"흐흐, 흐으으으."

소리 내어 우는 다은을 꼭 안았다.

"내가 잘못했어. 그러니 죽지 말어. 내가 죽을게. 내가 없어져 줄게."

"흐흐흐흑."

다은은 만석의 품에 안겨 소리 내어 울었다. 만석도 다은을 안고 울었다.

살 이유가 없었는데, 살고 싶지 않았는데, 누군가는 다은의 목숨이 소중하다며 다은을 위해 울어주었다.

"다은아, 다은아."

✻

다은은 김 대감 댁으로 들어갔다. 다은이 돌아왔다는 소리에 마님 윤씨가 마당까지 뛰어나왔다.

"네가 어찌, 어찌 다시 여길 와?"

"마님께 받을 것이 있어 왔습니다. 들어가서 말씀하시지요. 보는 눈이 많습니다."

윤씨는 집안이 흉흉한 이런 시기에 저것이 돌아온 것에 걱정이 앞섰다.

"뭐냐? 사내와 눈이 맞아 도망쳤다더니, 어디 고개를 떳떳이 들고 나타나느냐."

"만석이의 종 문서를 내어주십시오."

"뭐라?"

겉으로는 큰 소리치던 윤씨는 다은이 뱉은 말에 안심하였다. 저것의 입에서 정우가 아닌 다른 사내 이름이 나오는데 반가운 소리였다.

"그러면 만석이와 도망쳤다는 말이 사실이구나?"

"종 문서를 내주시면 멀리 떠나 살겠습니다."

어떤 수를 써도 꿈쩍도 않던 것이 종놈과 눈이 맞아? 윤씨는 저 것에게 다른 생각이 있다는 의심이 들었다.

"그 말을 내가 어찌 믿느냐?"

"이미 소문이 난 마당에 제가 다른 생각을 할 수나 있습니까."

윤씨는 작정하고 본가로 돌아온 다은을 매서운 눈으로 바라보았다. 윤씨가 문갑 서랍 안에서 엽전 뭉치를 꺼내 다은 앞에 놓았다.

"다시 눈앞에 나타나지 않는다면 살 집과 땅도 내어주마. 우선 이 돈을 가지고 이 집을 나가거라. 준비가 되는대로 연통을 주겠다."

"종 문서 먼저 주십시오."

"네가 정말로 떠난 것인지 확실해지면 내어주마."

가장 원하는 것이 만석이를 종의 신분에서 벗어나게 해주는 거라니 중요한 거래는 제일 마지막에 하는 게 안전했다.

"알겠습니다. 떠나겠습니다."

"떠나 다시는 나타나지 말아라."

다은은 떠나며 절까지 올리고 방을 나갔다.

그렇게 바라던 대로 다은이 이 집을 나가게 되었는데도 윤씨는 마음이 무거웠다. 저 아이는 자신이 쌓은 업보였다. 이 업보를 어찌 풀지 윤씨는 그간 모질게 먹은 마음이 한순간에 무너지며 손을 떨었다.

"되었다. 이제 우리 정우 앞길을 막지 못할 거야. 그러면 되었지."

✳

"오늘 안 가시면 안 됩니까?"

여운은 입궐 준비를 하는 서방님의 모습을 못마땅하게 바라보고 있었다. 관복의 허리에 찬 관대를 쥐고 떼를 쓰는 여운이 귀여워 정우가 허허 웃으며 관대를 잡아끌었다. 관대가 끌려가자 이를 잡고 있던 여운도 덩달아 정우에게 가까워졌다. 여운의 몸이 한 뼘도 안 되는 사이에 있는데도 정우는 모르는 척 여운을 안아주지 않았다. 여운의 입이 뾰로통해져 돌아서는 정우의 등을 끌어안았다.

"너무하십니다."

정우에게 기대니 그가 웃는 소리가 등에 울렸다.

"뭐가 너무하다는 거요. 안아주지 않는 것이 너무하였소?"

"놀리지 마십시오. 미워 죽겠으니까요."

정우가 몸을 돌려 여운을 바로 안았다.

"아니면 입을 맞추지 않아 너무하다 하였소?"

정우가 얼굴을 내려 여운의 입술에 닿아 머금고 있던 웃음기를 남겼다.

"다 너무합니다."

"이래도?"

정우가 더 깊이 여운의 아랫입술을 물고 입술을 길게 찍었다. 여운은 화가 풀리지 않았다는 표시로 눈을 뜨고 그런 그의 모습을 똑똑히 바라보았다.

"이래도?"

정우가 입술을 벌려 여운의 닫힌 입술을 벌렸다. 여운이 한껏 쌓아 올린 벽이 단숨에 무너져 내려 스르르 눈을 감고 입술을 열어 그를 맞았다. 달콤한 입술이 여운의 작고 도톰한 입술을 따라 움직였다. 하지만 거기까지였다. 더 깊은 끌림을 머금은 것은 움직이지 않고 입술을 여러 차례 찍은 후 아쉽게 멀어져 갔다.

"음."

아쉬운 한숨이 저절로 흘렀다.

"여기까지 기억해 두시오. 퇴청하고 바로 여기 이곳부터 시작하겠소."

정우가 손가락으로 여운의 입술을 만졌다. 여운이 눈을 뜨며 긴 한숨을 내쉬었다.

"그만. 그런 눈으로 보면 내 마음이 약해지잖소."

"알겠습니다. 지아비 앞길 막는 여인이 되고 싶지는 않으니까요."

여운이 먼저 나와 신을 신고 서방님의 신을 가지런히 만져 두었다.

"마음 쓰지 마십시오."

"마음이 쓰입니다."

정우를 따라 대문을 나왔다.

"들어가 계시오. 얼른 오리다."

"예."

걸음을 옮기던 정우가 다시 뒤돌아보았다.

"어서 들어가시오."

"예."

몇 걸음 더 걷던 정우가 웃으며 다시 뒤돌았다.

"오늘 당신 정말 이상하군요. 나를 그렇게 보내기 싫소?"

"아닙니다. 이제 더 따라가지 않겠습니다."

여운이 생각해도 오늘 자신이 이상하였다. 어찌 이렇게 서방님을 보내고 싶지 않은 것인지, 누가 보면 기생 찾아 떠나는 낭군님을 배웅하는 것으로 보일 것이다. 여운이 피식 웃었다. 여운이 걱정할까 봐 기방 출입 한 번 안 하시는 서방님이신데 무슨 걱정을 이리 하누.

멀리 서방님의 모습이 보이지 않을 때까지 서 있다가 대문 안으로 들어왔다. 대문을 닫으려는데 여운은 그만 휘청하였다. 머리가 울리고, 대문을 쥔 손이 끊겨 보이며, 눈앞에 번개가 치는 것 같은 섬광을 느꼈다.

"아, 악!"

머리가 아파와 대문에 기대었다. 온몸에 식은땀이 흐르고 숨이 가빠왔다.

"서방님."

여운은 어지러운 머리를 잡고 대문을 열고 밖으로 나왔다. 정우가 이미 사라진 길을 비틀대며 걸었다. 뭔지 모를 불길한 기분에 미칠 듯이 정우가 걱정되었다. 한적하던 거리가 사람들로 찰수록 두통은 더욱 심해졌다. 사람들이 모인 큰 거리로 나와서는 여운의 주변으로 사람이 몰려드는 것 같은 망상에 머리를 흔들었다. 낯선 이들의 얼굴이 여운의 주변을 맴돌았다. 빙글빙글 도는 사람들의 형상을 뚫고 그가 걸어가는 모습이 보였다.

'서방님.'

목소리가 나오지 않아 손을 뻗었다.

"서방님!"

길을 걷던 정우는 누군가 자신을 부른 것 같은 소리에 뒤돌아보았다. 주변을 둘러보아도 궁으로 들어가는 관료 중 아는 얼굴이 없었다. 환청이라도 들은 것인지. 부인의 목소리를 들은 것 같았는데 말이야.

정우는 피식 웃었다. 아침 내내 조르는 모습을 보다 와서인지 그 목소리가 맴도는구나.

정우라고 오늘 등청하는 발걸음이 가벼운 것은 아니었다. 부인이 이런 정우의 심경까지 마음을 써주니 고마울 뿐이었다. 세자시강원 자리를 내놓고 마지막으로 등청하는 날이다. 자신을 대신할 자리도 찬 마당에 반기는 사람도 없는 곳에 들어야 하니 그 마음을 알아주는 이는 역시 부인밖에 없는 것이지. 정우는 생글생글 웃으며 수문지기에게 통행증을 내밀었다.

✳

"아씨, 괜찮으십니까?"

"아씨."

여운의 머리 위로 사람들이 몰려 있었다. 어느 댁 아씨인지 길

한복판에 쓰러져 그 주변으로 행인들이 몰려들었다. 여운은 식은
땀을 흘리며 정신을 잡기 위해 눈을 감았다 뜨기를 반복하였다.

"서방님……."

다시 눈을 감았다. 서방님에게 가야 해. 여운이 몸을 일으켜 보
려 해도 말을 듣지 않았다.

"아이고, 큰일 났네. 어디 아픈가 보네."

"김 판윤 대감 댁 아씨가 아니여?"

여운의 주변에 몰려든 사람들이 웅성거리고 있었다. 여운의 시
야가 점점 흐려지고 있었다.

'안 돼…….'

"부인!"

정신을 잃는 여운의 몸을 감싸 안는 팔이 있었다. 여운은 따듯
한 팔에 안겨 눈을 떴다.

"서방님……."

"부인, 어디가 아픈 거요? 부인!"

"서방님…… 가지 마십시오."

여운이 힘들게 눈을 뜨고 손을 들어 눈앞에 있는 정우의 얼굴을
만졌다.

정우는 이게 무슨 일인지 놀라 의원을 찾았다. 정우의 다급한
목소리가 여운의 의식 안으로 사라지며 귓가에 울렸다. 여운이 몸
을 축 늘어뜨리자 정우가 여운을 안아 들고 일어나 집으로 뛰어갔
다. 자신의 품에서 의식을 잃고 흔들리는 여운의 몸을 보며 불안

감에 미쳐 버릴 것 같았다. 모든 게 괜찮을 거라고 속으로 되뇌며 집으로 달려갔다.

"정신이 드시오?"

여운이 고개를 돌려 자신을 바라보자 안도의 한숨을 내쉬었다. 정우는 내내 누워 있는 여운의 손을 꼭 잡고 곁을 지키고 있었다.

"서방님."

"부인."

다행이다. 마음을 쓸어내리며 여운의 손을 꼭 잡았다.

"등청은?"

"지금 그게 걱정인 거요?"

"네. 내내 걱정이 되었습니다."

"나는 당신이 더 걱정입니다. 몸이 이렇게 약해진 걸 왜 말하지 않았소."

"전 괜찮습니다. 서방님께서는 어찌……."

"등청하지 않았소."

"왜요?"

"가지 말라 할 때는 언제이고."

농담으로 방금 전까지 그녀를 잃을까 봐 두려워하던 마음을 숨겼다. 정우가 여운의 얼굴을 쓰다듬었다. 여운의 얼굴에 핏기가 도는 모습을 보니 안심이 되었다.

"엄밀히는 등청하지 않은 게 아니라 못 한 것이지요."

"네? 못 하다니요?"

"궁궐 문 앞에서 돌아와야 했소. 글쎄, 통행패를 잘못 들고 간 걸 그제야 알았다오. 한성부 것을 내밀었으니."

"네에? 어찌 그런……. 죄송합니다. 제가 잘못 챙겨 드린 거군요."

"잘못이 맞소? 일부러 그런 게 아니라?"

"서방님……."

"아니오. 돌아오지 않았다면 당신을 발견하지 못했을 것이오. 생각만 해도 끔찍하오."

"걱정하지 마십시오. 전 괜찮습니다. 이상하게 머리가 아파오더니 잠시 정신을 잃은 모양입니다."

"더 말하지 말고 쉬시오."

정우가 잡고 있던 여운의 손을 이불 안에 두었다.

"어디 가지 마십시오."

"곁에 있을 것이오."

서방님의 얼굴을 보자 여운은 두통이 사라지고 몸이 안정을 찾았다. 무슨 영문인지 아까만 해도 숨을 쉬기 힘들어 죽는 줄만 알았다.

방 문이 열리고 의원이 들어왔다.

"이 사람, 어찌 이리 늦게 들어온 건가."

평소 뵙던 모습과 달리 주인어른의 화난 모습에 의원이 당황하였다.

"죄송합니다. 귀한 약재를 구할 일이 있어 도성을 나가 있었습니다."

"앞으로 이런 일이 없도록, 다른 의원과 연통이라도 되도록 해
주게."

"아, 예, 예."

한 의원은 그럴 마음도 없으면서 대답하였다. 한성부 판윤 대감
댁 진료를 다른 의원 손에 맡길 순 없었다.

"아씨, 진맥을 하겠습니다."

여운이 이불 안에 든 손을 조용히 내밀었다. 의원이 신중히 진
맥을 짚었다.

"어떤가?"

의원이 신중을 넘어 너무 뜸을 들이자 정우가 초조함을 드러내
었다.

"회임이옵니다."

의원 자신도 놀라 다른 말을 잇지 못했다.

"뭐? 회임?"

의원의 말에 여운이 놀라 자리에서 일어났다. 정우가 여운의 손
을 잡았다.

"부인."

여운이 놀란 표정으로 눈을 마주치자 정우가 활짝 웃어 보였다.

"정말 사실인가? 제대로 짚은 것이 맞나?"

"맞습니다, 아씨. 분명 얼마 전만 하여도 짚이지 않던 맥이 잡힙
니다. 이상한 일입니다. 개월 수도 찬 것을 어찌 맥을 짚지 못했는
지……."

확실하다 재차 확인해 주는 의원을 보고 정우가 덥석 여운를 끌어안았다. 의원 앞에서 이 무슨 해괴망측한 일인지. 여운이 놀라 얼른 정우를 떼어놓고 부끄러운 마음에 머리만 매만졌다.

"그럼…… 저는 나가서 약을 다시 지어 보내겠습니다."

의원이 눈치껏 얼른 자리를 비켜주었다.

"부인."

의원이 방 문을 닫기가 무섭게 정우가 여운을 다시 덥석 안았다.

"어쩌려고 이러십니까. 의원이 어찌 보았겠습니까."

"어찌 보기는, 부부간의 정이 참 깊다 했겠지요. 그게 대수요. 부인, 우리 아이가 생기는 겁니다."

"네, 정말이겠지요?"

여운이 배를 만져 보았다. 정우가 손을 뻗어 여운의 손에 포개어 배를 쓰다듬었다.

"벌써 불러 오른 것 같소."

"설마요."

"개월 수도 꽤 되었다니 부른 것이 아니오?"

"그런가? 그러고 보니 배가 좀 나온 것도 같습니다."

"아이가 이 기쁜 소식을 전하려고 아비의 등청 길을 막은 것 같소."

"그런가 봅니다."

여운이 활짝 웃어 보였다. 정우가 여운을 따듯하게 안아주었다.

"고맙소."

✳

　　한 의원은 판윤 대감 댁을 나와 황급히 약방으로 향했다. 아씨의 회임 소식에 오 년간 아씨를 돌보던 의원은 놀랐다. 어찌 저 몸으로 회임이 가능한 것인지. 분명 제대로 맥은 짚은 것인데. 약방에 들어 알아볼 것이 있어 황급히 발걸음을 떼었다.

　　"황가 놈이 이번에는 약을 제대로 넣어 그런가?"

　　이 일은 무덤까지 들고 가야 하는 거였다. 판윤 대감 댁에 약을 잘못 들였다는 것이 알려지기라도 한다면 자신은 죽은 목숨이었다. 귀한 댁 대를 끊어놓은 것은 아니라니 천만다행이었다. 약이 잘못 들어간 것을 발견한 것이 석 달 전이다.

　　신장의 기운이 약한 아씨는 장기간 약을 복용하였다. 꾸준히 약을 정성껏 들여 효과를 보이다가 두 해 전부터 약이 듣지를 않았다. 약재를 바꿔 들여도 이유 모를 병을 잡을 길이 없어 당황하였다. 그간 할 수 있는 방법은 다 해봤다. 아무리 생각해 봐도 해결 방법이 없어 혹시 약재를 제대로 달이지 않아 약효를 보지 못했나 의심하였다. 간혹 하인이 꾀를 부려 엉망으로 약을 달여 내가는 경우도 있으니 말이다.

　　달이고 버린 약재를 뒤져 제대로 약물이 나온 것이지 살펴보다 이상한 점을 발견하였다. 자신이 지은 양보다 많은 양의 바곳이 들어 있었다. 신장 기능을 살리고 임신을 돕는 약재를 사용한 것인데 그 양이 너무 많았다.

"이게 어찌 이리 많이 들어갔나."

처음에는 단순히 약을 제조하는 황가의 실수로 생각했다.

"독초?"

설마 하여 손가락으로 달이고 남은 약재를 헤집을수록 수북이 나오는 다곳을 보고 철렁하는 마음이 들었다. 사용한 다곳의 뿌리는 독성은 강하지 않아도 많은 양을 사용하는 것은 위험했다. 단맛을 내는 특성상 많은 양을 사용해도 약의 맛을 변하게 하지 않았을 것이다. 다른 약재와 섞여 어떤 독이 되었을지 의원도 모를 일이었다.

의원은 보는 이가 없는지 주변을 살피다가 찐 약재 주머니를 들고 대감 댁을 나와 약방으로 돌아갔다.

들고 온 약재를 풀어 일일이 약재를 살펴보았다. 이미 찐 약재는 형태가 뭉그러져 구별할 수 없는 것이 많았다.

"이럴 수가!"

의원은 부자의 뿌리를 발견하고는 손을 떨었다. 형태를 알아볼 수 없도록 잘게 잘라 사용하였지만 부자가 맞았다. 이 약재는 신장의 기를 돕지만 독성이 강해 조심히 사용해야 하는 약이었다. 더욱이 지금 아씨의 상태로는 독이 신장을 손상시킬 것이므로 사용하지 않은 지 삼 년이 넘은 약재이다.

"어찌 이런 일이……."

삶아져 같은 색을 띠고 있는 약재 안에 어떤 독을 더 썼을지 모를 일이었다. 다급히 찾은 황가도 딱 잡아뗐다. 적어준 약재나

담을 줄만 아는 황가가 이렇게 독에 관해 잘 안다고 생각하지도 않았다.

의원은 떨리는 손으로 가져온 약재 주머니를 아궁이에 던져 넣었다. 이 일이 알려지면 한 의원이 어찌하였든 관아로 불려가 문책을 당할 것이다. 범인이라도 못 잡는 날에는 누명을 쓰고 고문을 당하다가 죽을 것이다.

독이다. 약방에서 이런 약재를 들였다는 소문만으로도 죽임을 당할 수 있는 일이었다.

"도대체 누가 이런 짓을……."

한 의원은 입을 다물기로 결심하였다.

"경면주사인가?"

그런 몸 상태로 아씨께서 회임이 가능했던 이유를 고민하던 한 의원에게 떠오르는 생각이 있었다. 이유를 알아야 다시 약을 쓸 수 있었다.

"아씨께서는 일곱의 나이부터 경면주사 물을 쓰셨다고 하셨으니 그것이 만성 독이 되어 다른 독에도 강한 것인가."

이리저리 생각해 봐도 알 수 없는 일이었다. 어찌 되었든 비밀리에 사용하고 있는 해독제는 당장 끊어야 했다. 독은 독으로 풀어야 했다. 지금 사용하는 약재는 복중의 아기에게 해를 입힐 것이다.

석 달 전부터 아씨께 들이는 약은 약재를 보내는 것이 아니라 약을 달여 약물을 보냈다. 집안 누군가의 소행이라는 생각에 한 의원이 직접 약을 지어서 눈앞에서 아씨께서 복용하는 모습을 본 후에야 그 댁에서 나왔다. 그 덕에 한 의원은 매일 두 번씩 판윤 대감 댁을 드나들었다.

"그간 노력이 헛되지 않았어. 오 년간 수태를 못 하던 부인이 회임을 했다는 소문이 꽤나 돌겠군."

꽃

여운은 따듯한 볕이 들자 마당으로 나왔다. 부른 배를 잡고 마당을 지나 대문을 열고 밖으로 나와 걸었다. 몇 걸음 떼지 않았는데 저 멀리 집으로 돌아오는 정우의 모습이 보였다. 여운을 발견한 정우의 발걸음이 빨라졌다.

"왜 나와 있소?"

"몸이 무거워서 걷고 싶었습니다."

여운의 말에 정우가 집으로 돌아가는 발걸음을 돌려 여운의 손을 잡고 큰길로 향했다.

"그럼 같이 좀 걸읍시다. 힘들지 않소?"

"오늘은 태동이 심해서 낮잠을 자지 못했습니다."

"밤에도 잠을 못 이루는데 어찌하면 좋소."

"아무래도 잠을 자기 싫어하는 아이가 태어날 것 같습니다."

정우가 여운의 부른 배를 보고 미소를 지었다.

"밤새 서책을 읽어라 하면 잠을 자겠다 할 것이오."

"제가 보기에는 얼씨구나 하고 서책을 잡을 것 같은데요. 부전

자전이라 아버지가 서책을 들고 놓지 않으니 똑같겠지요."

"부전자전이라……. 아들이라 생각하는 것이오?"

여운이 배를 만지며 느낌을 느껴보았다.

"그럴 것 같습니다."

"아들이라……. 그렇다면 율지라 부르면 되겠군요."

여운이 놀라 물었다.

"이름이요? 이름을 지으셨습니까?"

"우리 아이 이름은 내가 지어주고 싶군요. 율지 어떻소?"

"율지……."

여운이 아이가 느껴지는 왼쪽 배에 손을 대고 미소를 지었다.

"율지야, 율지야."

"어떻소. 마음에 들어 하는 것 같소?"

"아기가 좋아합니다. 마음에 든다 합니다."

"율지야."

정우도 여운이 한 대로 배에 손을 대고 그 이름을 불러보았다.

"서방님, 누가 봅니다."

해가 뉘엿뉘엿 지는 시각이라 행인이 많지는 않아도 길거리에서 이런 행각을 벌이는 것은 남사스러웠다.

"여긴 우리를 알아보는 이도 없는데 뭐가 걱정이오."

잠시 한양을 떠나 강원도로 내려와 조용히 살고 있어 정우 내외가 한성부 판윤 댁 자손이라는 사실을 아는 사람이 없었다.

사도세자 사후 정우는 낙향을 결심하였다. 여운의 친정아버지 정 대감도 정세가 좋지 못하니 정우가 잠시 한양을 벗어나 있는 것이 좋겠다고 하였다.

정우의 결심으로 내려온 것이지만, 세간의 이목은 정우가 파벌 싸움에서 밀려났다 여겼다.

"아, 다행이오. 율지가 태어나도 아비가 집에서 놀고먹는 한량은 아니라고 해줄 수 있게 되었소."

정우가 위엄있는 자세로 뒷짐을 지고 여운과 나란히 걸었다. 조용한 시간, 다정히 걸을 수 있고 가벼운 농을 주고받으며 함께할 수 있는 이런 생활이 좋았다. 여운이 따뜻한 미소로 정우를 바라보았다.

"무슨 소리입니까?"

"나 일자리를 찾았소."

"일자리요? 무슨 일이요?"

"동네 훈장이 되었소."

"예? 훈장이요?"

농이라 생각하고 웃어넘겼다.

"정말이오, 부인. 오늘 저자에 나갔다가 읽을 만한 책이 없어 물으니 동네 학당에 가면 훈장이 서책을 많이 가지고 있다 하였소. 그런데 학당에 가보니 훈장이라는 사람은 술에 취해 있고, 아이들끼리 마당에서 놀고 있더군. 그래서 훈장을 내가 한다 나섰소."

"정말로 훈장을 하시게요?"

"그럼, 정말이지 않고요. 내 꿈이 향교에 내려가 유학도를 기르는 일이었소. 몰랐소?"

"향교와 학당은 엄연히 다른걸요."

"제법 똘똘한 놈들도 있었소. 잘 키우면 가능하겠어."

"잘하셨습니다."

정우는 아이들 이야기를 하면서 내내 행복한 표정을 지었다.

"우리 율지가 자라면 내가 가르치면 되겠군요."

"좋은 생각입니다."

"율지가 여자아이여도 글을 가르쳐 줄 것이오. 어머니를 닮아 경서를 읊는 것은 일도 아닐 것이오."

"그것도 좋은 생각입니다."

여운이 지는 노을을 바라보며 웃었다.

"서방님, 제가 말했습니까?"

"응?"

"행복합니다."

"나도 그렇소. 지금이 가장 좋은 때인 것 같소."

"앞으로도 좋을 것입니다."

"그럴 것이오. 우리는 좋을 것이오."

돌아오는 길에는 지는 노을을 뒤로하고 정우와 여운은 나란히 손을 잡고 집으로 걸어왔다.

〈終〉

작가 후기

〈익사, 사랑에 빠져〉는 갑자기 떠오른 생각으로 쓴 소설입니다. 꿈을 꾼 것인지, 머릿속에서 그냥 떠오른 생각인지, 자고 일어났더니 줄거리가 펼쳐졌어요. 고등학교 때 문학 시간 숙제로 단편소설을 꿈을 꾼 이야기로 써서 칭찬받았을 때가 생각나더라고요. 운 좋게도 두 번씩이나 제가 만들어낸 이야기가 아니라 그냥 떠오른 이야기로 글을 쓰게 되었어요. 그리고 어릴 적 선생님께 칭찬을 받았듯이 이 소설로 생애 처음 정식 종이책 출판도 할 수 있게 되어 칭찬받는 기분이에요.

로맨스를 배경으로 시집가자마자 첩을 둔 서방님과 사랑을 만들어야 하는 설정이 이거 괜찮을까 싶었어요. 비통한 주인공의 시점에 따라 쭉 글을 이어가게 되면서 읽는 분들은 어떠실까 고민도 많이 했습니다. 그러다 조선 시대 여인의 사랑이란 이런 것이었겠구나 싶었어요. 집 안에 갇혀 자유롭지 못한 생활을 하다가 시집갈 날만을 그리며 살겠지. 얼굴도 모르는 사람과 혼인하여 행복할 수도 아닐 수도 있는, 자의에 의한 사랑 한 번 못 해봤겠다.

조선에서 태어난 여인이 했을 법한 사랑을 써보자. 그런 생각으로 글을 썼습니다. 이 소설은 사건 위주로 흐르면서도 여주인공의 감정선을 따라 흐릅니다. 그 탓에 여주인공의 감정선을 따라 쓰다 보니 저도 절로 우울해졌어요. 다른 인물들에 대한 성향도 여주인공이 겪은 사건을 따라 변하기도 하지요. 그래서 여운은 자신의 세상이, 사람들의 모습이 일그러지는 것에 혼란을 겪습니다. 우리도 겪는 이야기이지요. 시간이 흐르니 예전에 겪은 사람이나 사건이 달라 보이기도 하고요.

여운이 죽음을 통해 살아나는 모습은 환생과도 같은 설정이었습니다. 단, 같은 시간, 공간을 다시 살기 때문에 죽음을 통해 공간이동을 한 것입니다. 저는 환생을 믿는데, 환생을 하여도 무의식적으로 지난 생의 기억이 남는다고 생각합니다. 하나도 기억하지 않고 똑같은 잘못을 저지를 것이면 환생이 필요 없다 생각해서요. 여운은 다시 살아나 자신의 잘못된 선택을 바꿔보려 노력합니다.

문제가 많은 남자 주인공은 어쩌나. 우리가 로맨스를 읽는 이유는 남자 주인공 때문이잖아요. 그런데 첩이 있는 남자라니. 어떻게 정우의 행동에 타당성을 주느냐에 고민을 많이 하였습니다. 정우 스스로도 알 듯 어떤 변명으로도 자신의 선택이 옳았다고 말하지 못하죠. 이 소설을 이끄는 여운이 여러 번의 삶을 살며 성장해야 하듯, 정우도 자신의 삶을 온전히 살아야 했습니다. 소신이 강한 것이 정우의 성격이지만, 정우야말로 주변인을 위해 살아 운명까지 바꾸는 인물입니다.

마지막 [井 사랑해서 살다] 편에서는 이들의 삶이 바뀌게 된 단순한 사건을 그렸습니다. 삶을 이루는 것은 순간의 선택이다. 여운이 정우를 구하기 위해 마지막으로 우물에 뛰어들면서도 알지 못한 자신의 운명을 바꾼 사건은 소소한 것이었습니다. 그네를 탈 결심을 하면서 앞으로의 인생이 바뀌게 되지요. 그래서 행복한 결말입니다.

[에필로그]에서는 이들이 살았을 어느 생을 그렸습니다. 소설을 마치면서 열린 결말로 독자의 상상에 따라 이들의 삶이 바뀐다, 이렇게 끝맺고 싶었지만 그래도 궁금하잖아요. 에필로그를 추가하여 책을 내게 되었습니다.

에필로그는 이들의 삶이 바뀔 수 있는 하나의 에피소드입니다. 이들이 겪었을 많은 사건 중 수많은 선택으로 다시 수많은 삶의 갈래로 갈립니다. 그래도 결말은 쭉 해피엔딩입니다.

여운과 정우의 행복한 모습을 보았으니 이제 보내줘야겠네요. 소설을 쓰며 여운의 감정에, 정우에게, 다은에게 푹 빠져 있었습니다.

이 소설로 첫 정식 출간을 하게 되어서 기쁩니다. 개인적으로 전공을 아예 바꾸어 소설을 쓰는 다른 일에 도전한 것인데, 책이 나오니 제가 좋아하는 일을 직업이라 말할 수 있어 기뻐요. 제 글을 읽어주셔서 감사합니다. 다른 재미있는 이야기로 또 뵙기를 바랍니다. 우리 언제나 꿈꾸며 살아요.

2015년 1월, 비다